孝義文化叢書

郭裕懷

孝義市三晉文化研究會
XIAOYISHISANJINWENHUAYANJIUHUI

孝义文化丛书

孝义市三晋文化研究会
XIAOYISHISANJINWENHUAYANJIUHUI

中陽樓 位于孝義古城中央大街，始建于漢魏，屬全國重點文物保護單位

孝义文化丛书
主编 王正树
第三辑

剪纸风韵

武永虎 编著

Xiaoyi Wenhua Congshu
Jianzhi Fengyun

山西出版传媒集团
山西人民出版社

《孝义文化丛书》编委会

总策划
张旭光

顾　问
薛虎平　焦张生　李　安　薛向东
刘旺珠　孟林生　杜红涛　李庆荣

学术顾问
杨占平　周宗奇　聂元龙　钟启元　牛　牧
高大旺　张梦文　梁镇川　王绍汾　陈守钦

主　任
王正树

副主任
郭贵和　　侯治斌　　马　勇　　郭为民

委　员
（按姓氏笔画为序）

马明高	马夏民	王有名	王志东	王春吉	田　曜
田云年	田世升	田雨海	付一兵	叶圣辉	任化清
任朝晖	刘秋生	刘荣生	刘德荣	乔庆勇	陈国亮
张　伟	张久珠	张贵生	张建益	张建琴	吴晓娟
武立贵	武永虎	武矿生	赵　钟	赵处亮	郝永鹏
郝继文	侯　燕	侯丕烈	侯兆勋	侯建川	郭自强
郭志诚	郭炳淦	郭建荣	郭新荣	庾光祖	董汪亮

序(一)
XU (YI)

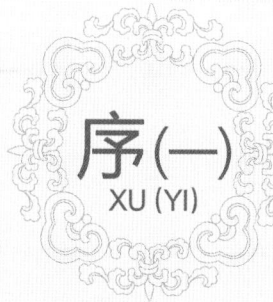

山西省政协主席 薛延忠

  文化是民族的血脉，是人民的精神家园。在中华文化源远流长、浩瀚博大的巨流中，县域文化以其突出的地域性、民俗性、多样性和交融性，成为其重要一脉。重视和加强县域文化建设，对于弘扬中华优秀传统文化、加强社会主义精神文明建设、促进文化大发展大繁荣、推进中国特色社会主义伟大事业，具有重要意义。

  近日，孝义市三晋文化研究会在市委、市政府的支持下，依托政协的文史资源和人脉优势，组织实施《孝义文化丛书》编撰工作，值得称道。这套丛书，以孝义历史文化为主线，分综合、非物质文化遗产、人物、文学艺术、民俗风情、文物古建、晋商等七大类，系列介绍了孝义的自然风物、古今嬗变、人文精神，全面展示了全市推进经济建设和社会发展、奋力跨入"全国县域百强"的巨大成就，是一部全面反映孝义的鸿篇巨制，为更多的人了解孝义、感知孝义创设了窗口，建造了平台。

孝义有七千多年的人类繁衍史和两千五百多年的建城史，是三晋大地的一颗璀璨明珠。悠久的历史，积淀了厚重的地域文化，孕育了众多的仁人志士，留下了丰富的文化遗存，形成了淳朴的民风民俗。新中国成立以来，孝义人民把继承优秀传统与弘扬时代精神相结合，在社会主义建设和改革开放新时期形成和发展了以勤劳勇敢、诚信进取、孝长义友、和谐共存为内核的当代新风，成为全市建设发展、跨越赶超的强大精神动力。系统挖掘整理孝义发展的文明成果，对于全市进一步加强对非物质文化遗产的保护传承、加快特色文化产业的培植壮大，更好地满足人民群众日益多样的文化生活需求；对于进一步推进社会主义核心价值体系建设、增强文化的向心力凝聚力，更好地激励人民群众投身经济社会建设、共创幸福美好未来，都将产生积极作用。

希望研究会坚持社会主义先进文化前进方向，精心做好丛书的编撰、出版事宜，使之成为"存史、资政、育人"的精品力作，为加快孝义文化强市建设、促进科学发展作出应有贡献。作为家乡人，我相信，在孝义市委、市政府的领导下，在先进文化的引领和激励下，孝义人民一定会在推动转型跨越发展、全面建成小康社会的伟大征程中创造新的辉煌业绩，续写新的时代华章。

是为序。

2012年12月1日

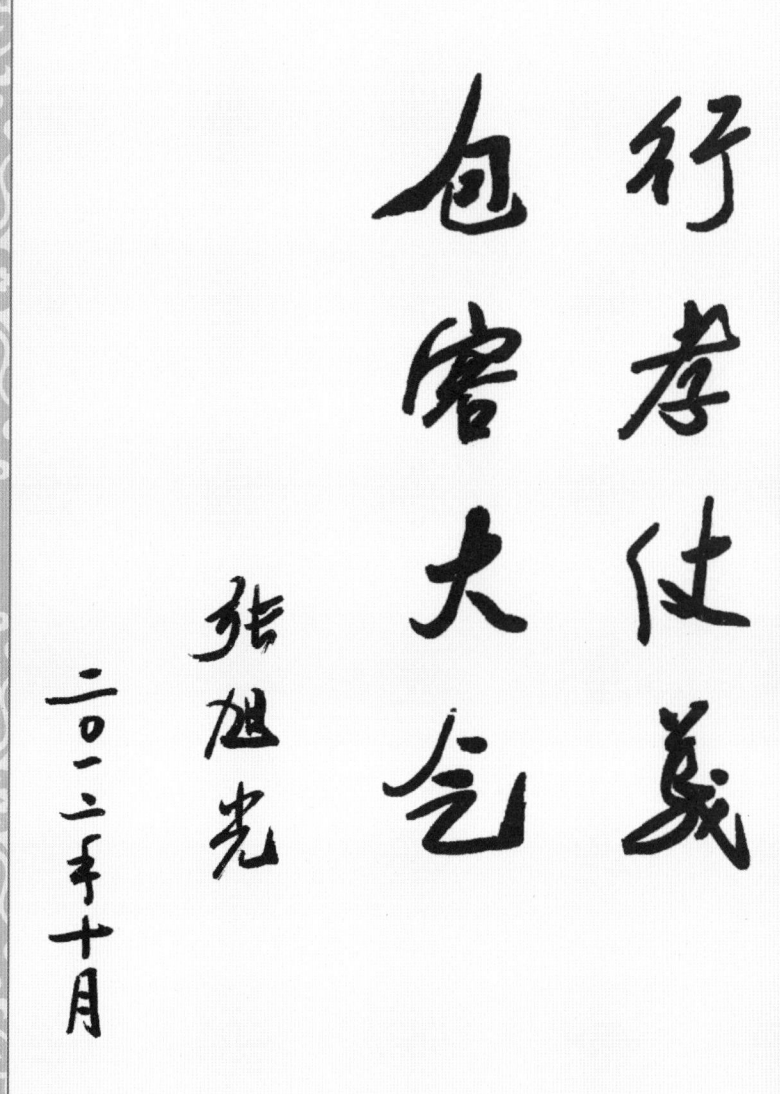

吕梁市委常委 ● 孝义市委书记张旭光 ● 题词

孝义赋
XIAOYI FU

夫孝义兮,声贯春秋,名扬汉唐,孝行义举源远流长,货殖物产牵引四方,其英容灿灿于今世也。

邑之美名,唐宗御赐。孝子郑兴,孝行感天动地,孝衍春秋,孝行美名传天下;义将尉迟,义举归唐顺民,义贯乾坤,义德佳话遍神州。

邑之美名尚多矣。春秋言瓜衍,语传"瓜衍之赏";曹魏置中阳,邑域因设中阳书院;北魏名永安,懿美寓意自是。俱往矣,唯孝义邑名,代代相传,于今千有三百八十余载。

邑人尊孝崇义之风久盛矣,孝行义举几为代代风习。行孝仗义,包容大气,遵循礼仪,以义制利,和谐之风隆隆然也。

孝义形胜,山川秀美。倚恒岳,拱太行,带汾水,襟霍山。西部群山叠翠,地下宝藏丰富;东乡一马平川,宜农宜工宜商。昔为三晋古邑宝地,今乃历史文化名城。铁路穿境而过,公路四通八达,东接晋中盆地,傍邻并冀京津;西界吕梁山麓,俯望陕甘宁疆,赫然雄踞承山启川之中也。

自然造化,风水钟灵,古有十景,胜迹怡人:柏山烟雨林蔽日,薛颉晚照霞满天,元都春色竞芳秀,上殿晴岚绕山涧,魏塚寒云思吊古，神坟暮雪怀前贤，双桥流水映佳景，六壁斜阳呈奇观，胜溪碧波可洗耳，龙隐晓钟醒人眠。

人文建筑，巧夺天工。今存三绝，美轮美奂：中阳古楼雄踞邑城正中，建于汉魏，继修于元明，屡葺屡缮，今益焕然。斯楼全木结构，四层四檐，峭拔入云，巍峨壮观，中和位育，牌匾四悬，尽显孝义遗风，益展古城雄姿。城东大孝堡之律宗寺院，临黄宝塔高耸，佛祖舍利内藏，隋朝兴建，历代修缮，法轮常转，香火盛旺。城西贾家庄之三皇庙，元代建庙，供奉三皇，人类始祖，衣食稼穑，享誉三晋，国内名传。

孝义古为秦晋魏韩之要会，兵家必争之重地。战国魏将吴起，屯兵吴城守防，西拒虎狼之强秦，实乃魏国之屏障。北魏置"六壁"，设吐京，屯重兵，抗劲敌，保太平；尉迟举义旗，守白壁，献关隘，投大唐，辅伟业。革命战争时期，毛泽东率军东征，运筹指挥兑九峪，旌麾所指，阎军闻风丧胆；邓小平进驻下堡，动员抗战晋西南，扩军筹款，军民义愤高昂。孝义人民前赴后继，浴血疆场，屡建殊功，千古垂名。

邑域代有才人出，大家名士灿若星辰：卜子夏西河设教，魏文侯筑城兴邦。守土靖三边，兵部霍尚书名垂青史；施政惠百姓，总督郭世隆享誉江南。冯济川日本留学，归国兴办新式教育；李亚豪实业救国，创建太风汽车公司。杨德龄首创汾酒，万国博览会首获金奖；马鸿勋纾财爱国，举家十人抗日救亡。地灵育就英杰，前贤激励后人：侯右诚百岁办学，闻名海内；马烽著作等身，蜚声中外。苏宁保护战友，献身国防科技；马牡丹不惧烈火，舍子舍己救人。工程院士王浚，中科院院士武维华，品德高尚，科技精英。

风云际会，改革开放。盛世孝义，谱写新篇。经济腾飞，百强进位，转型跨越，百姓小康。山川绿化竞秀，城市景观宜人：府前广场、人民广场，场场人气兴旺；崇义公园、胜溪湖公园，园园生机盎然。新城高楼大厦，拔地而起，市民宜居；古城重点文物，修旧出新，历史再现。全国可持续发展品牌市，诠释科学发展之精要；全国绿化模范市、生态文明市、园林城市，装点百强孝义之风姿。华灯初上，走长街，步湖畔，火树银花，流光溢彩，熠熠生辉。梧桐街筑巢"引凤凰"，三贤路敞怀"招英贤"，新义街竭诚倡信义，振兴街立志誓振兴。时代大道快速连通孝汾介，区域中心城市迈向新时代。

"文化先进市"、文明城市创建、社会治安综合治理，国家表彰，誉满名城。文化强市，艺术传承，古今文明，交相辉映。文化积淀，润泽诚信之品格；精神弘扬，筑牢平安之基石。皮影堪称国宝，木偶亦为精品。婚俗蜚声华夏，剪纸巧手绘形。碗碗悠腔有传人，老腔新戏誉京城。科教文化园区，开拓启动；影视动漫基地，产业兴盛。学校建设，重中之重，教育"两基"全国先进；体育健身，蓬勃开展，场馆尽显现代风姿；卫生事业，关注民生，医疗泽惠万民。文化盛节，年年举行，城乡民众欢欣。城市精神得以昭示，传统美德尽获彰显。

展望未来，风光无限。紧靠吕梁山，融入太原圈，面向环渤海，再铸新篇章。继往开来，高擎科学发展大旗；启后承前，巧绘世纪宏伟蓝图。抚今追昔，人民铸造史诗；仰天浩歌，前程更似丹阳！

煌煌孝义，彪炳千秋！

孝义市三晋文化研究会
2012 年 10 月 8 日

目录

前　言	001
概　述	001
第一章　行孝仗义	009
第二章　二十四孝	015
第三章　图腾崇拜	029
第四章　十二生肖	045
第五章　民俗风情	067
第六章　神话传说	127
第七章　戏曲故事	155
第八章　吉祥图案	173
第九章　生产生活	235
第十章　与时俱进	249
第十一章　艺人小传	301
后　记	318

前言
QIAN YAN

　　黄河养育了中华民族,也哺育了华夏文化,地处黄河流域的孝义,民间剪纸艺术源远流长,被中国文化部命名为"民间文化艺术之乡",被山西省人民政府公布为省级非物质文化遗产保护名录。孝义的民间剪纸艺术不仅风格独特,形式多样,内涵丰富,地域特色鲜明,而且琳琅满目,浩若繁星,是一朵灿烂夺目的奇葩。

　　本书共分概述、行孝仗义、二十四孝、图腾崇拜、十二生肖、神话传说、戏曲故事、民俗风情、吉祥图案、生产生活、与时俱进、艺人小传十二部分。因篇幅所限,在编辑过程中,只能是有代表性地遴选作品,篇章也不是严格意义上的学术分类,因为不少作品具有双重属性。在每篇章开篇之时都有简要提示,以便于读者鉴赏。本书所列之艺人小传,是孝义市级以上剪纸代表性传承人及近年来活跃在剪纸艺坛的名艺人。艺人小传还收录了石桂英等已故剪纸老艺人的小传,以纪念他们对孝义剪纸艺术所作出的贡献。

　　孝义剪纸作品是装饰品、收藏品、馈赠品,文化价值极高。目前,孝义剪纸已进入发展阶段,经过努力,有望成为走向全国、走向世界的一张文化名片。

　　本书在编辑过程中,得到孝义市三晋文化研究会的大力帮助,得到了孝义剪纸艺人的积极支持,在此,谨表示诚挚的敬意和感谢。由于水平有限,肯定会有不足乃至纰漏之处,敬请专家与读者批评指正。

作者
2014年6月

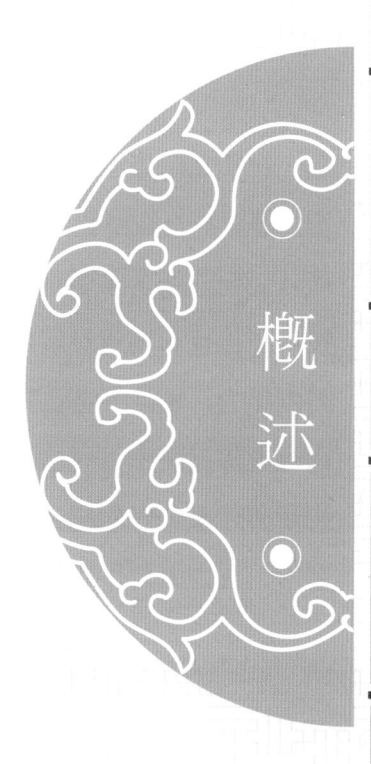

概　述

在孝义，每逢喜庆节日，特别是春节，不论是在乡村农舍还是商店橱窗，都能看到红艳艳、喜洋洋的剪纸艺术品。孝义蕴藏着丰富的民间艺术，而其民间剪纸艺术更是历史悠久，源远流长。由于剪纸工具简单，易于传授，在传授和发展过程中，又经历了艺术和内容的自然发展，使剪纸艺术充满活力，遍地开花，广大群众喜闻乐见。剪纸艺术出自劳动人民之手，内容大都反映民俗风情、劳动人民的生产和生活习俗，表达劳动人民热爱生活和追求美好的愿望。这种源于民间，服务于民间，在民间生根开花的艺术，成为人们生活中不可缺少的部分。

历史渊源

从孝义出土发掘的殷商青铜器和汉代墓葬画像石刻艺术及壁画来看，其艺术特点同民间剪纸的风格极为相似。由此可推知，孝义剪纸可上溯到汉代。孝义剪纸具有汉代石刻艺术所具有的质朴、粗犷、雄浑、博大之气，这是孝义剪纸最具特色并有别于其他地方剪纸的艺术特色。

1946年，著名版画家力群同志就和孝义东小景妇女石桂英一起创作了剪纸作品《织布图》《小八路》《耕地图》等，发表于解放区的文艺刊物上，有的在革命圣地延安的窑洞里展出。著名诗人艾青编著的《西北剪纸集》也选用了很多孝义的民间剪纸作品。新中国成立后，石桂英创作的《织布图》载入原德意志民主共和国出版的一本中国版画选集中。

新中国成立后，党和政府非常重视各种民间艺术的发展，孝义剪纸出现了"新老艺人传帮带，各有千秋风格"的动人情景。"文化大革命"期间，剪纸艺术被认为是宣传封建迷信，一些剪纸艺人遭到批判，剪纸艺术陷入低谷。党的十一届三中全会后，剪纸艺术又焕发了青春，剪纸艺人用一双巧手，剪出了对美好生活的向往，又以崭新的英姿，放射出奇光异彩。除石桂英外，先后涌现出侯丕烈、郭梅花、郭润芝、武玉莲、赵宝仙、武兰翠、李前凤、郭秀芬、杨培才、张金莲、冯美英等优秀的剪纸艺术家和剪纸能手。他们创作的剪纸作品在国内外多次参展，并获奖。众多的作品在报刊发表，有的被国内外专家、学者收藏。他们的剪纸艺术各领风骚，有的刚健，有的神采，有的秀气，有的玲珑，既有令人叹为观止的传统作品，又有突破传统走向现代化的不凡佳作。被联合国教科文组织授予"一级民间工艺美术家"称号的研究馆员侯丕烈先生于1984年主编的《孝义民间剪纸集》是"文化大革命"后我国第一本民间剪纸书，流播海内外，很受读者青睐。

表现形式

孝义剪纸的创作风格，多为单色剪纸，构图较满，更多粗线条，风格鲜明，具有北方地区粗犷有力、简练淳朴、质朴可爱的特点，与江南剪纸的纤细秀丽有别，然粗中有细。从剪纸技法上说，多阴阳线兼用，即用纯阴线技法把表现对象的细部轮廓剪成虚线，以显示形象；运用阳线处理使其外部轮廓鲜明，作品整体化。郭沫若先生有诗云："曾见北国之窗花，其味天真而浑厚；今见南方之剪纸，玲珑剔透得未有。一剪之趣夺神功，美在民间永不朽。"

孝义民间剪纸作品由以下几种类型构成：

一、残存的先民图腾崇拜剪纸作品

图腾崇拜是民间剪纸产生的一个最主要的根源。孝义民间剪纸中，有大量的以蛇、龙、鱼、鸟、蛙、虎、鼠等动物为主题的纹样，而且世代相传，绵延不断。如《龙年有喜》《蛇女传奇》《蛇盘兔》《龙凤呈祥》《二龙戏珠》等。

二、传统的民间礼仪活动剪纸作品

民间剪纸作为民俗活动的内容之一和民俗活动的一种独特的审美形式，随着礼仪活动产生而产生，同时又在这种活动中不断吸取其他艺术形式精华，接受当时社会环境的影响，并且不断推陈出新。孝义的传统礼仪活动剪纸，可分为以下两个方面：

一是岁时节令的民间剪纸。这一类民间剪纸贯穿于正月初一至年三十全年的岁时节令活动始终，表达了人民群众追求美好生活的愿望和对喜庆节日的庆祝及避毒驱灾的理想。如春节时家家户户剪窗花，纹样主要有牛、羊、猪、鸡、鹿、鹤和神仙人物、花草树木；端阳节有关于"公鸡除五毒"的剪纸纹样……反映出劳动人民期冀新岁人寿年丰、六畜兴旺的美好愿望。总之，在各个民俗节日中，均有丰富多彩的剪纸作品出现。

二是人生礼仪习俗的民间剪纸。如《送子观音》《喜娃》《莲生贵子》《麒麟送子》等传统的婚嫁装饰剪纸作品，表达了人们企盼阖家美满幸福和祈求子孙繁衍的内容；有关牛郎织女、白蛇与许仙等内容的剪纸纹样，歌颂了坚贞的爱情生活；寿庆活动中的民间剪纸有老寿星、二十四孝、双狮登寿和"桃"、"寿"字等，表达了后辈对高堂健康的美好祝愿和希望岁岁平安、长命百岁的祝福。

三、服饰习俗中的民间剪纸作品

孝义民间剪纸经过长期发展，已经不仅仅局限于民俗活动的应用范畴，它以其独特的表现形式，逐渐成为劳动人民日常生活应用和追求美好生活的装饰品，开辟了艺术领域的新天地。如儿童服饰刺绣类的裹肚花、帽饰花等等，剪纸底样主要有如意石榴、双桃娃娃、长命锁等；婚嫁服饰类的荷花包、鞋花、针扎花等，剪纸底样主要有鱼戏莲、龙凤朝阳等；农家日用杂什装饰类的枕顶花、担肩花、门帘花、围裙花等，剪纸底样多为吉庆的题材和花、草、虫、鱼等。

四、神话传说和戏曲故事剪纸作品

孝义境内流传的神话传说和民间故事数不胜数，"义虎厅"的传说脍炙人口，"仁义巷"的故事至今流传。特别是有关张四姐的神话故事已由山西省人民政府公布为省级非物质文化遗产保护名录。孝义素有"无孝不成戏""无孝不成班"之说，孝义皮影戏、木偶戏、碗碗腔被誉为孝义艺术三绝，蜚声中外，已被国务院公布为国家级非物质文化遗产保护名录。流传在孝义的神话传说、民间故事和戏曲故事，是孝义剪纸的一项重要内容，如义虎救樵、张四姐的故事、八仙过海、天仙配、天女散花及皮影人物等。

五、生产生活剪纸作品

地处黄河流域的孝义，不论是文明的进化还是风土人情，在过去都与农业有着千丝万缕的联系。农民终年辛勤劳作，"日出而作，日落而息"，简朴的生活，养成农民特有的勤劳美德。生产生活是一切创作的源泉。孝义的剪纸作品，通常反映人民群众日常劳动生活和家庭生活状况，如纺纱、织布、养鸡、喂猪、耕田、磨面等，古朴、神韵、粗犷，情趣健康，意境真切，富有乡土气息。

六、与时俱进的剪纸作品

如今，各项事业蓬勃发展，人民生活水平日益提高，孝义的剪纸艺人更是采取现实主义的创作手法反映美好的现实生活。由于题材广泛，剪纸艺术品所表现的主题更深刻，艺术风格更完美，鸣唱出一曲曲新歌。如

《全国人民奔小康》《安居乐业》《永远向着党》《同心共筑中国梦》等，紧扣时代主旋律，反映时代进步和群众心声，具有很强的艺术性。

七、吉祥图案剪纸作品

人人喜吉祥，人人盼吉祥，吉祥图案也成为剪纸作品的一大内容。孝义的剪纸吉祥图案，大多包含富贵平安、延年益寿、马上封侯、招财进宝及龟、麟、狮、凤、鱼虫、花鸟、十二生肖等。孝义剪纸艺人特有的文化、道德理念在剪纸艺术中表现得淋漓尽致，其作品内容表现了人们对美好生活的期盼与心愿。

主要特征

一、渊源的古老性

孝义剪纸艺术历史悠久，源远流长。1993年，孝义被国家文化部命名为"民间艺术之乡"。孝义的剪纸艺术可以上溯到汉代，是中华剪纸艺术的发祥地之一，蕴藏着丰富的剪纸文化。

二、剪纸风格的独特性

孝义剪纸蕴含了汉代石刻艺术所具有的质朴、雄浑、博大之气，这是孝义剪纸最具特色并有别于其他地方剪纸的艺术特色，是孝义民间剪纸艺术的特点之一；构思巧妙、剪功粗犷大方是孝义民间剪纸艺术的特点之二；形式多样、立体感强是孝义民间剪纸艺术的特点之三；丰富的想象力、夸张和浪漫的艺术手法是孝义民间剪纸艺术的特点之四；推陈出新、反映时代是孝义民间剪纸艺术的特点之五。

三、社会作用

旧社会，孝义的剪纸以图腾崇拜为主，服务于传统的民间礼仪活动和岁时节令等，表达了劳动人民热爱生活和追求美好的愿望，但里面不乏封建迷信的东西。如今的剪纸则是采用各种手法从不同侧面和角度反映美好的现实生活，犹如一曲曲优美动人的民歌，寄托着人们对美好生活的向往和对真挚情感的企盼，有深沉的思想内涵和艺术价值。

重要价值

历史价值

第一，对剪纸艺术的形成和发展的研究，有助于探讨中国剪纸的形成和演变的内在规律；

第二，通过对剪纸艺术的研究，可探讨孝义皮影艺术及全国皮影艺术的形成和发展规律；

第三，通过对剪纸艺术的研究，可探讨对剪纸艺术和其他民间艺术的亲缘关系。

文化价值

第一，剪纸艺术的研究对当时当地民俗文化研究有着极高的参考价值。它与当地殷商青铜器及汉代画像石刻艺术、当地戏曲艺术、皮影艺术有机结合，具有很高的艺术研究价值，全面地记述了当时当地民俗艺术及文化概况；民间剪纸是民俗文化的载体，孝义剪纸艺术服务于传统的民间礼仪活动和岁时节令，更为群众喜闻乐见，所以这一习俗一直流传至今。这一现象有助于对当地风情民俗、宗教信仰等的研究。

第二，具有装饰、审美和宣传的作用。每逢岁时节令，特别是正月初一，在地处黄河流域的孝义，不论在乡村农舍还是商店橱窗，都能看到红艳艳、喜洋洋的剪纸艺术品。

第三，孝义剪纸艺术服务于传统的民间礼仪活动和岁时节令，更为群众喜闻乐见，所以这一习俗一直流传至今。

第四，剪纸是当地群众非常喜爱的一种艺术，具有凝聚民众力量、加强民族团结、激励民众斗志的社会功能，对建设新文明、构建和谐社会具有重要的文化支撑作用。

第五，剪纸工具简单，易于传授，有助于培养新人，推陈出新，不断创新，并且能够美化生活环境，渲染生活气氛，陶冶人们的心灵和性情。

第六，孝义近几年来的剪纸作品有深厚的历史底蕴和艺术价值，具有收藏和创造经济效益的作用和功能。

工艺价值

剪纸艺术是一门易学难精的民间技艺，作者大多为乡村妇女和民间艺人，由于他们以现实生活中的所见所闻为题材，对物象观察，全以淳朴的感情与直觉的印象为基础，因此形成剪纸艺术浑厚、单纯、简洁、明快的特殊风格，反映了农民那种朴实无华的品德。剪纸虽然制作过程简单，造型单纯，但它包含着丰富的民俗和生活内涵，是对许多种民间美术表现形式的浓缩和夸张，因而比较集中地体现了民间艺术的造型规律、创作构思及作品的形式特征。因此，对民间剪纸的了解和研究，是通向认识和欣赏繁杂多样的民间美术的捷径。

第一章 行孝仗义

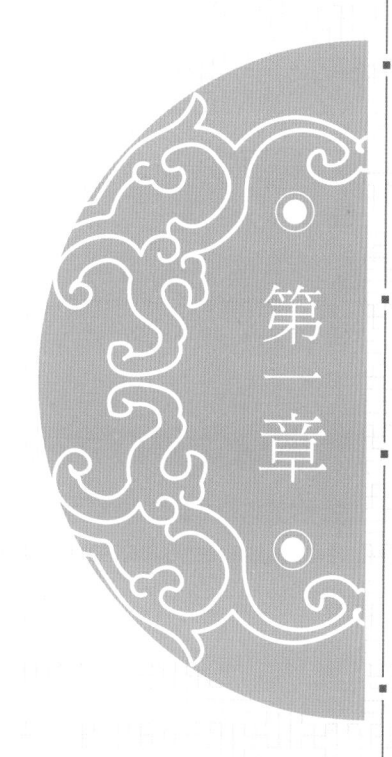

行孝仗义

早在七八千年前的新石器时期，就有人类在孝河流域繁衍生息。县置春秋属晋，为瓜衍县。秦灭魏置兹氏县。三国曹魏置中阳县治。北魏太和十七年（493）改置永安县。

"孝义"是由"孝"和"义"组成，孝义县名的来源，清《孝义县志·人物志》记载：唐贞观年间，城东五里有贫儒郑兴待母至孝，母病思鹿肉，兴割己股烹调敬母，母食病愈。圣闻，赐改邑名为"孝义"，赐改郑兴故里永安堡为"大孝堡"。这在《元和郡县志》、明《汾州府府志》等中均有记载。

1992年孝义撤县设市。千百年来，孝义民众一直行孝仗义。

◎ "孝"的内容有二十四孝中发生在孝义的"郑兴奉亲""郭巨卖儿""唐氏乳母"三孝。

◎ "义"的内容包括"义虎报恩""实夫拜虎""扶贫济困""见义勇为"。

◎ 孝 义　武玉莲　剪

◎ 孝 义　郭够兰　剪

第一章　行孝仗义

郑兴孝母

郭梅花 剪

◎隋末,永安县永安堡有一个叫郑兴的人,有一年,朝廷大兴土木,大肆搜刮民财,征抓壮丁服役,郑父为躲徭役花尽家资,气愤成疾,一命归西。父亲去世以后,郑兴为父守墓三年。

◎郑父死后,郑母一人持家,最终因操劳过度,染病在床。一天,官差们来永安堡抓苦役,郑兴被抓去,离开了相依为命的老娘。

第一章 行孝仗义

◎时隔三月,郑兴服完役赶回家中,见老母气息奄奄,昏睡床上,顿时心急如焚。郑兴打工挣得些许粮食,每日做吃食奉养老母,自己却吞糠咽菜,勉强度日。

◎郑兴请来郎中为母看病,郎中说用鲜鹿肉配五味调理能治好母亲的病。于是郑兴四处寻找新鲜鹿肉,但一直没找到。无奈之下,他割下自己大腿的肉,为母熬药,最终母病痊愈。

◎四方邻里听说此事后,对郑兴赞不绝口。时任汾州知府房玄龄听说此事后说:"割股奉亲,乃世之奇事。"于是,亲临永安堡,书赠"孝悌贤乡"牌匾。

◎唐太宗听了郑兴的孝行后,深受感动,脱口而出:"此人有孝有义,可为大孝也!"特下御诏,封郑兴为大孝子,将"永安县"赐名为"孝义县",并将郑兴所在的"永安堡"改名为"大孝堡"。

第二章

二十四孝

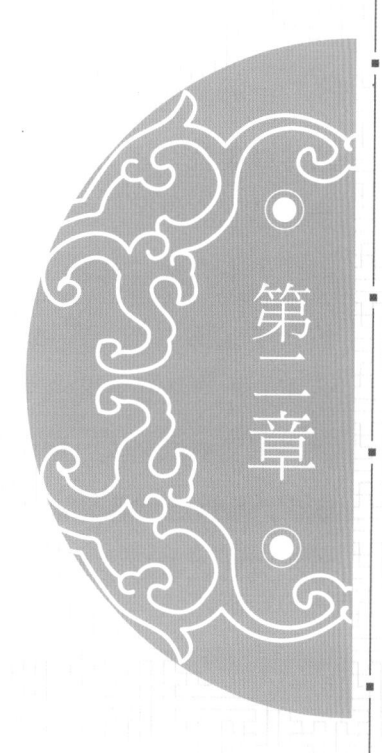

二十四孝

百善孝为先。孝义人行孝仗义，包容大气。孝敬父母是中华民族的传统美德，孝义剪纸艺人很喜爱剪二十四孝。尤其在九九重阳节，爱剪贴二十四孝，歌颂孝，宣传孝。

二十四孝有多种版本，孝义剪纸艺人所剪之"二十四孝"，是流传在孝义的版本。在这一版本中，有发生在孝义的"郑兴奉亲""郭巨卖儿""唐氏乳母"三孝。

孝义剪纸艺人，用他们各自的巧妙构思和创作手法所剪之"二十四孝"，虽然造型各异，风格不同，但都布局合理，形象生动，栩栩如生，有很强的艺术感染力。

二十四孝

武玉莲　剪

◎郑兴，大孝堡人氏，性至孝。家贫，母病重，念肉心切，即割股奉亲，母食后身体康宁。其孝心闻名于朝，唐太宗李世民下旨将"永安县"改名"孝义县"。如今孝义境内尚存郑兴遗风，经久不衰。

郑兴大孝，割股奉亲

◎郭巨，汉朝人，字文举，相传为孝义县马庄营村人。自幼家贫，母亲体弱多病，因幼子三岁欲分母食，心思：子可再有，母不可复得，故夫妻商量将幼子卖掉。因故掘祖谱时天赐黄金，夫妻返家孝母。

郭巨卖儿，善母恩深

第二章　二十四孝

二十四孝

武玉莲 剪

唐氏乳母，孝敬公婆

◎唐朝时，永安县（现孝义市）苏家营村有一妇女姓唐，其婆母崔夫人，年迈多病，齿落不能进食，唐氏以乳奉亲，对其温良恭顺，求医问药，百般护理，终使婆母病愈，安享天年。唐氏名留后世，后人修庙敬仰。

实夫拜虎，养亲送终

◎明代人包实夫，孝义阳泉曲人氏，岁贡生，教馆于太常。年末回家，遇一猛虎，龇牙咧嘴，欲将其伤。包跪求曰：家有七旬老母尚待奉养，容吾养老送终，方来还账。为其孝心所感，义虎回岗。后有"孝拜虎岗"之称。

◎晋朝人杨香,年十四,事亲至孝。一日随父在田间耕作,突遇一虎,衔住其父。杨香不顾危险,爬上虎背,紧紧扼住虎颈,终使虎松口逃走,救父性命。诗颂曰:"深山逢白额,努力搏腥风;父子俱无恙,脱离虎口中。"

杨香勇武,扼虎救父

◎曾参,孔子弟子,春秋鲁国人。为侍老母,参常入深山披荆斩棘。一日家有客至,生母无措,乃啮其齿。参忽心痛,知母呼唤,即觅薪以归,跪问其故,母曰:"有急客至,吾啮齿以悟汝耳。"

曾参采薪,啮啮心痛

第二章 二十四孝

◎郯子,春秋时郯国人,事双亲至孝。父母年老,俱患眼疾,郯乃衣鹿皮去深山,入鹿群中取鹿乳供亲。猎者视而欲射之,郯子俱以情告。猎人敬其孝,赠以鹿乳,并护郯子出山。

郯子鹿乳,医亲眼疾

◎仲由,字子路,春秋时鲁国人,孔子弟子。自幼家贫,常以野菜为食。为孝敬父母,常从百里外负米奉双亲,多年来从不间断。后居高官仍不忘往昔父母之恩。有诗颂曰:"孝双亲高人一等,生尽孝儿女情肠。"

仲由负米,百里养亲

闵子芦花，感化后母

◎闵损，鲁国人，孔子弟子。母早丧，继母偏爱新儿，衣以棉絮；妒损，衣以芦花。一日随父御车，闵体寒难支，遭父鞭打，芦花飞出。父察知情，欲休后母。闵泣曰："母在一子寒，母去三人单。"母闻罢，改悔从贤。至此，母慈子孝，合家欢乐。

黄香九岁，扇枕温衾

◎黄香，后汉江夏人，九岁丧母，侍父极孝。夏天暑热为父扇凉枕席，冬天寒冷以身暖其被褥。其孝心被广为传颂，素有"江夏黄香，天山无双"之美称，太守刘护表而异之。

◎王裒,魏晋时营陵人,事亲至孝。母在世时习性怕雷,死后每遇雷声,裒都奔至母坟,拜泣而告曰:"儿在此,母亲无惧。"有诗颂曰:"慈母怕闻雷,冰魂宿夜台。阿香时一震,到墓绕一回。"

王裒慰亲,闻雷泣墓

◎晋孟宗,少丧父,母老弱多病,隆冬岁月,欲吃竹笋。孟宗无计可施,乃往林中抱竹而泣,其孝感动上天,须臾,冰雪融化,草木转青,平地冒出许多竹笋。孟宗持笋归,做羹奉母。诗颂曰:"泪滴朔风寒,萧萧竹数竿。须臾冬笋出,天意报平安。"

孟宗哭竹,冬日生笋

第二章 二十四孝

大舜耕田,孝感动天

◎古时虞舜,性至孝。惜母早逝,父顽,母嚚,弟象傲。然舜不怨不恨,每日勤耕,获丰粮孝敬父母。帝尧闻其贤,遂将天下让焉。舜登帝位后,政通事治,名垂千秋。

王祥卧冰,为母求鲤

◎晋王祥,早年丧母,继母不慈,祥仍奉亲至孝。天寒地冻之时,王祥竟解衣卧冰,为母求鱼治病。河水忽解,鲤鱼跃出,其母食后果然病愈。武帝闻其贤,拜为太保之职。有诗曰:"继母人间有,王祥天下无。"

◎黔娄,南齐高士,任孱陵县令。任职七天,忽心惊汗流,即返里探亲,请良医为父医病。医曰:欲知凶吉,只有尝粪,味苦则佳。黔娄尝之味甜,忧之。数日父卒,黔娄守制三年始上任,贤名远传千里。

黔娄尝粪,忧亲病危

◎周朝老莱子,性至孝。行年七十,言不称老,常着五色彩衣,学婴儿戏于亲侧,又常取水上堂,诈跌卧地,做婴儿啼,以此来逗双亲开心。楚王闻其贤,聘之为官。

老莱七十,戏彩娱亲

◎后汉陆绩,六岁时随父去见袁术,术以橘待之。绩怀橘数枚,拜时橘竟坠地。术曰:"陆郎作宾而怀橘乎?"绩跪泣曰:"吾母性之爱橘,欲归敬母。"术恍然大悟。绩成年后博学多识,出任榆林太守。

陆绩六岁,怀橘遗亲

◎宋黄庭坚,元祐年间为太史。虽身居高位,却孝心至诚。母生性好洁,庭坚每夕必亲自为母洗便器,不使婢妾为之,未尝一刻不尽子职。大诗人苏东坡赞曰:"独立鸡群。"

庭坚至孝,涤亲溺器

第二章 二十四孝

◎汉文帝刘恒,汉高祖刘邦第三子,初封代王。生母薄太后,帝奉养不怠。母患病三年,帝常衣不解带,累夜不寝,每日为母所煎汤药必先亲尝之,其孝心闻名于朝。有诗颂曰:"仁孝临天下,巍巍冠百王。"

文帝侍母,亲尝汤药

◎董永,后汉人,少年丧母,奉父至孝。父亡,无钱埋葬,永遂卖身贷钱而葬,而后偿工还债。天上七仙女感其孝心,下凡与之结为夫妻,并织绢为他还清债务。诗曰:"葬父贷孔兄,仙姬陌上逢。织缣偿债主,孝感动苍穹。"

董永卖身,感动仙姬

◎蔡顺，后汉人，少年葬父，事母至孝。王莽之乱时，年岁饥荒，无钱买米，顺只能到荒野拾桑葚供养老母，并以异器盛之，黑者奉母，赤者自食。赤眉军念其孝心，赠以白米、牛蹄，以敬其母。

蔡顺诚孝，拾葚供亲

◎宋朝朱寿昌，幼时生母被父逐出家门，五十年未能相见。出仕后，他念母心切，后弃官寻母，终在母亲七十余岁时与之相见，欢聚同归。有诗颂曰："弃官从母孝诚虔，归里牧羊兼种田。籍以承欢滋养母，复元欢乐事天年。"

寿昌寻母，弃官奉亲

第二章 二十四孝

◎丁兰，东汉河内人，幼丧父母，未得奉养。常思双亲养育之恩，兰用木刻父母像，一日三餐先敬亲，后自食。出必告，返必面，奉之如生，终生不怠。其孝心远扬乡里，众人敬佩。

丁兰至孝，刻木奉亲

◎东汉江革，早年丧父，独与母居。岁遭兵荒，负母逃难。路遇贼寇，欲劫杀之。江革泣告有老母在，无人奉养。贼敬其孝，免于劫杀。诗赞曰："救母如履薄冰，越山肩负步兢兢。重重危难益坚忍，孝勇绝伦足可矜。"

江革负母，贼窟救亲

图腾崇拜

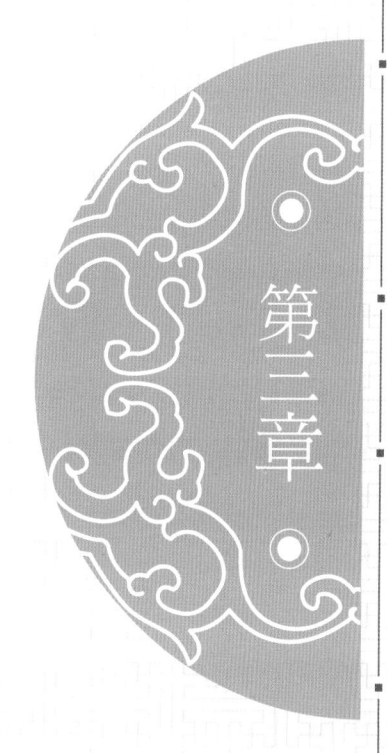

第三章

图腾崇拜

残存的先民图腾崇拜，是孝义民间剪纸的一项重要内容。在孝义民间剪纸中，有大量的以龙、蛇、虎、鼠、蛙、鱼等动物为主题的纹样。这是黄河流域古民族的图腾标志，是图腾文化在该分布区域的延续。这种精神民俗文化，是由人民群众创造，并在人民群众中传承，对民众的生产生活有较大影响。如《二龙戏珠》《龙年有宝》《蛇女传奇》《龙凤呈祥》《蛇盘兔》《年年有余（鱼）》《五虎迎春》等纹样，构思新颖，粗犷夸张，造型美观。

舞龙 武玉莲 剪

九龙戏珠 刘俊娥 剪

第三章 图腾崇拜

孝义文化丛书 ● 第三辑

剪纸风韵 ● Jianzhi Fengyun

龙年有宝　武兰翠　剪

四龙并头　郭秀芬　剪

龙腾虎跃　武兰翠　剪

◎龙，是中华民族共同奉祀的主要图腾形象，世代相传，绵延不断。在我国古代传说中，龙是神异动物，能兴云降雨，有相当的地位，后来成为象征祥端的"四灵"（麟、凤、龟、龙）之一。

龙凤呈祥　武兰翠　剪

◎凤凰，是中国神话传说中的"百鸟之王"。中国古代把凤凰作为神鸟、灵鸟，凤凰和龙同为汉民族奉祀的一种原始图腾形象。

第三章　图腾崇拜

孝义文化丛书 • 第三辑

剪纸风韵 Jianzhi Fengyun

丹凤朝阳 王新莲 剪

双凤迎喜 张爱珍 剪

蛇盘兔　冯美英　剪

蛇女传奇　武兰翠　剪

第三章　图腾崇拜

财源滚滚 吉星高照 郭秀芬 剪

◎蛇是无足爬行动物,早在人类出现之前地球就有了蛇。全国各地普遍都有与蛇相关的神话传说、宗教信仰、图腾崇拜。神话《女娲补天》中的女娲娘娘是人首蛇身。传说中的伏羲,也是人首蛇身。

二虎争吉祥炉 郭秀芬 剪

五虎迎春　武兰翠　剪

虎　武兰翠　剪

第三章　图腾崇拜

孝义文化丛书 ● 第三辑

剪纸风韵 ● Jianzhi Fengyun

虎　杨培才　剪

◎虎字由三个老虎组成，每个老虎都威武雄壮，寓意深刻。

威风凛凛　赵宝仙　剪

老虎迎福　杨培才 剪

有福有鱼　武兰翠 剪

◎寓意：日子年年有余，生活幸福。

第三章　图腾崇拜

孝义文化丛书 · 第三辑

剪纸风韵 ● Jianzhi Fengyun

年年有余　石桂英　剪

金鼠闹葡萄　武兰翠　剪

◎寓意：金鼠闹葡萄，一代更比一代好。

老鼠娶亲　郭秀芬　剪

◎老鼠娶亲，鸣锣开道，抬着彩轿，吹吹打打，热热闹闹。这一流传在孝义的民间传说，具有童话色彩，彰显了孝义人的宽宏大量和人性至善，表达了人们禳灾祈福的祥瑞追求。

第三章　图腾崇拜

老鼠偷油 李前凤 剪

第三章 图腾崇拜

智鼠滚瓜 郭够兰 剪

青蛙背斗 武兰翠 剪

◎寓意：青蛙背斗，越背越有。另外，虎、蛙、鼠、鱼也是先民奉祀的图腾形象。这可能是黄河流域远古氏族部落融合兼并和外婚制的民俗表现。

抓鸡娃娃　赵宝仙　剪

◎寓意：女娲造世界。

第四章 十二生肖

十二生肖

　　生肖，即属相，在五花八门的众多文化中，显然生肖文化是中华民族一种独特的文化现象，中国人每个人都有自己的属相，而且普遍都看重自己的属相。

　　生肖，即用十二地支各配一种相应的爬行动物。子、丑、寅、卯、辰、巳、午、未、申、酉、戌、亥，相应地配鼠、牛、虎、兔、龙、蛇、马、羊、猴、鸡、狗、猪。

　　十二属相是孝义剪纸艺人喜爱的一项剪纸内容。他们所剪的十二生肖，形象各异，各有千秋。本篇章选录了四套十二生肖剪纸系列作品，供读者鉴赏。

第四章 十二生肖

十二生肖
李前凤 剪

鼠

牛

孝义文化丛书 ● 第三辑

剪纸风韵 ● Jianzhi Fengyun

虎

兔

龙

蛇

第四章 十二生肖

马

羊

猴

鸡

第四章 十二生肖

狗

猪

十二生肖
侯爱莲 剪

鼠

牛

第四章 十二生肖

虎

兔

龙

蛇

第四章 十二生肖

马

羊

猴

鸡

第四章 十二生肖

孝义文化丛书 ● 第三辑

剪纸风韵 ● Jianzhi Fengyun

狗

猪

十二生肖

张金莲 剪

鼠

第四章 十二生肖

孝义文化丛书 ● 第三辑

剪纸风韵 ● Jianzhi Fengyun

牛

060

虎

兔

第四章 十二生肖

龙

蛇

马

羊

第四章 十二生肖

孝义文化丛书 ● 第三辑

剪纸风韵 ● Jianzhi Fengyun

猴

鸡

狗

猪

第四章 十二生肖

十二生肖

刘俊娥 剪

第五章

民俗风情

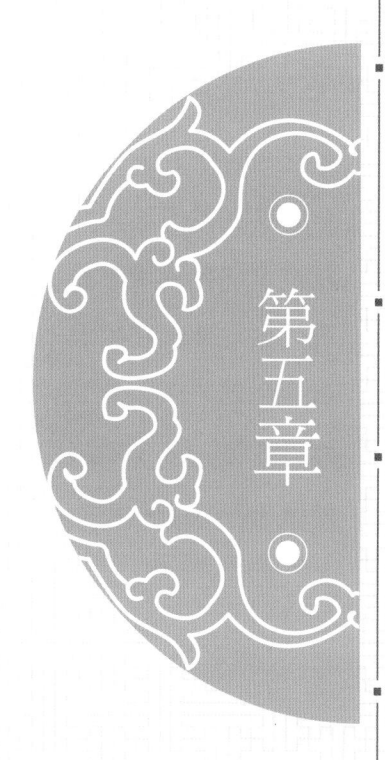

民俗风情

俗话说：“十里不同俗，百里不同风。”以民俗文化反映生活的进程，孝义与其他地域有相同之处，但也有众多不同之处。

孝义民俗承载着孝义民众的喜怒哀乐、耕耘奋斗，塑造着孝义民众世世代代敦厚善良、勤勉朴实的人性，激励着孝义民众积极向上的勇气。它体现在岁时节日、婚俗、过生日、做寿、服饰习俗等方面。而且每遇三八、五一、七一、国庆节、元旦等节日，都会有剪纸作品装点气氛。孝义剪纸，不仅细腻精湛，而且求奇创新，形、神、意和谐统一，不仅美化生活环境，还表达了民众追求生活美满幸福的愿望。

从祭灶起都是年

杨培才 剪

◎腊月二十三，灶王爷上天。这天是中国传统文化过小年吃糖瓜粘的日子。

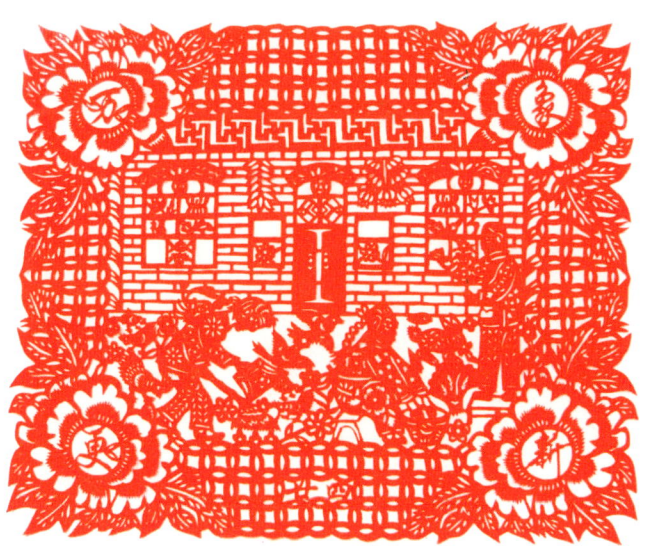

◎腊月二十四，擦抹打扫四遭四。这天人们搞卫生，扫尘埃，干干净净迎新春。

第五章　民俗风情

◎腊月二十五,赶大集,买下白菜胡萝卜。在这天,人们买卖年节物品,集市红火热闹。

◎腊月二十六,杀猪割年肉。这天人们主要筹备过年的肉食。

◎腊月二十七,男女老少洗脚,集中洗澡洗衣,除去一年的晦气,准备迎接来年的新春。

◎腊月二十八,黑的白的蒸下两箩筐。即所谓蒸花馍。

第五章 民俗风情

◎腊月二十九，抬酒坛，倒下酒。即准备过年的喜酒。

◎腊月三十，窗花贴在窗户上。张贴年画及春联。

◎大年初一，亲朋好友互拜新年，恭贺新春。

第五章　民俗风情

孝义文化丛书 • 第三辑

剪纸风韵 • Jianzhi Fengyun

喜　侯爱莲 剪

喜　侯爱莲 剪

◎春节门上挂灯笼，亮起一个好兆头，祝福未来的日子天天好。据传，孝义春节门上挂灯笼之俗兴于唐代，盛于宋代，繁盛于明清，延续到今天。

喜 侯爱莲 剪

福 师效俊 剪

第五章 民俗风情

春牛图　武玉莲　剪

◎古时，人们把打春的前一天叫迎春。这一天地方官步行到效外，聚集乡民，让扮神人的人鞭打土牛，并把土牛称作"春牛"，意思是打去春牛的懒惰，迎来一年的丰收。

年年有余　侯爱莲　剪

喜凤牡丹　武兰翠　剪

喜迎新春　武兰翠　剪

第五章　民俗风情

孝义文化丛书 ● 第三辑

剪纸风韵 ● Jianzhi Fengyun

元宵节闹社火 郭秀芬　剪

端午风情　赵宝仙　剪

◎五月初五端午节，孝义的人们把采集的艾蒿（艾叶）捆成小捆插在门上，小孩身上戴香包，用来避邪除瘟。

闹红火 李前凤 剪

◎这种推车活动,是孝义流传最广泛、最普及、最受群众喜爱的一种社火活动。

孝义地秧歌人物　赵宝仙　剪

◎左面两人为花棒演员，右二是敲小锣演员，右一是踩高跷演员。

元宵节期间上演的狮子舞　郭秀芬　剪

中秋团圆　张金莲　剪

◎中秋节时，孝义人要做一个一尺五寸大小的月饼，称为"团圆"。中秋节夜孝义人祭月后把月饼切成长块，全家每人一块。

结婚窗花 郭秀芬 剪

◎寓意：万事如意八宝笙，石榴开花桶粗的根。桶里出莲出桂花，抱了儿孙抱外甥。莲花桂花打碗花，进得门来就当家。事事如意一定宝，夫妻二人活到老。麒麟送子胖娃娃。头顶寿字坐状元。葫芦芦斗，要活九十九。喜蛛石榴对牡丹，天下姻缘配成双。

第五章 民俗风情

孝义文化丛书 ● 第三辑

剪纸风韵 ● Jianzhi Fengyun

龙凤呈祥 武兰翠 剪

龙凤喜 郭够兰 剪

第五章 民俗风情

孝义文化丛书 ● 第三辑

剪纸风韵 ● Jianzhi Fengyun

麒麟送子 武玉莲 剪

麒麟送子 武兰翠 剪

◎寓意：麒麟送子双胞胎，全家高兴乐开怀。

第五章 民俗风情

麒麟送子　冯美英　剪

◎麒麟是中国上古神兽，主太平、长寿，被人们视为吉祥、仁慈的瑞兽。旧时，孝义民间有"麒麟送子"的传说。

我们结婚啦 刘俊娥 剪

第五章 民俗风情

送子娘娘　武玉莲　剪

◎民间多说送子娘娘神就是王母娘娘。王母娘娘即西王母,是中国道教的著名女神,女仙领袖。

喜中有福 刘俊娥 剪

第五章 民俗风情

龙凤喜 刘俊娥 剪

喜上加喜　刘俊娥　剪

第五章　民俗风情

孝义文化丛书 ● 第三辑 ── 剪纸风韵 ● Jianzhi Fengyun

心心相印 刘俊娥 剪

囍　李前凤　剪

第五章　民俗风情

鱼捧莲 李前凤 剪

◎寓意：鱼捧莲花开，贵子早到来。

双娃抬石榴　李前凤　剪

◎寓意：子孙万代。

第五章　民俗风情

结婚照 李前凤 剪

第五章 民俗风情

龙凤呈祥 武兰翠 剪

娶亲路上 杨培才 剪

拜花堂 杨培才 剪

揭盖头　冯美英　剪

第五章　民俗风情

孝义文化丛书 ● 第三辑 —— 剪纸风韵 ● Jianzhi Fengyun

心中有喜　张金莲　剪

莲生贵子　张金莲　剪

第五章　民俗风情

孝义文化丛书 ● 第三辑

剪纸风韵 ● Jianzhi Fengyun

喜鹊登梅成双喜　张金连　剪

金童玉女压床喜　张金莲　剪

◎寓意：喜结连理，早生贵子。

第五章　民俗风情

贵子坐状元　武兰翠　剪

凤凰戏牡丹　武兰翠　剪

第五章　民俗风情

孝义文化丛书 ● 第三辑 ── 剪纸风韵 ● Jianzhi Fengyun

迎 亲　张金莲　剪

莲生贵子双胞胎　武兰翠　剪

◎寓意：连生贵子双胞胎，石榴抱子坐高魁。

第五章　民俗风情

孝义文化丛书 ● 第三辑

剪纸风韵 ● Jianzhi Fengyun

贵子坐状元 武兰翠 剪

◎寓意：榴开百籽，子孙万代。

龙凤呈祥喜字　王新莲　剪

第五章　民俗风情

喜结良缘　武兰翠剪

◎团花，旧时也用于装饰天花板，如今多用于嫁女时盖在陪嫁的脸盆上。团花的样式与所含的内容多种多样，孝义流传有这样的顺口溜："蟾盘桂女婿爱，婆又喜欢公又爱。""莲花桂花打碗花，进得门子就当家。""拉得羊羊把得花，勤劳致富第一家。"

吉庆有余　郭凤香　剪

第五章　民俗风情

孝义文化丛书 ● 第三辑

剪纸风韵 ● Jianzhi Fengyun

贵子坐状元　武兰翠　剪

◎寓意：脚蹬莲花手攀环，头顶寿字坐状元。莲花桂花芙蓉花，汾平介孝第一家。喜鹊闹梅花，享了富贵享荣华。

团　花　冯美英　剪

第五章　民俗风情

孝义文化丛书 · 第三辑

剪纸风韵 · Jianzhi Fengyun

有福有余 武兰翠 剪

第五章 民俗风情

福禄寿喜 冯美英 剪

孝义文化丛书 ● 第三辑

剪纸风韵 ● Jianzhi Fengyun

起家福 郭够兰 剪

福禄寿　郭秀芬　剪

◎据《唐书》记载，福神姓杨名成，汉武帝时在阳城做刺史，因有政德，能保护群众，被群众视为福神。又有"天官"是福神一说。有了"天官"这个福神，后来人们便奉杨成为禄神，寿星是神话传说中的南极老人。

第五章　民俗风情

寿星捧寿　王新莲　剪

老寿星 郭够兰 剪

第五章 民俗风情

桃榴佛寿　李前凤　剪

◎佛与福谐音，比喻有福有寿。

寿星捧寿 赵宝仙 剪

第五章 民俗风情

石榴孕兔 赵宝仙 剪

◎寓意：多子多福。

肚兜 武兰翠 剪

第五章 民俗风情

坎 肩　杨培才　剪

第六章 神话传说

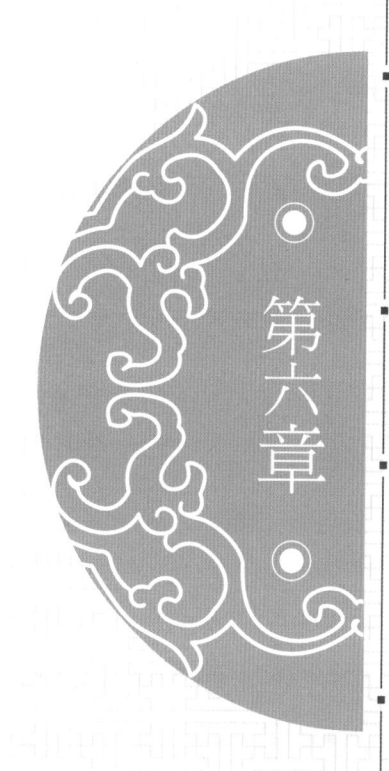

神话传说

孝义境内流传之神话传说和民间故事数不胜数,"义虎亭"的传说脍炙人口,"蛇郎"的故事至今流传。特别是神话传说"张四姐的故事"已由山西省人民政府公布为省级的非物质文化遗产保护名录。八仙的故事,尤其是八仙过海,可算是脍炙人口,家喻户晓。

剪纸艺人剪这方面的内容,主要是继承优秀的传统文化,在古为今用方面展示了很广阔的发展空间,有着十分重要的现实意义和历史意义。

义虎救樵

郭润芝　剪

◎明万历年间，城西一樵夫到山上砍柴，行走时不慎掉进一深洞中。

◎借着光亮，樵夫见洞内有几只虎崽，才知自己掉入虎穴，不禁一阵心慌。

第六章　神话传说

◎不一会儿,一阵怪风呼啸,一只斑斓猛虎口叼一只麋鹿,蹿进洞来。

◎老虎咆哮一声,猛扑过来。吓得樵夫跪拜求饶:"家有八旬老母尚待奉养,望大王口下留情。"

◎老虎听了不忍下口。樵夫见老虎爪上扎一木刺,流血不止,赶忙为老虎挑刺。

◎后又架起火来,烤麋鹿肉给老虎吃。

第六章 神话传说

◎老虎感念樵夫牵挂老母，背起樵夫，跃出洞口。樵夫临别时约老虎七月二十三古会时到西关，届时他会用整羊整猪款待它。

◎老虎想念樵夫，提前来到西关，被人们捕入笼中，抬到县衙。

◎樵夫闻讯,赶到县衙大堂备说端详。知县不信,将樵夫也关进笼里,樵夫与老虎抱头痛哭。

◎知县颇受感动,在西关修建"义虎亭",褒扬人虎和谐、义气相交的佳话。

第六章　神话传说

孝义文化丛书 ● 第三辑

剪纸风韵 ● Jianzhi Fengyun

实夫拜虎 郭够兰 剪

传说中的八仙

李前凤 剪

曹国舅

第六章 神话传说

孝义文化丛书 ● 第三辑

剪纸风韵 ● Jianzhi Fengyun

吕洞宾

李铁拐

第六章 神话传说

孝义文化丛书 ● 第三辑

剪纸风韵 ● Jianzhi Fengyun

张果老

何仙姑

第六章 神话传说

孝义文化丛书 ● 第三辑

剪纸风韵 ● Jianzhi Fengyun

韩湘子

蓝采和

第六章 神话传说

孝义文化丛书 ● 第三辑

剪纸风韵 ● Jianzhi Fengyun

汉钟离

蛇 郎

郭秀芬 剪

◎相传古时汉年间，一双翁媪缺儿郎。
　日忧夜梦想得子，求子心切泪汪汪。

第六章　神话传说

孝义文化丛书 ◉ 第三辑

剪纸风韵 ◉ Jianzhi Fengyun

◎东奔西走上庙堂，烧香拜佛许口愿。
　若得一子重修庙，哪怕蛇儿亦心甘。

◎老媪不日身怀孕，翁媪双双喜眉间。
　十月怀胎分娩后，果生一子蛇儿郎。

第六章　神话传说

孝义文化丛书 ● 第三辑

剪纸风韵 ● Jianzhi Fengyun

◎蛇郎渐长室难容，拜别爹娘去神山。
　临别留下报恩语：用儿之时到神山。

◎次年都督疾病染,蛇眼医愈有高赏。
　翁闻持刀神山去,剜走蛇郎一只眼。

第六章　神话传说

孝义文化丛书 ● 第三辑

剪纸风韵 ● Jianzhi Fengyun

◎翁媪得财上万贯，花天酒地喜洋洋。
　山珍海味享不尽，绫罗绸缎穿不完。

◎三年后贴皇榜,传闻皇后病难愈。
　求得大蛇心一颗,病愈江山让一半!

第六章　神话传说

孝义文化丛书 ● 第三辑 —— 剪纸风韵 ● Jianzhi Fengyun

◎翁媪看榜心又动，再去神山寻蛇郎。
　蛇郎张口翁入腹，手捧蛇心不复还！

张四姐的故事

郭润芝 剪
武学浩 文

◎四姐下凡过温阳，烈日炎炎可难挡。巧遇文瑞挑清水，借饮甘泉解口干。文瑞挑水虽艰难，扶危解困理应当。谁知四姐神仙量，半桶清泉一口干。

第六章 神话传说

孝义文化丛书 ● 第三辑

剪纸风韵 ● Jianzhi Fengyun

◎饮过清泉回家转，家庭四壁好凄凉。四姐开口要吃饭，文瑞母子犯了难。伯母只管烧火灶，其他事情你莫管。四姐掰了半粒米，煮得黄粟喷喷香。

◎消息传遍温阳县,羡坏财主王半城。金砖银瓦抬轿来,要娶四姐来成亲。四姐一心爱文瑞,财宝再多不动心。半城加害崔文瑞,惹得四姐动了怒。

第六章 神话传说

孝义文化丛书 ● 第三辑

剪纸风韵 ● Jianzhi Fengyun

◎哈蟆老怪齐出动，搭救文瑞莫消停。温阳县衙陈冤情，县官贪财理不公；四姐无奈动仙术，撒把黑豆成天兵。杀了贪官烧县衙，大闹温阳留美名。

第七章 戏曲故事

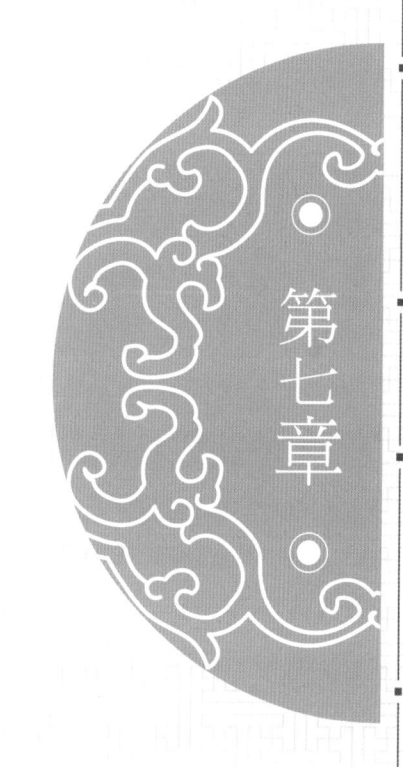

戏曲故事

孝义被文化部命名为"民间文化艺术之乡""文化先进县（市）"，素有"无孝不成戏""无孝不成班"之说。孝义皮影戏、木偶戏、碗碗腔被誉为孝义艺术三绝，蜚声中外，已被国务院公布为国家级非物质文化遗产。反映孝义这方面文化的剪纸作品，形象生动，栩栩如生，展示了孝义文化的风貌，丰富了中华文化的宝库，成为对外文化交流的一项重要内容。

小放牛 李前凤 剪

第七章 戏曲故事

孝义文化丛书 ● 第三辑

剪纸风韵 ● Jianzhi Fengyun

猪八戒背媳妇 郭润芝 剪

猪八戒背媳妇 冯美英 剪

第七章　戏曲故事

天河配 杨培才 剪

天河配 杨培才 剪

第七章 戏曲故事

天仙配

武兰翠 剪
沈克善 题诗

◎董勇勤劳在田间,身伴耕牛日夜忙。
　感动上天七仙女,独有七女暗下凡。
　感情特好众人夸,男耕女织喜心间。
　夫妻恩爱特别好,故叫织女和牛郎。

◎夫妻恩爱不清闲,女纺织来男种田。
牛郎半夜才回房,织女仍在纺织间。
爱妻不只忙纺织,为夫去地浇菜园。
夫妻情感太可贵,当心王母找麻烦。

第七章 戏曲故事

孝义文化丛书 ● 第三辑

剪纸风韵 ● Jianzhi Fengyun

◎夫妻正在热恋中，王母娘娘已知情。
　狠心将女拖回宫，定和牛郎断感情。
　牛郎决心奔天庭，要赶织女心上人。
　只差一步就牵手，王母造河把路挡。
　答应每年七月七，喜鹊搭桥能相逢。
　两人见面泪成雨，悲喜交加亲更亲。

仙女散花 李前凤 剪

第七章 戏曲故事

孝义文化丛书 ● 第三辑

剪纸风韵 ● Jianzhi Fengyun

状元祀塔 李前凤 剪

鹊桥会　武兰翠　剪

◎牛郎织女天仙配，七月初七鹊桥会。
　喜鹊搭起一座桥，牛郎织女来相会。

孝义皮影戏《猪八戒背媳妇》演出场面　　武玉莲　剪

孝义皮影头插　武玉连　剪

孝义皮影头插　武玉连　剪

第七章　戏曲故事

孝义文化丛书 ● 第三辑

剪纸风韵 ● Jianzhi Fengyun

戏曲脸谱　武玉莲　剪

第七章 戏曲故事

戏曲脸谱　武玉莲 剪

孝义文化丛书 • 第三辑

剪纸风韵 • Jianzhi Fengyun

戏曲脸谱 武玉莲 剪

第八章 吉祥图案

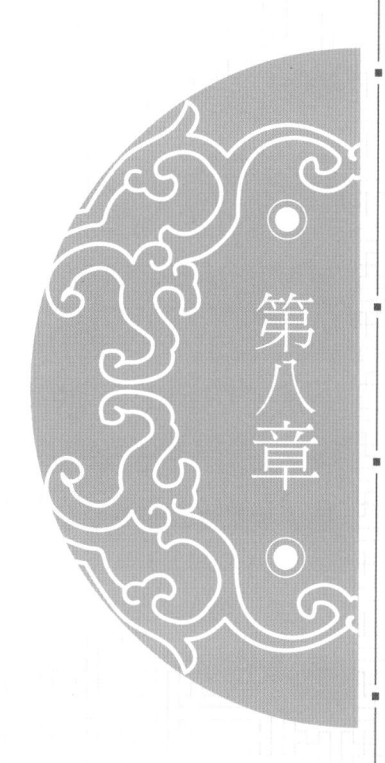

吉祥图案

吉祥图案源于商周，成熟于宋，兴盛于明清，长期流传于我国民间。人人喜吉祥，人人盼吉祥，吉祥图案成为剪纸艺术中的一项主要内容。孝义的剪纸，或以谐音寓吉，或以自然物的特性来寓意，大多包含富贵平安、延年益寿、马上封侯、招财进宝及龟、麟、狮、龙、凤、鱼虫、花鸟等。剪纸艺人特有的文化道德理念在剪纸艺术中表现得淋漓尽致，表达了人们美好的期盼与心愿。如狮子寓意事事如意；龟寓意健康长寿；佛手、桃、石榴寓意福禄寿喜与子孙满堂；鱼寓意年年有余；喜鹊寓意喜上眉梢；花瓶、牡丹寓意富贵平安；马上封侯寓意很快可以升官等。

梅开五福 郭梅花 剪

第八章 吉祥图案

孝义文化丛书 ● 第三辑 —— 剪纸风韵 ● Jianzhi Fengyun

牡丹富贵 郭梅花 剪

花儿朵朵 郭梅花 剪

第八章 吉祥图案

吉祥花开 郭梅花 剪

连年有余 郭梅花 剪

第八章 吉祥图案

荣华富贵　侯爱莲　剪

第八章　吉祥图案

孝义文化丛书 ● 第三辑

剪纸风韵 ● Jianzhi Fengyun

富贵平安 刘俊娥 剪

富贵吉祥 刘俊娥 剪

第八章 吉祥图案

中阳楼 张金莲 剪

◎久负盛名的中阳楼,坐落于孝义古城中央大街,滋养着厚重的历史文化,是国家级重点文物保护单位。

岁岁平安 刘俊娥 剪

第八章 吉祥图案

春夏秋冬 武玉莲 剪

第八章 吉祥图案

孝义文化丛书 ● 第三辑

剪纸风韵 ● Jianzhi Fengyun

恭喜发财 刘俊娥 剪

吉庆梅花 郭梅花 剪

第八章 吉祥图案

黄土花开万物生 郭梅花 剪

吉祥如意 王新莲 剪

第八章 吉祥图案

孝义文化丛书 ● 第三辑

剪纸风韵 ● Jianzhi Fengyun

福在眼前　王新莲　剪

◎用有孔的古钱表示眼前，寓意福在眼前。

兔年福至 赵淑玲 剪

第八章 吉祥图案

孝义文化丛书 ● 第三辑

剪纸风韵 ● Jianzhi Fengyun

福喜花开　张金莲　剪

◎寓意：绣球挂灯常富贵，人要勤劳大发财。

荣华富贵 赵淑玲 剪

第八章 吉祥图案

孝义文化丛书 ● 第三辑

剪纸风韵 ● Jianzhi Fengyun

人财两旺 赵宝仙 剪

富富有余　张金莲　剪

第八章　吉祥图案

青蛙背斗　张金莲　剪

◎寓意：口含元宝身背斗，住到哪儿哪儿有。

观 音 赵淑玲 剪

第八章 吉祥图案

三阳开泰 赵宝仙 剪

◎寓意：吉祥如意。

喜鹊闹梅花　李前凤　剪

◎寓意：人逢喜事精神爽，喜形于色好事多。

第八章　吉祥图案

金玉满堂 王新莲 剪

◎鱼与玉谐音,寓意家里财宝多。

马上封侯　王新莲　剪

◎寓意：马上可以高官厚禄。

第八章　吉祥图案

孝义文化丛书 · 第三辑

剪纸风韵 · Jianzhi Fengyun

喜鹊闹梅花 李前凤 剪

罐　子　李前凤　剪

◎寓意：招财进宝。

第八章　吉祥图案

孝义文化丛书 · 第三辑

剪纸风韵 · Jianzhi Fengyun

马上发财　冯美英　剪

太子登龙 李前凤 剪

◎寓意:一步登天。

第八章 吉祥图案

孝义文化丛书 ● 第三辑

剪纸风韵 ● Jianzhi Fengyun

童子观音 赵宝仙 剪

208

龙马精神　郭秀芬　剪

第八章　吉祥图案

马上有福　李前凤　剪

马上封侯　武玉莲　剪

第八章　吉祥图案

孝义文化丛书 · 第三辑

剪纸风韵 · Jianzhi Fengyun

百业兴旺，立马封侯　冯美英　剪

福 寿 李前凤 剪

◎寓意：有福有寿。

第八章 吉祥图案

孝义文化丛书 ● 第三辑

剪纸风韵 ● Jianzhi Fengyun

长命百岁　冯美英　剪

◎以鹿表禄，寓意福寿绵长。

金猪送宝 武兰翠 剪

第八章 吉祥图案

孝义文化丛书 ● 第三辑 —— 剪纸风韵 ● Jianzhi Fengyun

吉祥如意 赵宝仙 剪

猴子吹号　侯爱莲　剪

◎以猴表侯，侯爷吹号寓意喜事到。

第八章　吉祥图案

孝义文化丛书 ● 第三辑

剪纸风韵 ● Jianzhi Fengyun

牛背鸭 侯爱莲 剪

◎寓意：国家发。

基石宏厚　武玉莲　剪

第八章　吉祥图案

孝义文化丛书 ● 第三辑 —— 剪纸风韵 ● Jianzhi Fengyun

四狮滚琇球 武兰翠 剪

◎寓意：好日子有盼头。

狮子斗绣球　武兰翠　剪

◎寓意：荣华富贵不断头。

第八章　吉祥图案

孝义文化丛书 ● 第三辑

剪纸风韵 ● Jianzhi Fengyun

狮　子　冯美英　剪

双狮逗绣球 武玉莲 剪

第八章 吉祥图案

孝义文化丛书 ● 第三辑

剪纸风韵 ● Jianzhi Fengyun

狮子吉祥 杨培才 剪

◎狮子是权力与威严的象征，古往今来，老百姓喜欢将狮子作为自己的标记。狮与事谐音，狮子吉祥表示"事事吉祥"，"万事如意"。

凤凰仙子　武兰翠　剪

第八章　吉祥图案

孝义文化丛书 ● 第三辑

剪纸风韵 ● Jianzhi Fengyun

玉兔迎福 武兰翠 剪

艾 虎 郭秀芬 剪

◎艾能用以禳灾祈福,寓意人兽平安。

第八章 吉祥图案

孝义文化丛书 · 第三辑

剪纸风韵 · Jianzhi Fengyun

吉祥如意　武玉莲　剪

双凤牡丹　武兰翠　剪

鸳鸯戏水 杨培才 剪

第八章 吉祥图案

第八章 吉祥图案

鸟语花香 杨培才 剪

孝义文化丛书 ● 第三辑 ── 剪纸风韵 ● Jianzhi Fengyun

三阳开泰　武玉莲　剪

金儿迎福　范世芝　剪

第八章　吉祥图案

孝义文化丛书 ● 第三辑

八骏图 范世芝 剪

剪纸风韵 ● Jianzhi Fengyun

招财进宝 张爱珍 剪

第九章 生产生活

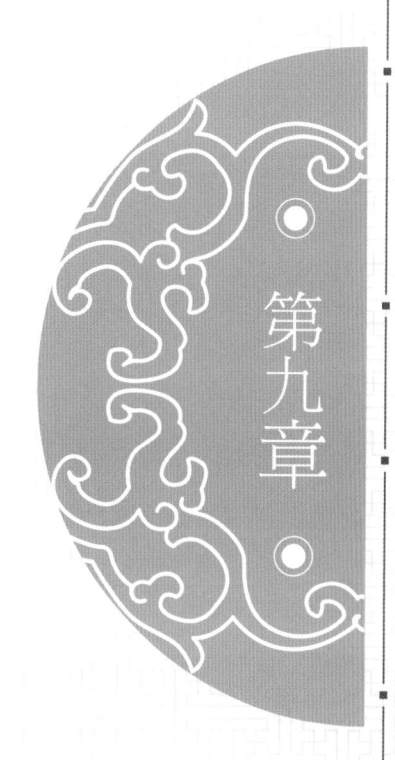

生产生活

地处黄河流域的孝义，不论是文明进化还是风土人情，在过去都与农业有着千丝万缕的联系。农民经常辛勤劳作，"日出而作，日落而息"，简朴的生活，养成农民特有的勤劳美德。生产生活是一切创作的源泉，孝义的剪纸作品通常反映人民群众日常劳动生活和家庭生活状况，如纺纱、织布、养鸡、喂猪、耕田、磨面等，古朴、神韵、粗犷，情趣健康，意境务实，富有乡土气息。

碾场图 李前凤 剪

第九章 生产生活

织布图 石桂英 剪

织布图 郭润芝 剪

第九章 生产生活

孝义文化丛书 ● 第三辑

剪纸风韵 ● Jianzhi Fengyun

磨豆腐 李前凤 剪

推磨图 李前凤 剪

第九章 生产生活

孝义文化丛书 · 第三辑

剪纸风韵 · Jianzhi Fengyun

卖花姑娘　李前凤　剪

夫妻识字 李前凤 剪

第九章 生产生活

孝义文化丛书 ● 第三辑

剪纸风韵 ● Jianzhi Fengyun

耕地图 石桂英 剪

耕地图 李前凤 剪

第九章 生产生活

孝义文化丛书 ● 第三辑

剪纸风韵 ● Jianzhi Fengyun

喂 鸡 郭润芝 剪

绣 花 郭润芝 剪

第九章 生产生活

孝义文化丛书 ● 第三辑

剪纸风韵 ● Jianzhi Fengyun

记忆中的老奶奶 郭秀芬 剪

第十章 与时俱进

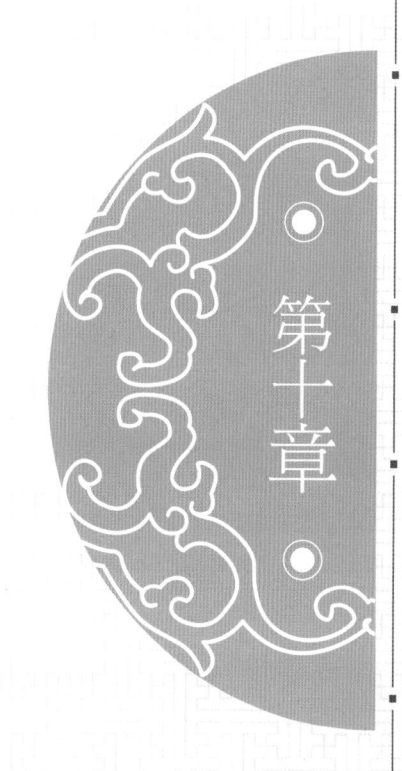

与时俱进

　　如今，各项事业蓬勃发展，人民生活水平日益提高，处处洋溢着欣欣向荣的新气象，孝义的剪纸艺人更是采取现实主义的创作手法展示美好的现实生活。由于题材广泛，剪纸艺术所表现的主题更深刻，艺术风格更完美，歌唱出一曲曲新歌。如《全国人民奔小康》《安居乐业》《老有所教》《永远向着党》《祖国万岁》《同心共筑中国梦》等。

女民兵 侯丕烈 剪

第十章 与时俱进

第十章 与时俱进

向四个现代化进军 侯丕烈 剪

致富图

侯丕烈 剪

喂 猪

养 鸡

第十章 与时俱进

养 羊

喂 兔

第十章 与时俱进

植树造林 郭凤香 剪

植树造林 张金莲 剪

第十章 与时俱进

植树造林　郭润芝　剪

牛气冲天，五谷丰登 张金莲 剪

第十章 与时俱进

农忙图 武玉莲 剪

庆祝孝义撤县设市　武玉莲　剪

◎ 1992年，经国务院批准，孝义撤县设市，胜溪大地由此翻开了发展史上崭新的一页。

第十章　与时俱进

孝义文化丛书 ● 第三辑

剪纸风韵 ● Jianzhi Fengyun

金秋十月 武玉莲 剪

祖国母亲——纪念港澳回归 郭秀芬 剪

第十章 与时俱进

孝义文化丛书 ● 第三辑 —— 剪纸风韵 ● Jianzhi Fengyun

清 郭秀芬 剪

◎竹子代表高风亮节，一身正气；莲花代表出淤泥而不染，濯清涟而不妖；中间图案寓意福在眼前，长命富贵。

贪 郭秀芬 剪

第十章 与时俱进

望女成凤 武兰翠 剪

孝义府前广场 武玉莲 剪

第十章 与时俱进

家家都在花丛中

侯丕烈 剪

第十章 与时俱进

安居乐业 郭梅花 剪

第十章 与时俱进

廉　武玉莲　剪

好日子开花那个美 郭梅花 剪

子孙满堂 郭梅花 剪　　　　**福寿安康** 郭梅花 剪

冰雪无情人有情 武玉莲 剪

向雷锋同志学习 武玉莲 剪

第十章 与时俱进

从小做起 张金莲 剪

欢庆大喜的日子　张金莲　剪

第十章　与时俱进

发家致富　郭凤香　剪

第十章 与时俱进

全国人民奔小康 武玉莲 剪

同心共筑中国梦 郭秀芬 剪

◎龙身是中国地图,"同心共筑中国梦"则在牛拉的绳子上,表示全国人民拧成一股绳,同心共筑中国梦。

同心共筑中国梦　郭秀芬　剪

第十章　与时俱进

我的梦 李俊梅 剪

◎右是"和谐孝敬,健康快乐",左是"老有所依,老有所养"。

航天梦 赵淑玲 剪

第十章 与时俱进

永远向着党　郭凤香　剪

欢庆十八大　武兰翠　剪

欢庆奥运会 张金莲 剪

第十章 与时俱进

巨龙腾飞，喜庆奥运 张金莲 剪

中秋佳节，四代同堂 武兰翠 剪

第十章 与时俱进

孝义文化丛书 ● 第三辑

剪纸风韵 ● Jianzhi Fengyun

献爱心 张金莲 剪

欢庆十八大 张金莲 剪

第十章 与时俱进

庆元旦　郭够兰　剪

村民在地头学习十八届三中全会精神 郭秀芬 剪

第十章 与时俱进

尊敬老人 武兰翠 剪

孝敬老人　李前凤　剪

第十章　与时俱进

天伦之乐 郭润之 剪

孝敬老人 李前凤 剪

第十章 与时俱进

孝义文化丛书 • 第三辑

剪纸风韵 • Jianzhi Fengyun

尊老爱幼 李前凤 剪

同喜同福同寿 赵宝仙 剪

第十章 与时俱进

孝义文化丛书 ● 第三辑

剪纸风韵 ● Jianzhi Fengyun

幸福生活 王新莲 剪

第十一章 艺人小传

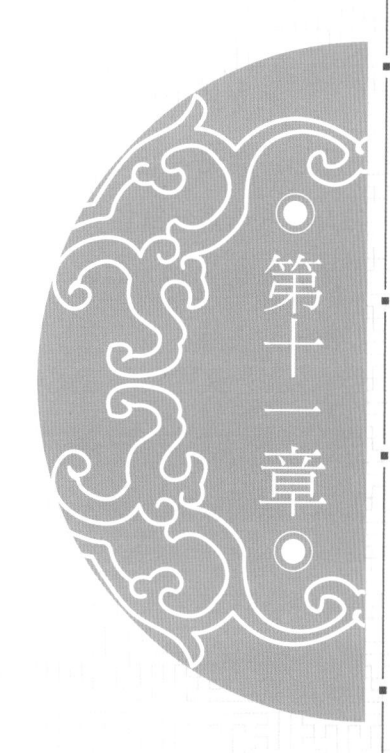

艺人小传

孝义被誉为剪纸之乡，剪纸艺人遍布城乡各地，千百年来，名家辈出，争奇斗艳。本书所列之艺人，是孝义市级以上剪纸代表性传承人及近年来活跃在剪纸艺坛的名艺人，年龄最大的77岁，最小的32岁。艺人小传还列入石桂英等已故老艺人，以纪念他们对孝义剪纸艺术所作出的贡献。

石桂英

石桂英(1918－1996),女,孝义市杜村乡东小景村人。她从7岁起就跟母亲学习剪纸。因聪明伶俐,悟性又高,十三四岁时就能独立剪纸,且剪出的各式纹样生动逼真,受到左邻右舍的夸奖。

成年后,石桂英的剪纸艺术更上一层楼。她的剪纸作品构思新颖,剪法娴熟,功底扎实,寓意深刻,生活气息浓厚而又淳朴稚拙、洗练

◎石桂英

简洁、刚健清新,如她剪的《打虎》《年年有余》《献寿图》等,栩栩如生,引人入胜。

1946年,石桂英和著名版画家力群合作剪出了《织布图》《耕地图》《小八路》等作品,曾发表于解放区的文艺刊物上,有的还在革命圣地延安的窑洞里展出。新中国成立后,《织布图》载入原德意志民主共和国出版的一本中国版画选集中。

如今,石桂英虽然已经仙逝,但她的剪纸艺术不仅影响了她们那一代人,而且对孝义后来剪纸艺术的发展也有较深的影响。

郭梅花

郭梅花（1965－），女，1965年生于山西孝义，1989年毕业于山西省文化艺术学校，1995毕业于山西职工文学院，1998年结业于中央工艺美术学院，现在山西艺术职业学院研究所工作，为山西省民间工艺美术大师、传承人，山西省民间剪纸艺术家协会主席，中国民间文艺协会剪纸艺术委员副主席，山西省民间工艺美术协会副主席。

◎郭梅花

近年来其作品获得全国最高奖"山花奖"两次，"百花杯"三次，"金凤凰"两次，其他金奖十多次；同时获"十把金剪刀""十大神剪""中国剪纸德艺双馨"奖和"新中国剪纸艺术家"等称号。国家文化部中国诗酒文化协会诗书画院聘她为"民俗艺术家"。曾多次在国内外举办个人剪纸作品展览，作品被中国美术馆、中国农业博物馆、华夏剪纸艺术博物馆等收藏；数十多次赴英国、美国、日本、意大利、法国、德国、斯里兰卡及我国香港、澳门等地进行艺术交流、表演、讲学、展览，受到专家好评；多次在《人民日报》海外版、中国黄河电视台等作专题报道。

出版有《郭梅花剪纸艺术——体育生肖》、"郭梅花山西风情剪纸艺术丛书"《山西面食》《一把酸枣》《黄土风情》、"故乡情——郭梅花剪纸艺术丛书"《山西民歌》《山西特产》《五台山游》《煤的传说》《根在民间》《金剪之歌》等专著；主编有《神州心花——全国名家民俗剪纸精品集》。

目前她致力于筹办各种展览活动，同时进一步完善已建立的孝义、中阳、广灵剪纸基地，为推动剪纸艺术的产业化尽心尽力；她还策划举办"全国剪纸邀请作品展""全国名家民俗剪纸精品展""中国当代剪纸名家邀请展"。

郭润芝

郭润芝（1962 —），女，1962年生，孝义西辛庄镇人，大专学历，现在孝义文化馆工作。中国剪纸协会会员，中国国际剪纸协会常务理事，山西省剪纸协会副会长，山西省非物质文化遗产剪纸传承人。

其作品粗犷大方，造型美观，内容丰富，寓意深刻，蕴含有很深的民间哲理，不仅在全国、省市多次获奖，而且不少作品被报刊登录。

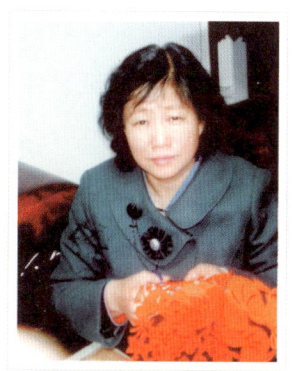

◎郭润芝

其剪纸作品《郑兴娶亲》四连环画1998年参加中国剪纸协会剪纸展，获二等奖；《张四姐下凡崔家庄》1999年参加黑龙江第四届全国剪纸展，获德艺双馨奖；《崔锦龙求子许愿》2000年参加香港世界华人文化艺术中心剪纸艺术展，获特等奖；《其乐融融》2003年参加中国西部剪纸艺术展，获银奖；《悬空椅回娘家》2005年参加中国书画院剪纸艺术展，获金奖；《中秋佳节》2006年参加山西省民间工艺美术协会作品展，获二等奖；《和谐家园》2007年参加第二届国际（武汉）剪纸艺术博览会展，获银奖；《二棍鸟的传说》四连环画2007年参加山西省文化厅举办的大同国际剪纸艺术展，获铜奖；《郑兴孝母》连环画其中四幅2008年参加江苏省文化厅第五届国际剪纸展，获银奖；

《郑兴孝母》其中四幅2009年参加山西省文化厅和教育厅剪纸艺术展，获一等奖;《辛亥革命大变身》2011年参加武汉剪纸艺术展，获铜奖;《开锁锁》2012年9月参加庆祝中华人民共和国成立63周年牡丹杯·吉祥中国艺术大展赛，获金奖。

武玉莲

武玉莲，女，1947年生，孝义市胡家窑村人。山西省民间剪纸艺术家协会专家顾问；东西方剪纸艺术家协会（纽约）会员；中国日史编缉委员会诗书画院理事、首届世界民间艺术大师、省级非物质文化遗产项目传承人。她自幼受民间艺人的启迪、熏陶，特别是受到母亲梁爱心、姑母武梁芝的真传，和民间艺术结下了不解之缘。2006年由山西春秋音像出版社出版发行了《武玉莲民俗剪纸集》。武玉莲剪纸，有她独特的艺术形式和艺术风格。每幅作品都有丰富的内涵、古朴雅拙的形象、概括奇特的造型、粗犷遒劲的线条、鲜明的艺术个性和极强的艺术魅力，因而有清晰的原始趣味和充满活力的现代美，展示的完全是一种原始的淳朴风格，深受民众喜爱。

◎武玉莲

武玉莲剪纸艺术作品近十多年来参加过"华夏风韵剪纸艺术展""第六届民间艺术节""山西老年美术才艺比赛""中国迎上海世博会公益书画展"第一届到第五届"国际剪纸艺术展""迎世博纪念品全球华人设计大奖赛""迎奥运剪纸大赛""中国迎上海世博公益收画展""迎党的十八大胜利召开公益书画剪纸艺术展""和谐盛世全国书画摄影

诗文艺术大赛"及艺术展49次，获奖54次，有的作品被中国国家博物馆、中国农业博物馆等收藏。

已届花甲之年，武玉莲仍为传承和弘扬传统文化艺术积极奉献自己的力量。她在老年大学担任剪纸老师，培养出五十多位剪纸人才。2006年成立"武玉莲剪纸工作室"，现已培养出杨培才、赵淑玲、王新莲等二十多位剪纸艺术人才，这些人曾多次参加艺术展览并获奖。利用假期、节假日对小学生进行剪纸培训，现已培训小学生二十多名。2010年起被聘为村劳动力转移阳光工程剪纸艺术培训老师，受训人员近两百人。山西电视台、《山西日报》等对其事迹进行过报道。

李前凤

李前凤，女，1938年生，孝义市吕居堡村人，山西省民间艺术家协会会员，吕梁市剪纸代表性传承人。

李前凤自幼受外曾祖母任银花、外祖母郝三女的影响，跟着母亲段亮婉学习剪纸。她秉承了黄土地剪纸艺术的精髓，她的剪纸内容，从历史故事到现实生活，从各类人物到飞禽走兽、花鸟鱼虫，从人间到仙境，几乎无不涉及。

◎李前凤

她的剪纸造型独特，充满韵味，构思巧妙，贴近生活。她的剪纸作品，表现了中华民族文化的民情民风，融入了作者的思想感情和善恶判断，寄托着作者的情思。她的剪纸作品还有一个突出的特点，就是以形譬义，隐寓吉祥、幸福、美满，既有民族风味，又有形式美感。

李前凤的剪纸艺术已名传乡里，所剪作品备受群众喜爱。每逢岁日节日、婚寿喜事时，村里人便登门求她剪窗花、团花、盆花、吉祥纹样等作品。她助人为乐，总让登门者高兴而来，满意而去，这种精神难能可贵。如今虽然已步入古稀之年，但她仍然坚持每天剪纸，并不断创新。

她剪纸技法娴熟，流畅生动，剪出的作品布局有方，阵容齐整，充分表现出黄河流域传统剪纸艺术典雅质朴、粗犷奔放、大胆夸张、人物动物栩栩如生的艺术特色。

李前凤的剪纸艺术品，曾先后获得国家、省、市三十多次奖项。作品《送子娘娘》在"东风颂——中国剪纸艺术大展"中获铜奖；作品《狮子斗绣球》在"西风烈—中国剪纸艺术大赛"中获铜奖；作品《尊敬老人》在山西省文化厅和省文联艺术展中获一等奖；作品《纪念辛亥革命100周年》获中华文化促进会等单位铜奖；作品《八仙庆寿》获"牡丹杯·吉祥中国艺术大奖赛"金奖。

赵宝仙

◎赵宝仙

赵宝仙，1952年出生于孝义市兑镇圪卓头村，就职于孝义市文化馆，系中国民协剪纸艺术委员会会员，山西省剪纸艺术家协会副会长。

她从小受祖辈的熏陶，对民间艺术情有独钟，尤其对剪纸艺术更加酷爱，作品注重创意，粗犷豪放，简洁厚重，形成了自己独特的风格。其参展作品多次获大奖，并被国家博物馆收藏，有的被国家邮局收集，被多家刊物选登，并多次应邀外出献艺表演，多次接受众多媒体采访、报道。被授予"东西方杰出民间传承剪纸艺术家"、"山西省民间艺术大师"、"吕梁市非物质文化遗产剪纸代表性传承人"等荣誉。

其作品曾获得首届中国民间节现场表演赛金奖；中国对外艺术展览中心（香港）剪纸展金奖；山西省民俗博物馆剪纸展金奖；第三届中国剪纸艺术节、第二届蔚州国际剪纸艺术节银奖；首届中国农民艺术节优秀作品奖；入选"华夏文明看山西——万米光辉画卷"三晋行。

她撰写的论文《孝义市民间剪纸的民俗风情》获国家级银奖，《山西孝义民俗剪纸浅谈》获第五届国际艺术展优秀论文奖。创编了《十二生肖》《福、禄、寿、喜》吉祥图册，出版了《吕梁山——孝义地秧歌〈闹元宵〉剪纸书籍》与《孝义故事传说》。曾应邀赴香港参加颁奖仪式与艺术交流；曾赴台湾参加海峡两岸剪纸艺术展现场表演、交流，曾受邀赴哈萨克斯坦展演中国民间艺术。

武兰翠

武兰翠，女，1948年生，孝义市西辛庄镇交子村人。吕梁市非物质文化遗产孝义剪纸传承人、吕梁市第一届工艺美术大师、山西工艺美术协会会员、山西民间剪纸艺术家协会会员。从小就随姥姥学习剪纸，13岁开始给村里人剪些逢年过节、儿娶女嫁、搬家窗花，如《鸳鸯戏莲》《连生贵子》《麒麟送子》《龙凤呈祥》《喜鹊登梅》《如意抱宝》等，她的剪纸作品，

◎武兰翠

功底扎实，淳朴细腻，造型美观，寓意深刻，蕴含着很深的民间哲理，

有独特的民俗艺术和文化价值。

她的作品1986年在"山西民间剪纸大汇剪大奖赛"中荣获三等奖；2000年9月，在第四届黑龙江剪纸艺术跨世纪全国剪纸展览中，其作品《二郎担山赶太阳》获银奖，《哪吒闹海传美名》获铜奖；2007年9月，其作品《牛郎织女天仙配》在中国首届牛郎织女七巧节布艺展中获银奖；2008年6月，其作品《胖娃迎奥运》在"西风烈——中国剪纸艺术节大赛"中获铜奖；2008年11月，其作品《中秋佳节四代同堂》在纪念改革开放三十周年"全国剪纸艺术"活动中获铜奖；2009年11月，其作品《贵子坐状元》001号获2009年山西美术、书法作品大赛社会组美术类剪纸二等奖；2010年，其作品《贵子迎兔年》在山西省民俗博物馆、山西民间剪纸艺术展获金奖；2011年6月，其作品《庆祝建党九十周年》在中国民间剪纸艺术家"红色记忆"剪纸艺术展中获三等奖。

郭凤香

郭凤香，女，1945年生，山西省孝义市阳泉曲镇申家庄人，初中文化。

她从小酷爱剪纸和手工制作，随奶奶、母亲学习传统的民间绘画、剪纸、制作。在村里，有白事喜事、逢年过节、过生日，人们都会找她画鞋底、剪窗花等，这使她的创作灵感与日俱增，剪纸工作已经成为她生活中不可缺少的一部分。

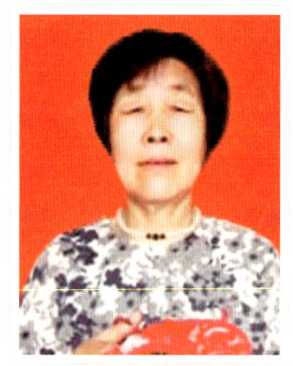

◎郭凤香

20世纪90年代初，她随文化馆郭秀芬同志创作了许多剪纸作品并被文化馆征收，有些还获了奖。1996年，她参加了孝义民间美术大师侯丕烈老师举办的剪纸活动，其作品获二等奖；2002年参加了郭梅花老师的剪纸活动，其作品获三等奖。2006年参加了孝义市文化节组委会郭润芝老师的剪纸活动，其作品获优秀奖。2013年，她被吕梁市命名为吕梁市级非物质文化遗产项目孝义剪纸的代表性传承人。

郭秀芬

郭秀芬，女，1949年生，孝义吕居堡村人。虽然是一个普通农家妇女，但却是一个蜚声剪纸艺坛、在我国民间剪纸艺术界颇有影响的艺术家。她生长在一个历史悠久、剪纸艺人代代相传的民间艺术之乡，又出身于剪纸世家，从8岁开始跟奶奶、母亲学习剪纸技艺。潜移默化的艺术熏陶，使她12岁就能独立剪纸了。在以后的数十年里，她在剪纸创作的艺术生涯中，不断探索，不断前进。

◎郭秀芬

郭秀芬的剪纸作品有浓郁的黄河文化艺术特色，散发着清新的泥土芳香。她大胆探索，勇于创新，既能继承传统，又能博采众长。其剪纸作品，豪放粗犷，淳朴深厚，凝聚着古老的文化传统和民族气质，具有自己独特的艺术风格。

1985年11月，郭秀芬参加了中国民间文艺研究会民间剪纸学会首届年会，在会上，她为与会代表表演剪纸技艺并得到高度评价。1986年初，她受邀到首都北京，为在京的美术专家和来自英国、美国、法国等地的专家学者表演剪纸艺术，得到外宾和专家的赞叹。1986年金秋，她参加了山西省首届剪纸大奖赛并获一等奖;1989年,她的《老两口》、《藏舟》等作品被选入全国首届民间工艺美术佳品及名艺人作品展,获一等奖;1994年,她的《推磨》在山西省民间艺术大赛中获银奖;她的《社火系列》在2000年举办的山西剪纸艺术大赛和中国民俗风情剪纸大赛中分别获一等奖;2009年,作品《记忆中的老奶奶》获中国人民对外友好协会、中国非物质文化遗产保护中心、中国乡土艺术协会铜奖。随着剪纸技艺的日渐成熟和提高,她所剪作品先后参加了吕梁地区民间艺术展、全国剪纸展,随后又在北京、天津、四川、湖北、重庆等省市办展,深受群众欢迎,赢得了不少赞誉。她本人也荣幸地成为中国民间剪纸研究会理事、中国剪纸协会会员。

张金连

张金莲,女,1939年生,阳泉曲乡老营坪人。她自幼受外婆影响,对剪纸有种特殊的感情。农村人逢年过节、喜庆寿典时都会贴窗花,她经常陪在外婆身边,听外婆讲窗花的名称和故事。一幅幅窗花成了她最初学习的课本。就是在那个时候,剪纸便在她的心里深深地扎下了根。

◎张金连

随着岁月的推移,孩子们都已成家立业,家庭负担大大减轻,闲暇时间也越来越多。劳累惯了的她又重拾剪纸艺术,逢年过节,她都会给邻居剪一些窗花。渐渐地,上门求剪的人越来越多。她把自己的祝福、民间的典故融入剪纸中,让节日更加喜庆。闲暇之余,她继续挖掘民间故事,使剪纸内容更加丰富。同时,她还经常关注一些国家新闻，吸纳新的内容，剪纸技艺日渐进步。女儿郭梅花常年在各地搞剪纸展览，她帮忙打点的时候也会受到很多启发，女儿的很多作品都会激发她的创作灵感。

近年来，她创作的剪纸作品先后参加了省级和国家级的展览，并获得了不少奖项。2005年1月，她的作品《福如东海，寿比南山》在第二届中国民间工艺品博览会上获银奖，并被中国民间工艺协会收藏；2010年2月，其剪纸作品《莲生贵子》在中国迎上海世博会公益书展活动中获银奖，同时被世博会收集出版，她个人也被授予"共和国杰出剪纸艺术家最高荣誉成就奖"；其作品《富富有鱼》被中国鱼文化剪纸艺术大赛剪纸精品集收集出版；《马年喜花》被《华夏风韵》收集出版。

冯美英

冯美英，女，1960年生，孝义市中阳楼街办铁匠巷人。从2006年开始，她在孝义旧城成立门市部，专门从事剪纸、刺绣、布艺等，传播民间艺术。她自幼跟随姥姥、妈妈学习剪纸艺术，后又在孝义文化馆学习剪纸艺术，进一步提高了技艺。她的剪纸作品，质朴而纯真，风格潇洒而活泼，并用寓意手法，借物抒情，受到群众喜爱。

◎冯美英

从1994年开始，她多次参加全国、省、市的剪纸比赛，其剪纸作品《福禄寿喜》获"德艺双馨奖"，《揭盖头》一组获银奖。剪纸作品《狮子》曾刊登在1997年第8期《中国剪纸报》。剪纸《揭盖头》一组、《猪八戒背媳妇》刊登在《中国剪纸研究》一书上。1999年1月"山西农民绝活艺术大赛"中,其刺绣《福如东海》荣获二等奖。2010年6月在"迎世博纪念品全球华人设计大奖赛"中,其手工刺绣作品《福聚海宝》获优秀传统工艺奖。2013年参加"山西旅游纪念品创意设计大赛",并于2013年8月被命名为"山西省优秀刺绣师"。

另外,多年来她一直致力于剪纸、刺绣艺术传帮带,培养艺术人才多名。

侯爱莲

侯爱莲,女,1961年生,孝义市阳泉曲镇下庄村人。从小跟随母亲学习绘画、剪纸等。1984年8月参加了孝义市文化馆剪纸培训,受到了老师们的教诲、指导。1993年6月在孝义市文化馆剪纸交流学习中受到李延寿馆长的指导。经过多次培训学习,在多位前辈的亲临指教下,她的剪纸艺术有了突飞猛进的发展与进步,并大胆地进行革新,创作出富有时代意义、

◎侯爱莲

新颖独特的作品。其作品朴实、粗犷、大方而又贴近生活,富有时代特色,受到人们的喜爱和好评,并获得了多项奖与荣誉:2009年8月28日,在中华文化促进会剪纸艺术委员会、右玉县人民政府"关爱大自然,生态平衡"中国右玉剪纸艺术大赛中获优秀奖;2009年9月,在中国人民对外友好协会、中国非物质文化遗产保护中心、中国乡土艺术协会,江苏省文化厅举办的第五届(中国·金坛)国际剪纸艺术展中获优秀奖;2010年9月,在中国人民对外友好协会、吕梁市委宣传部南京大学文

化与自然遗产研究所、日本港横滨剪纸画协会组织的"中日剪纸艺术交流展"中获优秀奖；2010年12月，在山西省民俗博物馆、山西省民间艺术家协会主办的"玉兔迎新春山西民俗剪纸艺术作品展"上，其作品《玉兔迎春》获优秀奖；2011年10月，在中华文化促进会剪纸艺术委员会、湖北省中华文化促进会剪纸艺术委员会举办的"纪念辛亥革命100周年"暨第三届国风归来首义魂全国剪纸艺术展中获佳作奖；2012年9月，在牡丹杯吉祥中国艺术大展赛组委会、北京智慧星光文化艺术传媒中心、中国艺术名家协会举办的"牡丹杯·吉祥中国艺术大展赛"中获金奖。

杨培才

杨培才，笔名杨镇安，男，1982年生，孝义市兑镇镇梁家原村人，中共党员，现为山西省民间剪纸协会会员、山西工美协会会员、迎上海世博会书画院理事。曾获首届（亚太地区）民间艺术最高奖金飞鹰奖分项奖终身成就"中国十大剪纸艺术家"荣誉称号。

◎杨培才

他自幼酷爱剪纸，从小受奶奶的熏陶和点拨，加上本人又具天赋，勤奋刻苦，很快便在剪纸艺术上有了一定的造诣，渐渐形成了自己独特的艺术风格，每幅作品都蕴含深厚的文化底蕴，具有浓厚的时代气息，深受百姓喜爱。

2008年3月，其剪纸作品《金鼠送财》在"百福迎奥运"山西省民间剪纸艺术作品展中获三等奖。他本人获首届（亚太地区）民间艺术家最高奖金飞鹰奖分项奖终身成就"中国十大剪纸艺术家"

荣誉称号，其作品《八仙过海》入选《世界剪纸艺术家大辞典》作品集。2010年元月，经"中华人民共和国日史编辑委员会""中华人民共和国日史编辑委员会诗书画院""迎世博艺委会"及"共和国杰出剪纸艺术家最高荣誉成就奖"评选委员会评审，其作品在此次中国迎上海世博会公益书画展活动中获银奖，他本人被授予"共和国杰出剪纸艺术家最高荣誉成就奖"荣誉称号，并入选《中华人民共和国杰出书画艺术名家大典》。2010年12月，其作品《玉兔送吉祥》在"兔年迎新春山西民间剪纸艺术作品展"上获银奖。2011年6月22日，其剪纸作品《年俗》系列在中国百名民间剪纸艺术家"红色记忆"剪纸艺术展中获三等奖。2012年，其作品《庆祝十八大召开》被"中国·迎党的十八大胜利召开公益书画展"艺术委员会等五单位评为银奖。

王新莲

王新莲，女，1977年生，孝义市西辛庄镇吴西庄人，毕业于灵石县静昇职业高中，后在当地从事教育事业11年。她从小喜欢艺术，爱好剪纸，于2010年在民间艺术大师武玉莲老师的指导下与剪纸结下了不解之缘，现为山西省民间剪纸协会会员、孝义市剪纸协会会员。

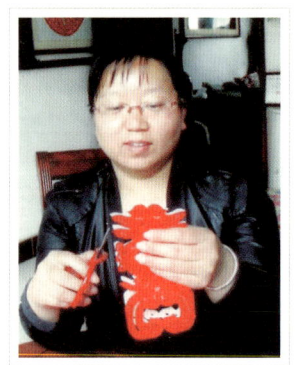

◎王新莲

2012年6月，其作品《四季平安》《龙凤呈祥》《送鸟回巢》《龙凤双吉祥》在《孝义剪纸名家作品集》中出版；2010年8月，其作品《团龙》《团凤》《如意象》参加中国民间四花剪纸大赛，被中华文化促进会剪纸艺术委员会山西省右玉县紫玉苑剪纸艺术馆收藏；2012年11月，其作品《祖国长春》在迎党的十八大胜利召开公益书画剪纸艺术展活动中获银奖，她本人被收录进《共和国史册上的中国当代书画艺术名家大典》中；2013年7月，其作品《福在眼前》等参加"中国民间民俗剪纸大赛"，被中华文化促进会剪纸艺术委员会山西省右玉县紫玉苑艺术馆收藏。其剪纸作品《春夏秋冬》、《福在眼前》、《吉祥如意》等连续四年在孝义年俗文化节展览，受到专业人士及同行的好评。

后 记
HOU JI

　　《孝义文化丛书》历经艰辛，终于集辑出版。掩卷长思，感慨良多；回想往事，萦绕于心。

　　2010年金秋，在孝义市委、市政府的高度重视和大力支持下，在省、吕梁市三晋文化研究会的亲切关怀与精心指导下，孝义在吕梁十三县市率先成立了三晋文化研究会。当时我内心深处既兴奋又忐忑，兴奋的是自己还在职未退，书记、市长就把这个不受年龄限制的研究会会长职务安排我担当，深感组织对我的信任与重托；忐忑的是自己参加工作四十年，虽然曾历任过村党支部书记、人民公社主任、乡长、书记、农业局长、农工部长、人事局长、财政局长、统战部长、政协副主席等职，但从未在文化部门和涉文单位工作过，既不是文化圈内之人，更不是专家学者，担心难以胜任。在徘徊之时，是市委书记张旭光给了我信心和勇气。张书记在约我谈话时简约果断地说了两句话，至今让我记忆犹新：一是"你在孝义的人气旺，你的《相王村志》也编得不错"；二是"放心做去吧，相信你能做好"。书记的过奖之语，既是鼓励，也是鞭策，不仅给了我动力，更使我感到了压力。

　　由于研究会属于社会文化团体组织，通常上级部门也没有具体的工作任务和目标要求，研究会究竟做些什么、怎么去做，我心中无底。

于是，学习钻研业务，确立研究课题，组织文化人才，挖掘历史文化，精心组织策划，努力办好会刊，成为我新的工作内容。

三晋文化博大精深，孝义作为镶嵌在三晋大地上的一颗璀璨明珠，从春秋周定王十三年（公元前594年）置县，至今已有两千六百多年，是有记载的全国最早的九个县之一。在这方神奇的热土上，历史文化源远流长，丰富的历史遗存、深厚的文化积淀，令人遐想，引人钻研。而今孝义的经济腾飞，全国百强，荣耀处处可见，辉煌比比皆是，令人震撼，催人奋进。我与研究会的同人们清楚地认识到，这是研究会开展工作的宝贵资源和坚实基础。

党的十七届六中全会吹响了文化强国的号角，省十次党代会提出了建设文化强省的宏伟目标，孝义也迈入了文化发展的全新时代和鼎盛时期。受此鼓舞，为了让广大干部群众更多地了解孝义，更深地认识孝义，更好地宣传孝义，我们在挖掘、搜集、整理优秀历史文化的基础上，又萌生了编纂、出版《孝义文化丛书》的念头，进而组织实施，今天已然成为我们研究会义不容辞的责任。

《孝义文化丛书》的主旨是：依托孝义丰富厚重的历史文化资源和千年文明成果；遵循弘扬民族优秀历史文化和保护历史文化遗产的国策；着力打造孝义的文化品牌与名片，提升百强孝义的文化实力和知名度；服务于孝义的政治、经济、文化和社会全面协调可持续发展，为推进资源型城市转型、建设区域性中心城市作出新的贡献。

《孝义文化丛书》编委会由市委、市政府主要领导担任总策划，分管领导担任顾问，由省、市有关部门的专家学者担任学术顾问，市三晋文化研究会牵头组织，邀请省、市一批知名的作者进行撰稿。

《孝义文化丛书》是孝义文化建设中的一项宏大的系统工程。丛书选题以孝义的历史、地理、政治、经济、军事以及文化艺术、教育科技、文物古迹、村落民情、风俗方言、工艺技艺为主要内容，结合当今孝义的实际,设立若干课题,充分展示孝义优秀的历史文化遗产和转型跨越发展的巨大成就。全书先拟定综合类、非物质文化遗产类、人物风采类、文学艺术类、民俗风情类、文物古迹以及晋商文化等七大类二十五卷,用五年的时间完成,每年一辑,每辑五卷,逐年出版。

《孝义文化丛书》在方案的制订、选题的论证、作者的编写、书稿的审核、丛书的设计、出版过程中得到了省作家协会副主席杨占平、原副主席周宗奇、省党史研究室副主任钟启元、省地方志办编审聂元龙等一批专家学者的精心指导和审定,得到了山西人民出版社、太原市典创图文设计有限公司、山西臣功印刷包装有限公司等有关部门的大力支持和帮助。特别是原省政协郭裕怀主席为丛书题写了书名,省政协主席薛延忠,吕梁市委常委、市委秘书长李良森分别为丛书作了序言,孝义市委书记、政府市长分别为丛书题词。在此,对各级领导、专家的关怀垂爱和所涉同仁、作者的辛劳付出,一并表示衷心的感谢!

《孝义文化丛书》的编辑出版是市委、市政府实施文化大发展、大繁荣战略的一项英明决策,诠释着市委、市政府主要领导的远见卓识,凝聚着众多人士的心血和汗水。对于这样一件全市文化生活中的盛事,我与各位同仁只能尽心竭力,不敢稍有懈怠。去年离职后曾有六位企业老总邀聘我,但为了专心研究会工作,我都婉言辞谢。我虽年届花甲,以尚能为孝义及父老乡亲做点小事,再尽点微薄之力,感到欣慰。但由于丛书编纂在孝义尚属首创,且点多、面广、线长,加之本人才疏学浅,水平有限,经验不足,难免会有瑕疵与疏漏,欣盼诸位领导、诸位专家和广大读者不吝赐教。

孝义市三晋文化研究会会长 王正树
2012 年 12 月 12 日

图书在版编目（CIP）数据

剪纸风韵 / 武永虎编著. —— 太原：山西人民出版社，2014.12

（孝义文化丛书 / 王正树主编. 第3辑）

ISBN 978-7-203-08836-3

Ⅰ. ①剪… Ⅱ. ①武… Ⅲ. ①剪纸—民间工艺—孝义市 Ⅳ. ① J528.1

中国版本图书馆CIP数据核字（2014）第265021号

剪纸风韵

主　　编：	王正树
编　　著：	武永虎
责任编辑：	冯灵芝
装帧设计：	典创品牌设计
排版设计：	栗艳松　宋飞燕　马艳琳
出 版 者：	山西出版传媒集团·山西人民出版社
地　　址：	太原市建设南路21号
邮　　编：	030012
发行营销：	0351-4922220　4955996　4956039
	0351-4922127（传真）　4956038（邮购）
E-mail：	sxskcb@163.com　发行部
	sxskcb@126.com　总编室
网　　址：	www.sxskcb.com
经 销 者：	山西出版传媒集团·山西人民出版社
承 印 者：	山西臣功印刷包装有限公司
开　　本：	787mm×1092mm　1/16
印　　张：	104.25
字　　数：	1300千字
印　　数：	1-2000册
版　　次：	2014年12月　第1版
印　　次：	2014年12月　第1次印刷
书　　号：	ISBN 978-7-203-08836-3
定　　价：	298.00元（全5册）

如有印装质量问题请与本社联系调换

孝義文化叢書

郭裕懷

孝義市三晉文化研究會
◎ XIAOYISHISANJINWENHUAYANJIUHUI ◎

孝义文化丛书

题 陈巨锁

孝义市三晋文化研究会
XIAOYISHISANJINWENHUAYANJIUHUI

中陽樓 位于孝義古城中央大街，始建于漢魏，屬全國重點文物保護單位

孝义文化丛书
主编 王正树
第三辑

陈克海◎著

龙凤呈祥

Xiaoyi Wenhua Congshu
Longfeng Chengxiang

山西出版传媒集团
山西人民出版社

《孝义文化丛书》编委会

总策划
张旭光

顾 问
薛虎平　焦张生　李　安　薛向东
刘旺珠　孟林生　杜红涛　李庆荣

学术顾问
杨占平　周宗奇　聂元龙　钟启元　牛　牧
高大旺　张梦文　梁镇川　王绍汾　陈守钦

主 任
王正树

副主任
郭贵和　　侯治斌　　马　勇　　郭为民

委 员
（按姓氏笔画为序）

马明高	马夏民	王有名	王志东	王春吉	田　曜
田云年	田世升	田雨海	付一兵	叶圣辉	任化清
任朝晖	刘秋生	刘荣生	刘德荣	乔庆勇	陈国亮
张　伟	张久珠	张贵生	张建益	张建琴	吴晓娟
武立贵	武永虎	武矿生	赵　钟	赵处亮	郝永鹏
郝继文	侯　燕	侯丕烈	侯兆勋	侯建川	郭自强
郭志诚	郭炳淦	郭建荣	郭新荣	庚光祖	董注亮

序(一)

山西省政协主席 蒋延忠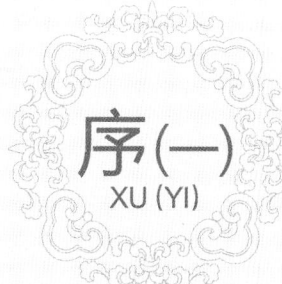

文化是民族的血脉，是人民的精神家园。在中华文化源远流长、浩瀚博大的巨流中，县域文化以其突出的地域性、民俗性、多样性和交融性，成为其重要一脉。重视和加强县域文化建设，对于弘扬中华优秀传统文化、加强社会主义精神文明建设、促进文化大发展大繁荣、推进中国特色社会主义伟大事业，具有重要意义。

近日，孝义市三晋文化研究会在市委、市政府的支持下，依托政协的文史资源和人脉优势，组织实施《孝义文化丛书》编撰工作，值得称道。这套丛书，以孝义历史文化为主线，分综合、非物质文化遗产、人物、文学艺术、民俗风情、文物古建、晋商等七大类，系列介绍了孝义的自然风物、古今嬗变、人文精神，全面展示了全市推进经济建设和社会发展、奋力跨入"全国县域百强"的巨大成就，是一部全面反映孝义的鸿篇巨制，为更多的人了解孝义、感知孝义创设了窗口，建造了平台。

孝义有七千多年的人类繁衍史和两千五百多年的建城史，是三晋大地的一颗璀璨明珠。悠久的历史，积淀了厚重的地域文化，孕育了众多的仁人志士，留下了丰富的文化遗存，形成了淳朴的民风民俗。新中国成立以来，孝义人民把继承优秀传统与弘扬时代精神相结合，在社会主义建设和改革开放新时期形成和发展了以勤劳勇敢、诚信进取、孝长义友、和谐共存为内核的当代新风，成为全市建设发展、跨越赶超的强大精神动力。系统挖掘整理孝义发展的文明成果，对于全市进一步加强对非物质文化遗产的保护传承、加快特色文化产业的培植壮大，更好地满足人民群众日益多样的文化生活需求；对于进一步推进社会主义核心价值体系建设、增强文化的向心力凝聚力，更好地激励人民群众投身经济社会建设、共创幸福美好未来，都将产生积极作用。

希望研究会坚持社会主义先进文化前进方向，精心做好丛书的编撰、出版事宜，使之成为"存史、资政、育人"的精品力作，为加快孝义文化强市建设、促进科学发展作出应有贡献。作为家乡人，我相信，在孝义市委、市政府的领导下，在先进文化的引领和激励下，孝义人民一定会在推动转型跨越发展、全面建成小康社会的伟大征程中创造新的辉煌业绩，续写新的时代华章。

是为序。

2012年12月1日

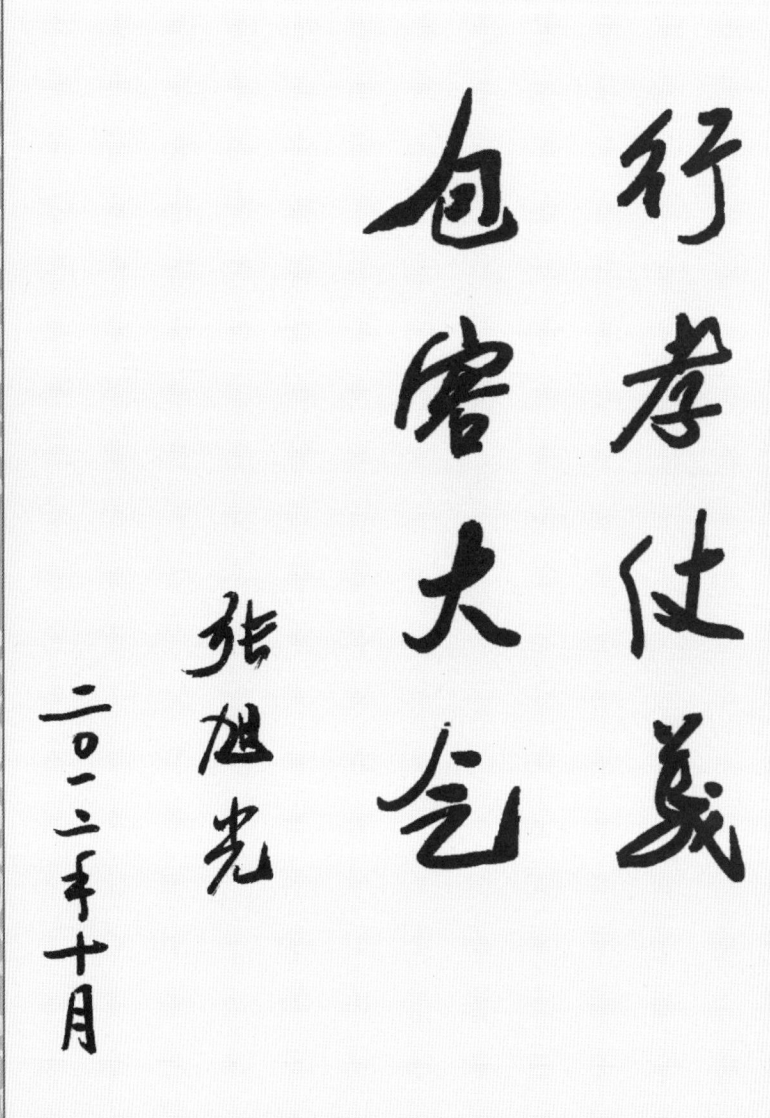

行孝仗义 包容大气

张旭光

二〇二二年十月

吕梁市委常委·孝义市委书记张旭光·题词

孝义赋
XIAOYI FU

夫孝义兮，声贯春秋，名扬汉唐，孝行义举源远流长，货殖物产牵引四方，其英容灿灿于今世也。

邑之美名，唐宗御赐。孝子郑兴，孝行感天动地，孝衍春秋，孝行美名传天下；义将尉迟，义举归唐顺民，义贯乾坤，义德佳话遍神州。

邑之美名尚多矣。春秋言瓜衍，语传"瓜衍之赏"；曹魏置中阳，邑域因设中阳书院；北魏名永安，懿美寓意自是。俱往矣，唯孝义邑名，代代相传，于今千有三百八十余载。

邑人尊孝崇义之风久盛矣，孝行义举几为代代风习。行孝仗义，包容大气，遵循礼仪，以义制利，和谐之风隆隆然也。

孝义形胜，山川秀美。倚恒岳，拱太行，带汾水，襟霍山。西部群山叠翠，地下宝藏丰富；东乡一马平川，宜农宜工宜商。昔为三晋古邑宝地，今乃历史文化名城。铁路穿境而过，公路四通八达，东接晋中盆地，傍邻并冀京津；西界吕梁山麓，俯望陕甘宁疆，赫然雄踞承山启川之中也。

自然造化，风水钟灵，古有十景，胜迹怡人：柏山烟雨林蔽日，薛颉晚照霞满天，元都春色竞芳秀，上殿晴岚绕山涧，魏塚寒云思吊古，神坟暮雪怀前贤，双桥流水映佳景，六壁斜阳呈奇观，胜溪碧波可洗耳，龙隐晓钟醒人眠。

人文建筑，巧夺天工。今存三绝，美轮美奂：中阳古楼雄踞邑城正中，建于汉魏，继修于元明，屡葺屡缮，今益焕然。斯楼全木结构，四层四檐，峭拔入云，巍峨壮观，中和位育，牌匾四悬，尽显孝义遗风，益展古城雄姿。城东大孝堡之律宗寺院，临黄宝塔高耸，佛祖舍利内藏，隋朝兴建，历代修缮，香火盛旺。城西贾家庄之三皇庙，元代建庙，供奉三皇，人类始祖，衣食稼穑，享誉三晋，国内名传。

孝义古为秦晋魏韩之要会，兵家必争之重地。战国魏将吴起，屯兵吴城守防，西拒虎狼之强秦，实乃魏国之屏障。北魏置"六壁"，设吐京，屯重兵，抗劲敌，保太平；尉迟举义旗，守白壁，献关隘，投大唐，辅伟业。革命战争时期，毛泽东率军东征，运筹指挥兑九峪，旌麾所指，阎军闻风丧胆；邓小平进驻下堡，动员抗战晋西南，扩军筹款，军民义愤高昂。孝义人民前赴后继，浴血疆场，屡建殊功，千古垂名。

邑域代有才人出，大家名士灿若星辰：卜子夏西河设教，魏文侯筑城兴邦。守土靖三边，兵部霍尚书名垂青史；施政惠百姓，总督郭世隆享誉江南。冯济川日本留学，归国兴办新式教育；李亚豪实业救国，创建太风汽车公司。杨德龄首创汾酒，万国博览会首获金奖；马鸿勋纾财爱国，举家十人抗日救亡。地灵育就英杰，前贤激励后人：侯右诚百岁办学，闻名海内；马烽著作等身，蜚声中外。苏宁保护战友，献身国防科技；马牡丹不惧烈火，舍子舍己救人。工程院士王浚，中科院院士武维华，品德高尚，科技精英。

风云际会，改革开放。盛世孝义，谱写新篇。经济腾飞，百强进位，转型跨越，百姓小康。山川绿化竞秀，城市景观宜人：府前广场、人民广场，场场人气兴旺；崇义公园、胜溪湖公园，园园生机盎然。新城高楼大厦，拔地而起，市民宜居；古城重点文物，修旧出新，历史再现。全国可持续发展品牌市，诠释科学发展之精要；全国绿化模范市、生态文明市、园林城市，装点百强孝义之风姿。华灯初上，走长街，步湖畔，火树银花，流光溢彩，熠熠生辉。梧桐街筑巢"引凤凰"，三贤路敞怀"招英贤"，新义街竭诚倡信义，振兴街立志誓振兴。时代大道快速连通孝汾介，区域中心城市迈向新时代。

"文化先进市"、文明城市创建、社会治安综合治理，国家表彰，誉满名城。文化强市，艺术传承，古今文明，交相辉映。文化积淀，润泽诚信之品格；精神弘扬，筑牢平安之基石。皮影堪称国宝，木偶亦为精品。婚俗蜚声华夏，剪纸巧手绘形。碗碗悠腔有传人，老腔新戏誉京城。科教文化园区，开拓启动；影视动漫基地，产业兴盛。学校建设，重中之重，教育"两基"全国先进；体育健身，蓬勃开展，场馆尽显现代风姿；卫生事业，关注民生，医疗泽惠万民。文化盛节，年年举行，城乡民众欢欣。城市精神得以昭示，传统美德尽获彰显。

展望未来，风光无限。紧靠吕梁山，融入太原圈，面向环渤海，再铸新篇章。继往开来，高擎科学发展大旗；启后承前，巧绘世纪宏伟蓝图。抚今追昔，人民铸造史诗；仰天浩歌，前程更似丹阳！

煌煌孝义，彪炳千秋！

孝义市三晋文化研究会

2012 年 10 月 8 日

目录

前　言	001
第一章　贾庄怀古	001
第二章　如此村落	037
第三章　申遗梦想	055
第四章　万伦之始	065
第五章　父母之命	099
第六章　三媒六证	115
第七章　八字合婚	131
第八章　下聘订婚	147
第九章　群忙备婚	177
第十章　备办嫁妆	203
第十一章　催妆送奁	219
第十二章　娶亲仪式	231
第十三章　迎婿礼俗	245
第十四章　拜花堂礼	265
第十五章　嬉闹洞房	287

第十六章　婚后程序 ---------------- 315

第十七章　婚俗标本 ---------------- 323

后　记 ---------------- 330

前言
QIAN YAN

历史算不上特别眷顾孝义。

但,纵览孝义人文,追溯历史,凡两千年,潮起潮落,孝义人勤劳聪慧,世代承传崇文经商,周而复始,最终诞生了独树一帜的孝义文化。这并非简单的赞美,进入国家级非物质文化遗产名录的,就有孝义皮影戏、孝义碗碗腔、孝义木偶戏、孝义贾家庄婚俗礼仪,进入省级、市级名录的,更有数十种之多。这些文化遗产,或托于古镇,或附于乡野,或以表演形式展现,或以口头形式传承,凡此种种,都在这块古老的土地上生根发芽,最终形成了颇具特色的文化之树,让人在其考究的细节中品味出她动人的风情与魅力。

孝义大地留下了如此丰厚的非物质文化遗产,这是孝义人民宝贵的精神财富。但是,许多珍贵资料已经消失;改革开放以来,多元文化迅猛发展,传统文化饱受冲击,不少项目门类濒临湮灭。怎么做好抢救性的保护工作,成为孝义三晋文化研究会的重头戏。

本书所要考察的孝义贾家庄婚俗礼仪,即是展现孝义文化的系列丛书之一。

婚俗礼仪并非一成不变,岁月变迁,文化跌宕,不同时代,各种文化碰撞,习俗自然也会发生相应变化。贾家庄婚俗也不例外,一直在不断吸纳周边各族婚俗礼节。

文化的张力就常常隐身在这习俗的习得与交流之中。

考察文化的流变并非易事,好在有了诸多师友的帮助,《龙凤呈祥——孝义贾家庄婚俗考察》一书终于草成。

感谢杨占平老师,因为他的提携,我才有幸得以参与到孝义文化丛书的撰写中。

感谢郭自强先生、逯建枝先生,在贾家庄的采访中,他们为我的采访提供了无微不至的帮助。

感谢孝义三皇文化研究会的各位同志,因为他们细致入微的讲述,我对贾家庄的历史才会有比较详细的了解,尤其是陈家琰先生的《浅谈历史文化名村贾家庄》和王俊斌先生的《贾家庄古村、古驿道、古码头考》两篇大文章,让我获益颇多。

另外,本书引用了很多专家在婚俗方面的研究成果,除特别注明外,参考的著作还有陈顾远先生的《中国古代婚姻史》,陈高华、徐吉军主编的《中国风俗通史》,吉国秀先生的《婚姻礼仪变迁与网络社会重建》,E.A.韦斯特马克的《人类婚姻史》,张石山、鲁顺民两位先生的《礼失求诸野》,王正杰先生主编的《娶媳妇子·嫁女》,在此一并致谢。

文兴逢盛世,百花喜迎春。孝义贾家庄婚俗,细节丰富,特色多多,因时间仓促,错讹之处在所难免,欢迎大家指正。

作者
2014年6月

贾庄怀古

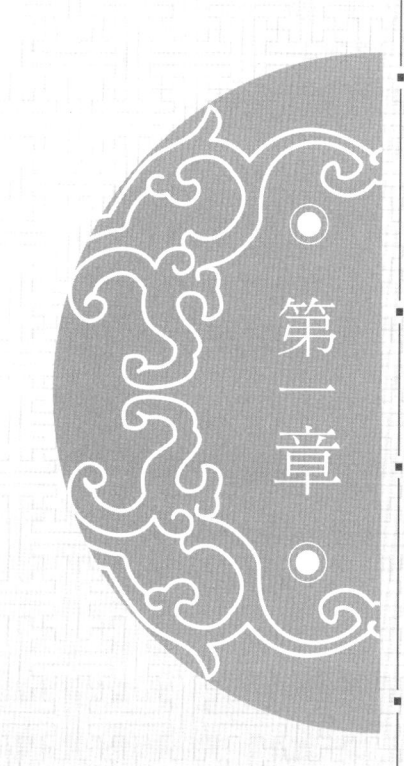

第一章

贾家庄位于山西省中部的孝义市。

孝义地理位置还不错，向有"三晋宝地""秦晋要冲""吕梁窗口"的美誉。

从谷歌上搜索孝义地图，可以清楚地看见，孝义市位于晋中盆地西南隅，吕梁山脉中段东麓，北与汾阳为邻，西北与中阳县相依，西与交口县接壤，南与灵石县相连，东南与介休市隔汾河相望。境内河谷水系发达，有汾河、磁窑河、文峪河、虢义河、孝河、兑镇河、下堡河、柱濮河等。史料中的记载也证实了孝义境内河流众多：

胜水一名孝河，源出狐岐山之麓，流经县西十五里至县东南入于汾。土京水一名西阳水，源出县西南一十五里，土京水合胜水入汾河。

玉泉山在县西南七十里，下有泉如湅玉因名。通吉隰往来之路，其水引县南，灌南曹五楼诸村民田。

关于胜水，明代诗人赵讷曾经如此赞美：

泉出岐山下，经流万壑中。河汾原一脉，沧海亦相同。波涌天光净，崖含曙色红。来游当暇日，聊可濯清风。

背枕高山，脚跨平原，还有血脉样的河流滋润，自然条件不能说不好了。

关于河流孕育文明的说法由来已久，钱穆在《中国文化史导论》中这样写道：

普通点说，中国文化发生在黄河流域，其实黄河本身并不适于灌溉与交通。中国文化，精密言之，并不赖藉于黄河本身，他所信任的是各条黄河支流。每一支流之两岸和其流进黄河时两水相交的那一个角里，却是古代中国文化之摇篮。那一种两水相交而形成的三角地带，这是一个水丫杈，中国古书里称之为"汭"，汭是在两水环抱之内的意思。中国古书里带称渭汭、泾汭、洛汭，即指此等三角地带而言。我们若把中国古史上各个朝代的发源地和根据地分配在上述的地理形势上，则大略可作如下之推测：唐、虞文化是发生在现在山西省之西南部，黄河大曲的东岸及北岸，汾水两岸及其流入黄河的丫杈地带。……每一条支流的两岸及其流进黄河的三角丫杈地带里面，都合宜于古代农业之发展。而这一些支流之上游，又莫不有高山叠岭为其天然的屏蔽，故而每一支流实自成为一小区域，宛如埃及、巴比伦般，合宜于人类文化生长。

而离孝义城仅十里的贾家庄，就正好处在孝河的北岸。孝义古城的文明变迁史，物质的例证躺在博物馆里静待感兴趣的人去想象，而非物质的一部分却仍然存活于这块土地上的风俗人情中，下文即将考察的贾家庄婚俗就是其中较有特色的一部分。

何况，贾家庄离孝义城仅十余里，它又能差到哪里去？

当然，我头一回去贾家庄，走的不是沿孝河的景观大道。

从孝义城西，走府前街，大概有十分钟的车程。府前街平缓向西，越过题有"孝衍千秋"的门楼，直到与新修的孝汾大道特大桥交叉，

第一章 贾庄怀古

才突然腾空而起，东来西往的车辆任意奔驰；孝汾大道上，南去北走的车辆畅通无阻；四条匝道把上下两层桥面巧妙地连接在一起，形成了一幅错落相连、并行不悖的交通网。同行的村委副主任逯建枝说：

"看吧，这两边都是我们贾庄。"

贾家庄人介绍自己的村庄时，不喊贾家庄，叫贾庄。也不知是他们省了一个字，还是他们念得太快，两个字听起来还挺亲切。

来之前，我曾经想象过贾家庄的样子，等到真的亲眼看见，还是无法想象这里十几年前还是炊烟缭绕，人们日出而作日落而息的传统乡村。

呈现在眼前的与其说是一个村庄，还不如说是两个世界。三皇立交桥把村子劈为两半，南边是房屋灰旧的贾家庄古村；北边，鳞次栉比的摩天大厦拔地而起，那就是贾家庄人经常挂在嘴边的"新农村"。只说初始的印象，确实是够新的了。我以为这个新崛起的村子和孝义多数富起来的村庄一样，靠的也是煤铁之类的自然资源。聊起来才得知，贾家庄既不产煤，和铁铜也没什么关系。

在人人挖煤致富的时代，和贾家庄人有关联的，仅仅只是两个铁路货运站台。

提到贾家庄的发展，几乎每一个人都会说："从1999年4月，郭自强当了书记，村里才有真正的大变化。"

1999年是个有意思的年份，毕飞宇在长篇小说《推拿》中曾这样描述：

人们在世纪末的前夜突然感觉到了一种大恐慌，这恐慌没有来头，也不是真恐慌，准确地说，是"虚火旺"，表现出来的却是咄咄逼人的精神头，每个人的眼睛里都喷射出精光，浑身的肌肉都一颤一颤的。——捞钱啊,赶快去捞钱啊!晚了就来不及啦!这一来人就疯了。人一疯,钱就疯。钱一疯,人更疯。疯子很容易疲倦。疲倦了怎么办呢?做中医推拿无疑是一个好办法。深圳的盲人推拿就是在这样的背景下壮大起来的,迅猛无比。用风起云涌来形容吧,用如火如荼去形容吧。全中国的盲人立马就得到了这个振奋人心的好消息。消息说,在深圳,盲人崭新的时代业已来临。满大街都是钱——它们活蹦乱跳,像鲤鱼一样在地上打挺,噼里啪啦的。

小说家的话到底是夸张些,何况他说的也是改革开放了二十来年的特区深圳。但透过这种情绪还是能感受到一个时代的激越脉搏。孝义虽然地处内陆,1998年的亚洲金融危机也对纯粹依靠煤炭资源出口的孝义造成了不小影响,但毕竟到了新世纪,历史马上就翻篇了。

孝义城区在飞速扩张。

土地,是贾家庄人世代相依的唯一资源。这回,他们抓住了机会。

贾家庄的新时代不是悄然而至。它来得轰轰烈烈,路修起来了,塔吊绽放在田野。我能想象得到当时热火朝天的景象。事实上,就是到了今天,这种建设的步伐依然没有减速。

短短十年时间,已经没人过面朝黄土背朝天的苦焦日子了,村集体更是依托新兴的房地产日益壮大。

靠土地致富的城中村我也见过不少,但像贾家庄这样,村子富了,又以一村之力大力发展文化,并且卓有成效的,并不多见。

他们还看准了文化的生财之道。

他们是把文化当作工程来做的。

做工程当然得有料,没有材料,再巧的媳妇也不会煮饭。

好在贾家庄的材料还不少。

村里就有人在做系统的研究，他们是三皇文化研究会的成员任汝吉、燕福金、王俊斌、任振福、陈家琰、宋瑞云、梁兆瑞。搜集好资料，年过六十的陈家琰先生，写了一篇万余字长文《浅淡历史文化名村贾家庄》；王俊斌先生也撰写了一篇万余字的长文《贾家庄古村、古驿道、古码头考》。两篇文章各有侧重，对了解贾家庄历史帮助很大。关于这个三皇文化研究会，后文还要专门讲述，这里先说他们的考古。

也是看了这两篇文章，我对贾家庄为什么变成目前模样有了更清晰的了解。

主要还是因为路修到了这里，两条路，前文提及，市里要修孝汾大道，又要建立交桥，位置呢，正好经过古村，孝河北岸又要搞景观建设，以郭自强为首的领导班子，抓住这次机遇，把村民集体移到新农村，变成了市民。

村民移走了，古村却并没有荒弃。村两委决定以三皇庙为依托，搞旅游业。这可不是异想天开。三皇庙是省重点文物。再一个，孝义市政府又在大力开发孝河北岸的景观。人家都把致富大道修到村门口了，他们还能不把古村收拾得像个样子吗？

村总支书郭自强决定修复、开发贾家庄古街、古驿道景点，发展旅游业。

那么贾家庄到底有些什么看头呢？

来到贾家庄的第一站自然是看三皇庙。

但为了叙述方便，我还是想先从贾家庄的来历说起。

先说说贾家庄古村的渊源。

古村由上街和后街合成。

1983年的《孝义县志》记载，在贾家庄村南、孝河北岸的西河湾二级台地发掘出仰韶文化灰层多处，还有石斧、石铲柄和蓝纹夹沙红陶片多件。这意味着什么呢？说明早在五千年前，这个地方就有人类在此生息繁衍。

当然，我们也清楚，古人生活，也是居无定所。这，还不能完全证明这块土地的人文历史。

在老一辈贾家庄人的记忆里，说起古村的来历，据说是先有贾、李二户，后有陈、靳两家。你看，偌大的地方，最先开始也只有这么几户人家。有人定居，自然就有人在这里扎根。果真如此，随着贾、李二户在河岸挖土窑洞，盖砖瓦房、砖窑，开河滩地，贾家庄人气就旺了，慢慢就形成了村落。山西本来就缺水，农民不能说逐水而居，但离河近的人，似乎又要比别的地方优越一些。有水就有了生气，粮食产量自然也高。人类几千年前就懂得逐水草而居，贾家庄这块宝地被其他姓氏的人看中也是很自然的事。

然，任何地方都有个先来后到的道理，贾家庄以贾名世，也就自然而然。

贾公大墓的发掘也证实了这一点。这是村里发掘出的具代表性文物之一。在贾家庄民俗博物馆翻完相关资料后，我匆匆记下了这样的文字：

看贾家庄相关史料，知当地多年前还有一种习俗，人过六十岁，就开始把自己关在类似八卦墓的地方，只留一小口，让人送点吃的，死后也无棺材，直接封口。这样的习俗让我想起日本的一个电影——《楢山节考》，也是把人送到山上自生自灭。这些习俗大都是资源少、经济困难的时候，人为了节省口粮，才做这样的选择。

记述有偏差的地方，事实上，经贾庄老年协会老师们的介绍，我才知道这些古代习俗多与宗教信仰有关。从墓中壁画的相关描述来看，贾家庄当时的人文风景还不错。人文风景多，说明此地人们还是有些经济实力的。古时乡村一带建筑庙宇之类的公共场所，多是村民集资。人们有功夫弄这些工程，手头应该有余钱。就像前些年穷时候，连庙宇也无人问津，这两年经济形势好，又开始恢复古建，是一个道理。

尽管发生了很多变故，但现在还能在西河湾处看到破损的土窑洞，它们影影绰绰地盘踞在依崖临水的地方，似乎在无声地证明这里是块风水宝地。

随着陈、靳两家的迁入，人口逐渐增多了。陈家琰先生有这样的考证：第一代贾家庄村就在西河湾，房子也简单，要么是草庐地庵，要么是半穴半庐，要么是土窑洞。到了第二代贾家庄村，成了四级台地，开始建造砖窑瓦房。

又不知过了多少年，就到了第三代贾家庄村，在移居的土塬上，上街古村形成了。上街，又称老街。据传，贾家庄上街古村，大体以三皇庙为中心，有西头街、东道街和庙街三条小街。庙街为南北向，全长不足五百米，但南有地藏庙、关羽庙，中有三皇庙，北至北门，门洞上面是老爷庙，可说是颇为热闹。西头街，西起靳焕义院，南至孝河；东道街东靠坂道，北接后街。

村南面是河谷，东、北、西是沟壑。整个上街西高东低，全部院落坐北向南依缓坡而建，阳光充沛，土地也肥沃，可以说占据了各种优势。

时光荏苒，又不知过了多少年，贾家庄上街北门外的沟壑又辟为官道，成了西通兑镇、交口、永和、石楼，直到永宁、柳林，东接孝义古城的交通大道。

商业的繁华带来了人群的聚集，贾家庄不断扩张，又形成了贾家庄后街。

一个完整的贾家庄村逐渐形成。

有意思的是，现在的贾家庄两千余口人，竟无一人姓贾。不过，从乾隆七年贾家庄《三皇庙》修葺碑来看，募捐人中尚有贾得孝和贾得环二人。据村民李国柱介绍，他爷爷从孝义县西关迁来贾家庄时，当时贾家庄只有两户姓贾，其中一户只有老两口，李国柱的爷爷就是买了他家房屋；另一户住在三皇庙南、孝河北岸的土窑洞。另据本村郭士锜后人郭惠兰讲，她家现在的祖传院子是光绪三年其祖先买下贾玉德的土窑洞，开始建了东西两院。据调查，新中国成立前夕，上街共有大、小院落36处，其中陈、靳两家即有23处，占上街院落总数的64%，说明祖传可信。

这么说还是有些抽象。也许从一些实物中可以看出这个村落的古老。

上街还有许多土窑洞，在走访中得知，这里竟然有许多贯通村庄的古地道。

山西的很多村子都比较有意思，有一年去介休张壁，那个古村落，下面也是暗道密布；在太原晋源区有一个店头村，也是家家户户暗道相通。据考证，这些地方，多数都有藏兵的功能。

明修栈道，暗度陈仓。

古人向来就有极强的生存智慧。

那么贾家庄的这些地道呢？它们也曾做过军事设施吗？

据《三皇庙志》中记载：上街古村地下，西门古井处—陈氏祠堂—古寨堡，是连通上街各院的地道口的主干线；陈氏祠堂往北—三皇庙后院古井，是南北干线。上街老村古院，过去院院通地道，全村连成一片。

地道内，窑洞、翻井、气孔、水源，完备齐全，防御体系堪称完整。

在三皇研究会成员的众人考证中，贾家庄地道的功用主要还是求生存、避兵害，众人推测，其发展历史还比较长。

这可能还是跟贾家庄的地理位置有关。

1983年的《孝义县志》记载：南北朝初期，北魏太武帝拓跋焘延和三年，也就是公元434年7月，在河西白龙起兵，拓跋焘御驾亲征，双方在吐京郡，即今上下吐京村激战，9月，白龙战死，百姓深受其害。太平真君六年，也就是公元445年，太武帝拓跋焘至吐京郡讨胡平乱，郡县安定。

贾家庄距吐京仅十里之遥，战火一燃，贾家庄必被兵祸所累。十年之中，就有两次战斗，而且持续时间较长，贾家庄显然难逃厄运。

又譬如，五代十国时期，后周太祖郭威广顺元年，也即公元951年，后汉河东节度使刘旻在太原称帝，时称北汉。孝义县境域，以白壁关为界，向西属后周管辖，向东为北汉管辖。公元958年6月，后周与北汉交战，北汉兵溃，后周隰州知事李谦薄乘胜追击，进占孝义县诚，孝义县全境属后周辖。

由白壁关进孝义县城必经贾家庄，遭受兵害亦可想见。

又譬如，明世宗嘉靖二十一年，也即公元1542年7月，俺答大举入寇，掠王才堡、道相、克俄村等牛羊上万头，被掳男女死伤难以计数，李家庄、司马村甚至被焚烧一空。

这些村庄，有的在贾家庄东面，有的在贾家庄西面。贾家庄一带，地处东西交通要道，危难难免。

又据1983年《孝义县志·军事志》记载，早在北魏（公元386—534年）时，因其辖地北境地入羌胡，西河郡由离石移至汾阳前，已"于狐歧山之东设军壁六，重兵戍守，以防匈奴五部余众散处离石者"。

"六壁，除贾壁今属汾阳县外，其辛壁、白壁、许壁、柳壁及六壁城，至今仍属孝义县辖"。"在六壁中，尤以白壁、六壁城及辛壁为重"。贾家庄是"六壁"与古城驿道总铺的腹地。贾家庄与六壁城当时隔河相望，距离最近，道路最畅，是通六壁之一的辛壁必经之地。

贾家庄的三皇文化研究会成员也由此认定：贾家庄因为地理位置特殊，兵害也最多，所以掘地道，以求生存，避兵害。贾家庄上街老村古时候多为家族，地道互通，便于生活，互相接济也是情理中事。

加上贾家庄又属于立土区域，土质坚硬。正如《三皇庙志》所说：三皇古殿根基很浅，可称无根殿，七百年来，它经历了大、小无数次的地震考验，大殿毫发无损，可谓创造了抗震奇迹。这也能说明贾家庄地道为什么历经千年仍能看出其大致走向。

可惜这些地道，因建设孝汾大道和北景观区，洞口全毁，地道深埋地下，破坏程度如何，有待考察。

来到贾家庄的许多天，说是采访贾家庄婚俗，但我一时并不知道该从哪里找到切入口。贾家庄的朋友好像也并不着急，只是带着我到处观看，好像历史文化都摆在那里呢，就慢慢消化吧。

确实，这是一个气息不同的村庄。

走在古村的后街上，就如同走进了历史的某个拐角。几位村里的老年协会同志向我们介绍，多年前，这条街地势低洼，年长日久，人走车轧，就成了驿道。

关于驿道，由不得想多说两句。我国古代通信，由来已久。尧帝时代就很注意道路的修整，为了交通的通畅，他在都城平阳，就是今天的山西临汾一带，修了一条通衢大道，称为"康衢"，后来这个地方改名为康庄。现在我们常说的"康庄大道"，就来源于此。最初，把道路修得更宽更广，不过是为了利于传递信息。但到了后来，这条"康庄大道"却无意中促进了物质、文化方方面面的流通。

这里还是要提一提三皇文化研究会的考证成果。

驿道是官衙为便利公文传递、官衙和传车往来而开辟的交通大道，民间习惯的叫法是"官道"，有点类似于当今的国道。沿线设驿站或铺司，供往来衙役食宿和更换马匹。《周礼》中说：

> 凡国野之道，十里有庐，庐有饮食，三十里有宿，宿有路室，路室有委；五十里有市，市有侯馆，侯馆有积。凡委积之事，巡而比之，以时颁之。

据《孝义县志》记载，孝义的邮驿走向，在冀南道与河东道之间。古城向北经居义铺、田屯铺入汾阳县境之阳城铺达汾州驿以远；向南经梧桐铺、王屯铺入介休境之刘屯铺达义棠驿以远；向东入平遥县之洪善铺以远；向西经南阳铺、义棠铺入中阳县、石楼县，又经凤尾铺

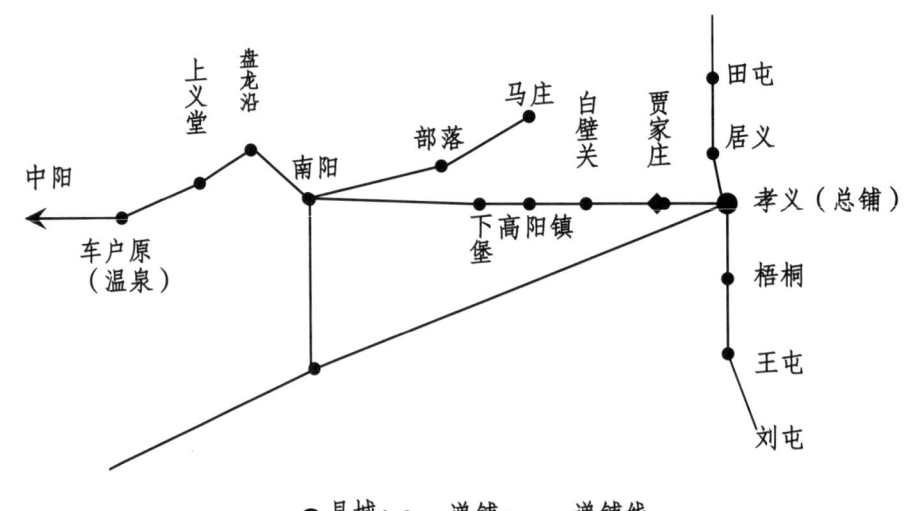

入隰县。历代皆从此通往全国各地。

自古以来，交通方便之处，也是人群聚集的地方，贾家庄也不例外。从乾隆三十五年的《孝义县志》中可以看到一份邮驿铺司路线示意图：

白壁关自古为兵家必争之地，是通往晋西北和晋西南的要冲之一。从上面的示意图可知，白壁关是一条由邮驿总铺（设旧城西街）通向南阳的理想之路。

而贾家庄就处在孝义邮驿的必经路口。

贾家庄74岁的老人王俊斌说：他家迁来贾家庄的第二代祖先王贵臣，是大清道光九年贾家庄大纠首。孝义《三皇庙志》道光九年（公元1829年）修葺碑载，纠首共有多人，而王贵臣排列首位。相传王贵臣任贾家庄纠首时，贾家庄已是一条官道。那时贾家庄车马大店多，村民殷富，贾家庄村公所便在三皇庙下院办公。村公所常备驿马，常有传递公文的人在这里歇脚。村公所有时也派村民传递公文。贾家庄距古城总铺十里之远，这一传说不但证明贾家庄确实曾是驿道，而且有驿道庐舍，承担了乡间驿站的任务。

现在，多年前的古驿道早已改建成混凝土公路，过去的模样早已无法复原。

在村西的任家大院楼上，我看到不远处的孝汾大道涵洞两侧贴着一副红底金字的对联：

彩虹连南北北达京津南接西安吸银两大黄金带；
金桥跨西东东接太原西连秦川受哺内陆经济圈。

横批是：

金桥富路，孝义地标。

但我想见的还不只是标语，而是今人在修路上的努力和古人的意愿竟然不谋而合。贾家庄的再次腾飞肯定跟交通方便又邻近城市有关。

可以想见的是，贾家庄古村东邻富饶的汾河盆地，背后便是吕梁山区。在山地和盆地交界处的官路边，往往是商旅行人打尖住宿的地方，通常都会形成村子，贾家庄古村亦不例外。"驿道"西通兑镇、交口、永和、石楼，直到永宁、柳林。过黄河，走西口，东通晋中各县，直至京津地区。在清代鼎盛时期，驿道仅车马大店就有14处。南来北往的客商和车马，骆驼途经住宿，给当时的贾家庄带来了生机和活力，至今当地仍有这样的俗语："家有余粮万担，不如开座烂店。"可见当年开店经商的诱惑力多么大。如今仍然矗立在古驿道两旁的十余处老宅院就是明证。

还得说说三皇文化研究会的《贾家庄古村落、古驿道、古码头考》和《浅谈历史文化名村贾家庄》二文，它们真是把村史考证得很详细了。

提到了古驿道，就不能不提古码头。

古有水陆码头一说，可见也不一定是有渡口的地方才有码头，贾家庄虽然紧靠孝河北岸，但孝河本身没有运输的功能，说贾家庄也是一个码头，指的就是陆路码头。

按《现代汉语词典》的解释，"码头"是"指交通便利的商业城市"，那个时候的贾家庄虽然不是城市，但也有过车水马龙的景象。

我们在1983年版的《孝义县志》中可以看到：自汉唐西河郡孝义为一方重镇，车骑缤纷，商贾麇至，兑九峪（兑镇）则是晋西和陕北"聚粮之码头"。

有码头自然得有人气。

清乾隆三十五年《孝义县志》载：孝义城"元魏孝帝静帝时武定元年以编民稀阔，守望弗及，移置西北隅筑今城"。同时在《里甲村庄》中说：

贾家庄，城西十三里，孝河南岸，平原地。二百六十户，六百五口。

清光绪六年《孝义县志》曰：

贾家庄，户一百六十四，口六百五十九。

乾隆三十五年为公历1770年，光绪六年为1880年。110年过去，贾家庄的人口不增反降，原因县志里也解释得很清楚，当时的孝义情形如下：

村庄四百余，而一村户逾百数者，不及十之三星；近千数者，才一二村耳；余则数十户或数户，零星散布于山坡溪涧之侧。大抵岁半则无业贫民渐入垦山，岁饥数家即成一村长；岁歉则大村或减户数，小村或竟成废墟矣。今十数年前之村，其名尚存，而人户乌有者不少。其百户以外之村，犹能室宇完好而高堂广厦，通计一县不过十数家而已。若僻小之村，则每牖户破落，多半穴土而居。其人尤极疲劳，衣粗食粝，终岁之计惟赖给于数亩硗瘠之地，故耗散易而生聚为难。第孝义接汾、平、介，同为府属邑，而汾、平、介诸邑之村堡如城垣市镇者，各不小数十，何彼奢而富，此俭而贫？莅斯土者其无转移之策乎？

这就不得不提到光绪三年的自然灾害了。

光绪二年，也即1876年，北方地区连续三年大旱。据考证，灾情严重的山西、河南、直隶、山东和陕西五省，从光绪二年到光绪六年（公元1880年）短短五年内，因饥饿和瘟疫而死的人口多达2290万人。这就是历史上有名的"丁戊奇荒"。

灾情最惨烈的是山西省。时任山西巡抚曾国荃在向朝廷的奏报中这样写道：

晋省迭遭荒旱……赤地千有余里，饥民至五六百万口之多。

树皮草根之可食者，莫不饭茹殆尽。且多掘观音白泥以充饥者，苟延一息之残喘，不数日间，泥性发胀，腹破肠摧，同归于尽。

询之父老，咸谓为二百余年未有之灾。

灾荒开始时的1876年山西全省总人口为1716.9万，到灾后的1880年，全省人口剩下882.7万，人口损失为834.2万，损失率达48.6%。

运城盐湖区上王乡牛庄村存留的石碑《丁丑大荒记》描述得更为惨烈：

人死或食其肉又有赀之者，甚至有父子相食，母女相餐，较之易子而食，析骸以爨为尤酷。自九、十月以至四年五、六月，强壮者抢夺亡命，老弱者沟壑丧生。至处道瑾相望，行来饿莩盈途。一家十余口，存命仅二三，一处十余家，绝嗣恒八九。……而村庄共绝户一百七十二户，死男女一千零八十四口，总计人数死者七分有余。

贾家庄也没逃过这次劫难，一百多年，本来就容易耗散，结果还碰到了百年难遇的天灾。少了将近一百户，意味着村里三分之一的人家绝了户。

"山河不移，流民似水。"与其挨饿，坐以待毙，不如走出去，也许能闯出条活路来。成千上万的老百姓不得不流离失所，奔赴口外，拥入归绥、察哈尔和鄂尔多斯等地谋生。

贾家庄人也跟上了走西口的队伍。走西口现象大约从明代中期开始，其高潮出现于明末清初。清末民初，走西口的人口数量最大。

他们背井离乡，远赴异地，用双脚走出一条逃荒路。对很多逃荒者来说，逃荒路简直就是死亡路，但求生的本能还是让他们毅然走上这条"希望之路"。一代又一代的山西人走西口，走出了一部苦难史，也走出了一批历经磨炼而精明强干的晋商。包头，现在是内蒙古草原上最大的工业城市，人口超过两百万，在两三百年前，它还只是个叫包克图的小村子。因为山西人到这里做生意，才慢慢有了今天包头城的雏形，现在包头城里还流传着"先有复盛公，后有包头城"这样的说法。复盛公就是山西乔家多年前开的商号的名称。

贾家庄人虽然没有办起类似复盛公这样著名的商号，但长年经商，仍有人积累了不少资产。

比如到了民国八年，也就是1919年，又开始重修三皇庙。碑文内容如下：

（碑阳）

重修三皇庙新建文昌魁星楼并改修乐楼碑志

凡事之因旧而复新者谓之继，从无而倏有者谓之创。古人云：莫为之后虽盛而弗传，莫为之前虽美而不彰。从可知继之者固难，而创之者尤不易也。吾邑城西贾家庄有三皇庙一所由来久矣。内祀之神前碑详载，无待赘言。虽屡经补葺，而星霜久阅，风雨飘摇，坍塌不堪，奚以妥侑。村长副等触目感怀，爰会集同事，提议兴工。罔不翕从，好施者仗义疏财，募化者争先恐后。于是庀材鸠工，率作兴事。栋宇崩裂振修之，檐廊残缺增补之，垣墙倾圮重筑之。未及半年工已告竣，更施以五彩，遂觉金碧辉煌，昔之黯然无色者，今则焕然改观矣。是役也，工虽浩大，资尚有余。复与同事婉商，别兴土木。佥曰：当今之世文明竞尚，而我中国文明之祀者厥惟北斗星，文昌帝君，吾村何妨并祀。爰请堪舆名师审其方向，择其地点，于村东门外之东南隅建楼三层，以祀焉。尚冀从此而后，文运昌明，人文蔚起，期愈美矣。且此事之兴犹有足异者，凡募疏所至，莫不倾囊以相助，或以为人好善使然也。岂知三祀并兴于一旦，文星炳耀于东南，则其神明之感，格必愈神也。不然，数千里之远客，劝化乐输何其响应之易且速哉。吁！事观厥成，理宜勒石。执事者讬文于余，奈才学浅陋，何敢妄附作者之林，亦聊将兴工之始末，众善之赞襄，一一勒诸贞珉，以期永垂不朽焉。斯已耳。

  清授修职郎儒学正堂甲辰岁进士邑人赵焕光薰沐谨撰

  前清钦加五品　赏戴蓝翎议叙贡元县东北区议员商务会会董郭士锜谨校

  前清例授乡饮耆宾邑人郝守身沐手敬书

  一二等宾筏奖章山西督军奖给金质菊花奖章金色双穗奖章村长郭士锜

  督军银质菊花奖章村副任长盛

  督军银质菊花奖章村副　郭兆瀛

  清授国子监太学生村副　靳德邵

  闾长　介宾陈天熤　李文灿　太宾宋秉恭　郭起鹤　介宾郭兆汾

张成彦　武生靳美珍　靳泰裕

　协办　靳美吉　郭鹏年　宋元俊　赵嘉彰　陈全禄　孙亮彩　赵嘉彦

　乡约　陈全福　靳焕良

　住持　宋义发　乔现龙

　铁笔　稷山翟立学　吴玉钊

　泥匠　河南徐起元

　木匠　潞城成聚财　本村吕志泰

　铁匠　河南赵盛魁

　丹青本邑刘咸宜　何太富　本村吕德恭　成光明

　　　　中华民国拾年岁次辛酉孟津秋月上浣榖旦立

碑阴刻有各地募捐来的钱数，比如：

郭士锜民施钱一千文，由恰募化俄钞二万二千七百文。
任长盛由库伦募化大洋一百五十四元。
闫维翰由库伦募化大洋一百四十三元。
李毓春由库伦募化大洋一百一十元。
郭兆锜由库伦募化大洋一百零一元。

俄钞又称羌帖，是沙俄帝国在我国东北和新疆地区发行的卢布纸币。虽然早在《瑷晖条约》签订后，俄钞就开始进入中国，但直到1903年中东铁路全线通车后，铁路运费、与俄人交易以及铁路地段内的税捐缴纳，强制使用"羌帖"，"羌帖"的流通量才迅速增加。据当时中国银行总管理处编的《东三省经济调查录》载：北满一带卢布流通额，共为四万万，单就滨江一埠而言，据一般人观察，其数约有二万万，其他如黑河、满洲里沿边各处，亦约有二万万云。流入辽宁的卢布也在数千万元以上。至于带到关内的则"遍及直、鲁、苏、豫之僻乡"。马寅初先生也曾对在中国流通的"羌帖"数量进行估计，他说：

中国受羌帖的损失，有人统计过，说有二万万至三万万之巨，数目虽不能确定，但至少总在二万万以上，是敢肯定的。

1924年，中俄恢复国交会议时，中国方面调查，国人所存"羌帖"数额为82.87亿卢布。

第一次世界大战爆发后，羌帖迅速贬值，以中国大洋为准，开始时羌帖每元能换中国大洋六钱、七钱，到民国七年，中国大洋一元能换羌帖20元。最初，老帖1元折合大洋1元3角；到了民国七年，跌至只值大洋1角；到民国八年夏，跌至3分。

俄钞贬值得厉害，但按照当时的兑换比例换算下来，俄钞22 700文也是一笔不小的数目。

从密密麻麻的捐赠人可见，贾家庄在各地做生意的都有恰克图、库伦、新疆、山东、宁夏、榆林商人，甚至远在俄境也有贾家庄生意人的脚印，有的规模还不小。

当时的贾家庄村长，是商务会董郭士锜的父亲郭鹤年，他在村东留下了两套规模不小的宅院；副村长任长盛在村西也有一套结构漂亮的院落。

这就与当年鼎盛一时的晋商传统契合了。

孝义商帮虽然不如晋中榆次、太谷、平遥、介休几处的商帮做得大，但正如孝义政协史志办王志东介绍的那样："孝义几乎村村都有经商的人。"

出门在外开钱庄、票号也是经商，在当铺里做伙计、牵骆驼也是经商。事实上，许多有名的大商人最初都是从小本生意开始的，比如大名鼎鼎的祁县乔家。乔家第一代乔贵发为做生意走西口，就是在包头一个当铺当店员；到了第三代乔致庸，才盛极一时。

孝义的商人多是如此。如今仍为孝义名胜地的中阳楼，1916年重修完工后，在碑文《建筑中阳楼并永安市场记》中有这样的记载：

自汉唐西河设郡，孝邑为一方重镇，车骑缤纷，商贾靡至，往来郡城者多道出其间。然孝邑虽郡城之保障，而平霍襟前云朔控后，久已为南北孔道，此中阳楼之命名所由起也。

商人们在修复中阳楼的同时，创建了永安市场。碑文中说：

先是楼之周围，略有市廛，每届七月会期，商人多集于此，便懋迁，广交易。

此前在中阳楼的周围，已形成固定的市场，每年七月集中交易。但中阳楼被毁之后，市场也随之消失：

自楼一圮，而地形窪下，游客渐稀。

恢复市场的动力，总是来自商人，条件一旦允许，他们就跃跃欲试：

近则商务日振，货物云屯。邑人虑地狭，不敷布置，拟于城隍庙左右添构地址，建筑卡捨，开辟市场。

市场新址在城隍庙的附近。谢公倡导之，姜公继续之：

继任毗陵姜公桂芩踵成其事，仿城隍庙村捐之法，按村募资，积少成众，而村耆社老亦知公义，所在不吝输。

工程所需资金，是按村募捐的。真是好事多磨，中阳楼稍后竣工，但因时局动荡，市场不得不停工：

不意时局改革，戎马仓皇，而市场又为之顿工矣。

清朝结束，进入民国，解玉辂到任孝义：

下车伊始，猝闻从事土木，讶非其时。博访周谘，知为扩张商务也。事涉公益，讵容稍后？因与当事诸人筹助捐款，继续前工，拓地数十弓，添建卡舍三百余间，修之平之。全功克奏，命名永安市场，寓保安意也。

碑阴，留下了这些商号或商人的名字。我数了一下，捐银二两以上的商号约有五百来家，捐银一两以上、捐银元一元以上、捐钱一千文以上的商号更多。

光是这些商号名就看得人眼花缭乱。可以说，这就是一部当年孝义商帮的简要目录。

据薛延金先生在《孝义古城工商业市场初考》一文中说，到民国十年（1921年），仅孝义城内，就有商业、金融、粮食、手工业作坊等店铺250余家。

直到民国二十四年，也就是1935年，江汉、两广、大津等地的食盐、海味及工业品，凡运往陕北及晋西的，大部分都要经过孝义运入。

孝义一直是晋西及陕西的物资供应集散地。

孝义城如此繁华，离城仅十余里的贾家庄怎么可能会错过这么好的致富机会呢？

孝义是个大码头，地处古驿道上的贾家庄自然而然地也就成了旅商们歇脚打尖的地方。

据贾家庄九十岁高龄的郝家福和李守红老人回忆：他们在民国后期开车马店时，贾家庄村就有大小不同的13座车马店、3个车铺和1个钉掌铺。

据当时贾家庄韵义车铺师傅后人韵德荣说，该铺原师傅韵义成原在汾阳冀村学艺，那里买卖清淡，打听到当时贾家庄后街是一条通往西路的官道，村里过往车辆多，车马大店多，是个码头地方，肯定能赚钱，所以师徒二人于清光绪二十七年就来到贾家庄开了车铺。

贾家庄杨孝城老人家有一份契约，从中可以得知，他家村西口的车马店于清朝同治八年已卖给本村李少亨先祖经营。

贾家庄钉掌铺传人赵世福也曾说过，他的先祖是从清朝康熙年间就来到了贾家庄经营钉掌业。钉掌能成为职业，说明当地车马较为发达。

再据贾家庄郭建华老人讲，最早来到贾家庄的郭氏祖先是郭运隆，就是康熙二十七年七月为避水患，才由孝义旧城北关庄宣化坊二甲迁到贾家庄的，传至他，已是第十二代。祖传，尚开元店原先是他祖先郭运隆开的。两百年过去，郭家仍是人丁兴旺，当年其先祖从商的经历已化为基因沉淀在郭家后人的血液里，也可以说像传奇，至今仍被后人荣耀般提及。

三皇研究会的同志们又考证出,孝义市西部山区的挖煤业虽然开始于元朝延祐年间,但就孝义的运输业和贾家庄交通大道出现的运输工具看,运煤是从人挑、背负、骡马骆驼运、独轮人力车运输发展到铁轮车畜力运输的。铁轮马车作为普遍的运输工具在贾家庄交通大道上运行大约始于清康熙以前,兴盛于乾隆以后。《孝义县志》载,民国二十二年,即1933年,孝义已有铁轮车214辆。

可从清乾隆三十五年《孝义县志》还会看到这样的记载:

民业勤苦,谋食无他奇技淫巧,除农圃之外,则负薪、掏煤、赶骡脚。大抵夏秋力南亩;春冬地冻,则入深山砍木掏煤,或受值代人赶骡马、骆驼负载远省。其能者则受值为人簿记收掌;间有一二开设店铺,亦尽守株待兔,绝少深计机械。妇女能纺织。百工虽有而不精良。

什么意思呢?是说这里的人搞运输完全是被逼出来的。

直到1976年以后,随着公路、铁路建设的发展,贾家庄的车马大店才宣告终止。

贾家庄的车马大店,主要接待铁轮畜力车,这些车大部分是住夜车,少数为打尖车。车辆最多时是大雪封山前、无大雨灾害和农闲时间。据郝家福老人回忆,车辆最多时,每店多至五六十辆,有的店容不下,还将车停在街上。

粗略估算,如果每店以50辆计,贾家庄驻车多时一天过往的车辆达700辆左右。

为什么贾家庄住宿车这么多?

还得说说贾家庄的特殊地势。贾家庄坂道、行坂,西门外大垣村坂、坡长路弯，行车困难，遇水冲断，遇雪路滑。过了这些坂道进入贾家庄，再向东走，就是一马平川的晋中平原。多数车辆在这里休整，要么是因为刚从平川过来，休整好后，一鼓作气到兑九峪等山区；要么是刚刚一路奔波，马上要进入平川。

孝义《三皇庙志》这样概括：贾家庄现在的后街，古地貌为沟，后辟为通往西山各县的官道。贾家庄的位置正好是晋中各县到西部山区拉煤住宿的第一站口，所以贾家庄先民根据这一需求，将沟两边凹进的部分开辟为车马店或商铺，为远路客商车马服务。从晋中榆次、太谷、祁县、平遥、清徐、交城、文水、汾阳各县来的车马在贾家庄正好打尖住店，第二天清早起身到西部四十里外拉煤返回，正好又是晚上住宿吃饭，第三天或第四天即可返回家中。这时的贾家庄一到晚上，拉煤车的辕条下挂着两盏马灯，照耀如同白日。

贾家庄车马大店接待的车辆，主要往返于兑九峪和下堡地区，拉运煤焦和杂货。以拉煤焦算一笔账：全村13座车马店旺季可容纳700余辆车，以600辆之半数计（不全是返车），日大约300辆重车；每辆重车按平均650千克计，每日可中转煤炭大约20万千克。这对晋中人民，尤其是晋中八县城市居民的冬季取暖是个保障性大事。祁县车夫这样说：贾家庄车路关一天，祁县十天柴取暖。

贾家庄大店接待之车是商业运输车，他们为了赚钱，大部是往返拉运。据郝家福等知情老人说：绝大部分车是往返拉运，上去拉的是晋中平原的粮食和城市商店的杂货，销于兑九峪和下堡的这些"聚粮之码头"，返回时再拉煤焦推销。

这才是经商之道。

煤是燃料，在平川地区除供人们冬季取暖外，四季做饭、烧水，还有食品、铁业等加工也需要大量的煤。为满足各地对煤的需求，贾

第一章 贾庄怀古

家庄车店店主与运输车主合伙办了炭场。平时趁好天气存炭，店主还收购本地骡马驮来的销炭，冬季下雪后再往各县拉回销售。杨孝成祖上于清同治八年开店时就有这种营业，据说还有尚开元、李培才等七个车店至民国后期都是这样做的。每店平时都存几万斤的煤炭，这样贾家庄就形成了一个大炭场，成了晋中西南地区的一个煤炭集散地。

贾家庄郭士锜兄弟五人于光绪十一年办起了有40余峰骆驼的运输队，贾家庄南场就是这群骆驼的圈养处。他们以贾家庄为基地，发挥骆驼优势，奔波在兑镇、下堡、碛口、柳林、张家口、临汾、运城和潞安等地，成为当时孝义县的八大驼队之一。可以说，骆驼运输队极大地推进了贾家庄这一驿道码头的兴起和孝义县晋商的繁荣。

贾家庄郭士锜曾是"前清钦加五品衔赏戴蓝翎议叙贡元，县东北区议员，商务会董"，在民国八年（公元1919年）至民国二十三年（公元1934年），还担任过贾家庄村村长。他创办了邑内外带有"万"字的商铺14座，其中有孝义梧桐的"万全堂"当铺、汾阳山泉的"万合隆"粮店、太原的"万德祥"钱庄、包头的"万顺昌"和恰克图的"万客隆"绸缎庄，业务远达碛口、张家口、天津和恰克图。可以说，他是贾家庄驿道、码头的支柱，为晋商的发展作出了积极贡献。

榜样的力量是无穷的。

地处驿道、交通大道、官道的贾家庄，不但孕育了贾家庄13座车马大店，引来了直接为大道车马服务的3个车铺和1个钉掌铺，同时推动了贾家庄商铺的增多。如贾家庄先后开张了酿酒坊、炸油坊、制醋坊、豆腐坊、制粉坊、纸活坊、油漆坊、织席坊、染坊、烧饼铺、饭铺、木铺、婚丧器具租赁铺和4个杂货铺。一个东西长不足两千米的贾家庄后街，竟排列了各个店、铺、坊34个。杂货铺中数郭士锜的"万贤居"气派最大，木质门面，进口八间，主要经营日杂、烟酒和布匹。

如何开车马店也有个规矩，就是："进店不分前后，常客、短客同看待，不欺不偷保安全，诚信待客车常来。"钉掌铺师傅赵玉书告诫徒弟："质量过关，掌铺兴隆。"晋中各县车主对赵玉书（小名狗撕）有个好评，就是："平遥的牛则，贾庄的狗则。"说的就是晋中两个钉掌高手。对赵玉书的具体评论是：铲平钉牢蹄不拐，叫做狗撕"三绝"。民国中期，王永茂是永义车铺铁活师傅，此人干活一丝不苟，买车客户都说：王师铁活——牢靠。太谷车夫称贾家庄"万贤居"自酿的白酒为"贾家庄二锅头"。"万贤居"酿酒坊虽有40余个酿酒缸，但满足不了本铺销酒需求。贾家庄人受驿道码头的影响，自古亦农亦商，本村34个店、铺、坊主人就是代表。清末民初在邑内外经商活动的共有百余人，如郭士锜、霍高选、尚开元等，他们赚了钱，兴家立业，在本村修建了豪华大宅，如宋元俊、任长盛等建了明清风格院落十余处。宋元俊宅院的一个小街门，砖雕别致，20世纪80年代孝义县新建博物馆，曾协商要原样搬去，其艺术价值由此可见一斑。

没人说得清楚，这么一个村子到底是怎么一步步发展起来的。

毋庸置疑的是，这个村子是有过几次辉煌的。

我想象着老人们的话，站在任长盛老宅院的房顶，正在走神之时，又看到孝汾公路边的广告牌上写着"加快推进城镇化进程，促进城乡一体化发展"之类的巨幅标语。

在贾家庄古村，随处可见这种激动人心的标语。

这可不单单只是表面文章和口号。村里拿出巨额资金，从上海同济大学请来教授为古村作了具体发展规划。按照村委的设想，用以房换房的政策，要在几年之内，让古村里的居民全部住楼进城。已经修好的老宅院，有的成了孝义剪纸展览馆，有的成了贾家庄婚俗博物馆。

参观三皇庙的时候，正碰上村总支书郭自强，他说，山西省社科院历史所刚刚又在这里挂了一块牌子。牌子上的红绸还在，为肃穆的庙宇添了几分节日般的喜庆：

山西社科院文化与旅游研究基地。

修葺一新的三皇庙气派又雅致。三皇正殿简洁大气，与正殿相对的，是单檐卷棚顶，专为三皇春祈秋报所用的赛神戏楼。戏楼前后台隔梁和顶棚都绘有彩画，还有木、砖、石雕刻，这些已经算得上是艺术瑰宝了，更神奇的还是戏台。戏台也有好几百年了，只能用讲究、精致来形容，人称玻璃戏台，据说还有看戏先看台的说法。台前有巧妙的装饰，有猴、有蛇，天花板处绘着水浒的一百单八将，每一个细节都被赋予了意味隽永的传说。

贾庄怀古怎么绕得过去三皇庙？

记得初探三皇庙时，当天我还写过日记：

上午九点，在村委副主任逯建枝，三皇文化研究会陈家琰、燕福金、燕福全等人陪同下，参观三皇庙。庙门及各殿翻修于新世纪，但正殿因为在"文化大革命"时做了仓库，保存较好。大殿前古柏据说有近八百年历史。三皇为太昊伏羲——天皇、炎帝神农氏——地皇，黄帝轩辕氏——人皇。传说中伏羲画八卦而定四方，结网置教民以渔猎；神农育五谷而兴农事，尝百草群药圃；轩辕造农具，定节气。这样的庙倒是第一次见。三皇像两侧为古代十大名医，山墙绘有"行医图"壁画。中国的庙多数都比较混杂，为聚人气，各路神仙都在供奉，约略也反映了国人的心理：见神就拜，礼多不怪，总有一种适合。在祁县乔家，就见过儒、道、释三神共聚的场面。

庙前有戏台，规模不小，当年应有别样热闹。现在的新农村，少了的不光有这样的庙、戏台，还有绅士阶层，所有的人看上去都在各忙各的，但幸福感不一定比古代强。

显然，我对三皇庙所知甚少，知道的不多，仅凭一点粗浅的印象，仍然生出不少牢骚。相信很多初来乍到的人，对三皇庙的了解也停留在这个阶段。

不过，印象往往是肤浅的。

那么这个三皇庙到底有什么讲究呢？

回到太原后，我开始查资料。

从司马迁撰写《史记》始，到司马贞补写《三皇本纪》，可以说，在汉人心目中，三皇被尊为民族始祖，历代都有崇祀。不过，在国家祀典中合祭三皇，却是从唐代开始。《新唐书·百官志三》记载，天宝六年仅在京师长安置三皇五帝庙署，地方上尚未建庙。宋代，重新将三皇分开祭祀。元朝入主中原之前，在上都置三皇庙，官方三年一祭，但也没有将三皇当成医学祖神。那么，为什么偏偏元朝就风行开了呢？

张世清在《元代医祀三皇考》一文中对此进行了详细考证。

说到底还是元朝统治者是马背上的民族，长年征战，伤病难免，对医生的需求量极大，这直接造成了医生地位的提高，甚至超过了儒生的地位。这就是元代盛行的"一官、二吏、三僧、四道、五医、六工、七猎、八民、九儒、十丐"说法。

医生的政治地位提高了，但经过几千年的熏陶，骨子里根深蒂固的东西怎么可能一时改变？医生认为伏羲创制衣裳、宫室、耒耜等，百姓健康才有了基本保障；神农日尝毒草七十余种，才有医药。黄帝深研病理，才有医学治疗理论。据此，尊三皇为医业鼻祖。但是矛盾出现了，医生尊三皇为医祖，这与儒学中三皇是汉族民族始祖神的传统观点起了冲突，怎么能得到多数读书士子的认可？就算元政府提高了医生的待遇，偏见却仍然没有消除，多数人即便想学东西，仍然想走学经为官的路子。可能是为改变人们对医学的偏见，也可能是受部分江湖游医尊三皇为医学始祖的启发，元代统治者将尊祀三皇的活动纳入国家祀典，元世祖令诸路建立医学学校三皇庙，祀伏羲、神农、黄帝，正式将三皇尊为医学始祖。不过此时只是诸路建有三皇庙，尚未遍及州县。元贞元年，元成宗始命郡县通祀三皇，如宣圣释奠礼，到了这时候，医祀三皇庙才在全国遍地开花。

孝义贾家庄的三皇庙，应该就是在这一时期建成。据贾家庄《三皇庙志》记载，贾家庄三皇庙始建于元代元贞三年，也就是公元1297年。可见，元成宗刚一推行医学，孝义当局就有了动作。文字记载是一方面，后人也从此庙的建构形式等多方考证，也反证了贾家庄三皇庙确为元代建筑。

公元1297年，贾家庄人已经建成了三皇庙。

但是时过六年，就遇到了一次灾难。

《中国老年·特刊》2000年4月24日第六版上有一篇文章——《中国历史上第一次详细记载八级地震》，说的正好是贾家庄，文中提到"孝义县贾家庄元墓砖壁上题记"时称："倒尽房屋、土平，人民均死，无人埋葬。"时间是1303年9月17日傍晚8时左右，震级八级。该文还说，由于灾情严重，元成宗铁穆耳发钞96 500锭，遣使赈济，减免差税，开放山场河泊，听民采捕，以渡灾年。查1983年《孝义县志》，在第15页也提到了这件事，并介绍：震中在洪洞、赵城，破坏面积400余公里。

且不说大灾之后贾家庄人仍能以砖墓葬人说明了贾家庄人民抗灾

自救、经济恢复较快的事实，单这新发掘的贾公大墓，就再次证明了贾家庄的历史颇为久远。

北方的多数村落向来都是有村皆有庙，或者说有了庙，慢慢也就形成了村子。

既然说到了三皇庙，这里索性多提几笔。

在史籍的蛛丝马迹中，可以发现，三皇庙的费用有创建修葺费用和祭祀费用两大块，主要来自官府拨款、官员捐赠、士绅醵资、医籍人士捐献和医学学田收入。这些财源为三皇庙的创修和祭祀提供了稳固的物质保障，保证了元代通祀三皇命令的贯彻和执行，使医祀三皇制度在元朝长盛不衰。

也就是说，医祀三皇庙从来就是一种官方行为，这反过来也证明了贾家庄三皇庙在孝义一带的地位。

医业三皇庙祀在元朝被列入国家大典，是三大全国性祭祀活动之一。说它特殊，一是供奉的神位。三皇庙在元代为医家专用，所供奉的是医家人物，一般而言，三皇庙有供奉神位的正殿，一般称做开天殿，殿内神主要有三皇、四神、十圣，全是医家人物。三皇作为医家祖神，无论哪座三皇庙都毫无例外地在神龛中间主神位上供奉他们，面南而设。四神是指勾芒、祝融、风后、力牧四位传说中人物，是配享之神。十圣是指历史上的十大名医，依照宣圣庙十圣体例，列祀于两庑，居于从祀之位，但是十大名医具体是谁，颇有争议，明洪武二年，三皇庙从祀的十大名医是俞跗、桐君、僦贷季、少师、雷公、鬼臾区、伯高、岐伯、少俞、高阳。这些医神，至今仍能在贾家庄三皇庙看到。

二是主祭者。主祭者品级和官职是祭祀隆重程度的主要标志，元贞初年，京师三皇庙祭祀一般由太医官主祭。元代太医官品级一般在正四品以上，最高时达正二品，与中书省大臣相埒，可见元代京师三皇庙祭礼隆重，非同一般。地方郡县三皇庙与医学合在一处，由医学教官主祭，医学教官的品级略低于当地郡县长官。

三是祭祀活动的参与者。三皇庙供奉的是医业祖神，其祭祀活动的参与者自然是医界人士，大体可分为三类，第一类是医官，第二类是医学生徒，第三类是医户，当然也有一些"感恩"的非医者。

四是祭祀时间。元代三皇庙祭祀分两种，一种是春秋两季的大祀，另一种是日常祭祀。三皇庙的春秋两季大祀通行于全国，举行时间是一致的，春季祭祀定在三月三日举行，秋季在九月九日举行，日常祭祀主要是每月朔望之祭。

五是祭祀过程模仿宣圣庙释奠礼。

这么隆重的祭祀到了明朝以后却逐渐没落了，官方不再提倡，但百姓并未从此把神像拉下祭坛。

到了乾隆七年，也就是公元1742年，距最初建三皇庙时间（公元1297年）已经过去了四百多年，贾家庄人仍在重修三皇庙。在重修的碑文中，对于三皇庙的来历并没有什么特别的解释，只是从汉人孔安国的书中，找到了三皇的起源。足见才过去四百多年，人们已不太关注最初建庙的目的了。

据现存修葺碑碑阴的统计，可以看到共有228人施银募捐。乾隆三十五年《孝义县志》记载，此时贾家庄共有260户，有605口人。再以碑中捐助姓氏分析，当时全村已有30个姓氏募捐。据传，除贾、李、陈、靳、霍等大户祖居上街外，其余25个杂姓人家大多住在后街。

一个六百余口的村庄，在当时来说，不算少了。

那个时候的孝义庙宇很多。

清雍正四年《孝义县志》"祠祀"中载：

古者诸侯祭境内山川，以其能出灵雨处济生民也。又祭法谓施于民，以死勤事，以劳定国，能御大灾捍大患，能得祀之，非是者不在祀典。故凡有功德于一时一方者，后之人思其遗泽而盻蛮焉。至若里社业祠、僧庐道室，孝义邑虽蕞尔，而村墟岩穴间，其缔构增修在在有之。盖晋俗崇鬼神，祷荣晴雨，竭力以供祭赛，由来久矣。士君子顺俗而治。旧者因之，固不必略而弗录也。

据当时统计，全县共有寺庙祠坛阁殿堂塔各类祭祀场所186处，差不多村村皆有，当时的贾家庄有竹林寺。

这还是说明这里的人不差钱。

前文已述，三皇庙重修多次，尤其是1921年，远在库伦的人都寄来了钱财。

众人拾柴火焰高。何况都是买卖做得还不小的生意人！

可惜，到了20世纪，在孝义贾家庄，很多人并不知道这座庙的来历，也不过是把它当成了一座保佑平安的普通小庙罢了。确实，在民间信仰中，神佛仙灵数不胜数，善男信女难以统计；而人生总有天灾人祸、生老病死的苦难，有福禄寿禧、金榜花烛的向往。有苦难、有向往，就要有神灵，就要造神灵，这些神灵有的全能，有的专职。不论全能的神灵还是专职的神灵，甚至有些神灵来历不明、职司不清，座前一律都是香火不灭，跪拜不断，有的祈求神灵保佑，有的不过是托心寄思。这些神灵有的庄严肃穆，有的和神话、传说、风水术合在一起，荒诞不经。时日一长，庙里香火渐旺，竟也聚焦了人气。人们在庙里赶会，搭戏台唱戏。确也是，三皇庙一度成了贾家庄沉闷生活里欢乐的点缀，人们借机探亲访友，同时它也成了一个商贸集市，向农人供应日用品和农具之类商品。

三皇庙，固然是神灵居所、礼仪之地，但在时代的变换中，经常作为旅舍、学堂、书斋。到了"文化大革命"时，还一度成了大队的保管室。幸好有敬畏的村民用稻草和黄泥糊住了神像和壁画，许多古老的文物才没有被完全破坏。

直到郭自强带领的新一届村两委出现，这座破落的小庙才重新焕发了生机。

上任伊始，村委主任郭自强就统一了两委思想：保护古迹，抢救文物是我们这一代人的历史责任。三皇庙的修缮由此提到了议事日程。郭自强派人收回庙产管理，修补围墙，责成专人管理。继而从市到省，来回奔走，请来省文物专家李会智教授考察论证，鉴定三皇殿为元代建筑，余为明清遗构。

进而报请山西省人民政府，终于三皇庙于 2004 年 6 月 10 日成为山西省重点文物保护单位。是年冬天，贾家庄邀请省古建工程队进行勘察，至 2010 年三皇庙全面修复。

在村"两委"领导修缮三皇庙的同时，村老年协会组建了"三皇庙文史资料发掘研究组"。老同志们查阅大量府州县志、二十五史、《山西通志》，召开村民耆老座谈会，搜集整理有关三皇庙的资料与民间传说，为三皇庙的景观开发做了重要的前期铺垫。

三皇庙主体的修复，带来的是视觉震撼；资料的发掘，又延伸了三皇庙的人文内涵。三皇庙给人的印象不再是两进院落、几处台阶，一个正殿对着戏台的简单平面。

尤其是 2006 年以来的几次大型祭祀活动，完全盘活了三皇庙。

相对于从前村里小打小闹的庙会，贾家庄村打造了三皇文化节，邀请省内外名人参会，既向外界展示贾家庄的新形象，也把贾家庄推向了一个更大的舞台。可以说，一个传统意义上的庙会被重新塑造成了一场丰富多彩的文化交流活动,三皇文化节也由此成了孝义市一年一度的盛大节日。

看看这些成绩吧:

自 2006 年开始至今,连续举办了八届三皇文化节,三皇文化节已成了孝义的一张城市名片;

2008 年,贾家庄婚俗成为国家级非物质文化遗产保护项目;

……

所以才有专家说,贾家庄"在改革开放和城市化进程中做出了不平凡的事情"。

在三皇庙北侧,还有收藏丰富的民俗博物馆,在这里,传统民俗风情、历史文化变迁故事,一览无遗。既有粮票、邮票、小人书、纺车、大铡刀,也有从春种到秋收所使用的犁、耧、锄头、镰刀……一句话,从先民们的种植渔猎,到婚丧嫁娶、衣食住行,那些让岁月带走的喧嚣和繁华,在民俗文化展览馆里都得到了具体饱满的呈现。

我去的时候是 2013 年 4 月,村子里已经完全没了农耕时代的迹象。古村后街两旁的老宅院正在有序地翻修,每一座院子似乎都在讲述着一个精彩曲折的故事。街巷深处偶尔闪现的古窑洞、老宅院和水泥结构的平房自然地融合在一起,显示着村里的人们从务农到经商、到进城的历史轨迹。村里的一半人口已经迁入新农村,多数人要么自己做点生意,要么在村办企业里上班。

百余年前的贾家庄人抓住了古驿道上的商机,所以迎来了曾经的繁华;如今的贾家庄人再次拽住了"金桥富路"的缰绳,昂首阔步迈进了新农村。曾经的古老驿道,变成了今天人们奔向幸福生活的康庄大道。

头天中午,村支书郭自强专门在位于"新农村"的三皇水一方酒店设宴招待我们。酒店只有一层,初看并不起眼,进去了才发现规模不小。郭书记让我们去参观。我当时还想,一个酒店有什么好看的呢?坐电梯到了地下一层,发现该酒店竟然别有天地,有浴室、茶舍,甚至还有KTV。除了空气不大流通,说得上是富丽堂皇。看的时候就琢磨,这个郭书记真是天生有股狡兔的聪黠,别人都是往天上冲,能有多奢华就盖多奢华,而他呢,却是把美好的东西藏在地面以下,简直是低调得很。临到桌边还和郭书记说了,等到他一解释,才发现自己又想多了:酒店在往地下发展,纯粹是因为背后还有个气象中心,气象中心不允许周围的楼盖得比它高。

聪明的人碰到问题总会想出解决的办法。

贾家庄的快速发展,正是得益于有了这样一群有想法的干部。

前两天,包括贾家庄在内的孝义市在刮沙尘暴,我们也没心思在外面闲转。回到住处看新闻,好像全中国都被沙尘暴包围了。沙尘暴后的城区不一样了。我第二次去贾家庄古村时,走了另外一条路:沿胜溪公园往北,走魏国大道去三皇庙。在张家庄水库边上打量三皇庙及古驿道两侧的各家大院,又别有一番风情。虽然仍可以随处看到飞速发展的迹象,但走在这条新铺不久的柏油大道上,所有的瑕疵都可以忽略不计了。胜溪湿地在密布的树林中若隐若现,有人沿着河岸跑步,也有的在踢毽子,一切都显得懒洋洋的。河边的柳树开始泛黄,那些没有被高楼占据的田间地头,铺满了绿色的绸缎,据说那是村里特别引进的小麦新品种:晋麦67号。就连初看不怎么起眼的老宅院,也在这绿色的衬托下显示出了别样的风情。

又一年的春天来了。

第二章

如此村落

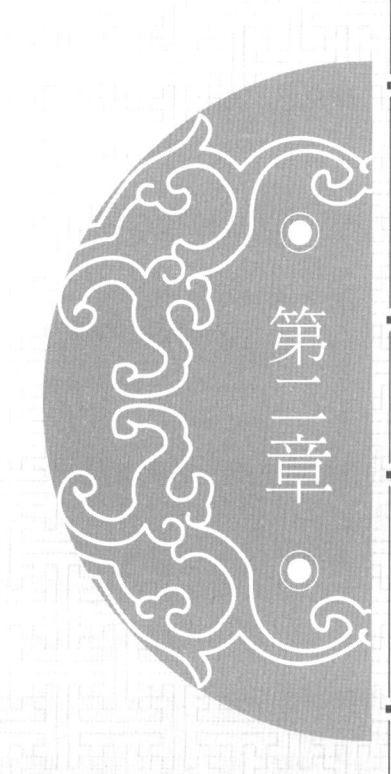

我现在看到的情形，当然是贾家庄最辉煌的阶段。

事实上，所有的伟大，都有一个平淡的开始。

1999年4月，山西省孝义市贾家庄村，正在进行换届选举。

民主选举还是个新事物，一直为穷困所累的贾家庄人，和多数中国人一样，虽然也关心政治，但成天背诵这个政治领袖说了什么话、那个政治领袖说了哪句话的时代已经过去了。不过，有趣的是，人们虽然没有天天背诵领袖讲话，但还是有先见之明的人会适时地领会政策。他们是时代的先行者，知道怎么在市场经济体制还没有完全建立的时候淘到属于自己的金子。村中所谓的能人已经先行了一步，这刺激了刚从大集体中出来的贾家庄人。可以想象这样的场景：终于可以由着自己的想法经营土地了，贾家庄人干劲十足。但是，也有人做起了买卖，他们大胆地将"资本主义的尾巴"伸进了孝义城，被压抑了多年的经商潮又开始涌动。从1978年的改革开放，再到1992年的邓小平南方讲话，虽然地处内陆的贾家庄人还没有找到自己的方向，但他们已经看到了改革的诱人成果。南来北往的运煤车辆，激起了他们致富的渴望。几十年间，时代早已发生变化，众人齐上阵听人口令的时代过去了，更多的人关心的也不是谁来村里当家做主，关心的是地里的收成好不好，城里的生意是否兴旺。

即使是在1999年投票的时候，贾家庄人仍是如此想。

但发生在1999年初春的这一幕，还是令目睹此景的村民们难以忘记，因为这是改变他们命运的开端：经过"两推一选"、"公推直选"，曾经的祥源企业公司老总郭自强,当选为村总支书记兼村主任。

当然,经过了人民公社、经过了农业学大寨、经过了包产到户等的贾家庄人,对于现在的一切仍然持观望态度。

没有谁知道,在1999年的那个清晨,这次再平常不过的村级换届选举,会将贾家庄的未来带向何方。

旧世界

只有和1999年前的贾家庄对比一番,才能明白这些年这个村子到底发生了怎样翻天覆地的变化。

1999年前的贾家庄是个什么样子呢?

在1949年前,这里就是所谓的旧世界,高楼肯定没有,更别提一幢接一幢。现在起楼的地方,多数还是农田。当年,像现在这个时节,田块的边缘长着杨树、枣树、柿子树,地里长着麦子。到了夏秋,还有玉米、小米、高粱,附带种些蔬菜。

与很多农村一样,一个家庭拥有的土地总是破碎的,相互交叉,有些地方还离家很远。在夏秋时节,阡陌交错的田地看上去就像许多不同颜色的小邮票错落有致地排列在一起。

贾家庄的近三千口人都得靠这不到两千亩的耕地生活,绝大多数家庭都在这些不算肥沃的土地上通过劳动努力维持生计,使用的也是两千多年来几乎毫无改进的简单工具,艰苦地活着。这样的说法并非夸张,至今收藏在贾家庄民俗展览馆的各种农具就是证明。在那个年代,村里人口多,要想生活,就得把全部精力都用在土地上。那些从荒滩间一年年修整出来的土块虽然间隔分散,但村民们仍像照料花盆似的,做务得分外精细。

虽然有那么些老宅院时刻提醒人们这里曾经的辉煌,但时至今日,给人们留下强烈印象的是20世纪50年代的人民公社，当然，还有离得更近的"农业学大寨"。

20世纪60年代的贾家庄，街边的墙面上粉刷着红色的革命口号，"农业学大寨"的标语和毛泽东画像随处可见。农民早出晚归，田野上的扩音器中则播放着震耳欲聋的广播，目的是"为革命种地"。

前文已提及，因为有较好的地理位置，再加上贾家庄人的勤劳，1949年以来，贾家庄一直是全县的先进生产集体，无论土地资源还是水利建设及副业，一直是先进。集体所有的洪流席卷而来，看起来人们干劲十足，但个人呢，并没有怎么富裕，一个简单的例证就是，贫下中农住在"打土豪，分田地"得来的小房里，将近三十年，少有人翻修房屋。

光有革命理念，肚皮填不饱，又怎么能让人相信？

但不管人们信不信，成天轰炸的广播携带着强大的政治渗透时刻都在提醒贾家庄人，一切要按照上面的指示来办。贾家庄的农民在集体土地上种什么和怎么种，这种指示来自最高的国家权力机构，然后沿着一条权力链条，被各级干部层层贯彻。

1958年，人民公社制度的推广，废除了传统的乡，代之以公社，在行政上直接受县政府管理。为了方便管理，公社又分设生产大队，大队下面又设生产队。贾家庄的上千农民编在了一个生产大队里面。

垂直伸入乡村的政治组织结构，是国家为保证集体农业生产作出的一个计划性安排。为保证这一生产体系的顺利运行，政府实行家庭登记制度，即后来饱受诟病的户籍制度，把农民绑在土地上。政策规定，贾家庄农民只有在本村逗留的权利，要到小的集镇或附近的乡村，必须向生产队报告并得到批准。进城市闲逛，在城里找工作，都是非法的。

在这种政治氛围中成长起来的贾家庄人，会有勇气挑战来自上层的权威吗？

抗 争

农民渴望解决自己的温饱问题，开始行动起来，打破硬性规定的条条框框。贾家庄的生产队长发现，一些白天无精打采的农民，一到晚上就垦荒种粮食。

贾家庄人左冲右突，摆脱传统世界束缚的决心在越来越多的人心中积聚，唯一缺的是一个恰当的时机。

在贾家庄人各自为生存寻路的20世纪80年代，外出务工是简单省心的选择之一。这群选择逃离本地的农民，在后来推动贾家庄建立新村的进程中，成为一批重要的拓荒者。当然，和1992年邓小平南方讲话带来的经济松动还不一样，这批最早离开本乡本土的农民，除了勇气之外，主要还是因为他们有手艺，出门在外，能找到事情做。

当然，在20世纪六七十年代的贾家庄，这批人是被严格管理的对象。

尽管国家对外出务工的"盲流"严厉制裁，但总有人在想方设法钻制度的空子。

在生产队辛苦一天挣得的工分少得可怜，到了年底，往往还不能完全兑现。而外出务工，一年能挣的钱多则上千，最少也有几百，这诱惑实在是太大了。

正是这一批人让沉睡在集体主义梦幻中的贾家庄人意识到了还可以有另外一种活法。

除了外出务工的诱惑，沉睡的记忆也在刺激着人们的想象力。据说，"文化大革命"期间，邻近的某些村里还有人主动献出了七个金元宝。沉甸甸的金子出现在一个偏远农村，这件事情让人难以想象。金子是从什么地方来到村里的？来自远方驼队的铃声又在老一辈人的耳边响起来了。要知道，自从1949年后，村里的很多人，都没有机会看看省城，更别提外面的世界了。事实上，自1949年以来三十年间出现的所有骚动，都源于贾家庄的历史：静静横卧的古驿道，也就是老街，还是它旁边的广屋大房，都在告诉世人，这里是出过大财主的地方。

血 脉

再往前追溯，就到了民国。

郭士锜，也是现任村支书郭自强的本族先祖，这个近百年前的富商，直到今天还为当地人所津津乐道。他的商业故事，对一些贾家庄老人来说，并非遥远的记忆，而是曾经目睹过的现实刺激。

郭士锜值得在本书中多写上几笔，是因为郭家同贾家庄的关系，揭示了传统中国商绅与乡土社会之间的治理模式。作为曾经风骚数百年的晋商基因，经商风气的影响与今天贾家庄的崛起不无历史关联。

郭士锜当年远走恰克图，与俄罗斯人做着生意，重修孝义地标建筑中阳楼时出资不菲。现存于贾家庄旧村的郭氏老宅，据说当年用马匹驮回四篓黄金。贾家庄老年协会的陈家琰先生讲起这段往事时仍是有声有色。

当年的郭士锜靠什么发的家？这还得从他的父亲郭鹤年说起。前文已述，在他的父亲郭鹤年手里，就已经盖下了两处不小的院落，分为东西两处，东院规模很大，为四进院带楼院落。第四进院最高，正堂为一明两梢五开间，俗称三明两暗，上有楼房五间，下有穿廊，面阔五间。下院东西各建三间厦窑，窑眉之上有砖雕假穿廊。街门为木构转厦。第三进院，东西各三厦窑，街门同前。第二进院，左右各为瓦房厢房，转厦街门。第一进院，全部盖为瓦房，做厕所、磨坊、马棚。东偏院为酒坊、库房、账房、草料房、柜房。沿街为万贤聚杂货铺。

这是目前尚留存的规模。

规模不能说不大。

房子说是郭鹤年盖的，但郭士锜肯定也经过了扩建，所以如今又通称郭士锜院。郭士锜可以说是孝义晋商中守业与拓展的佼佼者，他做的生意，就是今天物流的先祖，搞驼帮马队运输。正是有了这样一帮人，用驼帮马队走南闯北打天下，积极向外拓展生意，才逐渐做强了晋商。

物流当然是第三产业，也是一篇大文章。郭士锜的所作所为，与后来广为人知的晋商乔家、渠家、王家比起来只能算是小打小闹，但他对贾家庄的影响却是实实在在的，要不然，为什么时过多年，人们仍会对他的四篓金子津津乐道？

即便放在现在，四篓金子也不是个小数目。

对于郭士锜的发家经历，当地没有具体的文字记载，但口头传说颇多。他的老宅，也因为家大业大，1949年后被征用为供销社，现在又被重新装修一新，成了孝义剪纸展览馆。郭士锜对于贾家庄人的意义，不在于他的个人传奇为贾家庄人提供了最好的商业蓝本，而在于郭氏热心本土公益事业，对乡土社会的运行不无裨益。古老的中国"皇权不下县政"，像贾家庄这样的小村庄，实行的是自我管理，而郭士锜这样的商绅，承担着处理地方事务的责任。

在民国年间，郭士锜做了贾家庄的村长，住在古驿道西侧的任长盛做了副村长。2013年春天我在贾家庄采访时，在任家大院内看到了留存的任家宗祖牌位，上面清楚地写着他的儿子是山西法政大学的毕业生。在20世纪20年代，能有魄力送孩子去法政大学念书意味着什么？

那可都是些在外面的世界里开了眼的人！

可惜经过"文化大革命"的毁坏，原先的实物多数已经消失，甚至都没有零星半点的准确史料记载，他们到底为贾家庄做了些什么，他们曾经的辉煌也仅仅留存在年龄稍长的老人们心中。也是从他们的讲述中，可以明确地感受到，这些人在口外的奔波，最终给村里的人们树起了榜样。就像俗话说的那样："树挪死，人挪活。"不折腾怎么可能致富呢？

"文化大革命"后，最初一批从贾家庄出走的村民，肯定有受过先民的激励。庞大的宅院对村中人本身就是一种强烈的刺激。所谓表率，并不需要耳提面命、苦口婆心地宣传，耳濡目染的影响，胜过一切说教。

与郭氏老宅紧邻的是现任村支书郭自强的宅院。对于这个远房亲戚，郭自强印象不多，但这并不等于郭自强会对眼前的一切视而不见。

他知道郭家老宅所有的秘密，那些秘密最终成了他追逐财富的动力。

明清之际，大量剩余劳动力寻找农业之外的出路。没有任何背景的乔贵发，远走西口，成为"先有复盛公，后有包头城"的一代富商。遍布全国各地的山西会馆是晋商商业帝国的真正见证，这些山西会馆才是晋商的商业奇迹成就的根本基石。据专家考证，从1656年到1888年，晋商建在全国各地的山西会馆有500余座之多。晋商正是以这些会馆为依托，拜关公、崇忠义，团结乡人，联合发展，缔造了晋商商业帝国。

历史上的贾家庄，虽然没有晋中一带的豪贾巨商，但经营小买卖一直是本地的商业传统。旧村老街，就是当地的商业中心，至今留存的十余处古老宅院，就是无声胜有声的明证。

古老的商业物流，依靠的是古驿道上的驼队。据孝义地方志记载，孝义常年出门在外拉骆驼的人数以万计，正是这些人一路上长了见识，开始了各种生意。

紧邻孝义老城的贾家庄，不仅成了有名的商道，而且也渐渐积累了自己的交易中心。

20世纪50年代进行社会主义改造，国家以生产资料公有制代替私有制，贾家庄私营经济失去了生存空间，古老的驼队铃声不再。资料显示，1954年，山西有个体工商户7.5万户，从业人员11.8万人，私营企业2327户，从业人员3.59万人，到了1978年，全省城乡个体工商户只剩下1200户左右，从业人员仅为1200人。

但传统的断裂，并未抹去贾家庄人的经商记忆，一旦获得机会，他们就会顽强重生。

郭自强早早介入装潢工程并在孝义城内站稳脚跟就是明显一例。

当然，他要走得更远。自己富起来后，他放下在孝义市的业务，回村任专职村支书，本身就需要长远的战略眼光。他的眼光很敏锐，知道要让村民们富起来，光挣上钱还不够，知识才是改变命运的最终力量。所谓的文化兴村，不单单是发掘村里古老的历史，他还直接注资兴办了现代化的中学——孝义四中。

这所中学，后来并入市教育局，并成为孝义教学条件较好的几所中学之一，这些后文还会述及。这些年，孝义四中出了多少人才，我没有拿到准确的统计资料。但毋庸置疑，人才的积累是个缓慢的过程，最终这些人，将会是贾家庄的又一笔隐形财富。

探 索

对财富的追求以及由此形成的商业现象和商业行为，其实是人类的本能。这种本能的力量之强大，在经受贫困困扰时表现得尤为明显。所以，我们会看到前文中提到的"投机倒把"的贾家庄人，私种粮食的贾家庄人，外出寻求活路的手艺人，这些人不管国家政策如何，他们依靠自己的勇气和智慧，找到了自己的生存空间。

在这种混乱无序的探索中，贾家庄现代财富的发轫显得那么漫长而艰难。

毕竟是在集体制度之下，个人要想有所作为，仍需要时间。

1978年，是邓小平主导中国命运的元年。

当年，七十多岁高龄的邓小平开始了政治生涯中最光辉的复出，他把这个饱经磨难的国家带向了一个崭新的时代。

1978年11月24日晚，安徽省凤阳县小岗生产队的18个农民，在一张分田契约上按下血红的指印，一场广泛而深远的中国农村大变革由此拉开序幕。

小岗分田到户二十多天后，12月18日至22日，中共中央召开了举世瞩目的十一届三中全会，会议主题是：把全党工作重点转移到社会主义现代化建设上来。

那些正忙碌地奔波于城市和乡村之间的贾家庄人，也许还没有清醒地意识到这一系列事情的发生将对他们未来的生活产生多大的影响。

到了1979年的时候，一些聪明人已隐约感觉到事情正在发生变化。1979年8月，国务院一位副总理到山西视察工作，提出"尽快把山西建设成为一个强大的能源基地"的建议，并给当时的国务院财经委写信阐明自己的观点，山西由此真正走上了能源基地之路。20世纪80年代，在政府的号召下，山西通过打"麻雀战"，一批小型的电厂、铁厂、水泥厂、煤化工厂投产上马，同时通过"驴打滚"策略，使这些小型煤化工厂遍地开花。

周边都在办焦化厂，小钢炉更是遍地开花。贾家庄人也办起了焦化厂，性质仍为集体。

山西当时出台了一系列政策，名为"政府搭台，经济唱戏"，导致了一批民营企业的崛起，比如后来赫赫有名的海鑫集团、离贾家庄不远的中阳钢铁集团、清徐的美锦集团，发展的模式大同小异，由煤而焦化，而钢铁，再全面开花，集团作战。贾家庄的焦化厂最初也出现在了这个序列中。

阴差阳错，贾家庄的焦化厂并没有做大做强，管理失策，又碰上了险恶的亚洲金融危机，刚刚成型的焦化厂遭到了致命打击。

焦化厂才开工，又办起了铸造厂，也因为经营不善，陷入了困境。

甚至还办起了饮料厂，仍是亏多盈少，仅铸造厂就欠银行贷款17笔、150万元，本息合计300多万元。

亏损的并不单单是贾家庄一家。

政府的诸多措施并未让当地老百姓富裕起来。

由于村子的产业发展不起来，大量的剩余劳动力又没有别的出路，导致的唯一结果就是村民除了在有限的土地上折腾外，找不到别的出路。穷山恶水出刁民。1999年前的贾家庄不能说有多坏，但因为没什么收入，人心没往正路子上走，村风完全可以用不正来形容，赌博、酗酒、打架、迷信成风。人们在总结先进人物典型郭自强的材料中，着重提到了这一点。而少数人，像郭自强，弃农经商，在孝义市里一心做装潢生意，对于村里的一切无暇顾及。

加上文化生活贫乏，老年人无事可干，每天十字口一坐，晒太阳、捉虱子，人们戏称"等死队"。

村南的三皇庙，年久失修，早已破败不堪，旧街两旁的老宅院也在，只不过烟火冷清。

村子不光冷清，甚至有点暮气沉沉，连条像样的街道都没有。从留义村到贾家庄村倒是有条机耕路，两千多米，但村里的人没怎么享用上，倒是附近的汾局总库、能源公司、孝西发煤站、四七六发煤站等单位天天车进车出。完全可以说，村民住在土窑洞里，眼睁睁地看着拉煤的火车、卡车成天呼啸而过，忍受着黑色的尾气和飞扬的尘土在村庄的上空盘旋。

日子不知是从哪一天过成这样的。

最形象的说法是，1999年，村集体的账上只有1.35元，而外债却高达上百万，上级领导来都没钱接待，只能端给人家一碗面条。

还有，告状上访的村民成群结队。

人心散了。

摆在新任村支书郭自强面前的，差不多就是这么一个烂摊子。

创业者

郭自强堪称贾家庄的成功创业者。

1998年的亚洲金融危机，对地处内陆的贾家庄造成了打击，也催生出了机遇。能源大省山西在考虑经济转型，煤炭大市孝义调结构推进城镇化。

紧邻城区的贾家庄抓住了这次机遇。

这个时候有必要回味一下户口的历史。

1958年颁布的《中华人民共和国户口登记条例》，标志着我国以严格限制农村人口向城市流动为核心的户口迁移制度的形成，也奠定了我国二元户籍制度的基础。所谓二元户籍制度，是指户口分为农业户口、非农业户口两种类型，国家也被分为"农村"和"城市"两个部分，从而在事实上以户籍制度为基础产生了两个在政治、经济和社会权利上有重大差别的社会等级，形成"城乡二元结构"。在20世纪90年代上海等地区实行的蓝印户口，表面上是独立于农业户口和非农业户口的第三类，但其利益较近于非农业户口，因而还是属于二元制度范畴。二元户籍制度限制人口流动，导致城市人口的发展主要依赖人口的自然增长而不是机械增长，大大减缓了城市化发展。同时二元户籍制使9亿农民依附在有限的土地上，农业的规模经营难以实现，集约化程度很低，农业的边际生产力低下，加剧了地区发展的不平衡状态。

直到2001年开始，以推进小城镇户籍管理制度改革为重点，中国新一轮户籍制度改革逐步推开。从得到城市暂住证，到取消暂住证，获得居住证,显示了中国在市场经济发展和城市化进程日益加快,大量的流动人口拥入城市的背景下,一场新的人口自由迁徙时代正在来临。

贾家庄的城镇化正好赶上了这个时代。贾家庄现有人口三千余人,但在村中买房的外地人规模不小,加上在村里租房做生意的流动人口,贾家庄的经济正是因为有了大量外来人口,才取得了突飞猛进的发展。

这应该是贾家庄腾飞的背景。

但中国式的发展,往往依靠的还是能人的出现。

刚刚担任贾家庄村支书的郭自强,以一个商人的精明、以管理公司的方式,为贾家庄的发展点明了出路。

第一个项目仍是和农业有关。贾家庄历来以农业为主。郭自强抛掉市里的装潢生意,走马上任村支书,做的第一件事就是打井。一方面,改善农业生产条件,五年来共投资 25 万元,打井 5 眼,投资 30 余万元修建蓄水量为 2000 立方米的蓄水池 1 处,收集能源公司的污水,经过净化后用于灌溉;五年来投资 20 万元新植树 10 万株;每年还由集体组织对全村的 1600 亩土地进行机深耕。

另一方面,调整农业结构,主要有三大举措。

一是提升传统产业的档次,从 2000 年开始对全村的 1500 亩小麦全部更新品种,推广了晋麦 67 号,这个品种属于强筋粉,主要用于面包、糕点加工,与孝义市绿禾公司签订了订单,产品全部包销。

二是发展温室大棚生产。在市委、市政府的支持下,依靠集体投资、群众筹资、政府贴息贷款,投资 40 万元建起了 30 个大棚,从山西省果树研究所、山西省农科院蔬菜研究所、新绛县大棚基地引进油桃、黄瓜等品种,一年大棚生产户棚均收入超过 1 万元。

三是建立科技示范园。

首先根据农业调产的需要,把原村委 100 亩的果园由村计生协会牵头开辟为农业科技示范园,聘请了曾在日本留学的全省果树专家、山西农大的刘教授担任顾问,引进了梨枣、骏枣、壶瓶枣、红提、黑提等,与吕梁地区中药材协会、山西省新绛县峨嵋中药材有限公司联系引进生地、柴胡等中草药材,在科技示范园进行试验示范。

其次是抓企业。贾家城原来有很多企业,如焦化厂、铸造厂、饮料厂、站台等,但是因为大环境影响、经营不善等因素,大都陷入困境,外债累累,仅铸造厂就欠银行贷款17笔、150万元,本息合计300多万元。基于这种情况,在企业发展上,采取放弃一批、稳定一批、发展一批的办法,对铸造厂、饮料厂等回天无力的企业果断放弃,不追加一分钱;对优势比较大、带动力强的站台进行大发展。贾家庄又有与精煤发运站、地煤运孝西发煤站、四七六处发运站等联营站台,2001年村委与企业采用股份合作制的形式,投资80万元,进行站台扩建,扩大了站台容量和发运力。同时,与各发运站协调,由本村劳务和车辆承揽了站台的装卸和运输,现全村有200余个劳力在站台就业,各类运输车辆150辆,每年从站台就可以增收500多万元。

再次是抓农副产品加工业。贾家庄的胡醋在周围小有名气,贾家庄人抓住这一优势,与山西五台山佛医研究所、五台山佛业有限公司联合研制开发出佛醋保健醋,投资200万元成立了孝义市佛醋保健品有限公司,生产降压醋、降脂醋、护肤养颜醋等系列产品,并取得了国家产品资格证书,目前产品销往太原、河北、沈阳等地。

四是发展新兴产业。随着经济社会的发展、国家教育制度的改革,教育作为一个新兴产业,投资回报率高,社会效益大,2003年教育产业与电信业、电子业、医药业、旅游业一样成为全国经济效益最好的产业之一。为此,2002年贾家庄就开始酝酿筹建孝义市第四中学,一方面解决了孝义市中学教育资源紧缺的问题,另一方面为贾家庄村经济发展注入新的活力，积蓄发展后劲。在上级的关怀和社会的支持下，贾家庄人克服资金紧张困难，投资5000万元，新建占地86亩、可容纳学生3000名的十六轨制的市第四中学，一期工程如期完成，投入资金1800万元，建成教学主楼一栋、公寓楼一栋、餐厅一座及其他附属设施，开创了孝义市农村办中学的先例，也使贾家庄村的经济发展站到了新的发展平台。

一切说到底都是因为有明确的规划。

有了规划，自然也就有了目标。

比如，1999年提出的口号是："三年小变样，五年大变样。关心小的，照顾好老的，使全村人少有所学，壮有所为，老有所乐。"

到了2000年，又有了新的目标："巩固运输业，壮大服务业，发展加工业，创办新企业，业业增效益。"

2001年："咬紧牙关渡难关，勒紧裤带求发展。"

2002年是"农业产业化，工业现代化，教育基础化，社会文明化，农村城市化"，实现"村中有林，林中有村"。

2003年，"以村养村，拆旧建新，整体规划，试点带动，逐步推进"；"发展农村大文化，推进农村城市化"；"小手拉大手，共建文明村"；"协会建基地，基地连会员，会员带群众，创收求发展"。

2004年，"高起点规划，高标准建设，高效能管理"；"依法治村，以德育民"；"家家有房住，户户有门店，人人有钱花，祖祖辈辈都受益"。

2005年，"事事有人管，人人有事管，公共事务齐抓共管"；"两委创造环境，百姓创造财富"，"两个率先，三不一点"。

2006年，建设"生产发展，生活宽裕，乡风文明，村容整洁，管理民主"的社会主义新农村，让贾家庄最穷的村民富起来，"以村养村，以地养人"。

2007年,"失地不失权,失地不失股,失地不失业,让村民长期受益"。

2008年,"村民变股民,农村变社区,农民变市民,集体企业变股份制企业",走城乡一体化的道路。

2009年,"观念大转变,思想大解放,实现大发展";"旧房子换新房子,烂房子变好房子,坏环境变好环境,将村民的利益放到最大,把村民的损失降到最小"。

2010年,"观念转型,素质转型,文化带动,产业发展";"参股入股,开发农贸市场和物流中心;推进三皇农耕文化展览馆的建设,走服务产业化道路,健全制度、规范化科学化管理";"家庭产业多元化,地方文化特色化,民间艺术多样化,传承晋商文化,铸造三晋品牌,打造旅游新村"。

2011年,"居住环境生态化,收入渠道多元化,管理制度规范化。转变思想,培训上岗,爱岗敬业,争当先锋,认真务实,立说立行,团结奋斗"。

这些,并不是简单的口号,事实上每一年的战略目标最后都实现了。正是因为有一个强有力的领导队伍,贾家庄的发展才会如此快速、健康、持续。

当然,坚持高起点、高标准、一心一意发展壮大的集体企业,是贾家庄各方面得以发展的发动机。联办站台3座,年可发运煤、铝、铁等120万吨。整合家庭小型企业30余户。整合闲散运输车辆(机械)145辆,组建汽运队。目前,贾家庄村在城乡一体发展中,已形成了一二三产协调发展、村企一体股份发展的产业支撑体系。

而合理的分配方式更是刺激了贾家庄人奋斗的热情。村委明文规定:凡集体投资兴建的农贸市场、物流中心、购物中心、餐饮服务业等,全部为集体、农民按比例入股，受益分红，使农民能长期得到实惠。

工业的向心力，解构了宁静的乡间生活，整个贾家庄的运作生态发生了深刻的变化，传统的小镇乡村的建筑形态，越来越不适应新时代的需要了。在各方的共同努力下，贾家庄向着现代化方向疾行。这是一个大变革的时代，虽然相较于沿海地区来说，来得稍微晚了一些，但终究还是来了。贾家庄变得现代了，商铺林立，大楼随处可见，农民们不知疲倦地寻找着新机会，各种各样载满货物的车辆，奔驰在平坦如砥的大道上。

记得在采观了新农村和村办企业后，我还在当天的日记本上写下这样的印象记：

下午参观新农村。新农村就是盖了不少房子，村里的老百姓住进了楼房，又把不少地卖给开发商，盖商品房。这个没什么可看的，在保安中心会议室和老年协会的几位老人座谈了下，老人们说是在三皇文化研究会干活儿，就是搜集些资料。来之前，以为这个村子很有文化，可写的东西多，可看了半天，发现能进入正史并且让人确信的，并不多。还得调整思路，应该从现任书记郭自强写起。写一个人如何带领村里的人致富，又如何恢复旧村全貌。若不是有这么一个人带动，贾家庄也就是一个普通的村子。但郭自强有眼光，也善于领会政策，国家大力发展文化，他正好赶上了这么一个契机。如今，越做越强的三皇文化，正成为孝义转型发展的一张文化品牌。

对于经历过这段历史的很多贾家庄人来说，这是一个让人百感交集的时代，当他们告别了黄土坡上的窑洞祖屋，告别了乡村袅袅炊烟、灶膛里温暖火焰的历史，搬进新农村的高楼时，可曾想过，他们正经历着贾家庄的辉煌嬗变？

是的，一个古老的贾家庄正在渐行渐远，那个传统意义上的黄土高原，终将成为留在人们梦里的风景。

当然，英明的贾家庄人并没有彻底走入城市。他们搬入了新农村，但旧村仍在规划。古驿道两旁的大宅院以旧修旧，按原样复新，他们的野心并不单单是解决一个简单的温饱问题，他们还有更高的精神追求。

贾家庄古村将被打造成民俗一条街，成为孝义市"孝河十公里生态文化旅游走廊"的休闲旅游好去处。

2011年1月，孝义贾家庄村特邀山西省文物局、省社科院和太原理工大四位专家，围绕如何打造文化旅游产业和规划旧村进行座谈，孝义政府副市长杜洪涛在座谈会上说：

贾家庄的发展已经纳入孝义市的整体规划，是孝义市十二五规划中建成国家历史文化名城的重要部分。

山西省社科院的杨茂玲女士已带领团队开始着手撰写《贾家庄研究报告》，我看到了一份目录，大体分为：贾家庄村的历史积淀、贾家庄村的政治变迁、贾家庄村的经济发展、贾家庄村的社会变迁、贾家庄的社区秩序、贾家庄的公益事业、贾家庄村的村务治理、贾家庄村的科教卫体、贾家庄村的地方特色。可以说，无所不包。

尽管她的研究更多注重社会学的角度，但毫无疑问，这个小小的村落已经引起了外界更多的关注。

一张文化兴村的宏伟蓝图正在如火如荼地展开……

接下来重力描述的贾家庄婚俗，正是以郭自强为首的贾家庄团队祭出的一张文化兴村的王牌。

第三章 申遗梦想

仓廪实而知礼节。

在走访考察孝义贾家庄婚俗的那几个月中，我一直想着这句话。现在的贾家庄人不光是仓廪实，他们富了，之后更开始把日子过得更有讲究，操办得更有声色，于是，开始追寻传统，办节日盛会。三皇文化节即为贾家庄人甚至是孝义人倾力打造的年度文化狂欢节。

关于三皇文化节，它的出场跟国家政策有关。作为一种节庆文化品牌的打造，绕不开这样一个背景：党的十七届六中全会指出，要发掘城市文化资源，发展特色文化产业，建设特色文化城市。

但孝义在打造节庆文化方面动手更早。

2006年，孝义市委、市政府意识到节庆文化作为城市文化建设的重要载体，对于提升城市形象、促进地区经济发展、推动招商引资和提升综合竞争力具有重要作用。于是孝义在国家文化产业政策的指引下，以文化体制改革为动力，挖掘自身文化资源，发展特色文化产业，组织了一系列具有鲜明地方特色的大型文化活动，形成了以"三皇文化节"为代表的节庆文化特色。

不到十年，三皇文化节已经成为孝义旅游的一大文化品牌。

每一年主题都不尽相同。

比如2008年，主题是"中华孝·义"，是对"孝""义"深厚文化底蕴的一次大展示。

比如2012年第七届三皇文化节，主题是"弘扬传承民族文化，打造中国民俗文化基地"，活动为期五天，内容五花八门，内容都没有离开民俗文化，包括婚俗礼仪表演、摄影、十字绣、民间工艺品展演、皮影、木偶、碗碗腔、民间吹奏表演等十余项活动，艺术节的重心就选在了贾家庄村。

三皇文化节具体涵盖了多少内容，此处暂不细说，书后附有一张附录，可对文化节的事情有个大致想象。

还是回到贾家庄婚俗上来。

贾家庄婚俗是三皇文化节中的重头戏，数次三皇文化节的主要地点就是在贾家庄。

有了前文对贾家庄前世今生的大概回顾，就知道这个村落的历史文化底蕴非常深厚。这么有文化的一个村庄，能沉淀出或者说相对完整保留汉民族的传统婚俗，就一点也不奇怪了。

文化从来就是一个大的概念。孝义这块土地上有类似的风土人情，婚俗自然也有诸多相似性。和贾家庄相邻的许多村子一样有历史有文化的，尤其是婚俗近似的，还不少。这里有王正杰先生编著的《娶媳妇子·嫁女》为证。他通过对各个村落的调查、统计，发现了孝义婚俗的相似性。

可以说，这和贾家庄婚俗一脉相承，都是典型的汉民族婚俗。

换句话说，如今重新打造的古色古香的贾家庄婚俗，是孝义婚俗的当然代表。

在接下来展开的关于娶媳妇子、嫁女的各种婚庆礼节中，为了更好地说明贾家庄婚俗的特色，为了全方位地展现孝义婚俗，举例中会揉进贾家庄周边村庄的近似婚俗，以资比对。

贾家庄婚俗的出场

在连续多年对三皇文化节的各种报道中，每次必提的都有贾家庄婚俗。

本是百姓日常生活中的礼仪程序，经过贾家庄人的一番努力，成了一种更精粹的文化表演。我们可以看到，在文化节上隆重出场的，有由一百五十人组成的"贾家庄婚俗"化装展演。贾家庄婚俗成为国家级非物质文化遗产项目还是三年后，也就是2008年的事，但在2006年，也就是第一届三皇文化节上，贾家庄人已经把贾家庄婚俗当成一项事业在做了。

项目启动时，还有一个大的背景，正如贾家庄婚俗的传承人——71岁高龄的燕福金所说，在现代文明冲击下，贾家庄婚俗逐渐失去了原有的光彩，许多礼仪程序面临失传，保护与恢复的呼声日趋强烈。而且令人担忧的现象不断出现：古色古香的民间风俗婚礼现时已演变为中西合璧的婚式，传统婚俗已淡化；文明有礼的结婚嬉闹被庸俗的嬉闹所代替；讲究礼仪不足，庸俗取闹有余；诗意般的"拦门诗"等已基本消失。

现代文明的冲击，使孝义贾家庄婚俗赖以生存的社会基础发生了重大变化，随着物质生活水平的提高，婚俗的器具、装饰、内容发生了巨大变化，传统形式濒临消亡。

如何打造贾家庄古村文化、如何保护性地挖掘贾家庄传统婚俗礼仪程序，成了新任村委领导班子思考的问题。

最早提出申遗构想的，还是村委主任郭自强。前文已述，早在2003年，他就有了"发展农村大文化"的思路。领导给出了指导性意见，又有财力物力的支持，村老年协会的同志们（他们同时又是三皇文化研究组的成员）工作积极性自然高涨，正是他们开始了"贾家庄婚俗"发掘研究整理编撰工作。这里，要记下他们的名字，他们是：郭自强、靳朝佐、燕福全、任汝吉、燕福金、陈家琰、宋瑞云、王俊斌、任振福、梁兆瑞。

这可不是一个简单的草台班子,事实上,他们有明确的分工,还成立了一个专门的组织机构:孝义市三皇文化研究会。这个专门的孝义贾家庄婚俗抢救保护领导小组,搜集、整理了大量相关文字和影像资料。

可以说,从这时起,贾家庄村便正式启动了"贾家庄婚俗"申报非物质文化遗产的工作。

如何展现贾家庄村的古老文化?村两委和村老协曾多次就"贾家庄婚俗"召开专题会议。"贾家庄婚俗"最初由老年协会顾问梁兆瑞主笔,经研究会集体会审定稿。

初稿完成后,孝义民俗专家侯兆勋又进行了加工润色。

任学谦再次整理后,申报山西省非物质文化遗产保护项目。

从贾家庄婚俗的传承谱系,可以看出贾家庄婚俗历史久远,有名有姓的传承人可追溯到道光年间。

道光年间传承人有陈德玉,为秀才。

同治年间传承人有陈立桂,为秀才。

光绪年间传承人有陈天魁、陈天卷,俱为秀才。

清末民初的传承人有郭兆汾。

1925 年的传承人有霍云堂。

1935 年的传承人有任长盛。

1955 年至 1975 年间,传承人有王永礼。

1976 年至 1986 年间,传承人有宋秉全。

1987 年至今,传承人有燕福金。

传承谱系明确了,剩下的就是寻求专家论证。

省级专家委员会论证组组长张余在同意该项目申报国家级非物质

文化遗产项目名录时，写下这样的意见：

经山西省省级非物质文化遗产保护工作专家组论证，孝义贾家庄婚俗是以古老婚嫁六礼为基础，结合当地文化与风俗的特点，演绎、细化、传承为喜庆热烈的婚嫁礼仪程序。婚俗仪式大体分为三个阶段、四十多项礼仪，每一项都有着深邃的文化寓意。它是中华民族社会礼仪习俗活动的活标本。从它的内容来看，沿袭与传承了古代婚俗六礼的基本规则，对于研究中国社会礼仪制度的形成与发展、对于研究黄河流域的风俗文化以及伦理道德发展演变等，都具有重要的价值。

参与认证的专家还有山西省史志院编审聂元龙、山西定襄河边民俗馆研究员张建新、山西省作家协会作家董大中、山西省群众艺术馆研究员段改芳。

从提出申遗构想到经专家商榷、有关部门提出明确报告，到省市领导采纳接受，再到开始具体落实，这个过程现在说起来似乎很简单，可在当时是经过了许多唇枪舌剑的讨论，才最终下定决心的。

最后，经相关部门多次论证和修改，并由市政府批准，呈报到省政府。

2007年6月18日，贾家庄婚俗被山西省政府公布为首批非物质文化遗产保护项目。

2008年6月18日，贾家庄婚俗被国务院核准审批为国家级非物质文化遗产保护项目。

我们现在看到的只是大事年表一样的粗略记录，事实上，具体工作人员上下奔走的辛苦、为求论证顺利通过的各种操劳，只能留作当事人日后回忆了。

反正，事就这样成了。

对贾家庄婚俗的保护

几年来，贾家庄村连续对贾家庄婚俗展演项目进行投资，充实购

◎贾家庄婚俗表演图（一）

◎贾家庄婚俗表演图（二）

◎贾家庄婚俗表演图（三）

◎贾家庄婚俗表演图（四）

◎贾家庄婚俗表演图（五）

◎贾家庄婚俗表演图（六）　　◎贾家庄婚俗表演图（七）

置了大量服装，定制了诸多道具、车、轿，制作影像电子资料，培训了一百多人的专业婚俗展演队伍。

每年贾家庄村举办的文化节和元宵节，这支特殊的队伍都会进行隆重的婚俗表演。

古驿道旁的宋家大院和郭家大院被改造为贾家庄婚俗展览馆。

2009年，成立了婚庆公司，为该项目加大传承保护力度提供经济支柱，进而为文化变产业做好前期准备。

经过连续八年的宣传展演，贾家庄婚俗已经成为贾家庄的又一标志性文化品牌。

国家级非物质文化遗产贾家庄婚俗传承人燕福金介绍说："贾家庄婚俗以古代婚嫁六礼为基础，结合当地文化与风俗的特点，演绎、细化并传承为更为喜庆热烈的婚嫁礼仪程序，为黄河流域的婚俗文化增添了色彩，是我国婚俗文化多样化的见证。"

可以说，贾家庄婚俗在孝义方圆百里都是有代表性的。前文说过，孝义文化底蕴深厚，自古以来即为汉民族生活区，而贾家庄自成村之后，一直受汉文化的熏陶。

作为汉民族婚俗文化的一部分，贾家庄婚俗也随着时代变迁在不断发生变化。

在长期发展过程中,贾家庄婚俗具有广泛的群众基础,并与当地的民间音乐、歌舞、文学艺术、手工技艺以及社会信仰、伦理道德观念融为一体。

深入了解贾家庄婚俗,既是了解孝义这方水土的一个切入口,也能看出中华传统文化是怎样在这里生根,发芽,并最终长成了自己的模样的。

正如民族的记忆早就化在了我们的血脉里,有关婚俗的种种文化也被越来越多的人所重视。以郭自强为首的贾家庄人,在致力于经济发展的同时,大力倡导文化兴村,挖掘和整理本地区的婚俗文化,本身就是一件极有益于子孙后代的善举;也正因为有了这些有识之士,孝义贾家庄婚俗才可能如此浓墨重彩地登上国家级非物质文化遗产的

◎贾家庄婚俗表演图(八)

◎贾家庄婚俗表演图（九）　　　◎贾家庄婚俗表演图（十）

舞台。

　　有鉴于此，本书取名为《龙凤呈祥——孝义贾家庄婚俗考察》，主要介绍的是以贾家庄为点，并连带考察其周边城镇乡村，资料搜集也大体限定在当下。当然，为了更好地看清贾家庄婚俗的特色，亦会征引史料，在与各个时代婚俗的对比中，凸显贾家庄婚俗的独特性。这和最初申报非物质文化遗产的贾家庄婚俗在年代划分上稍有出入，至少与最终在三皇文化节上舞台艺术般的贾家庄婚俗稍有不同，毕竟具体到老百姓的日常生活，婚俗要更有人情味，要更为生动。当然，因为是放在日常生活中考察，比起文化节中的贾家庄婚俗表演，又少了几分凝练。

　　怎么说呢？也许只有把贾家庄婚俗放在整个历史长河中考察，才能看到它更为旺盛的生命力，才能看出传统文化是如何影响这方水土，并与这方水土结合滋养出了怎样更为迷人的风情。

第四章 万伦之始

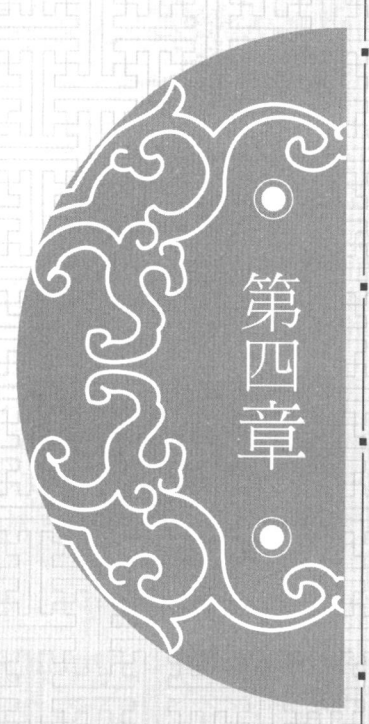

在清乾隆三十五年《孝义县志》中有这样的记载：

民习简略，吉凶庆吊多俭不中礼；其周旋裼袭，揖让威仪，尤不知讲。婚礼有纳采亲迎，而不知合卺。新妇不谒祖，夫妇无交拜，亦不同拜。嫁娶多于除夕前数日，取其酒食之便。更有乘父母殡葬日成婚，及同姓为婚者，实悖礼之极。祭尤简略。平民知荐于寝，不知有祭也。惟士大夫亲丧必哭三日，始入殓成服，七七之期亦频设哭奠，差为近体。其祖祭、虞祭、执绋俱不知也。至附身、附官，则士庶均减省焉。

什么意思呢？就是说在清乾隆三十五年，因为贫穷，有些礼节实在讲究不起来。

不讲究并不等于不知道，比如士大夫就做得不一样。

时日一长，待到经济宽裕，士大夫的作为就会影响到更广阔的民间。

从来都是这样。不管是岁时土俗，还是下文即将重点描述的贾家庄婚俗，如今的我们之所以仍会感兴趣，原因也很简单，就是因为从中能看到平凡生活中的小小变化。一个地方的历史本来就是日用人事的连续，无论天文地理还是物候推移，影响到人事上，便会生出种种花样。

这也是为什么贾家庄婚俗特别的原因。

当然，现今留存的贾家庄婚俗再特别，仍可以看到中国的传统婚礼基本模型。

在第二次世界大战爆发前，在拥有众多人口的中国的广阔土地上，婚礼依然是张灯结彩，大事渲染的事件。一个村庄、一个镇子，听到响器班子的声音，听到爆竹的响起，看到高高挂起的大红灯笼，古老文明所有的讲究似乎都在里头了。

《礼记》中，把结婚看作"万伦之始"，是"将合两姓之好，上以事宗庙，而下以继后世也"。

这里说的已经是文明形态中的两性关系了。

在详细介绍贾家庄婚俗之前，先简单梳理一下婚俗变迁史，或许有助于我们更好地理解贾家庄婚俗的渊源和特色。

女娲时代的血缘婚

先要说的是，以后按时代划分婚俗变迁，分别用女娲、伏羲之类命名，仅仅是为了阅读的方便，文化从来都是连续的产物，突然的断裂并非正常，更何况是在时间难以界定的史前时代。

前文提到了贾家庄的历史，其中有提到此地早在仰韶时代即有先民在此繁衍生息，几处遗址的发掘更是证明了这一点。有先民生活，自然就会有男女相处。

那么不妨就从传说中的女娲说起。

女娲自然代表的是母系氏族时代。

婚姻从其原始状态起便是世上最动人的故事之一，只是原始如女娲时代，婚姻实在有些蒙昧。父子母女不分，群居生活，能谈得上是婚姻吗？

然，否定人类始祖的最早生活形态，似乎也没有什么道理。

爱就是生活。爱情很美，也是再创造的动力。许多富于浪漫色彩的开化民族都愿意相信，爱是因为心动了。但仅仅只是这些吗？该怎样解释她强大的动力和洋溢的情感？或许，从生物学的角度说，男人和女人的关系与我们的哺乳祖先有着密切的联系。当然，把如今看来梦幻般的男女结合，用科学的原理来解释，实在是有些无趣。

按照人类学的解释，就是动物也有恋爱的情感，也有婚姻的归属权。兽犹如此，何况人乎？世界上任何一个民族、部落都有其婚姻的形式，婚姻就像使用火、语言和工具一样普遍。正如林语堂所言："下意识中，所有中国姑娘都梦想红色婚礼裙子和喜轿，所有西方女子都憧憬婚姻面纱和婚礼的钟声。"这是说婚礼在所有女人心目中的地位。那么婚姻对男人呢？随着男人在生活中发挥的重要性增强，他们的地位提高，其对婚姻的渴望要更加强烈。

这是文化积累使然，也是文明进步的标志之一。

婚姻的建立也委实奇异，它和罗曼蒂克相关，也有性爱的吸引，更有男女实际需求的考虑。还需要刻意强调婚姻中经济方面的因素吗？不需要。婚姻从本质上来说是一种希冀。新娘新郎期待着最吉利的时辰，不只是为了个人的愉悦，而是追求在与异性结成伴侣的过程中，实现一个家族的意愿和狂欢。

但文明有一个进化的过程，社会在这有情人的自发追求上，又有了种种规定和约束。换句话说就是，自然本能滋生出生活习性，约定俗成的过程，最终导致了婚姻这一社会制度的建立。

◎伏羲女娲交尾图

汉族婚俗也是如此。

说到汉族婚俗，不得不提我国古代传说中的伏羲和女娲，相传人类就是由三皇中的这两位兄妹结婚而产生。唐人李冗在《独异志》卷三中写道：

昔宇宙初开之时，有女娲兄妹二人，在昆仑山，而天下未有人民。议以为夫妻，又自羞耻。兄即与妹上昆仑山，咒曰："天若遣我二人为夫妻，而烟悉合；不，使烟散。"于烟即合。其妹即来就兄，乃结草为扇，以障其面。

前文已述，孝义贾家庄有一座三皇庙，只不过所供三皇乃太昊伏羲、神农炎帝、轩辕皇帝。虽然这里供奉的是祖先神，事实上到了后来，庙里祖先分担的职责就有些模糊，治病救人那是肯定的了，那么造人呢？

这真是神奇。最初的愚昧先祖不知男女为何物，或者说知道些，只不过过于粗鄙，等到伏羲制定了仪式，这才有了开化的人。

李冗所提故事，至少证明两点：一是人类始祖最初婚配形式为血缘婚；二是人类始祖最初婚配形式有了后来婚俗中的某些具体礼仪的原初形式，比如，"结草为扇，以障其面"。

事实上，兄妹成婚的故事可不单单是中华民族的独创。

在西方，耶和华取尘土造出亚当，又用亚当的肋骨造夏娃，可见亚当与夏娃之间也有血缘关系。二人被撒旦引诱，有了夫妻之实后，被上帝逐出了伊甸园。亚当、夏娃希望上帝赦免他们的罪行，然撒旦又有自己的算盘，对两个失神宠的人穷追不舍。眼见自己的努力不起作用，撒旦就和他的十个帮凶变成了貌若天仙的美女，她们走向亚当和夏娃，说自己是另一个造物主创造出来的，人数比上帝创造的要多得多，也幸福得多。亚当心想：这些漂亮姑娘是怎么繁衍出来的呢？"交配吧，繁衍吧！"上帝确曾对他们这样说过，但如何交配、怎样繁衍，上帝却守口如瓶。撒旦嘲笑亚当的幼稚，马上就给演绎了一堂性教育课。出于羞涩，亚当拒绝了，然而从此之后，撒旦的话烙在了亚当心里，亚当再也不能用原来的眼光看待夏娃了。幸好上帝明察秋毫，赶紧让两人成婚，以抵挡撒旦的诱惑。上帝派了几个天使去宣布这个喜讯。天使们让亚当到他藏珍宝的洞里把黄金和乳香拿来，这两样东西是他们走出伊甸园时，上帝送给他们的神秘礼物。

亚当把黄金郑重其事地交给了夏娃，这就成了历史上第一笔"亡夫遗产"。然后又把乳香给了夏娃，上香是宗教圣事，象征两具肉体合二为一。接着他们各自伸出右手，击掌为约，正式确立婚姻关系。

这是《圣经·创世纪》里的故事，听起来西方文明似乎要比东方文明更早进入一夫一妻制度。在世界范围内发现的有关婚姻的种种神话中，基督教传说的特点是把婚姻说成是神的创意，而不是一种开化行为。实际上，在传说中，世界上的多数民族都经历过这种从自由之爱向合法婚姻的过渡，最终建立一种限制性关系的制度。

而且，不管在哪里，这种制度又都是人类的法律，是由传说中的国王制定，以适应新的社会秩序。完成这项职责的，印度是国王斯维塔凯图，埃及是法老梅内斯，希腊是雅典的第一个国王塞克罗普斯，而在中国，是三皇之一的伏羲氏。所以，后人尊奉伏羲为"人祖"，女娲为"人祖奶奶"。

女娲时代，开始了生殖崇拜。崇拜的目的也是为了获得更多的生命。

说到底也是逼出来的。原始人寿命短，山顶洞人活到三十岁就是极限了。活不长，又死得快，靠什么延续呢？就只能多生一点。自然淘汰再残酷，生得多，总有适者会生存。所以就有了前面女娲的做法，批量生产，甚至抡起藤条沾上泥浆甩。在与死神的搏斗中，这是最实在的一招。在后世六礼齐备之后，对生殖崇拜的狂热仍然没有消减。比如在大量的器物中，都能看到蛙和鱼的形象。为什么偏偏是蛙和鱼成了生殖崇拜的象征？稍微有点生活经验的人只要看看春季蛙的产卵、鱼的产卵，大致就能明白。兴许这就是女娲的来历，女娲就是女蛙，她老人家是蛙，我们的孩子才是娃。娃娃落地，呱呱而鸣，于是荷塘月色之中，便是一片生命的交响乐。

这些都是故事和传说，无法一一论证，唯一可资说明的是，不管东方还是西方，人类第一个真正意义上的婚姻形态都是血缘婚。

那么，什么是血缘婚呢？简单来讲，就是一种以同胞兄弟和姊妹之间通婚为基础的婚俗制，也就是所谓的近亲结婚。事实上，在血缘婚之前，人类还经历过漫长的杂婚阶段。《吕氏春秋·恃君览》中说：

昔太古尝无君矣，其民聚生群处，知母不知父，无亲戚兄弟夫妻男女之别，无上下长幼之道，无进退揖让之礼……

在这种杂婚制下，不可能形成任何家族。距今约一百七十万年前的元谋人，以及后来的蓝田人、北京人，大致都处于这一阶段。随着人类征服自然能力的增强，血缘婚代替了杂婚。血缘婚是由杂婚制迈向群婚制的一个过渡。群婚制经历了两个阶段，血缘婚是它的低级阶段。它先将子孙之间、父母与子女之间的杂乱性交排除了，这是婚姻史上的一大进步。距今二三十万年的马坝人、长阳人和丁村人，实行的便是这种婚俗制。

血缘婚的叫法还有很多,比如族内群婚,比如等辈婚,比如级别婚。其基本特点是,同属一个血缘的成员按照辈数来区分婚姻关系。就像恩格斯在《家庭、私有制和国家的起源》中讲到的那样:

在家庭范围以内的所有祖父和祖母,都互为夫妻;他们的子女,即父亲和母亲,也是如此;同样,后者的子女,构成第三个共同夫妻圈子。这样,这一家庭形式中,仅仅排斥了祖先和子孙之间、双亲和子女之间互为夫妻的权利和义务。同胞兄弟姊妹、从兄弟姊妹、再从兄弟姊妹和血统更远一些的从兄弟姊妹,都互为兄弟姊妹,正因为如此,也一概互为夫妻。

后世之人证明,近亲结婚容易造成各种缺陷。

先人在进化的过程中肯定也意识到了这一点,于是便有了族外群婚。

伏羲时代的族外群婚

这其实是一个不断尝试的过程。不断地交配,生出来的居然是畸形儿,事情怎么能搞成这样呢?也不知是哪一位先祖,就像炎帝尝百谷一样,反复试验,不断总结,最终发现了近亲结婚的致命问题。

要保种就不能再这么搞了。

先民们终于和在本能状态下形成的血缘婚告别了,两性结合的形式进入到族外婚阶段。

这就到了父系氏族的代表——伏羲时代。

那么,什么是族外婚呢?就是一群兄弟与另一列姊妹通婚,兄弟共妻,姊妹共夫。虽然还是共夫共妻,但是夫妻之间却没有血缘关系了。

也就是说，一个氏族的所有同辈姊妹们，都是另一个氏族的同辈兄弟们的妻子，反之亦然。更通俗点说，就是一群可以是同胞也可以是旁系的哥儿们，与一群可以是同胞也可以是旁系的姐儿们，搭伙结婚。

所以，他们的婚姻方式，还有个专业名词，叫做伙婚。

两个氏族的男女伙婚，这就有了后文的婚姻为"合两姓之好"的意思了。两姓，最初指的应该就是两个不同姓的部落。

这样的族外群婚形式，在远古时代应该广泛存在，大量史料和传说可以佐证这一点。《国语·晋语四》中记载：

昔少典娶于有蟜氏，生黄帝、炎帝。黄帝以姬水成，炎帝以姜水成，成而异德，故黄帝为姬，炎帝为姜，二帝用师以相济也。

这里少典氏与蟜氏女结婚而生黄帝，说的并非个人行为。

少典、蟜，都是氏族部落的名称。

这是人类进化过程中非常重要的一步，为相对文明的婚俗开辟了新的道路。

我们从小熟读的历史书这样告诉我们：氏族社会的第一阶段是母系氏族社会。在这个时段，年龄大、辈分高的女子掌管这一大家的具体事务，有点类似于蜂群中的蜂王，工蜂负责劳作，蜂王负责繁育，只不过人要更聪明些，懂得怎么获得更多可能的食物和资源，以壮大氏族。《尚书·盘庚》中有"我先神后"、"我古后"、"高后"、"先后"等说法。《山海经》《淮南子》等书中女娲"炼色石以补苍天"、"抟黄土作人"的神话，可以看出母系时代在民族记忆中的遗留。古代众多"圣人无父，感天而生"的传说更是佐证了这一点。比如在《诗经·大雅·生民》中，就有华胥踩巨人迹而生伏羲、女登与神龙接触而生炎帝、女节接大星而生少昊、庆都感赤龙而生尧、握登见大虹而生舜、修己吞神珠苡而生禹、姜嫄履神人之迹而生弃等传说。

甚至到了汉代司马迁的笔下，在《史记·高祖本纪》中也有类似感生说的描述：

高祖，沛丰邑中阳里人，姓刘氏，字季，父曰太公，母曰刘媪。其先，刘媪尝息大泽之陂，梦与神遇。是时雷电晦冥，太公往视，则见蛟龙于其上。已而有身，遂产高祖。

司马迁把刘邦塑造成真命天子，是有意神化，不管是不是穿凿附会，都为皇帝的出场准备好了隆重且不能置疑的背景。

后世与感生相关的故事，主人公也多为真命天子。倒是《开元天宝遗事》中有一则故事例外：

杨国忠出使于江浙，其妻思念至深，荏苒成疾，忽昼梦与国忠交因而有孕，后生男名朏。洎至国忠使归，其妻具述梦中之事。

现在看来，此事颇为荒唐，不过是妻子拿感生的幌子为自己的出轨行为开脱，但杨国忠却相信了妻子。

这样的事倘若出现在英雄时代一夫一妻制的古希腊，似乎并不算丢脸，年轻女子享有和男子类似的自由，女子未婚生子不算污点。如果婚前发现自己意外怀孕，她只要声称是遇到了化作天鹅、公牛或金雨的宙斯，或者说她不敢抗拒显成人形的河神的进攻，就可以成功为自己的所作所为开脱。她的父亲尽管会怀疑这种神乎其神的力量是否存在，但他会很明智地多出一份盼望：要是能有一个半神半子的外孙，那在乡民们跟前该有何等声望！

也由此可见，不管东方还是西土，女人们在碰到类似的事情时，都有着异曲同工的撒谎功夫，而神灵，在此刻，是保护属于弱势的女人的。要不然，神坛跟前跪下的怎么多数都是女人呢？神也知道从哪里找到自己的信徒。此是闲话。

言归正传。在伙婚制下，只要群婚存在，世系就只能由母亲方面来确定。毕竟古人不懂DNA，无法做亲子鉴定。找不到父亲，但是谁生的很容易确定。这从我国古代的一系列古姓即可看出，比如，姬、姜、姚、姒等，多以"女"为偏旁。许慎在《说文解字》中说："姓，人所生也。古者神圣母感天而生子，故称天子，因生以为姓，从女。"可见母系氏族社会，民知其母，不知其父，以为孩子是母亲感天而生，所以呢，都跟母姓。

古人常说，圣人无父，比如《吕氏春秋》中就有这样的话："昔太古尝无君矣，其民聚生群处，知母不知父，无亲戚兄弟夫妻男女之别，无上下长幼之道。"事实上也不是真的没有父亲，而是在古人的概念中，男女性交，享受的是过程，也根本搞不清女人为什么会怀孕。

伙婚制的遗迹，可以在古代文献关于亲属称谓制度的记载中窥见一斑。比如，"舅姑"就有两种含义：第一种，称母亲的兄弟为舅，称父亲的姊妹为姑，至今沿用。第二种，妻子称丈夫的父亲为舅，称丈夫的母亲为姑。《礼记·坊记》中有"婿亲迎，见于舅姑"的说法。这显然是伙婚时代的遗留，只是到了一夫一妻制时代，才分别在舅姑前加上"外"字。但后世仍有人沿用此称谓。比如，朱庆馀在《闺意献张水部》中写道：

洞房昨夜停红烛，待晓堂前拜舅姑。

妆罢低声问夫婿，画眉深浅入时无。

杜甫在《新婚别》中说：

妾身未分明，何以拜姑嫜。

《通典》卷五十九中说：

以纱谷蒙女首，而夫代发之，同拜舅姑，便成妇道。

这里的"舅姑"、"姑嫜"，都是指的公婆，其中也提到了后世婚礼中的一个仪式——认亲，通俗点，又叫改口。后文细述。

捎带说两句舅权。

舅舅的权利对中国人的家庭观念、婚姻制度、人际关系影响真是非常深远。如果细加分析，似乎可以看作是男性地位日益提高后，母系家族不甘心把家庭管理拱手让于外人，迫不得已采取了这么一个措施。后文即将提到的孝义贾家庄婚俗中，就有众多与舅舅相关的仪式。父权兴起后，舅舅作为女方家的男性代表，自然成为维护外甥女利益的发言人。舅权主要表现在对外甥女婚姻的干涉上，反映了女家行使的最后权利。比如在贾家庄婚俗的娶亲仪式中，对舅舅、姨姨都是非常尊重，得罪不得，除了新娘坐的头车，舅舅家、姨姨家都要有自己的专车接送。

在一些小说和笔记记载中，也常能看到姑舅表婚。这作为一种亲上加亲的婚制，可以看出女方希望把女儿留在本家族内的心理。"天下母舅大"、"舅爷大过天"、"舅家要，隔河叫"、"舅父叫外甥，哼也不敢哼"等民谚，都在印证在外甥女的婚姻上，舅权大于父权。

兄弟共妻、姊妹共夫的伙婚风在古代再普遍不过了，汉民族的先祖都是这么干的。传说帝尧将娥皇、女英两个女儿一起嫁给了贤孝的舜。舜的弟弟象，见嫂子们漂亮，就想杀掉舜，把嫂子们据为己有。又比如，与孔子同时的苍梧绕娶妻，见妻子漂亮，就将她让给了哥哥。后世的兄亡弟续娶嫂的风俗，号称是转房婚，好像名目一换，真就进步了不少，其实多少也能看出，这不过是原始伙婚制风俗的遗留。

炎黄时代的对偶婚与单偶婚

简单的时代设定仍有模糊的地方。

没人说得清楚，到底是从什么时候这种婚姻形态就成了主流。

族外婚日臻完美，这个时候又出现了一种新的婚姻形态：对偶婚。一切都在逐渐起变化。这个变化就到了部落的代表时代——炎帝时代。

在一些关于婚俗的专业书籍中，可以看到对对偶婚的介绍，它的基本特征就是，不同氏族的成对男女，在一定时间内实行配偶同居。

这么干的好处就是，初步排除了伙婚形态下"共妻"或"共夫"的混杂性伙伴关系。

对偶婚的产生时代应该是在母系氏族社会向父系氏族社会的过渡期，所以早期的对偶婚居方式依然是男从女居，即对偶中的男方去走访女方所在的氏族，并与之同居，所生的孩子也随母姓。当然，由于环境制约，条件不够，对偶关系对伙婚关系的排除也是相对的，一个男人在与对偶异性同居的同时，又和其他几个乃至几十个女人保持两性关系，亦属正常，只是这个与之同居的女人相对其他女人来说只是他的"主妻"而已，反之亦然。这个习俗至今仍能从一些偏远地区的少数民族风俗中看到。

对偶婚从族外群婚中脱胎而出，根本原因还是因为生产力的极大提高。

这种婚姻形态可以从黄帝的情人中看出来。《帝王世纪》中记载，帝喾有四个妻子，其中姜嫄为元妃，另外三个为次妃。再如《史记·五帝本纪》中记载：

黄帝居轩辕之丘，而娶于西陵之女，是为嫘祖。嫘祖为黄帝正妃，生二子：一曰玄嚣，是为青阳；二曰昌意，降居若水。

这些材料说明黄帝除了"主妻"，至少还有三个异性伴侣。

后世的招赘婚，当是对远古走婚习俗的继承。

对偶婚虽然对偶居之外的性关系尚无严格限制，但相较于伙婚而言，要规范不少，可以说，从此开辟了从群婚向个体婚过渡的通道。

相对稳定的婚姻为最初的个体家庭打下了基础。

从此，人们不光知道了谁是自己的亲生母亲，也明确了谁才是自己真正的父亲。

私有制时代的个体婚

女娲伏羲毕竟只是传说，后世之人推测出母系时代和父系时代时，就按照逻辑将他俩设为代表，其实，炎帝、黄帝，甚至是尧舜禹，不也是没有准确的历史记载吗？

真正的文明是从私有制开始的。

私有，就不能一起混居了，就不能搞大锅饭了。得先有小家，有了小家，有法度，就有了国。夏启结束禅让，把一国纳入世袭，可以说是一种进步。

而一旦建立国家，便进入了文明时代，自然连婚姻也有了不一样的形态。

说到底还是男人的地位提高了。

勇武有力的男人依靠自己的实力逐渐取得了话语权。以前生儿育女都是女人掌权，男人就像工蜂一样，只负责劳动和寻找食物。但，事情正在悄悄发生变化。自私的男人积聚的财富越来越多，总不能将自己辛辛苦苦挣得的东西拱手让给外人吧？这个时候，男人想到了栽根立后，想到怎么将财富留给自己的亲生子女，正所谓肥水不流外人田。

但怎样才能证明谁是自己的亲生子女呢？

显然，只有通过建立一夫一妻式的个体家庭，才能确保自己的血统纯正。男人有能力了，不和别人搭伙也养得起家庭了。腰板一硬，男人自然就不会把女人让出去。这是进步的地方。一个有趣的现象是，我们看见在20世纪80年代的寻根小说中，在一些小说家的笔下，经常会写拉边套现象，说到底还是因为穷。一个男人没钱娶老婆，另一个男人单靠一己之力又娶不起老婆，所以就开始共妻。这差不多算是回到了人类最初的伙婚，稍有不同的是，多数人没有这么干，所以才没有造成更多的混乱。

所以同摩尔根在《古代社会》一书中指出的一样：

财产的增长和希望把财产传给子女的愿望，是促成专偶制以保证合法继承人和将继承人的数目限制在一对夫妇的真正后裔之内的动力。

这更加佐证了文明常常是自私的产物。

个体婚在中国出现的时间，约在距今四五千年前。考古工作者在郑州发掘的仰韶文化遗址等处，都发现了成对的成年男女合葬墓。这在盛行族外群婚的母系社会或实行对偶婚的母系社会晚期，应该不可能出现。因为族外群婚对兄弟姊妹间实行严格的性禁忌，同一氏族的男女不能合葬。对偶婚虽然实现了男女偶居，但丈夫仍以母家为主要的劳动和生活场地，死后亦须归葬他所属的氏族墓地。

足见仰韶时代个体婚已经盛行。

而在孝义贾家庄西河湾陈家沟，也发现了仰韶文化灰层遗址，足可以推测在这片土地上活跃的族群，其婚姻风俗应该与他地当时风俗大同小异。什么意思呢？就是说，在孝义这块土地上，婚俗的演化与中华文明的演进是同步的，或者说，在仰韶文化时期，孝义已经有了文明的火种。

不过，要明确的是，个体婚的出现，并不等于所谓的婚姻就是一男一女的婚姻，事实上，因为从此进入了父系，也就是所谓的男权时代，经常看到的现象是，极少数占有统治地位的男子，为了获得更多子嗣，为了增加更多财富，又开始占有多个妻子。因此，与私有制并存的一夫一妻制，仅仅是对男人而言。

如果用专业的术语来讲，个体婚从出现、形成到日趋完善的过程，先后又出现了服役婚、掠夺婚、买卖婚、转房婚和聘娶婚等类型。

所谓服役婚，按照学术的解释，就是盛行男嫁女娶，即男子嫁到女家，并参加劳动。到了个体婚成立的父权制时期，变成了女嫁男娶。这样女家就从增加一个劳力变成减少两个劳力。在古代，少了一个劳力，损失太大了。怎么办呢？为了弥补这一损失，女家就要求女婿先上门干活。当然，活也不是白干，就当是娶老婆的义务。当然，在这个过程中，男女双方也可以相互了解，女家呢，可能还会考察考察女婿，看看他是否值得自己的女儿托付终身。

《史记·五帝本纪》中就有这样的记载：舜为娶尧女娥皇，先要到尧家干活，不光要在历山下耕田，去雷泽打鱼，在河滨制陶，还要做些杂务，比如"作什器"。"什"是很多的意思。得干很多活路，各方面都了解了解，等到考察期满了，尧觉得舜这个人不错，一时激动，不仅把娥皇嫁给了他，还把女英作为"次妻"给了舜。所谓的能者多劳，恐怕就是从这时候开始的。如果从学理上分析，也能看出这种做法符合从对偶婚向个体婚过渡的种种特点。

再说明火执仗的掠夺婚。掠夺婚，就是抢婚。这本质上也说明了古代男女结合的野蛮。要想获得配偶，靠什么呢？就跟兽类一样，谁的力气大、谁凶猛，就能得到配偶。只不过，人还是要进化一点，开始讲究实力了。抢，也不单单是凭一个人，而是凭一个家庭、一个家族，或者说一个集团。

《易经·屯卦》中就有这样的描述。爻辞六二说"乘马班如，匪寇婚媾"，翻译成白话就是说，男方携带武器，骑着花斑大马，将还在挣扎哭泣的女子抢回家里强行成婚。《说文解字》中说："婚，妇家也。礼，娶妇以昏时，故曰婚。"结婚为什么要在黄昏进行？也是怕白天结婚，容易引来灾祸，黄昏光线若明若暗，匪徒忙活了一天也不好出来了，这个时候结婚，就比较容易取得成功。这真是古人因时制宜的创造。我想起，在我们老家鄂西，就连过年，也不是常言的大年三十，要么是二十九，要么是大年三十一大早，吃年夜饭的时候，也是大门坚闭，据说也是害怕土匪们知道。许多风俗的形成应该就是这样被逼的结果，这就是所谓的进化。环境逼着你这么干，时日一长，也就成了习俗。

当然，从古人的造字上，也能找出源流。甲骨文中"娶"字的写法,就是一只手举着大斧,对着屈膝的"女"字,这也表明,所谓的"娶"妇,就是父权制后男人把女人强行带回家的行为。这,仍然是赤裸裸的抢掠。

宋人陆游《老学庵笔记》卷四中描述:

辰、沅、靖州蛮……嫁娶先密约,乃伺女于路,劫缚以归。亦忿懑叫号求救,其实皆伪也。

可见,后世掠夺婚多由真抢变成模拟抢劫。但从《唐律·贼盗篇》"掠人为妻妾者,徒三年"的规定来看,后世婚制,既有假抢,也有真抢,要不然法律也不会这么规定。不但汉族如此,掠夺婚在其他民族中也常见,在人类学家的笔下,曾这样记述毛利人的婚俗:

长年因袭下来的最受推崇的结婚方,乃是安排一场交武大会,通过武力把新娘娶走。由于男方一旦提亲就得和女方的众多亲属一一交涉,而其中必有因男方不能满足自己要求而怏怏不快的,因此,抢婚便是最简单易行的结婚方式。当然,在抢婚中常常出现纯形式化的抢掠和防护,但这样做仍不免要大大伤害要当新娘的姑娘。

显而易见,掠夺婚凭借的是男性的实力,是人类未开化时期的本性遗留。

再说买卖婚。买卖婚可以从伏羲制嫁娶之法见到一点迹象。相传伏羲制嫁娶法规定"以俪皮为礼",用一对鹿皮讨得丈母娘的喜欢,以达到成婚目的。为什么偏偏是鹿皮呢?这是因为,在原始时代,人们重视渔猎,兽皮尤为珍贵。而当时武器落后,要想杀死一只跑得很快的鹿并不容易。连鹿都能杀死，这个男人的体魄应该非同一般。嫁给这样的男人，丈母娘有什么不放心的？这就相当于现在的丈母娘能从未来女婿的说话、办事能力上推测出女儿的幸福感一样，只不过古人的标准还仅仅停留在温饱的获得上。

又比如，古人称男子配偶为"妃"，"妃"字即取义于帛匹；称妻子为"帑"，而"帑"字"乃金币所藏也"。这应该与买卖婚大有关系。很长时间以来，世界上绝大多数婚姻都是由买卖或是由男家女家精心安排而促成的。在古希腊，结婚之前的定亲必不可少；而在古罗马，这种仪式就是一宗买卖的开始，直到结婚那一天，这笔交易都难以成交，双方的家长就新娘的嫁妆讨价还价，就像后来，小定完了，还要大定，大定不满意了，看到了更好的，闹得不欢而散甚至对簿公堂的也大有人在。新婚之期常常会举家欢宴和亲家相互交换礼品。如果男方或女方婚后破坏婚前达成的契约，他或她就会自动丧失送给对方的礼品。就是到了现在，也常看到这样的新闻，新郎去娶亲，因为彩礼的事谈不拢，男子一怒之下，便把另外一个女人娶回了家。听起来像是笑话，其实这些都暗藏着古老的基因记忆。

再说转房婚，也就是前文提到的收继婚。男人到丈母娘家干活到了期限，或者给够了女家心目中的彩礼，男人就可以把女人带回家了。这个时候，女人除了生儿育女，还是男家的私有财产。一旦丈夫意外去世，她自然也就无权重新选择性伴侣。作为男家的私有财产，她根本就没有说话的权利，更别提随意离开夫家了。而男家为了保住这份私有财产，同时也为了省去家族中其他男性娶妻所需花费，便出现了"接收"或"继承"寡妇的婚姻形制。这种婚姻形态虽然没有成为主流，但在后世婚俗中却常常被允许。

一个典型的例子就是武则天的婚事。太宗时，她被封为才人，赐号武媚。太宗驾崩后,太子迷恋她,两人重生旧情,又册立她为皇后。高宗以庶母为皇后,与鲜卑、突厥等少数民族"妻后母"的习俗颇有相通之处。

又譬如,2012年我随《中国国家地理》的朋友考察山西晋商的走西口路线,在呼和浩特大召寺参观时,知道一位历史人物三娘子,她和明朝搞好外交、稳定边境、造福人民的功劳暂且不说,单说她的婚姻:她结过几次婚,先后嫁给了几代顺义王。

能怎么解释呢,或许合理的说法是:这也是一种财产继承转移的变异形式。

生生不息的聘娶婚

最后说说聘娶婚。

买卖婚到了周代变得稍微文明了点,就连叫法也不一样了,叫聘娶。男子按照聘的方式娶妻,其中起至关重要作用的是父母之命、媒妁之言和聘书。

本书描述的贾家庄婚俗,即是指孝义地区在进入文明社会一夫一妻制确立后,专偶婚制下的聘娶婚俗礼仪。

作为人生最隆重的礼仪,婚礼历来都非常讲究。伏羲求婚时,除了送给女家两张鹿皮,还加了一条"必告父母",就是说要征得父母的同意。这应该是传说中最早的婚礼。又据《通典》介绍,在夏商时代,除了"以俪皮为礼"、"必告父母"外,还要"亲迎于堂",足见人们对婚礼的重视。到了周代,婚姻更是带有明显的政治色彩,婚姻大事中最为明显的特征一个是家族延续,另一个就是家族外交。《礼记·昏义》中说:"昏礼者,将合二姓之好,上以事宗庙,而下以继后世,故君子重之。"这个经典的关于婚姻的定义,简明精辟地诠释了传统婚姻的核心：通过联姻来建立两个家族的良好关系，对上要靠它传宗接代、侍奉宗庙；对下要靠它生儿育女，以接续家族血统。

夫妇结合必须得有仪式，要不然，人们怎么知道你们是夫妻？

只有通过这些礼仪，才能获得社会的认可，才具有合法性和正当性。所以《礼记》中又说：

敬慎重正，而后亲之，礼之大体。而所以成男女之别，而立夫妇之义也。男女有别而后夫妇有义，夫妇有义而后父子有亲，父子有亲而后君臣有正。故曰：昏礼者，礼之本也。

《中庸》也说：

君子之道，造端乎夫妇，及其至也，察乎天地。

《易经·系辞下》还说：

天地氤氲，万物化醇。男女构精，万物化生。

《白虎通·嫁娶篇》说：

人承天地，施阴阳，故设嫁娶之礼者，重人伦，广继嗣也。

那么多经典都在反复强调，那么礼俗都在反复规范。

完全可以说，不管是贵族还是平民，无论是强迫还是自愿，一旦缔结婚姻，婚礼都是人们日常生活关注的重心之一。在古人的心目中，男女的结合不仅是种族繁衍的根本，而且是整个社会乃至整个世界的开端。

所以，婚姻才被人们称做"人生大事"。

为强化对婚姻、家庭甚至整个社会的控制，自周代开始，我国即出现了婚嫁应该遵循的六个程序，即所谓六礼。六礼的说法在《仪礼·士昏礼》和《礼记·昏义》上都有记载。这两部书大概是秦灭六国统一全国前后的作品，是当时儒士把各地流风遗俗、前人的记载汇集成书的，目的就是为新统治者巩固社会秩序而制定统一道德标准。六礼制定后，遂成为统一的婚姻形式，一直流传两千多年。后世婚姻程序虽然结合各地的地理特征，都有了自己的特色，但六礼的基本框架没有大的变化。

孝义贾家庄婚俗也不例外。

据《仪礼·士婚礼》记载，六礼包括纳采、问名、纳吉、纳征、请期、亲迎。

纳采是"六礼"的第一礼。就是说男家相中了女家的姑娘，就请媒人试探女家意愿。得到应允后，再请媒人带上一点礼物，最初是一张兽皮，后来逐渐定为一只雁，正式向女家纳"采择之礼"，表示求婚。以雁为礼，可能是因为在古人的印象中，雁终生专一，目的也是为了象征婚姻和谐。

问名为"六礼"第二礼。即男家派媒人带上礼物到女家询问女子姓名及其生辰八字，然后请算命先生或术士卜卦合婚，以确定是否适宜婚配。

纳吉为第三礼。说的是男家取回女子的庚帖后，带到祖庙中进行占卜，以判断双方联姻适当与否。宋代以前，多以占卜来预测婚姻的吉凶。西汉平帝纳王莽之女为后时就曾命郑重占卜，占卜结果可能不错，王莽就这样成了汉平帝的岳丈。宋代以后，以占卜来预测婚姻吉凶的形式逐渐减少，兴起于南北朝之际的合八字风俗成为主流。孝义贾家庄婚俗中即有八字合婚一项，后有专文详述。卜得吉兆后，再请媒人带着雁到女家表示订婚。这时双方才算正式订了婚。

第四礼是纳征。这次要送币、帛一类比较贵重的礼物。春秋时称"纳币"，宋代称"纳成"、"定帖"，俗称"下聘"，或"下送"、"订婚"等。男家纳吉后，得知女家允婚，才可行纳征礼。"征"，其意为"成"，即男女若适合联姻，男家就将彩礼送往女家。这一礼仪不需用雁，也是六礼中唯一不用雁的礼仪。礼物包括三种，一是衣物，二是布料，三是鹿皮。后世多有变通，所送礼品通常是女子常用的衣饰及少量财物，女家呢也不能失礼，回赠的东西要么是鞋帽（这样看得出女子的家务操作能力，绣工向来是恒量女人的妇德之一），要么是文房四宝（这应该是大家庭的闺女了），这样礼尚往来几次，便有了更重的情意在里头了。当然，礼常常无法做出具体的规范，所以才有礼轻情义重的说法。可以说，无论是用做纳征礼品的种类还是数量，时代不一样，环境不一样，男方家境不同，社会地位有异，自然也有差别。甚至到了唐朝，连律法也要专门写明一条："聘财无多少之限。"

第五礼为请期。男方确定婚期后写在帖上，派使者带雁通知女方。这个使者各地叫法不同，在贾家庄婚俗中，古礼叫跟班的，现在呢，叫经理。若女方收下礼物，表示同意所定日期；若不收，则要另择婚期。后世俗称"催嫁"，也即男家择定迎娶吉日后通知女家，并与女家一起商定迎娶日期。

最后一礼为亲迎。即按照约定日期，由新郎亲自前往女家迎娶新娘，以示男家对婚礼的重视。在古文献中，对亲迎仪式的记载不同，从中或许可以看出这一风俗的演变。《礼记·昏义》中说，结婚之日，"子承命以迎。主人筵几于庙，而拜迎于门外。婿执雁入，揖让升堂，再拜奠雁，盖亲受之于父母也。降出，御妇车，而婿授绥，御轮三周，先俟于门外。妇至，婿揖以入"。司马光的《书仪》对"亲迎"记载得更为详尽，且稍有变化，婚俗的中心逐渐围绕着女子的出嫁展开。

迎亲以后，便可以"合牢而食，合卺而饮"了。

在《诗经》中能看到"六礼"的诸多细节，也足见时人对婚姻的重视程度。《卫风·氓》中说："尔卜尔筮，体无咎言。"这是纳吉时采用筮法以定吉凶的例子。而"将子无怒，秋以为期"，显然是在定下婚期。"以尔车来，以我贿迁"，描述的是亲迎之礼。

六礼齐备，婚姻关系始告成立。

然而，男女双方财富多寡，往往又是婚姻关系能否成立的先决条件。而且在婚姻"六礼"中，纳采、纳吉、纳征这三大项，也正是为议定娶妻而设的。古代天子、诸侯、士人及平民百姓，结婚时都需要付出聘金彩礼。女子出嫁到男方，可以说是男子聘礼的交换物。就是到了今天，也有类似说法，一个男人舍不舍得为女人花钱及花钱的多少，在一定程度上反映了男人是否喜欢这个女人，有多喜欢她。这种重金重礼思想应该是远古买卖婚的记忆遗存。《礼记·曲礼上》有言："非受币，不交不亲。"《汉书·惠帝纪》："纳鲁元公主为后，聘黄金二万斤，马十二匹。"前文提到亚当与夏娃的婚姻，上帝也资助了亚当一份神秘大礼黄金，以作为亡夫的遗产。由此可见，买卖婚与聘娶婚本质上是一回事，只是买卖婚偏重事实上的钱财，而聘娶婚则重视象征性的财物。而且，在聘娶婚中，女方也要送礼物或嫁妆给男家。

事实上，人们在举行婚礼时，也并不是刻板地遵循旧制。所谓"刑不上大夫，礼不下庶人"，家境贫寒之辈连生计都成问题，又哪里来那么多讲究？就连很多大夫也无视"六礼"，这从孔子的身世就可以看出来。司马迁在《史记·孔子世家》中说："纥与颜氏女野合而生孔子。"此处"野合"与今义未必相同，但有一点可以肯定，那就是叔梁纥没有遵循"六礼"，因为当时叔梁纥已经年近七十，单从年龄来说，已过了男子适婚年龄，所以娶颜氏生孔子，不讲礼仪。《辞海》"野合"条也有类似解释：

> 梁纥老而徵在少，非当壮士初笄之礼，故云野合，谓不合礼仪。

《天禄识余》亦云：

> 女子七七四十九而阴绝，男子八八六十四而阴绝，过此为婚，则为野合。

东汉以后，社会动乱，时局艰险，嫁娶多难以遵循旧制，仪式大大简化了，岁遇良吉，急于嫁娶，变六礼为"拜时"，六礼程序全部省掉了。《通典》卷五十九中提到，在很多情况下，人们往往"以纱谷蒙女首，而夫代发之，同拜舅姑，便成妇道"。

唐代婚姻仪式虽袭古礼，却又吸收了许多少数民族婚俗，婚礼仪式增多，婚事程式有通婚书、答婚书、女家受函仪、成礼夜祭先灵、女家铺设帐仪、同牢盘、合卺杯等。

到了宋代，政府律礼对婚礼仪式进行了简化。这从宋代孟元老在《东京梦华录》的记述中可见一斑：

> 凡娶媳妇，先起草帖子，两家允许，然后起细帖子，序三代名讳，

议亲人有服亲田产官职之类。次檐许口酒，以络盛酒瓶，袋以大花八朵、罗绢生色或银胜八枚，又以花红缴檐上，谓之"缴檐红"与女家。女家以淡水二瓶，活金三五个，筯一双，悉送在元酒瓶内，谓之"回鱼筯"。或下小定、大定，或相媳妇与不相。若相媳妇，即男家亲人或婆往女家看中，即以钗子插冠中，谓之"插钗子"。或不入意。即留一两端彩段，与之压惊，则此亲不谐矣。其媒人有数等，上等戴盖头，着紫背子，说官亲宫院恩泽。中等戴冠子，黄包髻，背子，或只击裙，手把青凉伞儿，皆两人同行。下定了，即旦望媒人传语。遇节序即以节物、头面、羊酒之类追女家，随家丰俭。女家多回巧作之类。次下财礼，次报成结日子。次过大礼，先一日或是日早，下催妆冠帔花粉，女家回公裳花幞头之类。前一日女家先来挂帐，铺设房卧，谓之"铺房"。女家亲人有茶酒利市之类。至迎娶日，儿家以车子或花檐子发迎客，引至女家门，女家管待迎客，与之彩段。作乐催妆上车，檐从人未肯起，炒咬利市，谓之"起檐子"。与了然后行。迎客先回至儿家门，从人及儿家人乞觅利市钱物花红等，谓之"拦门"。新妇下车子，有阴阳人执斗，内盛谷豆钱菓草节等，咒祝望门而撒，小儿辈争拾之，谓之"撒谷豆"，俗云厌青羊等杀神也。新人下车檐，踏青布条或毡席，不得踏地，一人捧镜倒行，引新人跨鞍蓦草及秤上过，入门于一室内，当中悬帐，谓之"坐虚帐"；或只径入房中，坐于床上，亦谓之"坐富贵"。其送女客，急三盏而退，谓之"走送"。众客就筵三杯之后，婿具公裳花胜簇面，于中堂升一榻，上置椅子，谓之"高坐"。先媒氏请，次姨氏或妗氏请，各斟一杯饮之；次丈母请，方下坐。新人门额，用彩一段，碎裂其下，横抹挂之，婿入房，即众争揸小片而去，谓之"利市缴门红"。婿于床前请新妇出，二家各出彩段绾一同心，谓之"牵巾"，男挂于笏，女搭于手，男倒行出，面皆相向，至家庙前参拜毕，女复倒行扶入房讲拜，男女各尹先后，对拜毕就床，女向左，男向右坐，妇女以金钱彩菓散掷，谓之"撒帐"。男左女右，留少头发，二家出疋段钗子、木梳、头须之类，谓之"合髻"。然后用两盏以彩结连之，互饮一盏，谓之"交杯酒"。饮讫掷盏并花冠子于床下，盏一仰一合，俗云"大吉"。则众喜贺，然后掩帐讫。宫院中即亲随人抱女婿去，已下人家即行出房，参谢诸亲，复就坐饮酒。散后次日五更，用一卓盛镜台镜子于其上，望上展拜，谓之"新妇拜花堂"，次拜尊长亲戚，各有彩段巧作鞋枕等为献，谓之"赏贺"。尊长则复换一疋回之，谓之"答贺"。婿往参妇家，谓之"拜门"。有力能趣办，次日即往，谓之"复面拜门"。不然三日、七日皆可，赏贺亦如女家之礼。酒散，女家具鼓吹从物，迎婿还家。三日，女家送彩段油蜜蒸饼，谓之"蜜和油蒸饼"。其女家来作会，谓之"煖女"。七日则取女归，盛送彩段头面与之，谓之"洗头。"一月则大会相庆，谓之"满月"。自此以后，礼数简矣。

短短千余字，说的虽是宋代开封附近的娶妇习俗，也足以窥见宋朝婚俗之一斑。

虽然古代多数朝代都曾以法律的形式重申过"六礼"，但官方制定的婚礼仪式过于繁杂，因而即使上层社会达官贵人也不可能一一照办。这种状况逐渐导致了我国婚俗的多样化。不过，直到明清，我国传统婚俗并没有超出"六礼"范畴，习惯上，仍然将婚俗称为"六礼"，只是在婚俗仪式的名称上发生了较大变化，且各地婚俗礼仪的简略程度大不相同。比如，在孝义贾家庄婚俗中，婚俗仪式共有四十余项（后文再详细介绍）。

聘娶婚是由父母请媒人经办的，其联姻过程是由媒人从中斡旋的一场经济交易，一如俗话所说："上等人赔钱嫁女，中等人将钱嫁女，下等人卖钱嫁女。"从实质上看，聘娶的仪式是作为父母之命、媒妁之言的表现形式而存在，并贯穿于婚俗的全过程。婚姻成功与否，经济实力是基础，媒人的手腕是关键。后世婚礼多为聘娶，只不过买卖的性质更加隐蔽。人们注重的门当户对之类，也为财产的私有更加集中提供了方便之门。此处不展开细论其中隐含的经济目的，只说婚俗礼仪。

到了明末清初，带有民主色彩的启蒙思想家出现了，他们面对社会现实，对封建君主专制制度和程朱理学展开了抨击，对封建礼教、家庭伦理和妇女在家庭及社会上的地位等问题也发表了很多言论，中国婚俗变革也由此揭开了序幕。

在清末至民国年间，尽管世事纷扰，但随着女性解放思想观念的日益深入人心，婚俗的变革也在更广阔的范围内展开。

先是有了女权运动。

辛亥革命成功，南京临时政府成立，参议院制定约法时，女子曾上书请愿，要求在约法上规定男女平等。当时请愿代表是女子参政同盟会会长唐群英等二十人。请愿文的原文是：

兹幸神州光复，专制变为共和，政治革命既举于前，社会革命将起于后。欲弭社会革命之惨剧，必先求社会之平等。欲求社会之平等，必先求男女之平权。欲求男女之平权，非先与女子以参政权不可。请于宪法正文之内，订明无论男女一律平等，即请于本国人民一语申明包括男女而言，以正式公文宣布，以为女子有参政权之证据。

女人都要求参政了，那婚姻的平等自愿也就水到渠成。

尤其是礼教，遭到了辛亥革命的毁灭性打击，妇女解放运动进入

◎民国时代的结婚证书

高涨期。毛泽东在1920年写有一篇文章——《婚姻上的迷信问题》，其文说：

最要紧的是"婚姻命定说"的打破。此说一破，父母代办政策便顿失了护符，社会上立时便会发生"夫妇的不安"。夫妇一发生不安，家庭革命军便会如麻而起，而婚姻自由、恋爱自由的大潮接着便将泛滥于中国大陆。

陈独秀、李大钊、胡适、鲁迅、周作人等人也发表了不少文章，批孔孟之道，讨伐封建伦理，自然少不了说说男女婚姻。"男女有别，授受不亲"、"父母之命，媒妁之言"之类禁锢，也由此打破。

婚姻立法也增多了。民国有1930年颁布的《中华民国民法亲属编》，苏维埃地区有1931年颁布的《中华苏维埃共和国婚姻条例》、1946年颁布的《陕甘宁边区婚姻条例》等数十个婚姻立法，立法一变，自由婚恋风行，婚俗也出现了新气象。

这婚姻的变化，也反映了东方文明与西方文明某种程度上的接轨趋向。

婚礼也更简化了。清末即出现所谓的西式"文明结婚"。清人徐珂在《清稗类钞·婚姻类》中记载：

◎民国时代的结婚照

亲迎之礼，晚近不用者多。光、宣之交，盛行文明结婚，倡于都会商埠，内地亦渐行之。礼堂所备证书，由证婚人宣读，介绍人、证婚人、男女宾代表皆有颂词，亦有由主婚人宣读训词来宾唱文明结婚歌者。

◎ 20世纪50年代的结婚照

民国更甚，1928年政府颁布的《婚礼草案》规定，"各种聘礼一概免除""所有礼品一概革除"，并具体规定了"结婚礼节"有二十一项程序。但这些规定多行于学界和城市，乡村仍多行旧礼。

婚姻自然也日益自由了。受新文化的传播、新思潮的影响，文明之风逐渐波及各个角落。当然，文明从来都不是同步发展的，地区不一样，经济发展不平衡，政治环境等因素也制约着人们的选择，除了解放区婚礼有较大变革，其他地方旧式婚礼仍然大行其道。

最根本的变化到了1949年后。

这是一个根本性的变化。经过三十年的共产主义教育，经过"破四旧"，我国婚俗发生了根本性变革。再加上婚嫁程序法律化，婚姻被逐渐纳入法律化轨道，民间婚俗

◎ 20世纪50年代的结婚证书

◎ 1958年的结婚证

◎ 1960年的结婚证

一度抛弃传统。尤其是《中华人民共和国婚姻法》的颁布，不仅标志着包办婚、买卖婚之类封建婚姻制度的终结，也标志着新的婚嫁习俗将从此兴起。到了1980年，经过修改和补充的《中华人民共和国婚姻法》颁布，申请登记结婚和依靠法律手续办理离婚已经成为人们的自觉行动。

这标志着我国婚姻开始被完全纳入了法制化轨道。

不过，即便如此，等到严厉的管制政策一旦松动，传统婚俗仍然在顽强地延续和表现着自己。法律上规定领取结婚登记证的婚姻为合法婚姻，不领结婚证的婚姻得不到法律的保护，但在民间仍然流行订

◎ 20世纪60年代的孝义结婚照

婚、完婚等传统仪式，甚至得不到父母及亲朋好友的祝福，就是还没有"办事儿"。要想婚姻大事成，还得按传统婚俗的路子走。

这是文化的根基，也是传统的延续。

当然，出现了新事物，出现了新观念，自然也会影响到择偶标准。理想型婚姻逐渐成为男女青年追求的目标，但由于受各种传统观念的影响，婚姻实际状况还处于理想与现实的冲突之中，男女青年择偶标准仍然受双方经济条件和社会地位的制约。20世纪50年代，青年人的普遍心理是追求政治进步，人们推崇的也是党团员，是劳动模范，是军人英雄，是技术革新能手。到了20世纪70年代

◎ 20世纪70年代的结婚照

以后，人们更看重知识、看重学历、看重才干，当然交际能力强、经济收入高，对恋爱观影响也很大。

男女结合的途径也开始多样化。在农村，包办婚仍然盛行；在城市，媒人不复存在，但介绍人仍

◎ 20世纪70年代的结婚证

然相当活跃，组织、领导、同事、同学、亲友等纷纷加入到"红娘"行列，婚姻介绍所、新闻媒体征婚等联姻形式也在20世纪80年代以后兴起并成为新的联姻途径。

婚礼仪式也变得多样了，婚姻消费趋向豪华奢侈。伴随着经济的

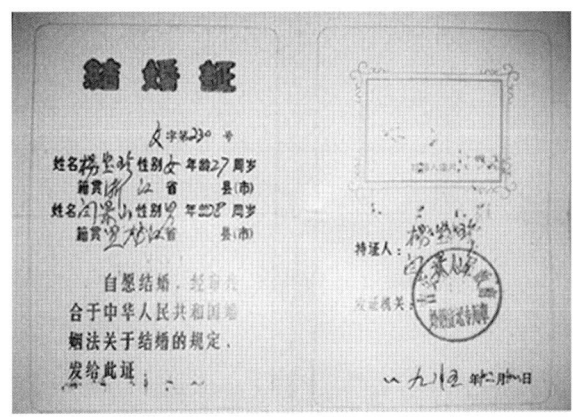

◎ 20世纪80年代的结婚证　　　　◎ 20世纪90年代的结婚证

发展、人民生活水平的提高，婚礼仪式既有旅行结婚，也有大操大办；有集体结婚，也有仅领取结婚证而不举行任何仪式者。但总的趋势表现为婚礼越来越隆重，结婚消费越来越奢侈。

孝义贾家庄婚俗，作为汉民族婚俗文化的有机组成部分，也不例外。

多年前，关于《礼记》之类的庙堂经典，并不见得能流布到民间，但因为有官府的规定，有达官贵族的身体力行，人们口耳相传，逐渐深入人心。

贾家庄婚俗也是随着历史的变化在不断发展，但无论世易时移，"六礼"的基本模式并没有发生多大改变。它的最基本部分，还是脱胎于明清以来的聘娶婚俗制。比如，要经过婚姻双方家长的同意，同宗不婚，宗妻不婚，外姻不婚，同母异父、同父异母不婚……

到了明清，中国的婚俗基本上固定下来了。

2008年申报为国家非物质文化遗产的贾家庄婚俗，就是沿袭"六礼"的聘娶婚。长期以来，孝义民间仍是流行旧式婚礼。这说明，长达数千年形成的婚俗礼仪，有着强大的民间根基，"六礼"以其顽强

◎ 2004年改版后沿用至今的结婚证　　◎ 21世纪的孝义集体婚礼

生命力,影响着历代的婚姻和形式。不过,"六礼"虽然仍为结婚程序的典范,但具体到孝义,具体到贾家庄,其名目和内容已经有了很大变化,把很多带有孝义地方特色的物事糅进了贾家庄婚俗之中。然贾家庄传统婚俗虽然具体细节多有改头换面,但形式仍在,礼节依旧隆重。

　　地处吕梁山地与晋中平原交界处的孝义市,独特的自然地理和文化地理也造就了独具一格的贾家庄婚俗文化。

　　说清了这个背景,在这个纵横的坐标体系下,再来看贾家庄婚俗文化,就可以更多地看到其中遗留的种种风俗何其古老,何其讲究。

　　完全可以说,孝义贾家庄婚俗是汉民族聘娶婚俗的活标本。

　　下文且一一道来。

第五章 父母之命

为什么婚姻会把父母之命摆在第一位呢？

前文已述，后世风行的聘娶婚，实际上是买卖婚的变种。也就是说，娶进来一个媳妇，最主要的，靠的还是父母的实力。过不了父母这一关，或者说父母不看好这份私有财产，其他的就不用再谈了。

一个简单的例子，就从"媳妇"这个词说起吧。"媳妇"很明显是个合成词，媳是相对丈夫、父母而言，妇是相对于丈夫的叫法。为什么媳在妇前，妇在媳后，而不是"妇"在"媳"前，"媳"在"妇"后？道理很简单了：在从前，一个男子娶妻首先是对父母负责，而自己喜不喜欢尚在其次。

中国从来就有媳妇主义，女子还未嫁的时候，父母就开始对她怎么为人媳进行了训练。

《礼记·内则》中说：

男女未冠笄者，鸡初鸣，咸盥、漱、栉、縰、拂髦，总角，衿缨，皆佩容臭。昧爽而朝，问："何食饮矣？"若已食则退，若未食则佐长者视具。

《礼记·典礼》中说：

听于无声，视于无形；不登高，不临深；不苟訾，不苟笑。……立必正方，不倾听。……毋侧听，毋噭应，毋淫视，毋怠荒。

可以说，各种束缚妇女的礼法之烦琐与苛刻，是令人惊叹的。对妇女的要求说简单也简单，就是要柔顺听话，要为夫家生儿育女。看起来是简单，却也异常的复杂。人心都是肉长的，你要一个大活人必须事事听别人的话，常人怎么做得到？所以就有了各种各样的悲剧。即使有了这么多悲剧，但现状并没有得到多少改变，妇女还是要顺从于男子，这差不多成了天经地义的社会公德，即所谓"阴卑不得自专，随阳而立"。作为女人，最最重要的是学会怎么做媳妇，这在未嫁时，就要教以侍奉父母的道理和训练怎样做。

甚至，还在娘肚里，姻缘就已经被父母擅自决定了。比如，指腹为婚。宋人刘克庄在《弟妇方宜人墓志铭》中说：

初，余先君与府君少同笔砚，指腹为婚，故孺人甫笄，归于仲氏。

明人李汝珍在《镜花缘》第五十六回也说：

彼时九王爷因娘娘又怀身孕，曾与罗老爷指腹为婚，倘生郡主，情愿与骆公子再续婚姻。

可见，在古代，由父母做主，指腹为婚的事很常见。

又比如指腹割衿，指的就是双方父母为腹中胎儿指定婚姻，男女幼年由父母代定婚约，为防男女双方长大后不相认，将衣襟裁为两幅，双方各执一方，以为凭证。《元史·刑法志二》中说：

诸男女议婚，有以指腹割衿为定者，禁之。

要出台法律来禁止这样的事，说明当时这个现象不是孤例，多得很。

所以后世之人反封建，一个最主要的方面就是反孔教，而反孔教的主要方面就是反礼教，而反礼教，就是从婚姻的自主化开始。

但经过了几千年的积淀，有些规矩并不是说破就能破得了的。这是闲话。还是回到父母之命的话题上来。

前文已述，贾家庄婚俗是汉族聘娶婚俗的重要组成部分，聘娶婚发展到后来，都多多少少结合了各地的地理环境，发生了或多或少的变异。

不过，有些基本的要素还是一样，比如，都是家长权威，要经过媒妁撮合，需要聘礼嫁妆。可以说千变万化，不离这三大要素。

说到家长权威，就得说说姻缘天定的婚姻观。

前文说婚姻是万伦之始，毫无疑问，在古人的印象里，婚姻就是神圣之事。古人有这样的想法，其原因在哪里呢？那是因为他们笃信，男婚女嫁是阴阳交感滋生万物的"天道"的体现，一切人世间的事物和现象，都是在婚姻基础上产生、发展而成。所以，任何一对男女的结合，如果走到了婚姻这一步，经过公认，就得承认，这一切都是上天意志在冥冥中的操纵，即所谓"天作之合"，是"命中注定"。

在这种认识支配下，姻缘天定成为指导聘娶婚一应程式的最根本观念。

作为汉族聘娶婚俗的有机组成部分，贾家庄婚俗亦不例外。

然而，"天命"是看不见、摸不着的东西，实际上它仅仅存在于人的想象之中，因此仍得借助人来表达。这个"人"就是婚姻当事人的家长。前文已述，聘娶婚产生的历史前提有这么三个，一是父权制，一是家族制，一是私有制，而这三个制度最终指向的都是私有，都是财富的占有。那么，在自然条件较为恶劣的古代，人力自然也是财富的一部分，儿女自然也是家庭私有财产的一部分。为了保持延续家庭利益，父母自然要牢牢掌握婚姻缔结的权力。

于是，"天命"就成了"父母之命"的代称。

《诗经·齐风·南山》中说：

艺麻如之何？衡从其亩；取妻如之何？必告父母。

就像种麻要先平整好土地一样，娶妻须先征得父母同意。

从古至今，在婚姻关系的确立上，父母之命不可违已经升华为礼和法的风俗。孟子就说：

丈夫生而愿为之有室，女子生而愿为之有家；父母之心，人皆有之。不待父母之命、媒妁之言，钻穴隙相窥，逾墙相从，则父母国人贱之。

前一句说结婚成家是人的本性；后一句是说得不到父母的祝福，没有三媒六证的见证，自由恋爱、自主婚姻是要被人看轻的。

在两希文明影响下的欧洲，进入资本主义社会前，男女的相互爱慕也并不是婚姻的正常基础，此时的婚姻十有八九是纯功利性的。婚姻大事无一不是经由父母做主操办，所以联姻过程中也就无法自主选择，更别提什么恋爱、爱情了。现实中的骑士，所钟情的是胯下的马匹，是女主的庄园，而非妇人本身。毒打妻子更是司空见惯。

而在汉族婚俗中，传统婚姻中的父母之命风俗之所以能形成，其根本原因在于某些联姻原则已经成为一种牢固的潜意识。所谓联姻原则，指的是男女能否定亲的标准。在过去，男女两家能否联姻有众多标准，集中体现了父母之命的全部内容。其中，最为突出的、带有禁忌色彩的标准是自古以来即被提倡的"同姓不婚，恶不殖也"（《孟子·滕文公章句下》）"男女同姓，其不蕃"（《国语·晋语》）。因此，自西周以来，"同姓不婚"就成了一条重要的通婚原则。唐律规定，同姓为婚者"各徒两年"。金元时规定，同姓为婚者，"杖离之"。

体现在贾家庄婚俗中，就是本村忌姑家女与舅家儿近亲联姻，意为"同根同宗生养子女，必有缺痴"。这和孟子说的话意思差不多。

什么都是父母说了算，父母的意见就是婚姻的王法。

父母为子女选择婚配对象时，第一个重要步骤就是议婚。议婚是两个联姻家庭之间全面接触的开始，古时男女"授受不亲"，一切都是由父母包办，在这个议程中，"父母之命"尤为关键。在儿女的婚姻选择上，做家长的通常是依照哪些标准来做选择的呢？

还是以贾家庄婚俗为例。

一是门当户对。即注重门第和对等。这是贾家庄婚俗中确立婚姻关系的一条重要标准。为子女负责计，媒人提亲前，双方家长会委托亲朋好友去打听对方的门头根底。门头根底，是孝义当地的一句方言，说白了，无外乎这么几种：家庭状况、人格人性、道德品质、文化素质、身体健康状况。若男女双方家庭无论是经济势力还是社会地位，还是拥有的权力，还是个人的文化素养，方方面面基本相当，或同为官宦人家，或共为书香之族，或同出自富裕门户，或共为贫寒之门，或同为农家之女，或共为工商之后，那么，婚姻之事就有可能成功。当然了，这是通行的标准，事情也常常有例外。我们看到或听说的那些自由恋爱常常打破这些藩篱的也有，因为不常见，所以便有了几分动人。但，这毕竟是少数。

所以在孝义当地才会这样的俗语：鱼找鱼，虾配虾，乌龟王八配亲家。

事实上，这种门当户对的婚姻确立标准，由来已久。在我国古代，上层社会缔结婚姻会首先考虑政治利益。比如《礼记·曲礼》中说："天子，同姓谓之伯父，异姓谓之伯舅。"欧洲诸国，皇帝联姻更是如此。战国时期，通过联姻，取得外援，尤为突出。苏秦倡导合纵，游说六国以拒秦，秦则与燕、楚联婚以破之。曹魏之际九品中正制确立之后，"高门婚对，必求世胄，寒素之家，虽宠贵一时，亦不得为婚士族。士族婚宦失类，亦每遭排抑"。宋代以后门当户对观念有所淡化，不过人人心中都有一杆秤，天长日久，就成了一种潜意识。

前文所提孟元老的《东京梦华录》，其中讲到"嫁女须胜吾家者，娶妇须不若吾家者"，足见当时出人们选择婚配对象时的某种心态。原因是嫁给家境比自己家好的人家，女方家对男方家就会非常恭敬；娶一个不如自己的媳妇，碰到媳妇问题还会有舅姑帮着执行妇道。

胡应麟在《少室山房笔丛》中说：

今俗以新取男称新郎，女称新妇。又妇之事公姑者，例呼新妇。案新妇之称，盖六代已然，而唐最为通行。见诸小说稗官家，不可胜举。然自主翁姑言，非主新嫁也。新郎君，唐人自称新获第者，不闻主新娶者言。惟宋世词有《贺新郎》，或当起于此时。大抵国朝世俗称谓，率循习宋、元，世近故也。

宋人袁采在《世范》中提到男女议亲：

不可贪其阀阅之高，资产之厚，苟人物不相当，则子女终身抱恨，况又不和而生他事。人之议亲，多要因亲及亲以示不相忘。此最风俗好处，然其间妇女无远识，多因相熟而相简，至于相忽，遂至于相争而不和,反不若素不相识而骤议亲者。故凡因亲议亲,最不可讬熟阙其礼文,又不可忘其本意,极于责备,则两家周致,无他患矣。故有侄女嫁于姑家,独为姑父所恶,甥女嫁于舅家,独为舅妻所恶,姨女嫁于姨家,独为姨父所恶,皆由玩易于其初,礼薄而怨生,又有不审于其初之过者。

这就说到了议亲应该避免的几个细节,首先是门当户对,尽量避免亲上加亲,要不然出了问题反而有损亲戚间的感情,造成子女终身抱恨。

在门当户对的主要内容上,贾家庄婚俗也随着时代的变化有着不同的标准。

在1949年前,主要看家庭的社会地位,看经济条件,看出身,看拥有多少土地,看房屋大小,看牛马多少。在社会地位上,有等级差别,也有士庶之分。在经济条件上,主要表现在对财富占有的多少上。

20世纪50年代,社会风气大变,门当户对的内容由"物"变成了"人",加上政府推行人民当家做主,女人也顶起了半边天,婚姻也要求自由了,两家联姻,姑娘最看重的是对方的文化程度,是相貌,是身体高矮,当然也有职业和家庭出身。

到了20世纪60年代,家庭成分成为双方最先考虑的条件。

20世纪80年代以后,不光考虑人,不光注重人的文化素质和身体条件,也注重经济条件。

可以说,从贾家庄婚俗中门当户对观念的某些小小变化,也能看出中国一个大时代的背景,或者说,中国整体大形势的影响,也波及了孝义这块土地上的男女择偶观。

在孝义贾家庄一带,除重视女方家的经济条件外,男家还要详细考察女方家父母的品德。俗话说："月亮跟太阳，女儿随她娘。贤惠娘养个贤惠女，泼妇养个女儿乱朝纲。""宁可让儿子打光棍，也不为他找个河东狮吼的丈母娘。"

可以说，重视家风，也是婚姻关系能否确立的标准之一。《大戴礼·本命篇》中有"五不取（娶）"的说法：

逆家子不取，乱家子不取，世有刑人不取，世有恶疾不取，丧妇长子不取。

所以才会有"见其娘，知其女"的说法。

贾家庄婚俗中为什么如此重视家风呢？说到底还是因为汉族儒家观念的影响。在这里，既能看出贾家庄婚俗和中国传统婚俗有着莫大的渊源，又说明孝义人在生存的过程中，在以自己的眼光，不断丰富着优生法则。

家风纯正，大的条件暗合了，接下来就该考虑男女双方的才貌是否相当了。俗语还说："郎才女貌，天作之合。"听起来只是句祝福语，其实暗含着传统婚姻缔结的主要标准和父母之命的依据：男子才华高低、女子相貌如何。但这条依据，在不同时代，也有不同标准。在一切都以等级划分的时代里，农家女子选一个身体健壮、会做农活的男子就心满意足了；只有出身高门大户的小姐才会配有才华的书生。所以在古时诸多文学作品中，到处都有"才子配佳人"的桥段。

才貌相当的要求，实质上体现了婚姻中的等价交换原则，女家有貌有财，而男家"学而优则仕"，于是便有了般配一说。

爱美是人的天性，因而在婚姻的缔结中，配偶容貌与体态美也受到格外重视。关于男子，在孝义一带，有这样的民谚："嫁着哑口郎，比手画脚累死人。""嫁着耳聋汉,讲话无听气死人。""嫁着矮脚虎,烧香点火请别人。"……所以会有"好花插在牛粪上"、"巧妇常伴拙夫眠"、"癞蛤蟆吃了天鹅肉"之类的说法。这也表明,平民百姓家的女子一般不敢有更高的奢望,只希望嫁个身体健康、体格强壮、能养家糊口的男子,更注重对方身体是否残缺。

  不过,怎么说呢,在容貌和体格上,多侧重于要求女方,在孝义一带有"一辈子好夫人,三代好子孙""爹矬矬一个,娘矬矬一窝"等说法,说明人们已经意识到遗传能影响到子孙后代。不过,人们仍然习惯上将美貌女子形容为"樱桃小口柳叶眉,瓜子脸蛋杨柳腰;明月皓齿春笋指,三寸金莲杏核眼"。这应该是文人士子的说法,平民百姓更看重的可能是生育功能,比如丰乳肥臀更得人喜欢。

  人们到底是如何获得女子各方面的信息呢?察其言、观其色是一种。此处引一土耳其母亲为儿子挑选妻子的例子。土耳其男女之间结婚前是不认识的,出门在外,脸上都要戴上面纱,和中国汉族男女类似,男女授受不亲,都是受各种束缚。但这并不影响土耳其母亲为儿子挑选妻子。旅行家伯纳德·纽曼曾与一名土耳其妇女有过这样的对话:

  "那么说,你是在与外界隔绝的闺房中长大的喽?"

  "是——起码说是这么一种论调。不过,男人也有很愚蠢的时候。我记得我的老慈父当时跟我说过,他替我物色了一个丈夫,他以为我一定会大惊小怪的,因为他觉得我根本没有见过那个男人。"

  "但实际上你见过他?"

  "照理说人是不能够透过面纱看世界的,但一个女人则能。你说得一点不错,我经常看见那个小伙子,而且的确喜欢他。我对他的了解并不多,这你清楚,但我喜欢我看到的他那副面孔。"

"那你什么时候就知道他是你的对象了？"

"他妈妈早就用眼睛盯上我啦，我是指在澡堂里。嘿！我们的土耳其浴比你们的澡堂更富有社交性，真是说长论短的中心，还可以商定婚姻大事！我在澡堂里走动时，他妈妈的眼睛总跟着我。我那时才十六岁，性情温驯、谦恭、羞怯，但线条很美。我知道她当时在一丝一毫地琢磨我，以便回家后把我身上的每一细节向她儿子描述一番。"

这和孝义贾家庄一带母亲们品评未来儿媳的身体时的神态何其相似。孝义一带的母亲们或许缺乏在澡堂里泡七八小时土耳其浴的机缘，但这并不代表她们没有天然生就的那双发现儿媳的慧眼。就是自己发现不了，自己相信的媒人跑了几回女家，总能带回合适的形容。

家风考虑过了，男女才貌也相当了，接下来就是考虑年龄是否般配。俗话讲："男大当婚，女大当嫁。"但大到什么年龄就可以婚嫁，并没有言明。婚姻当事人的年龄也是贾家庄婚俗中父母之命要考虑的重要内容。

先说合适婚龄。《周礼·媒氏》中说"令男三十而娶，女二十而嫁"，这一规定与实际婚龄相差较大，学者多认为这是婚龄的最大界限。周代开始，出现了冠笄之礼。冠礼是男子成年举行的加冠仪式，在宗庙举行，由父亲或兄长主持。笄礼是女子成年举行的及笄仪式，在这个仪式上，女子改变发式，把头发绾成一个髻，用黑布包住，再拿簪插住。据《春秋穀梁传》"男自二十以及三十，女自十五以及二十，皆得以嫁娶。"《通典·卷十九》中说："男十六可娶，女十四可嫁。"这也是古人研究生理构造后作出的合理解释。《大戴礼记·本命》、《白虎通·嫁娶》等书都提到，女子十四、男子十六而天癸至，然后精通。就是说男子十六、女子十四就可以结婚了。

事实上到了后来,古人并不怎么遵守订婚年龄的礼制规定。乐府民歌《羽林郎》中那个抗拒霍家豪奴冯子都调戏的酒家女子胡姬,十五岁就已经有了丈夫,婚配时间当属更早。李白《长干行》中有"十四为君妇,羞颜未尝开"的诗句。到了宋代,早婚成了一种风俗,司马光在《书仪·卷三》中记载:

今令文凡男年十五,女年十三以上,并听婚嫁。盖世俗早婚之弊不可猝革,又或孤弱无人可依,故顺人情立此制,使不丽于刑耳。若欲参古今之道,酌礼令之中,顺天地之理,合人情之宜,则若此说当矣。

按照男子三十而娶、女子二十而嫁的礼制规定,夫妻间似应相差十岁,但婚姻又是一种综合性的社会行为,并不能单依岁数而定,还要考虑品德、相貌、财产、门第诸多因素,所以《诗经·召南·摽有梅》中又有这样的说法:

男年二十以后,女年十五以后,随任所当,嘉好则成,不必要以十五六女配二十一二男也。虽二十之女配二十之男,三十之男配十五女亦可。

可以说婚龄的大小、嫁娶的早晚,与家庭的财富、财产的多寡关系要更大些。

国君十五而生子,就是因为有国库在后支撑,能够及时成婚。贫寒之家,吃穿都成问题,哪里有能力迎娶新娘?古人说,衣食足而知礼节,婚礼又是人生最隆重的一场礼节,没有足够的财力支撑,婚礼自然也就成了问题。

在孝义贾家庄一带，对于婚龄也有诸多讲究。父母除了考虑对方家境、个人品行外，多从生辰八字的角度考虑男女是否适合在一起，男女双方年龄的适合更是家长关心的问题。比如在孝义一带有这样的民谚："男人属羊是富羊羊，女人属羊是穷羊羊。"尽管也有"女大三，抱金砖"的说法，但"老夫少妻"、"老妻少夫"的例子还是少见。

父母之命下的联姻原则，在贾家庄还有一条俗语："姐妹嫁一村，必定有一穷。"这也能看出当地百姓在为子女选择婚姻时的一种见识。什么意思呢？一个村子里，资源有限，把闺女嫁到不同的地方，致富的门路可能更大些，选择好夫婿的概率应该也会更高点。这点投机心理也是小农经济时代最合适的选择，在信息不对等的情况下，种惯了土地的人如何判断市场行情？通常的做法不是加以考察，而是全面开花，什么都种一点，什么都不会形成规模。这样的形态落到女儿的终身大事上就是不把女儿都嫁到一个村里。嫁在不同的地方，总有不一样的结果。当然，这也是笔者的妄自揣测。

不管如何考虑门当户门对，男女在择偶标准和心态上，都期望婚后夫妇能够相敬如宾，相爱始终，白头偕老。这也有历史渊源可供追溯。比如《左传·僖公三十三年》载，春秋时晋国有人名冀缺，锄田除草，"其妻馌之，敬，相待如宾"。

总体而言，父母之命是贾家庄婚俗中一个重要前提。它跟我国多数地方的婚俗一样，虽然有时过于看重经济条件，但因为凡事加以细细考虑，反倒省却不少恋爱成本，体现了为祖宗负责、为子孙后代负责的经济原则。

前文有述，有父母之命，肯定就有儿女为追求恋爱自由的反抗，虽然只是少数，却因为敢于反抗，有了更为动人的影子。婚姻的原意，本该是基于爱情的两性结合，但是以父母之命为第一构成要素的聘娶婚的缔结基础，一切都以家族或家庭的经济利益、社会地位、人际关系乃至名誉声望为主要内容,将当事人的个人情感置于次要地位,或者完全不顾。在这种情况下,父母之命与儿女私情的冲突就不可避免。这类冲突多以牺牲当事人的情感为结局,即儿女私情对父母之命的屈从,或者制造出弦断人亡的爱情悲剧。家喻户晓的《梁山伯与祝英台》,就是一个典型。梁祝传说广受欢迎,说明了什么呢?从中可以看出,父母之命压抑儿女私情,结果引起了子女的强烈不满;也可以看出,即使在聘娶婚已占主导地位的社会现实中,仍有多情的男女铤而走险,执著地追求爱情,追求属于自己的美满姻缘。

这差不多就像是在说哪里有压迫哪里就有反抗了。

我们在贾家庄婚俗中也能看到一些自由恋爱的习俗。

恋爱既是人类最为神圣的主题,也是婚俗不可缺少的组成部分。在许多民族里,都存在着青年人自由恋爱的社会氛围,男女青年表达爱情的方式和求爱方式多姿多彩,他们或以欢歌曼舞传情,或以鲜花和信物为媒,或在嬉戏娱乐中寻找爱情。比如收进《明诗综》中的《壮女思情曲》:

妹相思,
不作风流待几时。
只见风吹花落地,
不见风吹花上枝。
妹相思,
蜘蛛结网恨无丝。
花不年年长在树,
娘不年年伴女儿。

以结婚为目的而非以诱奸为目的求爱,这个传统真是太久远了,有时与动物王国也有不无相似之处。比如沈从文在《边城》里提到的情形，兄弟俩看上了同一个姑娘，各走各的路，胆子大的直接唱情歌，脸皮厚的就直接去提亲。

又比如几千年前，《诗经》中的很多古诗都描述了河东一带男女求爱的情形，比如那首有名的《关关雎鸠》。至今在黄河上游风行的花儿会，也是通过情歌表达相互的爱慕。孝义地处黄河流域，这些古代民歌对当地人的性格就没有影响吗？文化的渗透和影响是个缓慢积累的过程，难说得很。

相互看对眼了，会赠送信物作为定情之物。从某种意义上讲，订婚礼物也是男女互送信物的一种变异。有的地方赠送如意，有的地方赠送凤钗，有的地方赠送红豆，有的地方赠送戒指。也有的地方，比如孝义一带，会赠送荷包。荷包作为定情信物，其上花纹多样，或为鸳鸯，或为并蒂莲，或为同心结，或为双蝴蝶，女子绣工的能力都体现在上面了，女子全部的心思也寄托在上面了。

自由恋爱一久，总不能一直偷偷摸摸。男的倒是不怕闲言，但女孩到底弱势些，终得要得到社会的认可。于是，就得谋求法定的婚姻。而这一关，又回到了前文的开始，必须得到父母的祝福。父母开始为子女把关了。

他们掂量着对方的实力，把父母之命的全部苦心都算计出来了。

若父母之命与恋爱相统一，那么就会有幸福的婚姻；若父母之命棒打鸳鸯散，那么恋爱中的男女就会有反抗，甚至有逃婚现象的发生。父母之命结合的传统婚姻，更看重家庭乃至家族的利益，对婚姻当事人的感情、对男女双方的自由甚至是两人的尊严和人格就考虑得不多。这种婚姻，要求的是绝对服从，一旦订了婚，不管男女意愿如何，都要相伴终生，从一而终。

这样的父母之命好吗？没人敢轻易说好。牛郎织女的爱情悲剧不是到现在还被人传唱吗？能引起那么多人的共鸣，自然也能看出它隐含的悲剧意义。总不能让这悲剧无休无止地重演吧？人们受自由恋爱风气的影响，往往不满意包办婚姻，该怎么办呢？于是，在孝义贾家庄一带，又想出了新的应对办法：男女一方不同意父母为之做主包办的婚姻而悔婚，就得退婚；这门亲事黄了，就是退亲。按照习惯，如果退婚由男家先提出，女家可不退还男家已送来的聘礼和聘金。如果退婚由女家先提出，女家须将男家送来的聘礼和聘金全部退回。因此，那些不满意包办婚姻的男女，往往要求退婚，以求实现婚姻美满。

过去，无论是悔婚还是私奔，都是男情女愿情况下对包办婚姻的一种反抗。到了近代，人们的思想逐渐解放，男女青年为了爱情、为了美好姻缘而进行的抗争，更加自觉，更加积极。1949年后，自由恋爱和自主婚姻更是被列入《中华人民共和国婚姻法》中，从此，恋爱自由、婚姻自主才真正有了法律上的保障。但运用法律来维护自己的爱情和婚姻同样有一个过程。因此，在20世纪80年代以前，父母之命、媒妁之言仍以各种形式在发挥着作用。不过，真正不满意婚姻的人已经开始越来越多地拿起法律武器来维护自己的权益了。

因此，在孝义一带有句俗话："谈起婚姻有几变，（20世纪）四五十年代找族长，六七十年代找妇联，八九十年代找法院。"

这就是说，过去婚姻虽有父母之命，但有时也会尊重婚姻当事人的意愿。

如此成人之美，缔结良缘，也算是皆大欢喜。

自由恋爱可以说是贾家庄婚俗中父母之命的某种延伸，虽然与讲究的正式婚俗礼仪相比，缺乏明显的特色，但也可以算作贾家庄婚俗的组成部分之一。

第六章

三媒六证

为儿子相对象，父母看中了别人家的姑娘，总不能亲自抛头露面，就得找介绍人了。这就是聘娶婚礼俗的要求，媒人的牵线搭桥实际上切实体现着父母之命。

在1949年前的孝义一带，随着儒家礼教观念在社会意识中的地位日益加强，未婚男女间的交往禁忌越来越严，特别是那些讲求"体面"人家的女儿，几乎完全隔绝了与社会的联系。反过来，适婚姑娘的品德、容貌到底怎样，女红技艺的高低，一概是"养在深闺人未识"。《庄子·寓言》中说"亲父不为其子媒"，因此，家长在行使父母之命时往往不是亲自去了解，因而也存在不明真相的风险。

怎么办呢？

以合婚为业的媒人恰好弥补了这种缺陷。他们经常出入各门各户，各家的情形，包括其身份财势、社会关系、儿女容貌品行，心里大致有底。

在贾家庄婚俗中，要确立婚姻关系，先得媒人提亲。媒人这个时候作为男家父母的全权代表，去探询女家意愿。俗话说："天上无云不下雨，地上无媒不成亲。"你看，人们常说的三媒六证、明媒正娶、穿针引线都和媒人有关。

媒人作为贾家庄婚俗中缔结与撮合婚姻关系的主要人物、男女双方议婚的中介人，不可或缺。

媒人，又称"媒妁"。《说文解字》中有"媒，谋也，谋合二姓者也；妁，酌也，斟酌二姓者也"之说。媒人入律，始见于《唐律·户婚》："为婚之法，必有行媒。"事实上，在《周礼·地官》中就有"媒氏，掌万民之判"的说法。《诗经·伐柯》中说："伐柯伐柯，匪斧不克。娶妻如何？匪媒不得。"后世又称媒人为"伐柯人"，称提亲为"伐柯"，媒人为"执柯"。《战国策》中甚至有"处女无媒，老且不嫁"的话。《孟子·滕文公下》中亦言："下不待父母之命，媒妁之言，钻穴隙相窥，逾墙相从，则父母国人皆贱之。"《礼记》中说得更直接："男女非有行媒，不相知名。"足见媒人在男女确定婚姻关系中的重要地位。

在孝义一带，也有这样的俗话："三媒六证定下的姻缘，七姑八姨也无法反悔。"

媒人的出现，经历了一个由神媒到人媒的蜕变过程。前文提到的女娲，就是最早的女性神祺，伏羲是最早的男性神祺。不管是伏羲还是女娲，这些神话诞生的地方，离孝义并不太远，大都在晋南一带。2013年我为编写长治市郊区民俗，在晋东南一带走访，还走了半天神。我没想到神话离我如此之近。一个有丰富神话滋养的地区，必定也有特别发达的民间文化。当然，这是题外话。

《礼记·月令》中载："不知初为媒者其人是谁？按《世本》及谯周古史，伏羲制以俪皮嫁娶之礼，既用之配天，其尊贵先媒当是伏羲也。"虽然传说中的神媒，并非现代意义上的媒人，但其"谋合二姓"的功用已经大致具备。

过去，媒有官媒和民间媒人的区别。官媒的责任并不仅仅在于说媒，还担负官役。周代，国家已经设置了"掌万民之判"的"媒氏"。郑玄在《周礼·地官·媒氏》中注释说："判，半也，得耦以合，主合其半，成夫妇也。"战国以降，官媒制度因朝而异，时设时废。

孟元老在《东京梦华录》中也提到"媒人有数等"。伊永文先生在《东京梦华录笺注》对媒人相关事情有详细考证，此处不再赘述。

媒人不光有等级，在宋代还有特定的穿戴：背子。李荐在《师友谈记》中说：

上居中，宝慈在东，长乐在西，皆南向，太妃暨中宫皆西向，宝慈暨长乐皆白角团冠，前后惟白玉龙簪而已，衣黄背子，衣无华彩。

太妃暨中宫，皆缕金云月冠，前后亦白玉龙簪，而饰以北珠，珠甚大，衣红背子，皆用珠为饰。

◎媒婆

前文所提的孟元老，他在《东京梦华录·娶妇》中曾这样描述汴京地区两宋之际的媒人：

其媒人有数等，上等戴盖头，着紫背子，说官亲宫院恩泽；中等戴冠子，黄包髻背子，或只系裙子，把青凉伞儿，皆两人同行。

元代，官媒以斧、镜和秤为招牌。自清代以来，媒人已经没有什么标志，但在戏剧中还有媒人身份的某些象征。比如在贾家庄婚俗表演中，媒婆的形象就比较夸张，完全脸谱化了。

到了元明清时期，官媒这个职业也有趣，既说媒，还要协助地方官员处理婚姻案件。《元史·刑法志》记载，官媒"由地方长老保送信实妇人充官为籍"，"诸男女婚姻，媒氏违例，多索聘财，及多取媒利者谕众决遣"。明人沈榜在《宛署杂记》中说，"官媒有行，行缴铺税"。清人徐珂在《清稗类钞·婚姻类》中说：

官媒为妇人之充官役者。旧例：各地方官遇发堂择配之妇女，皆交其执行，故称官媒。兼看管女犯之罪轻者，如斩绞监侯妇女，秋审解勘经过地方，俱派拨官媒伴送。

说明官媒还要担负一定官役。

民国以后，官媒被取消，兴起了报纸征婚、电视征婚等形式。

除官役外，官媒多为达官贵人说媒。元曲《㑳梅香》中的官媒自我表白是："自家是个官媒婆，这京城内外官宦人家都是俺说合亲事。"而奉旨为白敏中与裴小蛮主婚的李尚书则说："老夫如今唤个官媒婆来，着她就提这门亲事去。左右的，与我唤一个官媒婆来。"

战国以降，民间媒人大盛。风行于贾家庄婚俗中的媒人也多为民间媒人。伴随着民间媒人的兴起，媒人的称谓也逐渐增多。因做媒者多为女性，媒人在古文献中多被称为"媒媪"、"媒妪"、"媒妇"，民间称为"媒婆"、"媒婆子"。男媒人则被称为"媒伯"。

在贾家庄婚俗中，种种关于媒人的变化，应该也是与时俱进的。

在贾家庄婚俗四十余项议程中，各种活动都与聘礼相关。

前去女家求婚为"行聘"，女家同意婚事为"许聘"，送女家礼物为"下聘"，一切程序皆以礼为聘，也都有媒人参与，因而媒人又被称为"媒聘"。每一项仪式都要发帖，求婚时，要发求婚帖。

和多地一样，媒人在孝义一带最为流行的叫法是"月老"和"红娘"。媒人被称为月老，可以认作婚姻关系确定被神化的一种表现。月老，又称月下老人，源于唐代李复言的《续幽怪录》"订婚店"条：

杜陵韦固，少孤。思早娶妇，多歧，求婚不成。贞观二年，将游清河，旅次朱城南店。客有以前清河司马潘昉女为议者，来日，期于店西龙兴寺门。固以求之意切，且往焉。斜月尚明，有老人倚巾囊坐于阶上，向月简书。觇之，不识其字。固问曰：老父所寻者何书？固少小苦学，字书无不识者，西国梵字亦能读之。唯此书目所未觌，如何？老人笑曰：此非世间书，君何得见？固曰：然则何出也？曰：幽冥之书。固曰：幽冥之人，何以到此？曰：君行自早，非某不当来也。凡幽吏皆主生人之事，可不行其中乎？今道途之行，人鬼各半，自不辨耳。固曰：然则君何主？曰：天下之婚牍耳。固喜曰：固少孤，常愿早娶，以广后嗣。迩来十年，多方求之，竟不遂意。今者，人有期此，与议潘司马女，可以成乎？曰：未也，君妇适三岁耳。年十七，当入君门。固问：囊中何物？曰：赤绳子耳，以系夫妇之足，虽仇敌之家，贵贱悬隔，天涯从宦，吴楚异乡，此绳一系，终不可逭。君之脚已系于彼矣，他求何益！曰：固妻安在，其家何为？曰：此店北，卖菜家妪女耳。固曰：可见乎？曰：妪陈姓，常抱之来卖菜于是。能随我行，当示君。及明，所期不至。老人卷书揭囊而行，固逐之，入米市。有眇妪抱三岁女来，敝陋亦甚。老人指曰：此君之妻也。固怒曰：杀之可乎？老人曰：此人命当食大禄，因子而食邑，庸可杀乎？老人遂隐。固磨一小刀，付其奴曰：汝素干事能，为我杀彼女，赐汝万钱。奴曰：诺。明日，袖刀入菜市中，于众中刺之而走。一市纷扰，奔走获免。问奴曰：所刺中否？曰：初刺其心，不幸才中眉间耳。后来婚终不遂。又十四年，以父荫，参相州军，刺史王泰俾摄司户掾，专鞫狱，以为能，因妻以女，可年十六七，容色华丽。固称惬之极。然其眉间常贴一花钿，虽沐浴闲处，未尝暂去。岁余，固逼问之，妻潸然曰：妾郡守之犹子也，非其女也。畴昔父曾宰宋城，终其官。时妾在襁褓，母兄次殁。唯一庄在宋城南，与乳母陈氏居。去店近，鬻蔬以给朝夕。陈氏怜，不忍暂弃。三岁时，抱行市中，为狂贼所刺，刀痕尚在，故以花子覆之。七八年间，叔从事卢龙，遂得在左右，以为女嫁君耳。固曰：陈氏眇乎？曰：然。何以知之？固曰：所刺者固也。

乃曰：奇也。因尽言之，相敬愈极。后生男鲲，为雁门太守，封太原郡太夫人。知阴骘之定，不可变也。宋城宰闻之，题其店曰订婚店。

故事讲得真是一波三折。

翻译成白话就是说，唐代有一位少年叫韦固，一天他外出郊游，当晚在城南的一家旅店住下。晚上，韦固乘月散步来到后花园，见一位老人背着锦囊正在月下看书，忙上前施礼，问看什么书，老人笑道：《婚牍》也。韦固想：《婚牍》定是记载人间姻缘的书，又见那锦囊胀鼓且发红光，便叩问其中装了什么，老人微笑道：红绳子也。韦固又问：红绳子何用？老人从囊中掏出一红绳，当空一晃，只见一道红光在韦固的脚下绕了一圈，然后朝北而去。老人告诉韦固，此绳以系夫妇之足，虽仇敌之家，贫贱悬隔，天涯异域，此绳一系之亦必好和，终不可违也。韦固见自己的婚事已定，赶紧问自己婚配何人。老人答曰：店北卖菜老妪之女也。说完就不见了。第二天，韦固起早梳洗打扮一番，赶紧找到店北卖菜老妪，特意询问他的女儿，不料见到的却是一个蓬头垢面、面黄肌瘦、相貌丑陋的三岁女孩。他不禁火起，竟拔

◎月下老人

剑向女孩刺去。女孩惊呼，老妪高叫，韦固弃剑而逃。十几年过去了，韦固已成为一名武将，娶相洲刺史王泰之女香娘为妻。洞房之夜，韦固揭开香娘的红头盖，见妻子貌美非凡，眉心贴着一朵红纸剪的小花，问其缘故。听香娘叙说，韦固方知香娘就是当年卖菜老妪之女。夫妻如梦初醒，从此恩爱有加，后子孙满堂，白头偕老至终。

民间自此把"月下老人"当成司婚之神来膜拜。

月老也从此成为媒人的又一种称谓,"前世姻缘,命中注定"的观念也大行其道。这样,月老的红丝绳有了不可违背和抗拒的神圣性,父母之命、媒妁之言所确定的关系也附上了老天的意志和命运的安排,"媒妁之言"顿时有了浓厚的天命色彩。

媒人被称为"红娘"是对正直媒人的一种歌颂。红娘原为唐人元稹所著传奇小说《莺莺传》中的一位婢女,后来,王实甫的《西厢记》将红娘的形象塑造得更加完美无瑕,"红娘"成了媒人的代名词:为有情人牵线搭桥,既正直又善良。

当然,媒人因为行为不端,也有另外一些称谓,比如牙婆、牵头、皮条等。这些称谓充分反映了人们的愤怒,毕竟因为有利可图,有些媒人就会心术不正,就会心怀叵测,行为难免不轨。这也可以理解,人上一百,形形色色,媒人的群体也是良莠丛生,鱼龙混杂。比如《金瓶梅》中的王婆,"能言快语,会做媒,会做牙婆,会说风情,又会做马泊六",就招人讨厌,这类媒人被列入"淫盗之媒"的三姑六婆之列,往往被人看轻。

但多数媒人还是抱着"玉成好事一桩,胜造七级浮屠"的心愿为有情人牵线搭桥。习惯上,在孝义贾家庄一带,人们一般请与婚姻当事人有亲属或朋友关系的人做媒人。亲友为媒,媒人当事人较为熟悉,某种程度上也代表婚姻当事人的意愿。在贾家庄婚俗中,亲友是最值得信赖的媒人。俗话说:"亲戚朋友做大媒,看着般配才上门。""家中闺女出脱成一枝花,招来三姑六姨把亲拉。"

在做媒人的亲友中,大多是婚姻当事人的姑姨婶妗姐表,或者是世伯叔祖,或是本家族及对方亲戚中德高望重的人。这些媒人或与婚姻当事人有着较近的血缘关系,或在亲友中有着较高名望和辈分,这就保证了婚配的成功率。

这样的媒人因为有身份、有地位,被称为"大媒"。

俗话说:"大媒一到,鸡飞狗跳。""大媒做保,白头到老。"

在贾家庄婚俗中,聘媒说亲为婚事的开头,谢媒为双方婚事的结尾。

当地人说:"成媒不成媒,先跑三四回。"给人介绍婚姻,不管是否能成,先得费些腿脚。这个程序相当于古代六礼中的"纳彩"。提亲,因媒人撮合他人婚姻的主要功夫在于"说",所以一般又称为"说媒"、"说亲"、"提媒"、"说对象"等。对男子来说,俗称"说媳妇"、"找对象";对女家而言,俗称"找婆家"、"寻姑爷"。

在郭建荣编的《胜溪俗语》中,可以看到媒人经常用的一些话:

女婿人好,家里又有钱,这门亲真是打上灯笼儿也寻不下。

别学兀些女子,穷嫌富不爱,还能找下块对象?

这可是横挑竖拣,拣下块漏油的灯盏,有多少好的不要,偏偏地就挑下这块气宝。

丑妻近地烂皮袄,庄户佬的三件宝。

龙生龙,凤生凤,斑雀儿下下鹁鸪种。

女大不存留,存留记下仇。

天气阴了想下咧,女子们大了要嫁咧。

急婆姨嫁不下好汉。

不是一家的人,进不了一家门。

门和门对,户和户对,尿盆子和夜壶厮对。

人对缘法,狗对毛色。

紧趁的庄稼,小地的亲家。

可见媒人嘴就是两头甜。也不单单孝义一带是这样，事实上自古如此。《战国策·燕策》中记载："周地贱媒，为其两誉也，之男家曰女美，之女家曰男富。"

闫立基先生在孝义大孝堡考察婚俗时提到，当地有"嫁女是舍人"的说法，养儿育女不容易，所以在未婚前，必须找一个诚实可靠的媒人来承担这项重任，为的就是选一个人品好的女婿。我在王正杰先生编著的《娶媳妇子·嫁女》中看到一副嫁女舅父送的接对，说得非常形象：

嫁女择婿人品为立，
娶妻良缘心地善良。

谁不想娶个好媳妇儿，嫁个好姑爷？所以，又有"男怕入错行，女怕嫁错郎"的说法。以前，男女授受不亲，当事人素未谋面，只能把一生幸福都寄托在媒人身上。

在孝义贾家庄一带，媒人并非固定职业，凡是经常为他人做媒的妇女，都被称为"月老"。这类媒人平日比较注意身边的适婚男女，遇上年龄、相貌和门户相当的，就会游说双方。当然，更多的是因为男家有意了，主动请媒人为之说合。

◎媒婆提亲图

请媒人，俗称为"央媒"、"托媒"、"请大媒"。

请媒人除了好酒好肉款待，还要送肉、酒、糕点等礼物。因此，当地俗话说："成不成，三两瓶。"

媒人提亲遵从男家的意愿，去女家提亲，将男家的身高、长相、年龄、职业等等，一一向女家介绍。介绍免不了要往好里说，媒人的嘴里可是攒了一肚子好词儿。月老提亲之后，女家要用一定时间，委托亲朋好友去打听男家的家资、家史、家风，以及婚嫁当事人男家的人品。毕竟媒人的嘴也不能全信，最终还得自己做主。毕竟这是事关子女终身幸福的大事。

如果年龄合适，大相和合，又无遗传疾病，双方就有了结为秦晋之好的意愿。

嫁娶男女双方，认可了媒人所提亲事，接下来的程序就是各自将儿女出生的年、月、日、时，写在庚帖上，交给媒人，然后再请阴阳先生核实双方生辰八字是否相克。

如果阴阳相合，自然是吉祥如意，双方皆大欢喜。

在孝义一带，媒人之所以能促成一桩婚事，一个原因是人们信任媒人。俗话讲："媒人是个戥儿秤。"戥儿秤即戥子，比喻媒人自会权衡男女双方的地位、条件。在后面要提到的秤杆挑新娘红盖头的礼仪中，还能与这个说法接上。这也是古代所谓的三媒六证中，六证的一种。

既然说媒人是个戥儿秤了，那新娘娶进门，新郎就得用这个戥儿秤挑开，看看新娘是不是真的像媒人说的那般完美。还有一个重要原因在于父母之命。年轻人易被爱情冲昏头脑，但父母们往往比较现实和冷静。比如父母总是看重门户的对等、看重家世的相当、看重才貌的般配，即俗话讲的"门当户对"、"亲上加亲"和"郎才女貌"等。

父母毕竟是过来人，他们的要求常常包含许多人情通透的准则。以撮合男女婚姻为能事的媒人大都能说会道，巧舌如簧，有时为了撮成一桩婚姻，她（他）往往能把白说成黑，把瘦说成胖，并不如实地

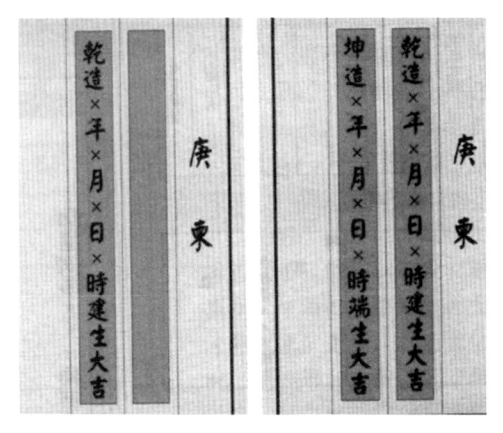

◎庚帖

反映男女双方实际状况，而是一味地撮合两家联姻。婚嫁双方，如果条件旗鼓相当，在这种情形下往往都会抱着美好心愿一拍即合。但也有例外。毕竟媒人的话只是一面之词，怎么代表得了婚姻当事人的审美呢？

于是，冲突和矛盾就出现了。

媒人只说好话的弱点，自古就有记载。《战国策·燕策》中说：

周地贱媒，为其两誉也。之男家曰女美，之女家曰男富。

宋人袁采在《世范》中对媒人也是大加抨击：

近世尤甚。给女家，则曰男家不求备礼，且助嫁遣之资；给男家，则厚许其所迁之贿，且虚指数目。若轻信其言而成婚，则责恨见欺，夫妻反目，至于仳离者有之。

陈鹏在《中国婚姻史稿》中也提到：

一条帕子两边花，背时媒人两面夸。一说婆家有田地，二说婆家家业大。又说男子多聪明，又说女子貌如花。一张嘴巴叽里咕，好似田牛青嚃蟆。无事就在讲空话，啐儿叫女烂牙巴。

在笔者家乡，有首土家族的哭嫁歌《骂媒人》说得尤其形象：

悖时媒人是条狗，那头吃了这头走。
东家井水说成酒，西家池水说成油。
爹妈生我不生嘴，就你有副好牙口。
你说嫁鸡得嫁鸡，你说嫁狗得嫁狗。
阴间红线你来拴，你是地狱鬼头头。
麦酒哄爹哄不着，砂糖哄娘哄不成，
拉着姨娘拉着叔，又来敲我家的门。
欺哄你用千般计，软硬你刮八面风。
娘家来吹女婿好，婆家去夸嫁妆多。
树上麻雀哄得来，岩上猴子骗得走。
豌豆开花角对角，媒人吃了烂嘴角。
铁树开花八寸长，媒人吃了烂大肠。
板栗开花球对球，悖时媒人吃了断舌又烂喉。

这里面既有出嫁女儿对娘家的百般眷恋，也有对可能遭遇不幸婚姻的恐惧。

在孝义贾家庄一带，也有俗话："媒人媒人黑心肝，这头哄为那头瞒。"

自古以来，人们都把婚姻的不幸发泄到了媒人身上。

所以，宋人袁采在《世范》中说"大抵嫁娶固不可无媒，而媒者之言不可尽信"。所以，唐人张文成在《游仙窟》中也借五嫂的嘴道出了人们的心声："线因针而达，不因针而合；女因媒而嫁，不因媒而亲。"

媒妁虽然能撮合婚姻，但不能确保夫妻相亲相爱，所以灵活的孝义人在选择媒人时，也大有讲究，一般都是找亲戚、朋友、同僚、同事，至少是知根知底的人。

还有一个原因，可能也跟媒人自始至终都参与完婚程序中的所有活动有关。媒人在贾家庄婚俗中扮演的不仅仅是牵线搭桥者的角色，甚至还成了婚姻关系确立的代表，介入定亲、礼聘、迎娶等环节。比如下聘订婚时，新郎去女家要有媒人和家眷的陪同。这应该是延续古代三媒六证的习俗。定下婚日后，共商喜事准备事宜时，也要请媒人。娶亲时，媒人要检点好礼品。迎亲队伍到了女家后，媒人将娶亲婚帖及娶亲礼品送到女家礼房。

可以说，自提亲始，谢允、开八字、合八字、过彩礼、择吉、上轿、进门，直到新娘入了洞房，媒人才算在贾家庄婚俗中完成了使命。

等到儿女成婚满一月，男女双方家主要感谢媒人的功劳，又称谢媒人，多以肉、酒、媒人卷（特式花馍）、布料四色礼登门致谢。谢媒的钱财又叫"脚步钱"、"跑腿钱"、"说媒礼"等。

有关谢媒的俗语说："这头哄来那头瞒，挣点酒肉解解馋。""说成一门亲，好穿一身新。"

事实上，自古以来，媒人为人说媒必求报酬，谢媒钱财的数量，也多有不同。《焦氏易林》中说："东齐郭颀，嫁子于洛阳，俊良美好，媒利过倍。"这表明，谢媒钱财的多少，跟能否娶到好女子有关。《韩昌黎集·试大理评事王君墓志铭》中记载，唐代评事王某"进百金"谢媒，结果媒婆左哄右骗，将一桩根本无望的婚配撮合成功了。

媒人爱财是出了名的，《元曲·㑳梅香》中有这样的媒婆自白："我做媒婆古怪，人人说我口快。穷男我说他有钱，丑女我说她娇态。讲彩礼两下欺瞒，落花红我则凭白赖。"到了元代，媒人勒索钱财已成了社会公害，《元史·刑法志》明文规定："诸男女婚姻，媒氏违例，多索聘财，及多取媒利者，谕众决遣。"明清至民国年间，媒人贪图钱财成风。《点石斋画报》曾有过较多记载：清代末年，浙江富商齐某，不仅被媒人骗去谢媒钱70两纹银，而且连聘金、聘礼也全部入了媒人的腰包，最终却娶了一个木头观音；苏州裁缝某某，被媒人骗去家产大半，最后娶到的家却是个稻草人。明朝凌蒙初在《初刻拍案惊奇》中讲过这样一个故事：贪贿说风情、为不正当男女牵线搭桥的牙婆，见了钱财如同苍蝇看到血，甚至成了人口贩子。

从前文提到的一些关于媒人的俗语、戏文、民谣中可以看出，谢媒和骂媒都反映了人们对婚姻的另外一种态度：婚姻不满，所以只好怨天尤人，而巧舌如簧的媒人形象正好成了人们自然而然的发泄对象。

但是呢，人们一说起这桩婚姻合法，不是钻穴逾墙时，又会说什么明媒正娶、三媒六证。那什么是明媒正娶呢？当然就是指经过媒人说合，父母同意，并以传统仪式迎娶的正式婚姻。比如元人关汉卿《荆钗记·抢亲》中就说："我当初嫁你，也是明媒正娶，又不是暗地里偷情，强来随你。"在古代，为了保护明媒正娶妻子的权利，以免男人随意将其抛弃，还制定了男女离婚的具体规定——七出。"七出"一词虽然直到唐代以后才正式出现，但其内容则完全源自汉代《大戴礼记》：

妇人七出：不顺父母，为其逆德也；无子，为其绝世也；淫，为其乱族也；妒，为其乱家也；有恶疾，为其不可与共粢盛也；口多言，为其离亲也；窃盗，为其反义也。

关汉卿在《救风尘》中说：

现放着保亲的堪为凭据,怎当他抢亲的百计亏图?那里是明媒正娶,公然的伤风败俗。

可见明媒正娶的,就受法律保护。

几千年的历史说变也就变了,西周的时候,还说什么"男女无媒不交"、"男女非有行媒,不相知名",可辛亥革命后,传统媒人风俗首先在城市中逐渐发生了变化。1950年《中华人民共和国婚姻法》颁布后,包办婚姻制度逐渐被废除,恋爱自由,婚姻自主,禁止任何人借婚姻关系缔结索取财物等法律条文的贯彻和落实,使媒人的性质发生了很大变化。媒人的称呼也逐渐被介绍人和"红娘"所替代。

在孝义贾家庄一带,媒人也不像过去那样在撮合男女婚姻关系上起决定性作用了。

婚姻关系缔结的普遍形式,已经变为由介绍人牵线,父母同意,婚姻当事人点头的方式。只是介绍人仍是以能说会道的中年妇人为主,婚姻介绍人仍然参与婚姻全过程,与旧时媒人区别不大。

更多的时候,媒人只是作为一种象征参与到仪式之中。

这是中国的传统之礼,再穷不能失了礼,没媒人讲礼,男女双方自己就把事儿办了,好像说出来也算不上好听,至少在民间,人们更看重媒人的象征意义,它是男女终身大事中不可或缺的礼记。

在孝义贾家庄婚俗中,媒人提了亲,若有戏,结婚就提上了议事日程。

第七章 八字合婚

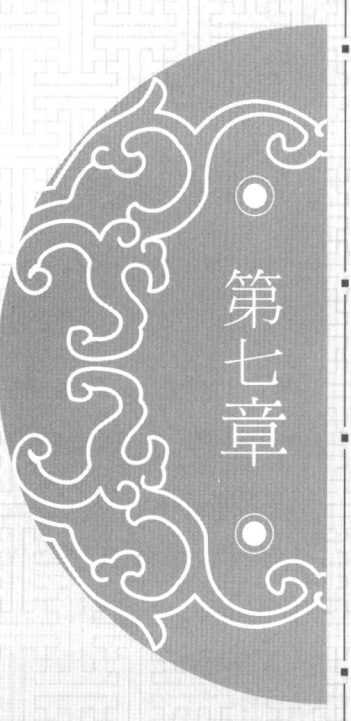

媒人提了亲，既然男女双方大相相合，八字相宜，南方就该亲自到女方家看一看了。

于是，媒人就领着男家婚嫁当事人来到女家相亲。

这就是孝义贾家庄婚俗中的"入闺相亲"，也就是俗话中的"看媳妇"、"相姑爷"。

前文引述宋代孟元老的《东京梦华录》，就记述了这种风俗的存在，不过不是男女本人相亲，而是在正式定亲之前，若男家要求看姑娘，可派一位女性至亲代表男子前往女家相亲。若相中，就留下一支钗子，俗称"插钗子"；如果相不中，就留下随身带去的一两匹彩缎，"缎"谐音"断"，说明亲事告吹。宋代话本《西山一窟鬼》中说："自从当日插了钗，离不得下财纳礼，奠雁传书。不则一日，吴教授取过那妇女来，夫妻两个好说得着。"这也是在古时候"男女授受不亲"礼教束缚下，人们为了求得更合适的婚姻想到的一种变通方式。

贾家庄的入闺相亲，应该就是这种风俗的类似遗留。

相亲之日，女家只备清茶一盏，不备饭。当地俗话说："媒人吃了相亲饭，这桩婚姻十要散。"这也可能是怕媒人吃了肉喝了酒两边美化、讨好，不说实话。

当相亲的男子来到女家后，一进院，女家主人出面迎客，家里其他人也都在旁边。如果把结婚比作小登科，那么这道程序其实有点像面试了。女家的人就是考官，来人的一举一动，都反映了他的教养、他在陌生环境应对的能力。特别是出嫁闺女本人，躲在暗处，偷看男子的长相，看看他的身段是否令人心动，看看是不是像媒人所说的那般美好，俗谓"偷相"。

这就有点看看合不合眼缘的意思了。

只不过这一关，起决定性作用的，是女方的态度。

男子进屋后，女家母亲先给来客倒杯红糖水，叫做"喝甜头"。

接着女家父母和男子叙谈，民间的智慧自然不是考试那般呆板，看起来也就是说说家常，但话里话外，其实都有着机锋。就在这闲聊之中，对男子的印象分就出来了。倘若谈吐不得体，反应笨拙，恐怕在未来的老丈人面前也要大大减分。女家也是通过交谈，大体了解了来人，知道了他的学识，大致掌握了他的基本情况。当然，最主要的还是为女儿把关，看看这个男子有没有毛病，说话结不结巴……若没有什么缺陷，男子还会来事，自然就更能博得丈母娘的欢心。

这期间，出嫁闺女本人进门为男子添茶续水，说些家常话，小憩后出门。

也是在这一短暂间隙里，男子的侦察能力也要迅速，他得在那短暂的几眼对视中，观察待出嫁闺女的容貌，看清她的举止动态，甚至是开言吐语之情，要是这个时候走了眼，犯了糊涂，将来就怪不得别人了，这就是所谓"男女相面"。

男女就在这短暂的对视中，看看对方是不是就是自己要找的那个人。都是正当青春好年华的男女，又有父母媒人在旁边吹着耳边风，只要第一印象不讨厌，这事儿十有八九就成了。

在贾家庄，还有女家看男家，媒人带领女家母女到男家相亲。这是20世纪60年代以来兴起的相亲模式。男女双方的目的各不相同，男家相亲，主要是想看看女子的相貌和人品如何；女家相亲，主要是看一下男家的经济状况和家风怎么样。所以，男家为了给女家一个好印象，不仅要收拾庭院，甚至要大肆装修房屋。当女子在母亲陪同下来到男家时，男家要准备酒菜待客，还要为女家准备一点礼物。在我们老家鄂西，也有这样的风俗，俗称看廊场。说白了就是女子嫁过来是要当女主人的，看看住的地方是否开阔，院子和土地方不方便女主人施展手脚。

相亲后，由媒人两边跑，两边传话，这就有点类似于生意上的买卖了，价钱合适，也公道，双方能承受得起，那就继续往下走。如果有一方不合意，这桩婚事就就此打住。如果双方有意，各自托人继续深入了解对方门风、学识、家境，更进一步往结婚的路子走。

前文已述，在聘娶婚各道礼俗程序中，自始至终都能看到媒人的身影。如果我们将这些程序分为婚前、正婚与婚后三个阶段来观察，会发现，媒人在婚前阶段肩负着重要的使命。议婚是婚前礼俗的开端，发起人便是媒人。若媒人对男女两家都比较了解，她一人便可充当议婚发起者的角色；反之，就要由各了解对方情况的两个媒人共同充当。《金瓶梅》第三回中，西门庆故意在潘金莲面前向王婆吹嘘他女儿与禁军杨提督亲家的儿子订婚之事："他那边有了个文嫂来讨帖儿，同做保山，说些亲事。"这就是两个媒人各代表一方"同做保山"的实例。

按惯例，议婚总是由媒人代表男方去女家提亲开始。按古礼的讲法，叫"纳采"。"采"就是男家送给女家的礼物。先秦时代的"采"，都用大雁，据说这是周公规定的，所以《仪礼·士昏礼》中说："昏礼下达，纳采用雁。"为什么求亲要用雁呢？有人认为雁有随节令变化而飞南飞北的本性，遵时守信，正符合丈夫对妻子的要求。个中原因，大概如《白虎通·嫁娶》中所言："用雁者，取其随时南北，不失其节，明不夺女子之时也。又取飞成行，止成列也，明嫁娶之礼，长幼有序，不相逾越也。"

也有人说，大雁一生中只婚配一次，从此双方形影不离，故以雁为采反映了人们期盼夫妻白头偕老的美好愿望。秦汉以后，提亲纳采的礼品不断变化，但一般都不贵重，只是取其象征意义而已。比如百合花有"百事合心"的寓意；如意则可代表"称心如意"的祝福；用鹅、鸭代替大雁，一道肥美又可口的菜品，在中国这个讲究吃喝的国度，往往也更能拉近亲家的感情。毕竟，雁为候鸟，实在难得，后世多用鹅或鸡，其含义也发生了不少变化，大红公鸡代表吉祥，鹅则寓意为男女联姻成双配对，终生厮守。

反正在对婚姻的美好祝福里，中国人从来不怕找不出有关祝福的美好词汇，什么样的东西都能解释出其中的象征和寓意。

至今在孝义一带流传的剪纸中仍可看到，夫妇回女方娘家会带上鹅的图案。至今当地农村养鸡，也会养些鹅，据说可防蛇防黄鼠狼，足见鹅的威慑作用。

经过提亲和相亲，如果女家没什么意见，收下了礼物，媒人就会将喜讯告诉男家，"入闺相亲"这一关就算是过了。

但是，靠那么一点主观印象，自然还是无法了解当事人。怎么办呢？古人又想出了一个办法，那就是神而又神的占星术。

当然，在贾家庄婚俗中，还有一个好听的名字：八字合婚。

男家随即再备薄礼，请媒人去女家"问名"。《仪礼·士昏礼》中说："宾执雁，请问名；主人许，宾入授。"郑玄给出的解释是："问名者，将归卜其吉凶。"贾公彦疏："问名者，问女之姓氏。"可见问名的内容，包括父母姓氏、女子名字、在姊妹兄弟中的排行，以及出生年月时等情况。宋元以后，"问名"的内容改为男家托媒人向女家索取"庚帖"，前文西门庆说的讨帖儿，即为此意。

庚帖上写有姓名、生辰八字、籍贯、祖宗三代等，也叫"八字帖"。《牡丹亭·冥誓》中说"杜丽娘小字有庚帖，年华二八"，就是说她的闺名和生辰都写在庚帖上。庚帖忌用白纸，最好是写在一张宽约一寸、长约八寸的红纸上，上面的字数忌单数，如为单数就酌加一个修饰字，使之成双，比如男名下加一"健"字，女名下加一"瑞"字。写好后装成帖式，比如：

男×× 乾造 ××年×月×日×时健生
女×× 坤造 ××年×月×日×时瑞生

孝义贾家庄婚俗礼数特别多，在王正杰编撰的《娶媳妇子·嫁女》中，见八字有庚帖，定亲报吉日有男家报吉全帖、男家备物帖、女家回谢帖，筹备婚礼请客邀友请媒人、请女客、请男客、请岳父全家，帖子各有各的样式，礼数真是做得细得不能再细了。

又比如在孝义南阳，旧时习俗，男女两家收到八字帖后，就要把八字帖供在正厅神、佛、祖香案前放三天，烧香点烛。如果三天之内，男女两家均未发生任何意外，就认为是神、佛、祖保佑，大吉大利，婚事可以继续谈。为什么要这么做呢？理由也简单，还是希望得到祖宗的认可。毕竟娶妇事关家族血脉延续，家族里新进来一个人，总得是一个吉妇吧？倘若诸事不顺，又克夫妨姑，那也就失去了问于宗庙、栽根立后的意义。

看起来有点儿戏、有点儿迷信，好像把男女的终身大事放在完全未知的对象身上，其实却暗合了做父母的心意。也仿佛只有有了冥冥之中神灵的护佑，这婚事才显得更加肃穆且诚恳了。

接下来，就是双方请阴阳先生批"八字"。

如果相性和合，婚事继续，否则免谈。

纳采、问名之时，男女两家都希望避人耳目。男家是担心女家不肯纳采，传开后有失体面；女家呢，是顾忌纳采、问名之后，或许婚事不能成功，传开后有损女儿名声。媒人嘛，因为利益相关，自然会注意保密，如果不慎走漏风声，就会被说成是"碎嘴媒婆"，往后便揽不到大户人家的生意了。

问名之后，男女双方即交换"草帖"，进入合婚程序。合婚，在贾家庄婚俗中，俗称"合八字"、"合命"、"合年命"。所谓"待字闺中"，说的也是女子成人，八字早早就放在闺房，等着合适的人出现了。双方通过媒人进一步了解到对方情况，据此判断这门婚事是否合适。旧时有"良贱不婚"（即编户齐民不与倡优皂隶通婚）、"士商不婚"（即士大夫不与商贾通婚）、"官民不婚"（即居官者不与辖区内绅民通婚）等传统限制，不过这类情况在"问名"之前已被家长按门当户对等标准选择联姻对象时淘汰了。

在孝义一带，合婚阶段所要绕开的禁忌，主要为年龄生肖，即测八字和看属相。

八字合婚也不是孝义独有。现在的人，不光看八字，似乎还要看星座是否相配。对于占星术，我并不太明了，不过也由此能看出人们在结婚之前的慎重。社会是如此复杂，你靠什么去了解一个人的大致品行呢？好像也只有这么一个办法了。当然，这样说有点夸张，其实从人们择偶把心愿寄寓在星座是否相配、八字是否相合上可以看出，即便是在社会主义现代化的今天，人们还是希望自己的婚姻是天作之合，希望能得到上天的祝福，希望能得到冥冥注定的爱情的眷顾。

在王正杰编著的《娶媳妇子·嫁女》中可以看到，在孝义南阳一带，至今存有八字合婚习俗。这一程序是一种带有一定巫术性质的婚姻关系确定方式。

测八字是星象术士所用的专业术语，与我国传统历法密切相关。古代国人以干支纪年、纪时，天干、地支相配组成的六十组组合及顺次，分别指代一定的年、月、日和时。每人出生的年、月、日和时，由四组干支表示，合起来八个字，即为"生辰八字"。古人为便于记忆，又用十二种动物来配十二支，形成了人的十二属相（生肖），即子鼠、丑牛、寅虎、卯兔、辰龙、巳蛇、午马、未羊、申猴、酉鸡、戌狗、亥猪。这是比年龄相关禁忌更为普遍的生克禁忌，是所谓命相家专以人之生辰八字来推断其命运的理论，俗称"五行八字"。

议婚人家通过媒人获得对方的庚帖后，再把自己一方当事人的八字另抄纸上，一起拿给算命先生推算，力求五行相生，八字相谐。因为只有这样，才预示着婚事适宜，会带来夫荣妻贵、白头偕老、人财两旺、子孙满堂等种种好运。反之，如果是五行相克，八字冲撞，就意味着婚姻不利，诸如女子会"克夫"、"妨姑"（这也是古时"知其母不知其父"时伙婚风俗遗留，称婆婆为姑，后文还会详述），或男子会"杀妻"、"鳏门"，或夫妻"自徒相打"、"田败宅破"等各种"象牙"，都会从算命先生的嘴里吐出来。流传颇广的《红楼梦》中就有"叹人间美中不足今方信"的遗憾：贾宝玉命相为土，林黛玉命相为木，木克土，而土生金，所以也只能徒叹"金玉良缘"，而不能搞什么"木石前盟"了。

一看生辰八字，就可知其人属相，由属相的合与不合可以判定婚姻是否相宜，这就是与年龄妨克相关的"生肖禁忌"。在婚姻关系的确定中，算命先生认为，若是犯了属相，即为"犯大相"。至于是不是犯大相，全靠算命先生说了算。

在贾家庄，有这样的顺口溜：

只为白马怕青牛，十人近着九人愁。
匹配若犯青牛马，儿女家家不停留。

蛇虎匹配如刀错，男女不合无着落。
生儿育女定相伤，纵是圣贤难逃过。
兔儿见龙泪交流，合婚不幸皱眉头。
一席男女犯争斗，哭如黄连梦夕愁。
羊鼠相逢一旦休，婚姻莫配古人留。
诸君若犯羊与鼠，夫妻不利难到头。
金鸡玉犬躲难避，合婚千万不可遇。
二属相争不可通，世人犯着要谨记。
猪与猿猴不到头，朝朝日日泪交流。
男女不能共长久，合家不利一笔勾。

此外，在孝义贾家庄一带还有"两虎相斗，必定短寿"、"一张床上两条龙，不主绝户便主穷"、"青兔黄狗古来有，万贯家财足北斗"、"龙虎斗，灾祸凑"、"女属羊，守空房"等不同说法。

这应该不单单是孝义一带有此说法，算命先生在全国各地应该有共同的渊源。显然，将属相和自然界中的动物链现象联系起来的说法，是人们观察自然动物长期经验的结果。这也可以看作先民们长期在适应自然万物时，逐渐养成了一些敬畏之心，所以人们抱着宁可信其有不可信其无的态度。

属相是大相，只有大相不犯不克，才有可能定亲联姻。

比方说，某个人出生在1969年农历正月初三凌晨两点，其年便是己酉，月便是己卯，日便是己丑，时辰就为甲子。将此八字写在红纸上，雅称即为"年庚"。阴阳先生认为，根据生辰八字可以推算一个人未来命运的好坏，其中也包括婚姻幸福美满与否。因此，合八字便成为孝义贾家庄婚俗中的一项重要内容。

在贾家庄婚俗中，合婚的具体步骤是：阴阳先生根据男女双方的生辰八字，推算出他们分别属于何种命相，再以阴阳五行说相生相克的理论，来推断男女双方是否适合结婚。若一方为金命，另一方为火命，则谓之"火克金"，两者命里相克，这门亲事就万万不能确定；若一方为火命，另一方为木命，谓之"木生火"，则被认为是大吉，可以成婚。合八字时，既要看男犯不犯再娶，女犯不犯再嫁，推算婚配之后能否使后代兴旺。

总之，又把为祖宗负责、为繁衍后代负责的赌注押在了阴阳先生身上。

在这方面也有口诀：

长生四子中旬半，沐浴一双好儿男。
官带临官三个子，帝旺五七不虚传。
衰中二子命中一，命逢死绝断香烟。
胎养头胎必生女，墓地有女没有男。

这种似是而非的口诀，实际上是阴阳先生故弄玄虚以干预男女婚姻的手段。比如，若生辰八字和命相不合，也可以联姻，但需要阴阳先生来破解。要破解，自然就需要打整之法，需要当事主家掏钱埋单。

王守中先生提到孝义南阳一带八字合婚，有这样的记载：

关于男女婚嫁之法，因地区不同，说法不一。传统的论婚之说，即男女配宫合婚法。先看男女生命合字，次检生月合德。生气、天医、福德为之上婚，子孙昌盛，百事皆吉，不避刑冲、害绝、勾绞、岁星、惆怅、夹角及胎胞，有犯月内诸凶并不忌也。女遇绝体、游魂、归魂者为中婚，为次吉，可以较量轻重，言之命在卦通利月中小忌可以成婚。大抵婚姻之事理无十全，但得中平之上者，或值两家男女神煞有相敌，用之也无妨。若遇五鬼之婚，男女各有夏亡，命卦和悦，凶吉相当，亦不为其婚也。

命宫分九宫，一、三、四、九为东四宫，二、六、七、八为西四宫。凡生命在东四者，配婚亦必用东四；凡生命在西四者，配婚亦必用西四。男女皆然。如遇第五宫者，男寄二，女寄八。如上元甲子，甲子年生男一宫，下元甲子癸亥年生女四宫，合成一四，即是生气，上等婚；中元甲子壬戌年生男六宫，癸亥年生女一宫，合成六一宫，是游魂，中等婚；又如下元甲子乙卯年生男一宫，丁巳年生女七宫，合成一七宫，为五鬼，男皆下婚，不可配。上已说过，婚无十全，酌量用之，不可太拘。

子年生，正月男皆铁扫帚，二月男皆骨髓破，冰消瓦解。子年六月生女者，皆为骨髓破，男火命正月生望门鳏妨三妻，女木命正月生望门寡妨三夫。柳氏曰：男逢羊刃必重婚，女犯伤官夫早离。神煞量其轻重，夫妇抵敌无妨，月老婚姻前生已定，造化各有贵贱，人生数有长短，莫拘泥妄为。婚姻须要随时择嫁娶。但凡娶妇，先论主婚。若四命之皆通，俾合室之安泰，天罡河魁，翁姑主婚不利，命星、岁星，男女成婚则凶。既有吉年，必求利用，一论阳前阴后，大利佳期。既择嫁娶，先看纳征，选不将周堂吉日，择德合黄道良辰。龙马虎蛇，建、破、平、收不可用。男女本命于归相伤，阳将伤夫，阴将伤妇，阴阳俱将而夫妇俱亡。年内别无良日，除夜迎婚吉祥，乃为年尽月尽之日，百福皆从，众神不能为害也。迎婚之日，宅门首有白虎、腾蛇、青牛、乌鸡、青羊、天狗六耗神于户，宜用谷草秸向门撒之，其神均争，新人夺路而入，鞍及镜宝瓶入帐大吉。

凡娶儿女夫妇，须择行嫁利月。若是曾嫁之女再婚，不择行嫁利月，只用吉日良辰入门则吉。凡嫁娶周堂值其翁姑者，新人入伙时，出外少避，新人坐床方可回家。其日拜见宜在大厅及中堂，至于大宴厅堂则不妨也。若妨夫妇，难以回避，另择吉日完婚。

　　选择元嫁娶：1.论主婚翁命，某年某岁，不犯天罡，福寿大吉，如子年忌鼠马相。2.论主婚姑命，某年某岁，不犯河魁，福寿大吉，如子年忌兔鸡相。3.论娶婚男命，某年某岁，不犯命星，喜庆大吉，如男命二十岁也。4.论行嫁女命，某年某月，不犯岁星，喜庆大吉，如女命十六岁也。5.行嫁大利，某年某月某日是为吉期，并无诸禁忌。如子午年生，六腊月大利，正七月小利，妨媒氏首子也，二八月妨翁姑，三九月妨女家父母，四十月妨夫主，五十一月妨女身也。

　　婚姻为什么号称终身大事，从这些无所不包的禁忌中也能想见人们对婚姻之事的慎重。

　　又比如，刘天桐、张光藻、赵振敏三先生在孝义梧桐岭北调研婚俗时发现，这个地方相亲有个阶段，长则四五年，短则一两个月。有男女自由恋爱的，也有经过媒人说合的，无论哪一种，都是为了进一步了解对方，看看是不是门当户对，两个人适不适合。在近代以前，主要靠媒人撮合；现在主要靠双方的大人，以及男女晚辈对方的祖父、父亲、晚辈三代人的打听和探问。这个阶段是婚姻大事中最重要的一个环节，它决定了婚姻的成败。双方一般会从这么几个方面了解：对方家庭成员的政治身份、经济收入，对方的学历、人格、能力等，对方家族中有没有什么异常病情，对方父母的性格。当然，最终还会有一个形式，就是让阴阳先生合八字，看婚姻能否成功。

　　事实上，依据各种信息预测婚事吉凶祸福的办法，早在聘娶婚开始流行的先秦时代，就已经成为"六礼"中的必经程序，只不过当时的办法很简单，就是利用龟甲兽骨烧灼后出现的裂纹，俗称"兆象"，进行占卜。占卜的内容也不复杂，一是"卜姓"，因为当时不少人姓氏亡佚，或因各种原因改了姓氏，议婚人为谨慎起见，便以卜姓来回避同姓不婚的禁忌。二是"卜吉"，就是一般地预测一下婚事是否吉利而已，远没有后来那么多具体讲究。

运用阴阳五行、生辰八字这一套深奥烦琐的"学问"来推断婚姻是否成立，一般认为是从唐代才兴起的风俗，但其基本理念与先秦的婚姻占卜一脉相承，都是"姻缘天定"观念的产物。讲到它的起源，民间还有一个传说：

唐朝建国之时，北方突厥常常骚扰，而唐高祖念民生多艰，不想再打仗，便派人向突厥求和，答应将百花公主嫁给突厥可汗。对于这种不平等的政治联姻，秦王李世民坚决反对，但父皇唐高祖已经做了"朕躬独断"，还有白纸黑字的盟誓为证，单方撕毁，岂不是给了突厥发动战争的借口？

苦恼中的李世民找到他的"十八学士"之一，即弘文馆直学士吕才，商议应对良策。精通阴阳五行之学的吕才，假托古人撰述，编著了一部专论男女结婚宜、忌之事的《婚元》，运用阴阳五行、属相八字等知识，故弄玄虚，分列宜忌，尤其是针对突厥可汗与百花公主的具体情况，虚设了许多障碍，又是"克夫"，又是"绝房"。等到突厥可汗的叔叔率领迎亲使团来到长安，晚上住下在院中散步时，看到远处槐树下隐约有亮光闪烁，令人挖掘，原来是一个用绫缎包裹的锦匣，锦匣里就是那部《婚元》。不看不知道，一看吓一跳，按古书上的说法，这哪里是娶公主，分明是要把突厥一族往绝路上逼嘛。

突厥亲王也不知道是真吓病了还是装病，反正连夜带着迎亲队伍离开了长安。突厥可汗听了叔叔的汇报，怒火万丈，认为是唐朝故意借联姻陷害自己，幸亏上天相助，才免掉了他的"家亡族败"大祸。

于是当即出兵。没想到李世民早有准备，把突厥可汗打了个措手不及。

至此，吕才升官发财暂且不提，但他杜撰的那部《婚元》却流传到了民间，竟成为秘籍。

缺乏科学知识的芸芸众生，谁不追求夫妻和睦、子孙满堂的世俗理想？谁不害怕夭折孀寡、疾病贫穷的悲惨遭遇？加上古代的医疗卫生水平也实在是低，人的寿命并不长久，从秦始皇命徐福率三千童男童女去东瀛寻求长生不老之药就能看出，人们对长寿的渴望。谁不想活得更久一点呢？想是想，但要真正活得久一点，也还是要靠一点运气。正规的医疗得不到，只能求神算命。于是，各种讲究就出来了，人们将一切都归之于"天命"。

听天由命的最好方式当然是回避一切"冲犯"，通过婚姻上五行八字的最佳组合来创造美好的生活。

结果许多人都对这一套深信不疑，凡遇联姻之事必对照所谓"吕氏合婚法"查验，再加上许多靠占卜吃饭的算命先生们的添油加醋、推波助澜，使这种观念与行为在历史传承中日趋完善，最终成为旧时婚俗中的又一重要内容。

孝义贾家庄婚俗也把这一观念吸纳进来了。

出于职业利益，替人说亲议婚的媒人大多与当地算命先生有关系，而算命先生之间也相互通气，所以，议婚人家拿庚帖去命馆合婚的结果，自然大多是嫁娶适宜，力求皆大欢喜。就是男女两家分别找两个算命先生合婚，出入太大的情况也少见。比如算命先生甲为男家送来的庚帖合婚，批的是"金生水，水生木"等一套，结论是"吉"；算命先生乙为女家送来的庚帖合婚，批的是"甲阳木，庚阳金"，看似套路不同，结论却是"无妨"、"大吉"。等到男女两家通气后，都说这两个算命先生算得准。

这种事听到或见得多了，不少人便对算命先生的批文判语持"不可不信，不可全信"的态度，往往是在算命先生合婚后，还要亲自检验一番。前文提到孝义一带，要把庚帖压在设有祖宗牌位的神龛前，焚香祈祷，根据香头燃后长短判断婚事宜忌，即属此例。当然，这种请神灵告示的合婚方式，周朝即有，当时的做法是男家托媒向女家问名后，在祖庙祝祷，以请示凶吉，后来演变成在家里请祖神。

由此可见，贾家庄婚俗渊源何其古老。

事实上，古人在婚嫁前要问吉凶，问名和纳吉也是问吉凶。这也就能理解为什么古人在祝贺新婚时动不动就会说"五世其昌"。什么是"五世其昌"呢？《左传·庄公二十二年》中说：

吉。是谓"凤凰于飞，和鸣锵锵。妫之后，将育于姜，五世其昌，并于正卿；八世之后，莫之于京"。

这句话的前提是，陈国发生内乱，陈国公子完出奔齐国，齐桓公要他做齐国上卿，他对齐桓公的美意感激不尽，然最终只是谦虚地接受了"工正"一职。齐国大夫懿仲想把女儿嫁给公子完，其妻占卜吉凶，卦象就说了上面引用的这么一段话，翻译成白话就是：凤凰飞翔，唱和的声音嘹亮，妫氏的后代，将生长在齐国，到了第五代，就会富贵昌盛，官位就会跟正卿一样。第八代以后，就没有人能跟他争强了。总而言之一句话：吉利。

在清人李海观的《歧路灯》第十九回也用到了这个成语：

乃培养天下元气，天之报施善人，岂止五世其昌。

到了后来，婚前问吉凶的仪式稍有变化。先是在祖庙里问吉凶。到了宋代，民间多以合婚的形式卜吉订婚。到了明代，以媒氏通书、合婚代之。到了清代，纳吉一仪已经融入问名和合婚的过程中。到了民国时期，无纳吉仪，只有简单的卜吉习仪，多将女方庚帖放置在灶神前，如三日内无发生异事，则认为顺利。

在这个背景下看贾家庄婚俗中的纳吉礼，可知其也是从民国时代流变而来。

事实上，除了"五世其昌"外，还可用"黄道吉日"和"吉日良辰"两个成语来反证贾家庄婚姻大礼中的问吉风俗。

黄道吉日自然是从星宿方面推算。古人以星象推算吉凶，谓青龙、明堂、金匮、天德、玉堂、司命六个星宿是吉神，六辰值日之时，诸事皆宜，不避凶忌，称为"黄道吉日"，泛指宜于办事的好日子。

元人刘唐卿在《白兔记·成婚》中说："老夫前村李三公，俺哥哥要把倒女招刘智远为婿，央我做媒，亲事喜得成了。今日黄道吉日，待哥哥出来。"可见，古人成亲，无论是招赘还是嫁女，是要选日子的，而且还一定要选一个好日子。

吉时良辰自然也是宜于成亲的好日子。这话原是屈原讲的。在《九歌·东皇太一》中，他唱道："吉日良辰兮，穆将愉兮上皇。"元人郑光祖在《倩女离魂》中也说："今日是吉日良辰，与你两口儿成其亲事。"

可见，无论是贾家庄婚俗中的八字合婚，还是在婚礼程序中的一系列纳吉，目的都是为了保证婚姻的完美结合。且不说迷信不迷信，反正挑选的时候好，双方的心态不错，又能相互用心呵护对方，这婚姻就来得舒心；如果冥冥之中还暗合了各种讲究，自然就是天作之合，得到了上天的祝福，受到了神灵的眷顾。

第八章 下聘订婚

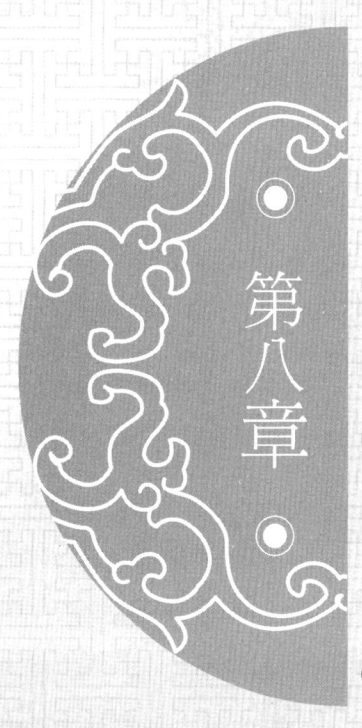

在贾家庄婚俗中，议婚人家请算命先生合婚称宜，自行合婚也得出吉祥的结论后，接下来就该履行"纳吉"的礼仪了。

什么是纳吉呢？简单说来，就是男家把合婚吉利的结论通过媒人通知女家，种种吉兆都表明这门婚事是"天作之合"，上苍十分眷顾，那接下来的事情就好办了。

到了确定婚礼各种程序的时候了。

不过，有时候也有例外，会有一方中途变卦。比如，担心对方相貌不好；或者是对方家境虽好，但父母兄嫂厉害……当然，这些理由也勉强，说到底还是心里不踏实。正因为如此，所以会生出"相亲吃茶"一节。在如今的贾家庄婚俗中，把这个程序调在了"八字合婚"之前，通称"入闺相亲"，程序稍微调整，显得更合人情。

纳吉相亲之后，"婚姻之事于是定"，议婚进入订约程序。

定亲是贾家庄婚俗中较为关键的环节，其作用和地位类似于现代的婚姻登记，目的也明显，体现的还是婚姻合法合理。定亲不仅意味着男女双方已经确定了婚姻关系，还标志着男女两家从此成为新亲家。

定亲在"六礼"中称为"纳征"，又称"纳币"、"纳财"或"放定"、"行聘"。

通俗点讲，就是在女家应允婚事后，男家通过向女家赠送财物的方式，正式确定婚姻关系，这笔财物通称"聘礼"。给了钱，就相当于付了定金。付了定金，就不能任意反悔了。

这是构成聘娶婚的三大要素之一，其重要意义不言自明。

前文已述，聘礼的产生应该还是跟过去的劳动力比较珍贵有关。你要把人家的女儿娶走，就等于女家少了一个劳力。这个损失怎么赔偿呢？刚开始是女婿上门为女家从事一定期限的无偿劳动，以补偿女家养育女儿成人，即前文介绍过的服役婚。后来，随着生产力的提高，劳役渐被实物补偿替代，聘礼雏形由此形成。

等到聘礼成为聘娶婚中的重要环节后，其意义又不单单是男家对女家的经济补偿，还意味着收下聘礼的女家不得轻易悔婚。对男家而言，聘礼的授受就是娶妻的凭证，花了大价钱娶回妻子，也断无随意休妻的道理，谁想落得人财两空呢？在中国长期的农耕文明中，娶亲的花费都不小。男家折腾时日，花不少钱，半途反悔，不但耽搁婚龄，而且劳财伤命。因此，为了保险起见，就有了这一程序。

在旧时婚姻关系的实践中，民间有时也不写婚书，也不向官府登记，女家收了聘礼，就意味着男女两家定了婚约。所以订婚也叫做"聘定"。这是男女两家初步落实书面性婚姻意向的定亲仪式。

作为传统婚姻关系缔结的重要仪式，定亲不仅被封建政府宣布为合法婚姻的法定程序，而且在老百姓心目中，也是婚姻关系确立的唯一合法手续。

为了慎重起见，考虑周全的订婚人家，往往将授受聘礼的程序分为两步，即"放小定"和"放大定"。

放小定，又称"文定"，语出《诗经·大雅·大明》："文定厥祥，亲迎于渭。"根据宋人朱熹的解释，"文"就是"礼"的意思，"祥"即"吉"，就是卜婚得吉后"以纳币之礼定其祥也"。讲究礼数的人家，视放小定为一个礼节，要请算命先生测一个黄道吉日，并邀请族内尊长、亲朋好友前来参加。

在贾家庄婚俗中，与放小定类似的，是求嫁，即由媒人或男家亲属带上礼物前去女家请求女家女儿嫁到男家的一种仪式。所带礼物一般为四色果品，外加女家日常所用杂物。按照贾家庄婚俗，是否结婚一般由男家先提出，女家是万万不能流露出嫁意向的，否则会让人笑话。

在男家前往女家求嫁时，理由可能摆出一大堆，比如，男家需要人手；男女双方年龄都不小了，是该完婚的时候了；男家他奶奶想孙子媳妇想得头痛，他母亲想抱孙子想得吃不下饭，睡不好觉……

总之，男家求嫁的理由都在媒人的嘴里，一套又一套。

但女家不会轻易答应，推托的理由也不少，比如，闺女还小；嫁妆还没准备齐全；她姐还没出嫁，不能她先出阁；她哥今年刚结婚，可不能一进一出；家里人手少，暂时离不开……反正是尽量推迟女儿出嫁时间。

如此一大堆该娶和不该嫁的理由，需要媒人和男女双方亲属多次商讨。媒人走了几回，女家该拿的也拿了，该要的也要了，男家的礼数也尽到了，才有更进一步的程序。

放小定的主要内容就是男家给女家送相对简单的订婚礼物。

承担放定者，一般为代表男家的媒人，也有婆母在媒人陪同下亲自去女家给未来儿媳放定的。届时姑娘要恭谨行礼，以示郑重。

在孝义一带，举行放小定仪式时，小定礼物以首饰为主，男家送给女家的礼物为一个或一对金戒指，寓意女子已经有了人家。讲究一些的放小定，有戒指、镯子、耳环各一对，项圈一个，然后由放定人家给姑娘戴上。

此外，有的人家还送些"大小八件"之类的糕点。定亲时送糕点要用点心匣子装着，不能用蒲包包装，因为蒲包有"稀松平常二五眼"的含义，寓意婚事不吉利。

四样首饰中，戒指最具订婚象征意义。

戒指，又称指环，商周时期即有，多由帝王嫔妃佩戴，为"御幸"标记。以指环作为男女订婚信物，实由北方少数民族传入中原。《北堂书钞》引《胡俗传》云："始结婚姻，相然许者，便下金同心指环。"《晋书·西戎传》亦有："大宛俗，娶妇先以金同心指环为聘"之说。南北朝时期，用指环寄情订婚的习俗已经流行。《南史·后妃列传》中记载，南朝齐时，萧衍镇守樊城，在城楼上看中一个在河边漂絮的少女，便托媒行聘，并"赠以金环"。《云溪友议》中记载，唐人韦皋游江夏时，与一位名叫玉箫的姑娘定情，相约七年后来娶她，并赠玉环作为信物。玉箫等了八年，不见韦皋前来，绝食而殁。后，韦皋物色到一个相貌酷似玉箫的歌女，"中指有肉隐出如玉环"，诧为异事。由此可见，姑娘戴上戒指表示已有婚嫁对象习俗在唐代已经盛行于民间了。

又，在前文回顾贾家庄历史时可知，孝义一直就处于胡汉交错地带，婚俗受多族文化影响也是情理中事。

让-克洛德·布洛涅在《西方婚姻史》中也指出，戒指的出现和婚礼紧密相关。《旧约全书》里说，亚伯拉罕老了以后，想给儿子以撒寻一门亲事，就把最古老的仆人派往故土，让他从那里带一个本部族的姑娘回来。使者把一枚金鼻环和两只手镯交给上帝选定做以撒妻子的利百加。严格说来，戒指最早是作为辨认记号出现的。金戒指给外交使节，起国书的作用，是为了让他们完成外交使命；高官平时只戴铁戒指，以便把家事和国事区分开。同是一枚铁戒指，未婚夫送给了未婚妻，就意味着戒指象征的家庭这个领域，未婚妻将被限制在家庭的小天地里。至此，戒指有了新的象征意义。作为爱情的信物，未婚夫变心时，戒指可以把他们的关系昭示天下，也是被抛弃的未婚妻指证自己孩子的父亲是谁的唯一凭证。这和商周时期的指环功能何其相似。

戴结婚戒指是到了9世纪才出现的习俗，很可能是从罗马的订婚戒指演变而来。戒指由此被赋予了不少象征意义。首先证明的是忠诚，到后来又有了别的意义，即证明人身份。在13世纪初期的武功歌《攻克科尔杜》里，吉贝尔娶了美丽的阿盖，给的就是一枚价值连城的戒指：

他把一枚金戒指戴在她纤细的手指上，
主的名字刻在上面，闪闪发光，
戴戒指的人受上帝保佑，
永远不必为失败而惊慌。

这就和汉族订婚时付定金的传统相似了。

2002年，太原东山发掘的徐显秀墓，成为年度最重要的考古发现，墓多次被盗，有价值的陪葬品只剩下了墓主人的戒指，而这个戒指经多方研究，认为来自地中海地区。这说明了什么呢？说明在北齐时期，也就是公元570年左右，太原就受到地中海商贸文化的影响。

文化的交融往往是多方面的。经过漫长的积淀，中西文化在一枚小小的戒指上达成了共识。

为什么要用戒指作为订婚信物呢？说法不一。有人说"戒"即禁戒，表示该女子已有所属，禁戒其他男子再接近她。从西方戒指出现的最初形式看来，这种解释也非常合理。也有人说，重点在戒指的形状上，圆形象征着婚姻的完美。甚至还有人把戒指往手指戴的动作解释为男女结合的象征。

无论怎么解释，都是往男女约定共同走向幸福的路上走。

首饰之外，视经济条件不同，男家还须在放小定时给女家送上一些礼物，羊羔美酒、果品点心，都是心意。但也有一样不可或缺，那就是茶叶。茶以瓶或筒计，多则一二十筒，至少也得四筒。所以，又称行聘之礼为"茶礼"，女子受聘为"吃茶"。

那么茶在婚嫁当中有什么作用和意义呢？

唐太宗贞观十五年，也就是公元641年，三十二世藏王到大唐请婚，唐太宗决定将宗室养女文成公主下嫁给他。文成公主按照汉族的礼节，带去了陶器、纸、酒和茶叶等嫁妆。这是婚姻中提到茶的最早记载。后来随着人们饮茶之风逐渐盛行，平常人家嫁妆里也往往会有茶，最终演化出婚嫁的一道程序——茶礼。这个茶礼，在北方是指女子出嫁时所带的嫁妆，又称下茶；在南方是指男子向女子求婚的聘礼，又称茶定。

之所以用茶来订婚，是因为其不可移植的自然本性。明人许次纾在《茶流考本》中说："茶不移本，植必子生。古人以结婚为茶礼，取其不移置子之意也。"陈耀文在《天中记》中也有类似说法："凡种茶树必下子，移植则不复生，故俗聘妇以茶为礼，义固有所取也。"就是说茶之不可移植被古人比附成了女子受聘，既然接受了对方聘礼，就要从一而终，没有再"移植"再反悔的余地了。小说中也常见类似礼节，比如《红楼梦》第二十五回中凤姐和黛玉开玩笑："你既吃了我家的茶，怎么还不给我们家作媳妇儿？"也是由此习俗派生出的双关语。同样，冯梦龙在《二刻拍案惊奇》中，写白孺人向权翰林介绍自己的女儿桂娘，"而今还是没吃茶的女儿"，即指女儿尚未找下婆家。

在孝义一带，放小定仪式结束之后，女方家要以酒食款待放定者和观礼的客人，并向男方赠送一些礼物，比如鞋子之类的东西，以显示女儿心灵手巧。送鞋，取"鞋"、"谐"谐音，象征男女两情相谐，和合美好。

白居易在《感情》中写道：

第八章 下聘订婚

中庭晒服玩，忽见故乡履。昔赠我者谁，东郊婵娟子。因思赠时语，特用结终始。永愿如履綦，双行复双止。

可见女子赠鞋寄情习俗在唐代即已风行。亦可见，贾家庄婚俗中颇多细节直追盛唐。

放小定之后隔多长时间再放大定，要看具体情况。

《宋宫十八朝演义》第二回："因为杜夫人急切要给匡胤娶亲，所以一经文定，不久就把贺家女儿娶了过来。"还有不少人家是女儿年龄尚幼，就通过放定许配了人家，所以放大定的时间自然要长一些。女儿嘛，常常是父母的掌上明珠，父母舍不得女儿早早嫁出，等上个三年五年也说不准。除此之外，正在博取功名的举人、秀才，为集中精力读书，也想着待到金榜题名，再洞房花烛夜。这也符合古人三十而立先取功名再成家立业的做法。《红楼梦》第九十一回中贾政与王夫人商议宝玉和宝钗的婚事时说："今冬且放了定，明春再过礼。"说明他们是按部就班进行的。

在孝义一带，放大定有的单独举行，有的则与小定合在一起，俗称"下送"、"送钱"、"送日子"、"送酒席钱"、"送迎亲过门的日子"。这相当于古代"六礼"中的请期，所以又有个雅称：择吉。在这个仪式上，男女双方要商讨完婚日期，选定了就不能轻易变动。

所选择的完婚吉日，俗称"喜日"、"好日子"。

结婚是人生大事，吉日的选择在贾家庄婚俗中也是非常重要的一环。

且说放大定，又叫"过大礼"，或"换帖"。

放大定当然比放小定规格要高，礼节更为隆重。毕竟是订婚嘛，但作用又不限于订婚，还包含着女家在嫁女之前再向男家索取一笔聘礼的内容。和放小定相似，放大定也要选"黄道吉日"。"黄道吉日"，泛指宜于办事的好日子，出自元无名氏《连环计》第四折：

> 今日是皇道吉日，满朝众公卿都在银台门，敦请太师入朝授禅。

也是从这个说法可以判断，测八字、看命相，其实是随着社会的发展而逐渐丰富起来的。

在这个好日子上，女家邀请至亲好友参加仪式并以酒食款待，男家也会设宴招待前来祝贺订婚的亲朋。

放大定的程序，除设宴庆贺外，主要是男家向女家送聘礼和男女双方交换婚书两项。

先说聘礼。照例由媒人和男家邀请的至亲出面，雇人抬往女家，时间一般都在上午，谚云："早聘礼，晚嫁妆。"

宋人廖行之在《点绛唇·贺四十五舅授室》一词中描述新郎向女家送精美衣冠的景象：

> 年少清新，襟裾那受红尘污。还他礼数。莫遣衣冠粗。
> 拟倩东风，西逐轮蹄去。泠然御。飘飘仙趣。直到骖鸾处。

下聘送彩礼，也就是送所谓的酒席钱，这相当于女子的出嫁之资。

彩礼，因带有男女和合、成人美事性质而得名；因能体现传统婚姻缔结的交换原则，反映买卖婚的实质而被称为"财礼"；因男家以礼为聘而成百年好合，所以又称做"聘礼"。

送彩礼，古称"纳彩"、"下聘"、"下聘礼"。

古代聘礼讲究以雁为礼，"六礼"除纳征外，其余五礼皆以雁为执。

聘礼的数量和规模，其实考验的还是男家的社会身份和经济能力。大户人家大操大办，小户人家该有的礼数也不能缺。

古诗《焦仲卿妻》描述郡守为儿子娶妻送聘礼的场面：

青雀白鹄舫，四角龙子幡。婀娜随风转，金车玉作轮。踯躅青骢马，流苏金镂鞍。赍钱百万，皆用青丝穿。杂彩三百匹，交广市鲑珍。从人四五百，郁郁登郡门。

这是汉时权贵官僚的排场。

宋人吴自牧在《梦粱录》中记述当时的聘礼是：

富贵之家当备三金送之，则金钏、金镯、金帔坠者是也。

更言士宦，亦送销金大袖，黄罗销金裙，段红长裙，或红素罗大袖段亦得，珠翠特髻、珠翠团冠、四时冠花、珠翠排环等首饰，及上细杂色彩段匹帛，加以花茶果物、团圆饼、羊酒等物。

或下等人家，所送一二匹，官会一二封，加以鹅酒茶饼而已。

由上述描写可知，"大礼"的主要构成是专供女子穿戴的首饰衣料，以及现钱、酒食品等，其中茶叶又必不可少。

送聘礼的方式，既有像《焦仲卿妻》诗中描述的舟载车运的气派，也可以放在果盒内步行抬送。《金瓶梅》第七回写西门庆娶孟玉楼，"到二十四时行礼，请了他吴大娘来坐轿押担，衣服头面，四季袍儿，羹果茶饼，布绢绸绵，约有二十余担"。这就是用扁担挑过去了。

不管是舟载车运还是肩扛手提，其目的都是一样，即"招摇过市"，告之世人，又一对儿女要婚配了。

至于彩礼的种类，自古以来数不胜数。东汉时代，"聘礼三十物……皆有俗义"（清·陆凤藻《小知录·礼制篇》卷六引《通志·聘礼》）。杜佑《通典》曾对东汉时代三十种聘礼的寓意作过诠释，或取其吉祥，或带有祝颂，或依据各物特性以象征夫妇好合，或出于各物含义以祝愿子孙繁衍。从当时彩礼种类看，各种物质虽有一定经济价值，但作为彩礼并不带有重金主义色彩，而是侧重于各物所代表的良好祝愿，因而更带有吉祥物的性质。

及至后世，彩礼的种类侧重于钱财，不仅数量越来越多，而且价值越来越高，集中体现了买卖婚的特征。清人赵翼在《二十二史札记》中写道：

魏齐之时，婚姻多以财币相尚，初起始高门与贵族为婚，利其所有，财贿纷遗，其后遂成风俗。凡婚姻无不以财币为事，争多竞少，恬不足怪。

清人吴荣光在《吾学录初稿》中也说：

今婚不及时，徒尚奢侈。自行聘以迄奁赠，彩帛金珠，两家罗列内外。器物既期华美，又务精工……富家争胜，贫者效尤，一有不备，深以为耻。不顾举债变产，上图一时美观……相沿成风，贵贱一辙。不但男女旷怨，甚至酿成强娶赖婚之狱，至成仇雠。迨过门立见贫窘，富者不为子女惜福，贫者不以入口自计。推求其故，皆缙绅之族不以节俭相先，故无以为编氓之率也。

贾家庄婚俗历史悠久，其排场亦不例外。

有身份的人家，送聘礼时都附有红纸折子的礼单，礼单上数字的写法颇有讲究,要双数,取双喜、好事成双之意,忌单数,如果所送实物只有单数,就用"成"、"全"等字样作为量词,比如一口猪,应写"刚鬣成口",倘是一盒首饰,就写"钗钏成匣",如此等等,不一而足。

在孝义一带,彩礼不尽一致,彩礼多为衣物、首饰和聘金等。而且酒席钱、各种耍笑钱、陪嫁回礼钱,只取个吉祥数字,没有固定多少,只能"穿衣吃饭亮家当",结合每家的实际情况而定。

女家收到聘礼后,照例要以茶果招待送礼使者,并给抬送者赏钱,同时将这些聘礼陈列在庭院内给亲友邻里参观,夸示男家礼仪规模,以此彰显自家女儿身价。然后女家再向男家赠送加礼表示感谢,多为笔、墨、纸、砚等文房四宝,寓意准女婿博取功名,此外再搭配些糕饼水果。

下聘习俗,在各个民族都能看到。自古以来,新婚夫妇在婚礼前都会收到大量礼物。结婚礼品有时会作为陪奁的一部分。在人类学家的田野调查中可以看到,新几内亚的巴布亚青年通常送给妻子猪、水果、珍珠壳、印花布、念珠,以及村庄里所拥有的任何文明物品。一个待嫁新娘可以得到各种各样的礼品:锅、陶器、木制武器、极乐鸟羽毛、几大筐甘薯、大串大串的香蕉以及各类杂用物品,她的嫁妆能堆满屋里的平台。活猪拴在屋下,待嫁新娘自己则满面春风地坐在屋内的走廊上,守着她实用的财宝,就像其他民族展示自己的嫁妆一样骄傲。

放了大定,给了丈母娘彩礼,总不能有口无凭啊,女家靠什么来让男家放心呢?

这就要交换婚书了。在贾家庄婚俗中,双方交换订婚帖,即龙凤帖,准备订婚。

婚书有官私之分。官婚书指政府在受理结婚登记时发给当事人保管的法律认可凭证。《周礼·地官·媒氏》中有记载,说周代时存在官婚书，但后世未闻。私婚书指民间通行的婚姻缔结凭证，因有中介即媒人与双方家长共同签署，同样得到官府承认，具有法律效力。在贾家庄婚俗中，又称换龙凤帖。

按照"六礼"，纳征就是订婚，须有一定的文字记载。男方行过纳吉之礼，写好请婚之书送给女家，女家答书许讫，唐代称之为"报婚书"。男方收到婚书，再行纳征之礼，婚姻关系也随之确定下来。唐以后的"过细帖"、"插钗"、"定亲"、"换帖"等，都与报婚书差不多，属于正式订立婚约。

婚书不单单是礼制上的程序，也有法律上的威慑作用。婚书一旦送出，便要严格履行，不能反悔，更不能再与他人定约或成婚，否则即视为违法。明清律载：

> 凡男女订婚之初，或残疾、老幼、庶出、过继、乞养者，务必两家明白通知，各从所愿，不愿即止。愿者与媒妁写立婚书，依礼而行嫁娶。

唐代诗人白居易做官时在一判文中写道：

> 婚书未立，徒引以为辞，聘财已交，亦悔而无及。

反悔了就要受到法律的制裁。

唐律规定：诸许嫁女，已报婚书及有私约，或已受聘财而又反悔的，杖六十，婚仍如约。若更许他人，杖一百；已成者，徒一年半，女追归前夫。前夫不娶的，女方退还聘财，同后夫的婚姻才算有效。

元代，悔约者笞三十七，男家悔者不坐，不追聘财，更许他人者笞四十七，已成婚者笞五十七，女归前夫。

明清律：女家悔者，主婚人笞五十，女归本夫，再许他人者杖七十，已成婚者杖八十。后定娶者知情与女家同罪，财礼入官，不知者不坐，追还财礼，女归前夫，前夫不愿者，倍追财礼归还，其女仍从后夫。男家悔而再聘者，罪亦如之，仍令娶前女。后聘听其别嫁，以罪不在女家，故不追财礼。若夫家再聘而已娶者，则后娶之女既失身，无所归着，惟有听原聘者另嫁耳。

法律如此严苛，也是因为婚姻对于农耕时代的家庭都不是件容易的事，两方亮出了家底，都做了那么多准备，再悔婚，对谁都是不小的打击，一般人家折腾不起啊。

所以，要么就不要开始，既然立了婚书，半途悔婚，那是绝对不允许的。

据《梦粱录·嫁娶》记载，北宋时用于订婚的帖子中：

序男家三代官品、职位、名讳，议亲第几位男，及官职年甲月日吉时生，父母或在堂，或不在堂，或书主婚何位尊长，或入赘，明开将带金银、田土、财产、宅舍、房廊、山园，俱列帖子内。女家回定帖，亦如前开写。

其后历代婚帖，基本照此样式。在孝义一带沿用至今的龙凤帖即从此而来。大红纸上印着"龙凤呈祥"图案，宽约七寸，长约一尺二寸，折叠着，外面还有一个封套，封面上写着"全福"二字，内里下首写各自家长姓名。在帖里另有一条"金签"，上书换帖年月日，表示在某年某月某日定了亲，互相换了帖，认为亲戚了。

在王正杰主编的《娶媳妇子·嫁女》中有这样的描述：在孝义贾家庄，

订婚日这天，举行订婚礼，男女双方要请伯父，要请叔父母，要请舅父母，要请姨父母，要请姑父母，还要请嫁出去的姐姐，总之是七大姑八大姨都得请到，要不然就是失礼。这就是三媒六证、明媒正娶的架势了。证婚人必定要有，要不然以后出了麻烦去哪里找证明人？一切都是为了落实匡正尚未稳定下来的婚姻关系。一班人马浩浩荡荡而来，还有巧舌如簧的媒人陪着，新郎理直气壮地来到女家，持聘礼书（即订婚帖）和下聘的实物下聘。

订婚帖封面为大红，印有金龙彩凤图案，一派喜庆气氛自不待言。

帖子的内容大致有三个方面：一是客套话，如"不弃寒微，许结朱陈，未遑纳彩，预帖订订"等；二是男女双方三代家人的名讳、官爵、年庚等；三是媒人的名讳及定亲的日期等。在贾家庄婚俗中，男家将印有金龙图案的帖子交给女家，上写有"求吉"字样，又叫"恳帖"，大致书写内容为：

愧乏玉田，仰祈舍诺。×××鞠躬。

女家将印有彩凤图案的帖子交给男家，上写有"允吉"字样，又叫"允帖"，大致书写内容为：

德愧比凤，愿切乘龙。姻愚弟（兄）鞠躬。

同时将各自准备的礼品送交对方手中，这门亲事就算定下了。

行了礼，终是要落到吃喝上。这就要吃订婚宴了。

宴席上，订婚姑娘由家长引导拜见公爹，俗称"认亲"。公爹要将早已准备好的红包送给未来的儿媳。宴毕，女家要回聘，具体内容呢，就是女家眷随媒人带上回聘书上的实物和新娘到男家下聘礼、吃订婚宴，更少不了的是，女家必须携带上事前定制好的"合饼"全件。

所谓合饼，大如脸盆，圆形，同样大小两个。饼面的中心，是一个有方形、一个有圆形的面案，讲究"天圆地方"，男为天，女为地。此外，还附有葫芦饼一对，如意饼一对。

合饼全件带到男家，男家除留有一个有圆形的整个合饼外，另一个合饼用刀掏一个方形带把的形状让女家带回，其余留男家。葫芦饼和如意饼男女双方各留一个，意指生男养女。合饼男家要切成一指头宽的条块，向村中四邻亲朋好友分送，表示儿子今天订了婚。

在孝义贾家庄，送日子这天，媒人带上择日单送到女家。一同带去的礼物有：缝在一块红布上的子孙块，小银器首饰，束成一体的子母葱两根，带把的蒜两头，铜、铁顶针各一个，寓意夫妻相亲相爱，铜帮铁底，子孙永昌；胡椒一两、生姜二两，寓意一两胡椒二两姜，小辈更比老辈强。

女家在送日子这天也有礼品回赠：五颗核桃、两颗枣，寓意五男二女；艾、一对大针、一只玉石花佩，寓意女儿与女婿真爱永远。

又比如，王守中先生在考察孝义相王村婚俗时如此描述：报吉时，过去用拜匣，内装白面、红包，红包内包彩礼、银洋或纸币，二十四元为一份礼，十二元为半份礼。现在包多少钱，因家境不同，钱物也有出入。女家款待，将拜匣里白面全收，礼金收受并回礼。拜匣内装一层双数核桃，核桃上撒满豇豆，两双红筷，一对酒盅，一对带根葱，红纸包一对带根蒜，寓意也明了，就是要栽根立后。

又比如，在孝义下堡乡，过去有"腊月不定亲，正月不娶亲"的说法，现在定亲日子已不大讲究，有选农历初四、初八日的，谓之四平八稳；也有选择三、六、九日的，取通顺之意；也有请阴阳先生按男女双方生辰八字择日的……总之是要挑个吉利的时辰。

通常在订婚日，女家婚嫁当事人随同介绍人，还有或父或母或兄弟姐妹或挚友，携带定亲礼品来到男家，男家则有父母长辈及舅父恭候相迎。这应该是将相亲、合婚与定亲的步骤都浓缩在一起了。在订婚日，男家要最后答复女家的结婚要求，要落实聘金也就是彩礼的数额，还有聘物的多少，对新房及家具有什么要求。

意见一致后，男女双方互赠定亲礼品。礼品有多有少，但互赠一条红裤带的习俗流传至今。孝义人认为，红裤带能拴住好婚姻。在孝义高阳镇，红内衬衣、红鞋垫也必不可少，意味着将对方从上到下都拴住。

下聘之日，男家一早就准备好了聘礼聘仪，并带上迎娶之日女家给男家迎亲准备酒宴的酒席钱来到女家。商谈好礼仪程序后双方共进早餐，又是一番叙旧说礼。临行前，女家从男家给的酒席钱里取一吉祥数给男家，有四十八元的，也有八十八元的，俗称留底钱，意思是不花光，不吃尽，凡事有底。上午，新娘随介绍人及亲朋三至五人到男家回聘，除给新郎带上结婚的八色或十二色礼外，还有带两个天圆地方合饼（即圆形合饼中心一个有圆圈，一个有方形）、一对子孙葫芦饼（一个有"子孙"字样，一个有"满堂"字样，寓意女方嫁到男家后子孙满堂）、一对面食如意馍（寓意双方事事如意）、一棵同根双瓣葱、一个有根须的大蒜、一块老虎形状的老姜，一个用红纸叠制、装有白胡椒的双伴红印，寓意女子嫁到男家即可生根。

又比如，在孝义相王村，定亲又称为"文定"。择吉日文定时，男家要送定礼、定物到女家。礼物可增减，但物要成双成对。所备之物，过去有礼帽、礼鞋、绸缎、银锭、糖糕、喜糖、德禽、猪肉、福饼等。1949年后，又改为四色礼；到了20世纪80年代，又改为了八色礼、十二色礼。

又比如，在孝义南阳，订婚又称订盟。这个说法就有点接近于古人的诸侯搞的和平仪式了。择吉日，男家送定到女家。定礼有红绸、金簪、金戒指、耳环、羊、猪、礼烛、礼香、礼炮、礼饼、连台花盆、石榴花等。现时多为男家备十二色礼，女家备八色礼回赠。礼饼分赠亲友，作为订婚通知，受赠者须婚期赠礼。举行订婚礼时，媒人、男家及亲戚到女家送礼。女家将聘礼奉置于祖先神龛案前，女儿向客人敬茶，女家请男家人入席，礼成。

而张殿印先生在孝义驿马的相关婚俗中提到：择好吉日订婚时，订婚仪式一般选在早上。男家到女家送订婚礼金及礼品，同行的有介绍人、新郎、新郎的姐妹等人。介绍人将礼品和礼金一样样交代给女家父母。礼金、礼品一般根据男家家境决定，但结婚戒指必备，另有红裤带、内衣、背心、枕巾、方手绢、围巾、纱巾等。订婚仪式上，女家要请来自家的直系亲属及亲朋好友、村干部、新娘单位领导，大摆酒席招待，告知大家我家女儿已有婆家。中午，女家随男家返回男家，随行人员一般包括女家的父母、舅舅、姑姑、姨姨、兄弟姐妹等。男家同样大摆酒席，宴请亲朋友。双方亲家要坐在一张桌子上，表示亲近，互拉家常。订婚日，新郎、新娘及男家的父母，要向客人敬酒，表示感谢。

互赠定亲礼后，男家招待女家及随行人员的有吉祥如意的丰盛午宴，其中有油糕、饺子。油糕寓意生活步步高升；饺子寓意捏嘴，示意不能再讨彩礼了。而女家定亲酒席上则必定有拉面，因这种面较长，表示彩礼少了可不行。当然，在贾家庄又有另外的一种解释，吃拉面表示结婚是喜结连理，日子也要过得像这拉面一样拉扯不断。

在孝义梧桐岭北，举行订婚礼时，男家去女家必须选择双日，由媒人和男家父母亲戚等携带聘礼到女家。聘礼是经双方协商后确定的，物品有四色礼品等。而女家回聘礼，有衣服和礼物四样加礼饼，当地也叫加合饼，表示双方已结成秦晋之好。

这个时候再回想一下秦晋之好的原意，你会不由得感慨，最早的合两姓之好，只是氏族、国家的大事，现在一般普通百姓也享用这等荣光了。

传统的送聘礼，是由两个人抬的大食盒，前面有吹鼓手，媒人押后，沿街吹打送到女家。食盒中放的所有聘礼和礼帖，礼帖是用纸折成十二折，上记礼物种类和数量。如果男家送女家，封面上写"端肃"二字；如果女家送男家，上写"肃复"二字。接过聘礼的女家，取出其中的一份聘礼，另外再加些自己的礼物送给男家作为答礼。假如女家预计将来结婚时要陪送巨额嫁妆，那女家就不客气地收下男家的全部聘礼，只取出一小部分回礼给男家。反之，就很客气地收下男家的一小部分聘礼，绝大部分都以谢礼返还男家。

现在的订礼和定亲与传统大同小异，只不过仪式简化了，但所送礼品却是有增无减，物品比以前多好几份，比如说八色礼物还是十二色礼物，其中有金项链、金戒指、金手镯，当然还有彩链、玉石，物品有较昂贵的衣服一套一套的，现金有大几万，还有更多的。临定亲日那天，男女家各请直系前辈和晚辈顺便认个亲，上午女家宴请一顿，下午男家宴请一顿。男女家特别是男家，还要积极准备娶亲的新房，装潢也很讲究，兴师动众，大操大办。

在孝义高阳，纳彩之日，不论是清早还是中午，女家准备酒席是必然的。此外还要准备一些礼品：五个媒人花卷，一对喜饼。媒人花卷，俗称媒人卷，用白面蒸制，上面捏、镶各种花面图案，很精美，其中三个是给媒人的，另外两个媒人卷给男家。男家把媒人卷和喜饼切成小块，一并送给亲友，算是通报婚期。喜饼样式、大小和月饼差不多，但饼中间要有中心图案，一个是方形，一个是圆形，表示天圆地方之意。拿到男家后，男家要把一个有方形图案的方心切下来返还给女家，并陪送裤子一条，俗称包心裤，也可折合成人民币，当成裤料钱为女家母亲置办裤子。男家也要做饼回赠女家。此外，还有其他零星象征礼品，如两双红筷，以备吃子孙饺用；对对葱一根、蒜两头、生姜一块，上面贴上喜字，男家拿回去栽在花盆内，表示栽根立后之意；蜂蜜或红糖、麻油各少许，放入两个小酒盅内封好，表示夫妻甜蜜如油；胡椒和捣烂的艾叶绒团，胡椒要放在用红纸叠好的双印中，表示被女婿爱。女家母亲为女婿赠送的礼品，最初为四色，现增加到八色、十色，其中包括一身成衣、衬衣、领带、背心、裤带等等，不一而足。

订婚时议定彩礼，古今皆然。实际上男女两家之所以能够联姻，在旧时婚姻中，除由男女本人及其家庭等方面的因素决定外，一个很重要的原因就在于彩礼数量的议定上。彩礼既体现了旧时婚姻的买卖性质，又成为男女婚后小家庭的经济基础。因此，男女双方是否能够就彩礼的多少达成一致意见，便成为两家能否联姻的关键环节和因素。

实际上彩礼议定自提亲之时就已经开始了，但一般到定亲酒席上才最后确定。其间，男女两家虽然就聘礼的数量早就经过多次讨价还价，但按习俗还不算最后确定。在订婚日，前来女家定亲的男家人和媒人要洗耳恭听女家所提出的各种条件，尽量满足女家的要求。那些正派人家对彩礼并没有多少要求，或钱或物，或多或少，一切由男家酌情操办。但有的女家往往会趁此机会狮子大开口，要这要那，提出各种苛刻条件，刻意追求彩礼的丰厚，或钱若干，或物若干，否则即不举行订婚仪式。大多数人家则采取随大流的态度，眼下时兴彩礼是什么要什么。有的家庭既有待出阁的姑娘，又有待娶亲的儿子，家庭经济状况又不太好，于是尽力向男家索要彩礼，以便拿出一部分彩礼转送给未来的儿媳。

因此，订婚之礼时的彩礼议定，往往成为男女两家讨价还价的一场表演，致使女家认为男家太小气，男家认为女家太贪心，结果常闹得男女双方不欢而散。

随着时代的变化，定亲仪式增添了一些新的内容，订婚礼品和彩礼也生了变化。比如在孝义下堡乡，在20世纪70年代，定亲一般讲究四色礼，礼品一般是自行车、手表、红裤带、衣料。在20世纪80年代，人们生活水平提高，礼品也水涨船高，四色礼变成八色礼、十色礼，甚至更多，礼品也变成三金：金项链、金耳环、金戒指。而今，手机、电脑、数码相机，甚至轿车也成了定亲礼品。在孝义驿马，条件好的，有送三金甚至送小汽车的。订婚礼金有四十八元的，也有四千八百八十元的，价位不等。

定亲仪式也不是简单的吃饭，还要去照相馆照专门的结婚照。订婚照兴起于20世纪三四十年代，六七十年代普及开来，现在则是风行厚厚的婚纱相册。订婚照即是在订婚的那天或前后几天的时间内，已经同意订婚的男女到照相馆中照张相片，民间说，这一为纪念，二为让已同意订婚的男女有个深入认识的机会。这种风俗既文明，又富有现代气息。

订婚照拍完之后，男家要给女家买些衣物、布料、首饰乃至手表等物品作为纪念。

在孝义一带，即使照了结婚照，举行了订婚仪式，到结婚仪式举行仍还有一段时间。自订婚到结婚所需时间的多少，要看订婚男女双方年龄的大小。若小小年纪即已订婚，到结婚的法定年龄往往还有几年时间，而那些已进入大龄才订婚的男女则要不了多长时间即要结婚。

在过去，订婚是传统合法婚姻的必要条件。而到了现代，登记才是合法婚姻的法律程序。但在孝义一带，人们还是认为登记与订婚、结婚不是一回事。定亲是男女两家对于婚姻关系的认同，登记则是政府和法律对于婚姻关系的批准，而结婚仪式的举行才是社会民众对婚姻关系的认可。因此，在贾家庄婚俗中既可看到传统婚俗的影子，又可看到因为时代的变化政府和法律参与的痕迹，民俗仪式与法律程序掺杂在一起，可谓特色独具，异彩纷呈。

在过去，一旦定亲就意味着定亲的男女已经成为合法夫妻，男女两家也就成了儿女亲家。自此之后，两亲家要有礼仪性来往，已定亲男女双方见面和往来也更加频繁，两亲家成员之间，尤其定亲男女对对方父母的称谓，也应该有所变化。按照风俗，凡定亲男女自定亲之日起，就要改变对对方家庭成员的称呼，应分别按对方的口气称呼长辈。在定亲仪式上，女家要安排定亲女子到酒席上去拜见男家前来定亲的长辈，在孝义一带，称为"改口"。

在定亲之后男女双方来往中，所带礼物是有一定讲究的，尤其是男家要给女家拜年节。准女婿到女家中拜年节，必须要有丰盛的礼品，否则会被人瞧不起。而且，女家是可以不给男家回礼和拜年节钱的。

换帖订婚送完彩礼之后，接下来就应该预定结婚的吉年吉月吉日吉时了。

这道程序在周公所订"六礼"中叫"请期"，即男家送聘礼后，又托媒人"请"女家择定迎娶的时间，民间俗称"选日子"。过去的"请"，其实只是一种谦词，含有"不敢自专"的意思，因为事实上都是男方决定好时间后再去通知女家的，一如宋人程颢、程颐在《二程集》中所言："请期实告婚期也，必先礼请以示谦。"在贾家庄婚俗中，确有名副其实"请期"的含义，因当地笃信"坐床喜"，希望新婚之日便能让新娘怀孕,因此,为避开女子经期,就要咨询女家意见。

请期的依据是"择吉"。古人既然认识婚姻关系的确立乃"天作之合",结婚日期与时辰理应顺乎天时才会有好结果。据《史记·龟策列传》中记载,先秦、秦汉之际,选择"吉日良辰"的办法主要靠占卜,卜者通过观察卜骨上的裂纹决定婚嫁吉日,如:"横吉榆仰首俯……可居家室,以娶妻嫁女。"

后来,阴阳家、风水家、星命家等各路专家都来兜揽为人娶妻择吉的生意,五行占卜成为选择嫁娶吉日的主要办法。尤其是东晋道士许真君编了一本《玉匣记》,更是风行后世,至今沿用。

这也可以理解,在我国古代,人们的生产生活都与民俗密切相关,无论干什么,人们都希望能在一个吉利的日子里进行。婚丧嫁娶择日而庆,渔猎出行择时而动,无论从政、经商、求学、出行、婚丧嫁娶、围猎打鱼,甚至于洗澡、理发,都要选一个黄道吉日。

择吉,雅称选择、涓吉、诹吉,俗称看日子、拣日子、看好儿。它是一种方术,源远流长,又深入人心。一般来说,择吉选择的对象通常是时间或者方位,目的无非是趋利避害,趋吉避凶,指导人们在正确的地方做正确的事情。从心理学的角度讲,这样做也满足了人们内心的美好向往。就性质和本质而论,择吉术和其他方术

◎各种版本《玉匣记》书影

并无不同，它们不过是对同一事物的不同角度的把握和陈述而已。

如果以发展的眼光看待历史，我们不难发现，断裂了的历史表象背后，古老的文化传统一直在顽强地发挥着作用。择吉习俗是一种文化现象，它具有多方面的文化意蕴，值得深入研究和探讨。

具体说来，择吉是人类生存状态的反映。

毫无疑问，所谓择吉，其实就是人类选择、利用有利条件，避开、克服不利因素所做的一种努力。择吉还是人类的一种生存方式。择吉的直接目的，就是为了安全。

择吉这种生存方式，今天还在沿用，可以肯定，未来将会延续下去。

再加上之前的合八字，可以算作婚姻大事上的又一重保险。

孝义一带订婚择吉的诸多讲究，亦是从此而来。

嫁娶择吉的主要依据之一，是看所谓"神煞"的当值时间和位置。在皇历书上常能看到"是日月破，大事不宜"、"是日吉星天德"等字样，这里的"月破"、"天德"，就是当值神煞的名称。神煞有吉神凶神之分，嫁娶时间之年月日辰是宜是忌，首先就要确认这个时间是哪一尊神在哪一个方位当值，然后做出趋吉避凶的安排。比如"岁德"就是年神中的吉神，所理之地，万福辐辏，自然是办婚事的好年头；倘若凶神"太岁"驾临，就必须回避。子、午、卯、酉为"当梁年"，旧时结婚有忌"当梁年"习俗。晋人张华在《感婚赋》中说"彼婚姻之俗忌兮，恶当梁之在斯"，即指此。

择年之后，还要择月、择日、择时，所依准则与择年相似。按前述《增补诸家选择万全玉匣记》的说法，嫁娶最宜天德、月德、天赦、天喜、三合、六合等各尊吉神在位，则年、月、日、时无一不吉；相反，如月破、平日、劫煞、厌对、大时、天吏、四废、五墓、往亡、八专等神煞并集，则年、月、日、时无一不凶，切不可操办喜事。书商把这些印在黄历上，稍微懂点这方面知识的人，想看婚嫁日子，只需"照老黄历办事"就行了。

择日除了阴阳化生、神煞轮值这一套外，孝义民间还有一些选择吉日良辰的习俗。《周礼》中说："二月，冠子嫁女之时。"什么缘故呢？《白虎通·嫁娶》中有解释：春天是阴阳交接、万物生发的时令，男女婚配就是阴阳交接，所以春天结婚乃是顺应天时之举。

当然，在《诗经·卫风·氓》中认为秋天嫁娶更合适："匪我愆期，子无良媒，将子无怒，秋以为期。"译成白话就是：不是我失约，是你没有请到好媒人；你可别生气，秋天就是我们的婚期。《荀子·大略》中说："霜降逆女，冰泮杀止。"就是说从霜降之时开始，可以迎娶新娘，到河冰融化的时候停下来。《孔子家语》中也说："霜降而妇功成，嫁娶者行焉。冰泮而农桑起，婚礼而杀于此。"可见，农夫开春就要下地干活，从事耕作，只有到了秋收以后，粮食归仓，才有时间、才有物力去置办婚事。《诗经·关雎》中说："参差荇菜，左右芼之。窈窕淑女，钟鼓乐之。"这对男女结婚的季节，也正是秋天荇菜成熟的时候。另外，"六礼"中屡以雁为礼物，而雁恰是秋天才来的候鸟，那个时候的雁最肥最美。当然，这也只是笔者的妄自揣测。

在孝义一带，人们更喜欢年岁终时娶媳妇，一来是迎娶前需要过大定，农民只有等到秋收后才具备这个财力；二来也只有农闲时才有时间操办人生大事；三是据说那位坐镇灶头司令纠察的灶王爷每年腊月二十三要上天述职，除夕夜才回来，这段时间，没有鬼神侦窥罪过，所以能百无禁忌地热闹一番。民谚"有钱没钱，娶个媳妇过年"、"腊月二十三，灶王爷上西天，婚嫁无忌日，好娶新娘过新年"，正是这种观念的反映。

在本书第四章"万伦之始"开头就已提到，清乾隆三十五年《孝义县志》明确记载"民习简略，吉凶庆吊多俭不中礼"，这是因为当时当地经济没有搞起来，百姓也多不注重礼节。后来，时移世易，一切大不一样了。尤其是现在的孝义经济，在全国的县域经济中，也是排名靠前，而婚姻为人生大礼，讲究也是理所当然。

而且，按照农时选择结婚吉日的风俗至今仍然普遍存在，只不过，随着生产力的发展，人们已不局限于在秋冬之时举行婚姻大礼。人们更多地把男女婚配的时间交给了算命先生，古时的巫师已经被会看黄道吉日的"阴阳先生"所替代。

当然，该讲礼的地方还是要讲礼，所谓传统，就是对前人的尊重。所以，就是到了经济高度发达的现在，有钱的孝义人在完婚之日，仍然要请"阴阳先生"选择。这是因为吉日选择存有许多禁忌和讲究。

在婚嫁吉日选择上，首先要避开忌年。在孝义一带，有"一家中当年内不能一进一出"的说法，就是说在一个农历年期间内，一个家庭中不能举办既娶媳妇又嫁闺女两件喜事，人们认为这将导致家中有人去世。而且，农历年没有立春，也不宜结婚。

之后，则要避开忌月。比如有"五月差误"的说法，意思是在五月内结婚，将导致两家不和或婚事失约，又说"六月娶半年妻"，意思是六月结婚不会有圆满结果。现在基本上不受时令的禁忌，但也有日子的挑选，比如有"三六九，遍地走"的说法，意思是农历初三、十三、廿三，初六、十六、廿六，初九、十九、廿九，都是吉日，适合办喜事。民间的说法是，三、六、九是皇帝和大臣上朝的日子，自然吉祥无比。

在孝义南阳，请阴阳先生择吉，要考虑男女双方及父母的生辰八字。所选的日子，不仅要对即将完婚的男女没有什么关碍，而且对双方的父母也不能有什么不利，还要对男女两家的未来家业兴旺没有什么危害。王正杰编著的《娶媳妇子·嫁女》这样说道：

选择嫁娶吉日，于某年某月某日某时大吉，如子年生女命，六腊月大利，在选不将黄道日，选岁德天德月德母仓杀贡日，二十八宿吉日，宝义专日更吉，再与本命相生。总之，大煞避之，中煞制之，小煞纷纷不论也。

考虑了生辰八字，还要与完婚者的属相结合起来选择。人们认为，不论哪个属相，都有吉与不吉的月份与之相对应。如马、鼠宜五月、十一月嫁娶，鸡、兔宜正月、七月婚配，狗、龙宜二月、八月完婚，蛇、猪宜三月、九月成亲等。但是，实际上因男女双方属相不同，在吉日选择上常有矛盾发生。在南阳，有两条流传较广的完婚大利月歌和小利月歌，人们据此选定结婚吉日。大利月歌为：

正月七月迎鸡兔，二月八月虎和猴。
三月九月蛇与猪，四月十月龙和狗。
羊牛五月十一月，鼠马六月腊月求。

小利月歌为：

鼠马是正七，龙狗五十一。
蛇猪准二八，牛羊在四十。
三九是猴虎，六腊属兔酉。

在孝义下堡，娶亲吉日，还忌讳三种属相。凡忌讳三种属相的人不能参加迎亲、送亲。据阴阳先生讲，三种属相者只要新娘上车、下车时回避一下即可，也可以参加迎亲、送亲。

在孝义高阳，择日时，要提供男女双方及父母的生辰八字，但主要是按女家的属相去择日期、选利月，有"正七迎鸡兔，二八虎合猴，三九蛇共猪，四十龙合狗，牛羊五十一，鼠马六腊月"的说法。日期要对双方有利，并由先生开一张单子，上书：×月×日迎亲大吉，×月×日纳彩大利，上车宜向喜神方，下车宜向贵神方，引新娘忌、×、×相。关于忌三相，一般是按女家属相的第一、第五、第九相，所以有新人头上一、五、九之说。如新娘属鼠，忌牛、蛇、鸡三相。

在孝义南阳，嫁娶还有忌日。王正杰编著的《娶媳妇子·嫁女》中说：

忌月压，压对日书云：月压妨翁压对妨姑也。忌阴将阳将。阴阳俱将日，书云：阳将男死，阴将女伤，阴阳俱将夫妇并亡，阴阳不将乃为吉昌也。

每月初一不出嫁，红嘴朱雀日。

忌小红沙、黄沙、披麻杀，天罡河魁，冰消瓦解，重丧重复，阴阳差错，往亡归忌，岁破月破大耗，月忌日杨公忌日。十二建星忌破闭日。二十八宿忌亢、氐、心、牛、昴、参、鬼星翼日忌大败日。彭祖百忌，亥日不行嫁。

结婚吉日也有特殊情况，比如在孝义一带存在的"尽孝娶"，这种习俗是男子在为去世老人守孝期间完婚。居丧期间完婚，与我国古代丧葬习俗相矛盾，但又必须结婚，怎么办呢？这就得根据实际情况权宜变通了，于是出现了结婚要选择吉日的风俗。实行尽孝娶者，有的是因为结婚吉日已经邻近，但男家中意外有至亲去世，一时又无法变更结婚日期而不得不采取尽孝娶的方式；有的则是采用尽孝娶的方式来提前完婚，借以安慰父亲或母亲新遭丧偶的悲痛，又使刚进门的媳妇能为去世老人送葬尽孝；有的则是因为尽孝娶这种完婚方式可以礼仪从简，能够避免讲排场和铺张浪费。尽孝娶完婚一般不动鼓乐，不贴喜联，宴请的亲友也较少，新人进门时，在堂的棺木要暂时用红毯子盖起来，其他礼仪照常。

在惠西成与石子编著的《中国民俗大观》中可以看到，尽孝娶在明代很盛行，或称为"荒婚"，或称为"冲喜"。清人褚人获在《坚瓠续集》中说：

世俗以父母死不得成亲，而于垂死之日行亲迎之礼，谓之"冲喜"。迨已死而娶，谓之"乘凶"，谓之"荒亲"……今阀阅之家，父死，七中停丧，忍痛出赘于外，居然衣锦食稻，其良心丧尽，为何似也。史称石勒禁在丧嫁娶，历代贤君反不禁止，何哉？

可见，这种风俗在北朝之际就已经出现。

服内完婚与我国古代"百行孝为先"的观念相悖，也同"守孝三年"的孝道观相左。之所以出现这种风俗，原因有三：一是怕延误婚姻大事，如同清人方象瑛在《俗砭》中说的那样："世俗遇亲丧，男女年长及时者，皆吉服婚配，云七日内乘凶不忌。"二是可节省完婚费用，如同清人李淦在《燕翼篇》中所言："至于近俗有所谓'孝里抄'者，于亲丧七日内即娶妇，无非两家图省事耳。"三是阴阳先生的"冲喜"论。

虽然文献中大多将尽孝娶称为"冲喜"，但是在孝义一带所说的"冲喜"，主要是指已订婚男子在久病不愈的情况下提前迎娶新人，以图恢复健康。过去科技不发达，男子久病不愈，家人往往求神拜佛，请巫问医。巫婆、神汉大都催促男家提前将已订婚女子迎娶过来，希图以新人的喜气来冲掉积在男子身上的邪气和晦气，使男子疾病得以痊愈，尽快恢复身体健康。

总体说来，完婚吉日一旦选定，男女双方都要严格执行，不得随意变动。结婚之日就是刮狂风、下暴雨也得按时举行婚礼。所以俗话讲："择日已定，不得改动。后移死婆，前提死公。"人们精心准备了半天婚嫁，耗财费力，吉日一旦更改，又要平添不少负担，所以才会有如此决绝的咒语。

结婚为人生大事，有吉日，也讲究吉时。汉儒提倡"昏时行礼"，认为这是阴阳交替的时刻，以此来象征分别代表阴阳两种势力的男女结合。而且，"婚姻"的一种含义也与夜婚有关，《礼记·昏义》中说：

娶妻之礼，以昏为期，因名焉。

《白虎通·嫁娶》中说：

婚姻者，何谓也？婚者，昏时行礼，故曰婚。姻者，妇人因夫而成，故曰姻。

据贾家庄陈家琰等人考证，孝义一带，在清末民初，娶亲拜堂吉时仍多为昏时，只是后来因为生产劳动等因素影响，才将吉时提到了中午前后。

这就可以理解为什么在孝义一带多将男女结婚的吉时定在中午前。将吉时定在中午前，不仅与人们的生活规律相吻合，而且也能体现光明正大、喜气洋洋的婚姻特点。

吉日、吉时选定之后，就要"送日子"。男家将选出的几个完婚吉日一并送到女家，以便女家选择。

这种仪式相当于古代"六礼"中的请期。

第九章 群忙备婚

俗话讲："儿女完婚，忙煞爹娘，操碎肝肺，累断心肠。"

送日子之后，女家忙嫁妆，男家也在为迎娶新娘做些必要的准备，男女两家各自都开始为儿女的婚事忙活起来。

这在贾家庄婚俗的系列程序中，又叫"群忙备婚"。

完婚对于男家来说，是添人进口的大喜事，所以，无论家境再贫寒、手头再紧缺，都会尽量将喜事办得热热闹闹、体体面面。男家除将骑马轿等迎亲工具准备得停停当当之外，还要将洞房和喜棚布置得漂漂亮亮，将婚宴办得排排场场，将人手邀得周周全全，将鼓乐准备得妥妥当当。

在贾家庄婚俗中，群忙备婚是重头戏。

群忙备婚，既包括男女两家为迎娶新娘而做的各种准备，又包括新郎亲自前往女家迎娶新娘。可以说，从这种系列性风俗中，既能体现出贾家庄婚俗的特色，它热闹喜庆，又庄重风趣，也见证了汉民族婚俗发生、发展和变异的历史进程。在为迎亲所做的系列准备工作中，对新人的祝福，重点主要在早生贵子上，充分显示了传统婚姻注重生儿育女的功能，也合乎婚姻的本义，为祖宗负责。

在布雷多克的《婚床》中，描述了一场20世纪20年代中国婚礼的准备活动。两个家庭都很殷实富有，婚礼的"择期"由新郎家来选定。他们发出"龙凤帖"，龙代表男性，凤代表女性，随帖还送去龙凤糕、丝绸、茶叶、水果、一对活鹅和几罐酒。这些礼品装在篮子里，由身穿婚礼装束的仆人用扁担挑着，沿城镇的主要街道招摇过市，依此将订婚公之于众。婚礼订在牡丹月的第十九天，即花卉女神的生辰日——因为新娘喜欢这一天。婚礼前四天，亲戚和朋友们都来帮着筹备。新郎家已经将食品和饮料——酒、糕点、烤鹅、鸡鸭、腌猪肉、羊肉、糖果仁、甜水果和自制蜜饯——送到新娘家。新娘家出于礼貌的考虑，也把相同的食品送往新郎家，以示回敬。心花怒放的仆人挑着篮子在两家之间奔走不迭，因为每送一次货他都会得到慷慨的赏钱。婚礼的前一天，一个由九十一根扁担组成的队列将新娘的嫁妆运往婆家。每根扁担由两个人抬着，吹鼓手在队前列后吹奏着各种管、弦和打击乐器。挑扁担者身穿艳丽的婚礼服装，大家具都用红布盖着。箱子里装着用昂贵的丝绸覆盖着的陶瓷、象牙、铜、玉等珍贵器皿，但有一只饰着小鸟雕塑的瑞士报时钟却露在外面，以便村子里的人可以欣赏它。

从送给女方的礼品有"鹅"来推断，这里描述的当是江南的婚俗，但其中婚礼前的诸多准备活动，与孝义贾家庄婚俗不无相似之处，比如择期送龙凤帖、娶亲礼物、响器班子的伴奏等。只不过洋人的描述多写目力所及，写活动中看到的景象，对具体仪式较少提及。下面且从孝义一带的"群忙备婚"，展现贾家庄婚俗的特色。

先说准备新房。

男女两家定妥了吉日良辰，喜庆大典的一应准备工作随之开始。

男家要做的头一件大事，便是为儿子娶媳妇准备新房。在孝义一带，最近十年来，农村的一般人家往往盖新房与娶媳妇这两件事分为一篇文章的前后篇来做，所以这个"新房"才是真正意义上的新房。

事实上，即便现在在城里，人们要为子女准备婚房，首先要做的，也是购置一套房子，然后按儿女的意愿进行装修。孝义一带农村，房屋多为窑洞式建筑，盖新房也多与老宅相连，因为按照传统观念，男家娶媳妇首先是伺候婆婆的，所以《红楼梦》第九十六回介绍贾政对宝玉大婚的准备，一切"听凭贾母交与王夫人、凤姐儿了，惟将荣禧堂后身王夫人内屋旁边一大跨所二十余间房屋指与宝玉，余者一概不管"，反映的正是这种观念。至于穷苦人家结婚，就只能像《白毛女》中所唱"鸟成对，喜成双，半间草屋做新房"了。

除收拾新房之外，还要准备家具什物。讲究的人家，都按照新房的布局、屋子的尺寸及实际的需要来设计家具，然后雇工匠打造或请家具行定做。常见的新房卧室家具有可挂帐幔的炕、炕桌、炕柜、大小几案、立柜、带抽屉的横柜、圆凳、靠椅、衣架等。新房的客厅家具，有八仙桌、太师椅、花架、屏风等。

这里多提两句新房内家具上的图案。因为是为新房准备，家具上所刻图案自然多有喜庆新婚的祝福含义。我在贾家庄民俗博物馆就看到搜集的一系列柜子，这些柜子显然最初都是作为结婚家具留下来的。

比如事事如意，这是一种由柿子和如意组合成的纹图，一般用于大件家具边缘的雕刻，其中"柿"既代表祥瑞，又取"事"的谐音。如绘两个柿子与灵芝或如意联结，就叫"事事如意"；如果再配上百合花或百合根，就叫"百事如意"；倘将百合花换成万年青，就成了"万事如意"。

又如瓜瓞绵绵，这是一种由葫芦和藤蔓联结而成的图案，多呈圆形，语出《诗经·大雅·绵》。首句"绵绵瓜瓞"四字，成为一种祝愿子孙繁荣昌盛、兴旺发达的吉祥图案的名称。瓞即小瓜，瓜瓞绵绵的含义为瓜始生时常小，但其蔓不绝，会逐渐长人，绵延滋生。传统的绵绵瓜瓞图有两类，一类是瓜连藤蔓枝叶，另一类还加上蝴蝶图案，取蝶与瓞同音，美丽多姿的蝴蝶还能烘托甜蜜的新婚气氛。

再如鸾凤和鸣。这是一种绘以凤凰互相追逐的吉祥纹图，多用于大件家具如床榻、立柜的木雕。典出《左传》："凤凰于飞，和鸣锵锵。

有妫之后，将育于姜。五世其昌，并于正卿。八世之后，莫之于京。"意为：凤与凰捉对儿飞行，一唱一答，和睦相亲。妫氏的苗裔，要在姜氏的田园里开花落英。一连五世繁荣兴盛，爵禄高位比正卿。到了第八代后，就要谋划取代国君。后来，"凤凰于飞"、"和鸣锵锵"、"五世其昌"都成为新婚祝吉的贺词。其中"鸾凤和鸣"更是常用于家具图案，以示夫妻恩爱、子孙繁盛。

新房布置中占据重心的，其实是洞房。

洞房是民间对新郎新娘所住新房的俗称。在孝义一带，洞房布置主要是以炕为中心。新人结婚所用炕必须用涂料粉饰一新，洞房墙壁也要用石灰刷得亮亮堂堂。绣花枕头只有一个，但又大又长，足够一对新人享用。炕的四周挂有绣花缎帷，上头还挂着绿锻绣花方巾。炕的一头摆有被称为"展柜"的炕柜，里面放有茶壶、茶碗、托盘待饮茶用具。洞房靠墙处摆放着大柜小柜和梳妆台、洗脸架等。墙上挂有一面以红绸绣球装饰的大型美人镜，四周饰有各种喜庆图案，整个洞房布置得喜气洋洋，花团锦簇。这种窑洞式的洞房倒也直追古风，体现了洞房的原初含义。乡村是窑洞，就是后来城镇里的有钱人盖起了院子，住宿的地方仍为窑洞结构。这从贾家庄至今存留的十余处老宅院就可以看出来，前面三进院落，最后一进仍为窑洞构架。就是说现在的房子不是直接在山里掏洞，而是砖土结构，只不过顶部做成拱形，少窗有门，走廊也是拱形的，走廊两侧各户屋顶也是拱形的。

孝义旧时民居多为窑洞，这也符合洞房最初的起源。传说在秦始皇时，阿房宫中有一个名叫三姑的女子不甘蹂躏而逃到深山中，在山洞里与一位名叫沈博的避难儒生结为患难夫妻，生活虽苦，婚姻却很甜蜜。从此，新房便被称为"洞房"，带有夫妻同舟共济、恩爱幸福的寓意。但据学者考证，洞房的起源，是因为族外婚盛行时钟情男女

◎洞房

野外媾和的主要场所为山洞。传统观念认为,洞房是新婚夫妇开始新生活的起点,所以民间对洞房的装饰和布置格外重视,借以表达对新人的美好祝福。

上文所述的洞房新房装修也是现代模式,根据贾家庄陈家琰先生的考证,更早年间,孝义人布置洞房的步骤是:先贴刮,再粉刷,然后画炕围,油漆彩画故事,彩画故事内容有山有水,有花鸟鱼虫,有二十四孝图,有仕女图,有园林游景图等,在这些基础上再布置古式家具、字、画等。总之,士农工商,因家庭经济条件差异,洞房准备自然也千差万别。

但差别再大,洞房装饰上,贾家庄婚俗必不可少的就是喜庆吉利的剪纸。在贾家庄婚俗中,孝义人可谓把当地最富特色的剪纸艺术发挥到了极致。

剪纸又称喜花,就是因装饰洞房而得名。装饰洞房的喜花图案有麒麟送子、凤戏牡丹、莲生贵子、龙凤呈祥等,有的还剪出老鼠娶亲等成套诙谐图案。这些剪纸要么贴在洞房的墙上、窗上,要么贴在顶棚上、门上,整个洞房因为有了这些大红喜花的点缀,显得喜气洋洋。

在贾家庄,新房布置尤其讲究。房内要倒贴双"喜"字,挂彩带,点长明灯。窗户四角贴三角红纸,

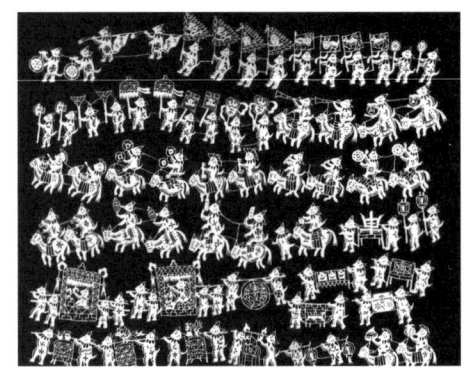

◎老鼠娶亲

内放核桃和枣。准备新娘"坐厚承"的被子一床，内放五颗核桃、两颗枣。窗台上一左一右放两个小花糕。新房内一派洞房花烛景象。

这个窗户四角糊红纸包枣包核桃的风俗，与地中海国家的某些风俗类似。比如他们会在婚礼举行前举行婚姻床垫仪式，类似于中国的铺床风俗，只不过他们是由七名已婚女傧相缝好褥垫，并且要在垫角绣上十字，然后再把银币放进垫里。在欢乐的提琴和笛子音乐的伴奏下，女傧相们唱道：

四个十字已缝在四角，
新娘和郎君可以成双歇息。

然后人们把一个男婴放在做好的垫子上打滚，并为新婚夫妇生男孩而祈祷上苍。

由此可见，中外婚俗中实在有许多异曲同工之处，也可见出贾家庄婚俗中的诸多民俗是怎样结合了本地民风，形成了自己的特色。

在孝义高阳，洞房窗台上要放一对"花糕"馍，形状像金字塔，直径五寸，高五寸，用红枣裹面片拼缀堆成，蒸熟后插一朵红花或芙蓉花、一枝柏叶，寓意为向上爬高，百无禁忌。

窗角用正方形红纸斜对折成三角袋，内装一对核桃、一对枣，以及黑煞神馍。

院内摆铡刀一口、谷草一束，由新郎哥嫂在院当中切成寸段。一般是兄切嫂擩，他们手中不停，嘴里吃着油糕，还念念有词："伯伯切，大娘擩三擩，切三切，养的儿不像他妈像他爹。"一人一句，围观的亲朋好友还要取笑打闹。切完后，一部分装入子孙枕——一对扁枕头内，一部分装入小笋内。

一切准备停当，万事俱备，就只欠迎娶新娘这道东风了。

不过到了娶亲日子，仍有一些琐碎仪式需要完成。比如，帮忙者在凌晨用红纸盖住水口（龙口）、青石（青龙）、砂石（白虎）、神龛，意思水为财口，防财流走，糊石头是为了压住白虎。

比如，赵钦畲、王正杰二位先生在孝义杜村西房庄搜集的婚俗礼仪中，还有挂门绸的仪式。男女两家洞房门楣上挂红绸，宽约一尺，长过门框，意为红色压邪，喜气进门。其余糊窗角、切谷草与高阳风俗相近。较特别的是，还要糊尿盆。在新尿盆里放两元至二十元喜钱，五颗核桃、两颗枣，意为五男二女七子团圆。然后，用红纸糊住尿盆口，将尿盆放在洞房间柜顶上。

又，任安耀先生在孝义阳泉曲一带考察婚俗时发现，布置洞房仪式糊窗角、糊尿盆与高阳、杜村西房庄相近。只不过，在做这些时还会念吉语。比如在新房门上贴喜联时要念：

喜今日洞房花烛，望来年玉树生枝。
洞房花烛长夜时，红梅含笑柳展枝。
鸳鸯戏水恩爱意，喜爱牛郎配织女。
人生乐事曾几何，金榜题名得意多。
喜看洞房花烛夜，小登科胜大登科。

糊窗角时也要念吉语：

四角四朵云，当炕卧麒麟；
麒麟来送子，贵人喜临门。

张立本先生在考察孝义老营坪婚俗时提到：洞房门上贴对联、窗户糊蝴蝶包与高阳等地同，最有古意的是洞房内的"坐斗"。用一个老大木斗，内装谷子或高粱，粮中还插上"扎地剪子、等身尺、桃弓柳箭、照妖镜、宝剑、车辐"等廿八件宝器，代表廿八星宿辟邪。斗内还备一盏麻油灯，又称夜明灯。这只斗，要存放到收九才能撤去。直到20世纪70年代后，这种仪式才消失，但洞房内仍会备一幅长方形红纸"斗帖"，帖上内容多样，有的和阳泉曲贴喜联时念的吉语相同，也有的是回文歌：

喜花香开杏花喜，喜燕双飞双燕喜。
喜凤龙攀龙凤喜，喜心两爱俩心喜。

"斗帖"的位置是固定的，要贴近新娘身旁坐斗的背后。

此俗在旧时贾家庄也非常流行。

武俊礼先生在搜集孝义胡家窑婚俗时提到：等到娶亲队伍走后，才开始布置新房。由平辈人把被褥叠好，姐夫"贴画"，大伯子用包有核桃和枣的红绿纸糊好新房窗外四角。

样式无论如何变化，都是往喜庆祝福的方向走。

洞房布置停当之后，邻近结婚吉日最为重要的仪式就是铺房。

铺房，因为是以安放婚床为中心，故又称"铺床"、"安床"，是男家在结婚前一天举行的一种仪式，兼备祝吉与求嗣。

铺房习俗虽不见于"六礼"之中，但在完婚之前为一对新人准备好安寝之处，也是人之常情，也足见贾家庄婚俗中对新人的祝愿，父母为含饴弄孙做了多么完善的准备。

在唐代，铺房虽不见于记载，但已有在洞房内陈列百子被的仪式。

司马光在《书仪》中记载：

> 亲迎前期一日，女氏使人张其婿之室，俗谓之"铺房"。古虽无之，然今世俗同，不可废也。床榻、荐席、桌椅之类，婿家当具之；毡褥、帖幔、衾套之类，女家当具之。所张陈者，但毡褥、帷幕之类应用之物，其衣服袜履等不用者，皆锁之箧笥，世俗尽陈之，欲矜夸富多，此乃婢妾小人之态，不足为也。

足见铺房风俗在宋代即已盛行，而且也成了人们展示富有的窗口。后世铺房多不在炫富，重在祝福新婚夫妇恩爱有加，早生贵子。

在有关铺房习俗的较早记载中，前文引用的孟元老《东京梦华录》"娶妇"一节记载较为详细：

> 先一日或是日早，下催妆冠帔花粉，女家回公裳花幞头之类。前一日女家先来挂帐，铺设房卧，谓之"铺房"。女家亲人有茶酒利市之类。

足见铺房为男家摆放各种家具和日常用品，女家派人前去陈设新婚卧房的风俗。讲白了，床是新婚夫妇交欢和生育的场所，所以在新房布置活动中占有最重要的地位。

在贾家庄婚俗中，铺房由"全福"的妇人操作。所谓"全福"，就是夫妻俱在而且儿女双全。动手之前，先焚香祭拜床神。床神是一对夫妇，俗称床公床母。据说床公嗜茶，而床母好酒，因此祭床神时必备茶水与酒水。祭毕，按既定方位安放婚床。床角不能正对桌角，而是边对边，据说这样能保证夫妇和睦，不犯口角。

床安放稳当后，即挂帐幔，帐是女家送来的嫁妆，在孝义一带多用圆顶式，卷柳为圈，互相连锁，可张可合，俗称百子帐，隐含祝生百子之意。唐人陆畅《云安公主下降奉诏作催妆诗》云"催铺百子帐，待障七香车"，说的就是这种帐子。

　　比如，闫兴洇、闫耀录在白壁关搜集婚俗时发现，在这个地方，安床仪式纳彩之日就启动了。男家请"全福"妇女在被子上做几针，被角上放五颗核桃、两颗枣，被心絮点旧棉花和一个大红双喜字，在开絮被时窗台上置放一面镜子、一盆鲜花，表示明明亮亮，红红火火。

　　安床挂帐既毕，真正意义上的铺床就开始了，铺毡褥，展床单，折被衾，放枕头，红红绿绿，满坑满谷，像是办嫁妆展览。有的地方还让几个小男孩在床上打几个滚，俗称"压床"，有早生贵子的寓意。床上堆放着崭新的床单、布匹和毯子。婚床在新房布置好后，人们便抱一个或几个男孩子来，把他掼到床上——这是希望新婚夫妇第一胎生男孩而采取的祈愿方式。

◎床公床母

　　为什么要压床，民间亦有不少传说。一说，很久以前，有个劣绅娶妻三房皆无子女，到处求医问药。一个江湖郎中存心捉弄他，教他再娶妻时，先找两个小叫花子在新房里睡三夜，管吃管喝，保管有喜。求子心切的劣绅依言行事，新娶的老婆果真怀孕了。劣绅大喜，重谢郎中，又问他这是什么秘诀，郎中信口胡诌道："童子压床，子孙满堂。"

　　又说，过去有个勤劳善良的樵哥与老母同住两间草房，新婚前夕，有个瘸腿老乞丐半夜叩门，求借一宿。樵哥怜其孤苦，迎进屋里茶饭招待后,让他和自己在一张床上同睡。翌日醒来,门关得好好的,老乞丐却没了人影。正诧异间,听见门外老乞丐唱着数来宝走远了:"俺是散仙铁拐李,谢你小哥有情义;昨夜双压床,今晚坐床喜;生个胖小子,保管有出息……"说也奇怪,后来樵哥娘子果真生了个男孩。此事传开,都说铁拐李在传授仙术,于是两男压床求子便成了一种风俗。

民俗学家对庄床亦有不同解释。有人认为这是古代群婚制遗迹,亦有人认为压床实为巫术一种,意义双重,一来是禁忌空房或独宿,二来是求嗣祈子。

铺好床后,还有"暖床"习俗。

婚床铺好之后,夜间不能空着,由男家请个未婚小伙与新郎睡一个晚上。所谓暖床,主要也是祝愿新婚夫妇早生传宗接代的男孩,尤其是早生能够出人头地的男孩,体现的仍是汉民族婚俗功能的主旋律。

贴吉祥画也是铺床中的重要细节。

新房里张贴的吉祥画,就如家具纹饰描花、陪奁刺绣图案一样仪态纷纭,主题不出祝吉、祝子两宗,最常见的是"和合二仙"。和合二仙即唐初名僧寒山与拾得,他们总角订交,一起出家,先后去苏州枫桥边结庐修行,以募化所得,建成名动天下的"姑苏城外寒山寺"。后来,笑口常开的拾得与寒山被民间奉为欢喜之神,并画为图像,专门悬挂在喜堂上洞房内,以示祝福。寒山手执荷花,谐个"和"字,拾得拿个化缘用的食盒,与"合"字谐音,暗寓夫妻和谐美好

◎和合二仙

◎老鼠嫁女

之意。食盒中飞出蝙蝠，以"蝠""福"同音，象征美满和幸福。

此外，像"张仙送子"、"麒麟送子"、"老鼠嫁女"、"兰桂齐芳"、"抓髻娃娃"以及"鱼水欢"、"喜相逢"等题材，都是人们喜闻乐见的新婚瑞图，也常以剪纸形式表现，当窗花使用。

再说搭喜棚、喜帖与喜联。

在旧时贾家庄，一般在院中天地爷坛前举行婚礼。

为方便观礼，就有了喜棚。

结婚为人生大事，其间既要举行若干仪式，又要招待前来贺喜的朋友。举行仪式要有专门的场所，招待亲友也需要特定的地点，人来了房间小，坐不下是一方面，主要还是方便新人举行仪式时，众亲友有个观礼的地方。大户人家可以极尽奢华，没钱之人也要搭个草台。这便有了喜棚、喜帖与喜联等风俗的产生和流行。

说白了，喜棚就是婚礼举行期间男家为招待前来贺喜的亲友而搭建的临时性场所。时间呢，也要掌握好，必须在迎娶前夜搭好，亲朋来了，喝茶道喜，吃饭叙旧，也好有个去处。

在孝义一带，讲究的人家搭喜棚还分季节，春夏用凉棚，喜棚四周有卷窗，棚壁上镶有玻璃窗，棚顶四周有彩色挂檐；秋冬时用暖棚，喜棚中砌有几个临时性大火炉。在喜棚中，设有酒桌，以便前来贺喜的亲朋能够痛饮喜酒。

根据院落布局差异，喜棚或为两面，或为三面，或为四面。喜棚顶上安有红色栏杆，中间镶有彩色花饰，仿佛楼阁一般，远远望见就知道这家的喜事在操办了。

喜棚出入口处皆张灯结彩，挂有红、黄或红、绿两色绣球。有的还用红、绿、黄三色丝绸扎制成绣球，以取连中三元的美意。喜棚出入口处，通常以竹竿扎制成过道门，向前探有五六个"山尖"，每个"山尖"上都垂有一串红绸绣球，两边立框上交错装饰有各色彩布条。

喜棚为待客之处，喜堂则是新人举行婚礼仪式之处。民间一般将举行拜天地仪式的地方设置在堂屋中，故有"喜堂"之名。喜堂布置最显眼处是北面正中墙上高悬写有大红双喜字的喜帷，两边挂有喜联，其下为天地桌。喜桌上铺有红绸帷子，两边各摆一对大红喜烛。在孝义一带，天地桌上还立有祖宗牌位，供有和合二仙像。天地桌前放有拜垫，以便一对新人拜天地时用。

当然，这个现在也不太好区分，乡下人家，院子大，自然好办；城镇居民，一时拥挤，有时也在街头巷尾搭起台子。

在喜堂布置上，除大红双喜字高悬，彩灯高挂，红烛高照外，民间一般还在喜堂的墙壁上挂有福禄寿喜及三星图等吉祥挂图，同样寓意婚姻美满，万事如意。

贴喜帖和喜联，是装点婚礼气氛的又一种风俗。在孝义一带，购喜帖的时间一般为结婚吉日的前一天。从某种意义上说，在婚礼中，喜帖比喜联应用更为广泛。

红双喜字是一种吉祥喜庆符号，在婚礼布置中几乎到处可见。

贴双喜习俗的起源，据说与北宋王安石有关。相传王安石年轻时从老家江西去京师汴梁赶考，途中看见一户姓马的读书人在门楼上挂着一盏走马灯，灯上写着半副对联："走马灯，灯马走，灯熄马停步。"

原来这户人家有个才貌双全的女儿要招婿，小姐自己想出这半副联语来，谁能对上就和谁做夫妻。王安石欣赏这联语构思巧妙，当下心生爱慕，但一时想不出合适上联，又怕耽误考期，只得继续赶路。到了汴京，王安石下场应试，顺利闯过诗、赋、策论三关。没想到今年的主考官花样多，还要来一次考察应对敏捷度的面试。轮到王安石时，主考官手指衙前竖立的飞虎旗，出个下联："飞虎旗，旗虎飞，旗卷虎藏身。"要对上联。王安石开口就把马家姑娘的那副上联说了出来。考官大喜，颔首称赞。王安石不等发榜就出京城，星夜兼程赶赴马家。一看，那盏挑女婿的走马灯还在，他用考官出的下联应对，自然合了马小姐的心意，这门婚事就成了。拜天地的那一天，忽有报子来传：王安石进士及第，金榜题名。这可真是喜上添喜，乐不可支的王安石马上在红纸斗方上挥笔写下两个连体"喜"字贴在门上，即兴赋诗一首：

巧对联成双喜歌，走马飞虎结丝罗。
洞房花烛题金榜，小登科遇大登科。

从此，人们逢有新婚吉庆时，爱在门户、窗牖、厅堂和洞房器物上贴上红纸"囍"字，以祝福好事成双。后世称新婚为"小登科"亦由此而来。

不仅喜堂中要高悬红双喜字，而且在男家的每间屋中，乃至各种较为显眼的家具上、窗户上、门额上、盛粮食的瓮上、盛水的缸上、迎亲的花轿上，反正只要看得见的东西，恨不得都要贴上红双喜字。甚至在结婚时所用的被褥上、枕头上、门帘上、床帷上，也都绣有红双喜字。

在孝义一带，民间流行剪纸，红双喜字被剪出各种样式。这既充分显示了剪纸工艺的高超，又反映了人们对新婚美满的祝福。喜堂中所悬挂和张贴的红双喜字，一般是用整张大红纸剪成，有的为龙凤镶边，圆圈正中央的红双喜字状如牡丹，似画如诗，显得喜气更浓。

贴在洞房墙上或窗上的红双喜字，衬有鲤鱼钻莲、喜鹊登枝、榴生百子、龙凤呈祥之类图案，寓意丰富，也将平日素淡的院子装扮得分外喜人。

喜联则更能表达人们对新婚夫妇的美好祝福。

新房中悬挂婚联的习俗，据说也是起源于北宋。王安石官居宰相，听说同僚苏洵有个女儿才貌双全，便想给儿子娶来做媳妇。岂知苏小姐慧眼别具，与苏东坡的学生秦少游暗中相爱了。苏洵遂顺其心愿，择吉日为他们完婚。这苏小姐也不是省油的灯，新婚之夜给新郎出了三道题，一是做一首诗，二是猜一个谜，三是对一副婚联，三道题全答对了才许进洞房，否则罚在书房用功三个月。秦少游诗也做出了，谜也猜对了，再看苏小姐出的上联是"闭门推出窗前月"，想来想去，对不上来，急得他走到庭院中，对着一缸清水发愁。苏东坡听说后，有心替学生解困，远远咳嗽一声，就地拿起一块石头投向缸内，缸里水中天光月影被石块一激，顿时纷纷淆乱。秦少游顿悟，脱口而出："投石冲开水底天。"新娘子大喜。

此后，自矜有点文墨的人家，都喜欢在办婚事时用婚联装点新房，以供贺客赏析。旧时常见婚联有：

良缘实天作之合，好逑遂文定之祥。
箫叶鸾声，碧落会双仙之侣；卜闻凤兆，赤绳绵百岁之缘。
吉事有祥，已中雀屏之选；嘉仪顺典，荣承雁挚之颁。
姻联世缔，缘结三生。

还有两亲家相互吹捧的：

令爱四德俱娴，已克遵乎肇悦；小儿一经粗守，仅不失其弓裘。
令郎私淑俊英，早见兰芽茁秀；小女惭称窈窕，谩同榴蕊含芳。
幸结缡以成姻，敬束带而拜使。

这类联语多引经据典，如"文定之祥"、"天作之合"、"卜闻凤兆"、"雀屏之选"等等。

在孝义一带，男家喜事邻近之际，不仅要将庭院打扫得干干净净，而且要在大门上张灯结彩，门上贴喜联和喜帖。门上所贴喜联内容带有浓厚喜庆祝福色彩。在王守中整理的孝义相王婚俗中，有很多传统喜联，横批有：

龙凤呈祥　天作之合　珠联璧合　百年如合　诗题红叶
月明金屋　荷开并蒂　文定厥祥　凤翥鸾翔　五世其昌
彩耀青鸾　香喷玉屏　芍结双花

对联有：

吹箫堪引凤，攀桂喜乘龙。
良辰喜逢三合日，典礼正遇吉庆时。
百年佳偶今朝合，万载良缘今日成。
芙蓉镜映花含笑，玳瑁筵开酒合欢。
两姓结盟花并蒂，百年缔好连理枝。
玉镜人间传合璧，银河天上渡双星。

画眉笔带凌云志，种玉人怀咏雪才。
分担家国平章事，好咏河洲窈窕诗。
银烛光浮元月夜，紫箫吹彻玉堂春。
共结丝罗山河固，永偕琴瑟天地长。

无论富有人家还是柴门寒舍，结婚之际门院中一旦贴上喜联，感觉就大不一样了。什么是光耀门楣？这个时候，人们从门口进进出出，看看这些吉祥如意的话儿，不说是祖坟里冒了青烟，至少也可以说明后人在给先人长脸啊。要不然，门楣上怎么会透着喜气、射着喜光呢？

过去，普通人家的子弟完婚不讲究大排场，即使一般性的迎来送往活动，因家庭经济状况较差，也难以应付。因此，同我国多数地方类似，孝义一带在结婚之际，也产生了一些带有互助性质的组织，以帮助完婚之家把喜事办得圆圆满满，称心如意。

婚礼举行之前，男女两家各请亲友和邻里帮助，俗称帮喜。主持操办喜事的负责人被称为"总管"。除了总管，在侯兆勋先生撰写的贾家庄婚俗中，我还看到了一个更现代化的说法：经理。经理当然是代替包办、全权代理的意思，有公司化管理的架势了。显然，也是近年来出现的说法。经理不是总管，他是娶亲时男方的外交代理，过去叫"跟班的"，新郎年幼，若是失了礼，就会被女方笑话，于是就有了这个专门负责招呼新郎、提醒新郎注意各种礼仪仪式的侍候人。

经理也好，总管也罢，这个管事人相当于孔子时代之前的儒生。儒生就是当时在齐鲁一带专搞婚丧礼节的职业人士。由此可见，总管在乡村一带很重要，第一要懂礼节，第二得有些文化，属于传说中的能人。

总管要按照主家的意愿统筹安排各种完婚事宜，事务也杂，不外乎写喜联喜帖，下请柬，请鼓乐，请厨师，租花轿、车马，邀请帮忙人员，安排迎来送往，宴请宾客，等等，不一而足。喜事能否办得红红火火，主家花钱是否俭省得当，客人是否欢心满意，礼仪是否周全完备，几乎全看总管的能力如何。因而这个角色的要求不低，所以一般都会请干练、计划周到、既懂礼又有威望的长者担任。

在贾家庄婚俗中，燕福金就是因常做总管，所以成了这项全国非物质文化遗产的传承人。他是贾家庄的能人，他的能说会道在村里也是远近有名。至于婚礼中其他各种勤杂人员，大多为亲朋友邻，充分体现了邻里相助的风俗。

侯兆勋在解读贾家庄民间传统婚俗时提到，四十余道主要民俗活动中，其中一项即为"群忙备婚"。在结婚日半月前，各约定一天，请总管、经理、媒人、礼房先生、厨师到家共商喜事分工准备事宜。婚日前三天，嫁娶双方杀猪宰羊，安锅动灶，撑棚搭架，而妇女多人围在一起或剪喜花，或捏面花，或蒸菜饭。总之，邻里相帮，已成村风。

在孝义白壁关，婚后逐户回赠小米、绿豆、豇豆、黄豆等一茶盅，也是因为之前群忙备婚，主家对帮忙的乡邻聊表谢忱。

在贾家庄婚俗中，在下聘订婚后，会将女方家送的合饼切成指头宽的条块，向村中四邻友好及亲朋每家分送一块。这个风俗，既是为了向人说明儿子今天订了婚，又是日后"群忙备婚"的先声，相当于提前邀请大家光临。男家一般都在院中搭起喜棚，劈出一角作为厨房。喜棚的墙上贴有醒目的执事人员名单，上书众人的职务和姓名，从总管、迎宾，到担水、烧火，一应俱全。到时候，各司其职，保证婚事既热闹非凡，又忙而不乱。

在娶亲日，总管还要写好迎亲人役单，包括新郎、伴郎、经理、介绍人、鸣喜炮郎、摄像、乐队、司机等，以便女家做好接待、备餐、付喜钱等事宜。

除去完婚中的邻里互助性风俗外,还有一些带有营利性的组织,其中,以鼓乐和花轿服务最为多见。

且说鼓乐服务。

自有文字记载以来,音乐、歌曲、舞蹈一直是筹备婚礼的重要组成部分,是正式婚礼不可分割的一项仪式,从提亲开始,到婚礼结束,都能看到乐人的影子。

在孝义一带,以鼓乐服务者被称为"喜事班子",由打鼓者、吹喇叭者等民间艺人组成。乐人属于下人,旧时吃饭都在大门外,放一张桌子就餐。在孝义一带,又称响器班、捣鼓的、吹打的、红火,现在多以"乐队"统称。《三晋石刻大全·吕梁市孝义卷》中有《立揽乐户碑记》,当时雇佣乐人,还有专门的条文相互约束:

立揽乐户人宋克纪、宋克柱。今揽到司马镇阎镇众姓爷台下应事侍候,今蒙社首议定工价一切条规,情愿遵依,永远奉行。如遇风雨亦不敢违误日期。倘有故违,任凭禀官责处,亦自甘心。并且许作事之家另雇别人。恐后无凭,立此揽约存证。

计开条规于后:

每一日一名工钱一百文,每名饭蒸食一斤,按时价折钱。如吃饭两大盘菜,不计多样。每名早饭用酒二两,午饭用酒二两,按时折钱。如遇白事,早、午、晚用酒六两。如遇喜事,每名穿红衣钱十文,随主家便,有则穿,无则不穿,喜钱十文。凡有孝事座客处谢孝,要跟随侍候,不许自进宅。折羊首、蹄、油、食,由东家赏赐。拜鼓随主家便用，远近不许雇人担鼓，要乐人自背。如用八名要吹一一杆，用十名吹二杆，门鼓接客五名吹一杆。七月十五日献戏，清明节献戏，每名工钱一百文，饭钱一百文。只许折羊首、蹄。另外不许如乐人在门侍候，主客出入不许坐卧，要站立侍候。夏秋不许地内捆背粮食，并无抽丰告助。如不遵村规，另雇别处乐户。

在见人　地方任永清
嘉庆十年二月二十一日
立揽乐户人　宋克纪　宋克柱

可见，除了在迎娶前要在庭院搭喜棚，还要在门外搭响房，供响器班子歇息用。

在孝义高阳，迎亲队伍即以鸣锣开道，有鼓乐两班。

在20世纪90年代前，孝义出名的响器班有令狐的、郭家掌的、曹村的、碾头的。名艺人有宋守庆（三留留）、宋培祯（四喜子）、李昌宏、李宝柱等师傅。山区婚事，他们提前一天到达，平川是在正日太阳出山前到。过去，艺人多为男性，没有演唱者，全由唢呐等乐器演奏。人数少则六七人，多则八九人，分两班，一班是"火炮"，另一班为"灯影调"。

王正杰先生在《响器班行语解密与吹打曲目》一文中详细谈到了响器班在贾家庄婚俗中的作用。婚庆时，响器班在什么时候演奏什么曲目都非常有讲究。

正日前一天，下午五时至晚十时许，响器班演奏《拜场》、《开鼓》、《将军令》、《坐场》、《赐环》和灯影调等，灯影调是孝义皮影戏曲调的一种。

正日早晨，由火炮演奏《开鼓》、《将军令》。火炮由小鼓、铙钹、马锣、小镲、唢呐组成。请神子时火炮演奏，挂神子奏《拜鼓》，演奏曲目有《开门鼓》、《水龙吟》、《坐帐》、《前皮》、《后皮》、《滴流子》、《三眼腔》、《前怀兰玉》、《后怀兰玉》、《对舞》、《对蹈》、《紧拜场》、《全尾声》等。

正日早饭后，演奏灯影调。灯影调由六人演奏，亮锣兼狗娃子、大唢呐、小唢呐、胡胡、笙、小镲兼木头。演奏曲目有紧皮腔《十全全》、《割韭菜》、《富棒槌》，慢板皮腔《东书令》、《吊棒槌》、《翻番溜》等。

祭祖祭路时，响班分两班，一班是火炮，随祭祖祭路出行；另一班灯影调坐场。火炮奏《三道腔》。

娶亲起程时，响器分两班，前一班火炮奏《将军令》，后一班灯影调奏《逛野鬼》、《懒棒槌》。起程前进院内逆时针方向绕院心香炉台一圈。

迎亲队伍路过村庄时，响器即兴演奏曲目。到女家，火炮一班在门外等候，灯影调一班迎新郎进院落坐。新郎行礼认亲时，演奏《小开门》、《火中莲》、《驻马厅》。

新郎新娘披披绸时，平川地区演奏火炮，西部山区演奏灯影调。新娘起程，响器分前后两班，火炮吹奏《三道腔》、《德胜回营令》等。

到新郎家后，前一班火炮门外等候，后一班灯影调迎新娘进院。

拜天地时，火炮吹奏《三道腔》。

迎新戚时，火炮吹奏《将军令》。

行礼时，灯影调演奏曲牌《小开门》、《三块瓦》。

新戚开饭时，响器班不分班打坐场，演奏《见皇姑》、《满床笏》等大戏。

送新戚时，响器演奏《将军令》。

在婚礼结束后，男家除给予早已商定好的鼓乐费之外，还要给鼓乐班子红包,以作为赏钱。

如果说大红喜庆是贾家庄婚俗中色彩的基调,那么欢快来劲的响器就是贾家庄婚俗中奔放跳跃的音符。

最后说说迎娶新娘的花轿。

花轿是贾家庄婚俗中迎亲的主要工具。以花轿迎亲,不仅体现了男家对于完婚的重视,也显示了男家对女家的尊重。对新娘来说,坐花轿去男家,既体面光彩,又排场气派。所以在当地又有这样的俗语:"破扇子扇扇也有风,破花轿坐坐也威风。"

结婚用轿,因轿子被装饰得花花绿绿,故名"花轿";因轿子是专门用来办喜事时接新娘去男家的,所以又称"新人轿"、"喜轿"。

过去在孝义一带,娶亲所用花轿一般为一村有一顶或两顶,也有几个小村合起来准备一顶的。花轿大都是村上的公共财产,谁家娶亲谁用,拿上点钱作为轿子维修和增添设施的费用。但也有些村的花轿是个人所有,借用时还得掏钱,带有租赁性质。在孝义旧城,有专门以租赁花轿为业的轿行,

◎喜轿

它们通过出租花轿来满足人们娶亲所需。在孝义白壁关,备婚时也要租赁轿子。

花轿装饰是很讲究的。在贾家庄三皇庙,存有规格不一的花轿数顶,虽然已经退出了历史舞台,但仍能从它的装饰上感觉到曾经的风光。花轿有轿顶、轿框、轿杆等木质支撑结构,饰物有轿围、流苏、彩绸等。

轿帷子以绸缎做成，上有百鸟朝凤、富贵花开、丹凤朝阳、百子图等吉祥图案，用的是刺绣工艺。轿顶四周饰有流苏，挂有以红绿绸缎扎成的小彩。轿门挂着绣有凤凰牡丹图案的门帘，既鲜艳，又气派。轿顶上有一颗银白色珠子，珠子四面各有一面小镜子，俗称辟邪镜。如此繁复装饰，花轿之说实至名归。

即使在花轿的文字装饰上，也多有讲究。轿顶四边正中所贴红纸写有"螽斯衍庆"等字样，轿门上贴有对联或封签。螽斯是繁殖能力极强的一种昆虫，传说其一生能生九十九子，"螽斯衍庆"即带有多子多孙的祝愿。封签是男女两家贴上去的写有各自家族在历史上所取得的最高官阶的红纸条，男家于迎亲出发时贴在轿门的右边，以示谦虚。花轿抬到女家后，女家将男家的封签移到左边，将自家封签贴到右边，以示尊重。

在孝义一带，平民女子出嫁一般用四人抬花轿，只有富贵人家的小姐出嫁才用八人抬花轿。男家前往女家迎亲所用花轿数量，有一至三顶不等。用一顶花轿前往女家迎亲，去时坐的是压轿童子，回来时为新娘。用两顶花轿迎亲，去时新郎乘一顶，压轿童子乘一顶，回男家时新娘乘坐压轿童子坐的那顶。

在陈家琰先生的考证中，在孝义贾家庄，迎亲工具有几个变化。新中国成立前坐轿，新中国成立后骑马，"文化大革命"期间为自行车，20世纪80年代恢复骑马，到了90年代恢复坐轿。新世纪后，风行轿车迎新。这里我想重点说的是骑马轿，因为本书重点考察的贾家庄婚俗，主要是指明清以来的古礼婚俗，那个时候，新郎就是骑着马前去女家迎娶新娘。马的前额上系有一朵大红花，背上搭条红褥子，打扮得花枝招展的新娘罩着红盖头，新郎戴着茶镜。而且男家迎亲还有马队，女家送亲也有马队，数量不等。男女双方的马队会合在一起，极为气派。

这应该是蒙古族牧区风俗遗存。

在孝义驿马迎亲时有坐轿也有骑马。选择坐轿者，一般请两个轿子，八个轿夫。选择骑马者，一般为五匹红马。

在王正杰先生主编的《娶媳妇子·嫁女》中，提到孝义高阳娶亲交通工具的变化，可知当地曾风行过骑马轿娶亲。因为经济条件的差异，在孝义娶亲工具也是各有不同。李如龙、赵发荣、曹光荣三先生在描述下堡婚俗时提到，大户人家娶亲抬花轿，一般人家娶亲为骑马，穷人家娶亲骑毛驴。可见一村之中婚俗也会略有不同。说到底还是山区马少驴多，也算是因地制宜。至今在太行山区有用毛驴接新娘的习俗。新娘骑在毛驴上，一路颠啊颠地颠到婆家，比起抬轿时故意颠轿戏谑新妇，也更多了一番情趣。

这就跟南方许多地方迎亲或用船，或是人背的习俗一样，都跟山川风物、地理条件、经济条件结合到一起了。什么叫理论联系实际？农耕时代的人天生懂得如何用最合理的方式改变一切有用之物，为其所用。

天长日久，代代相袭，就成了民俗。

泛泛地说，20世纪50年代前，娶亲用的是四人抬轿，新郎新娘坐轿，其他人骑马、步行。到后来，只有新娘坐轿。

到20世纪60年代，改为骑马。

到20世纪70年代，基本上是自行车。

20世纪80年代中期，又恢复为骑马。

到了20世纪90年代，开始用小车或卡车。

新世纪以来，车的档次和数量不断提高，数量也有讲究，一般为五辆或七辆。骑马时代，迎亲为四匹，送亲为五匹。

各种准备停当，眼看婚期一天天临近，一切都在昭示着，是时候了。

这头，男家忙得前脚撑后脚，那边，女家为了让女儿嫁得风风光光，也是不停地收拾，规整嫁妆。

第十章 备办嫁妆

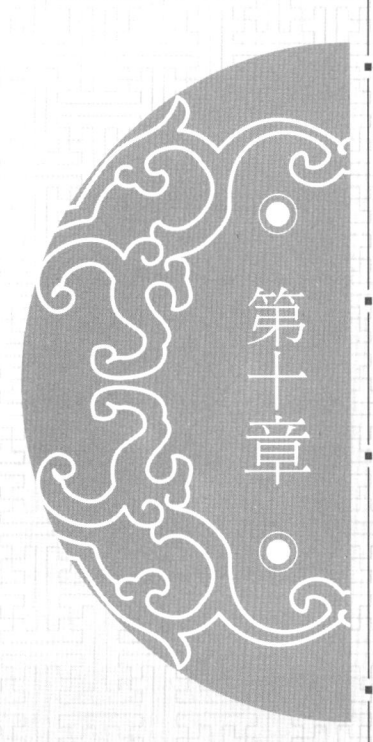

女人的一生什么时候最动人？

就是一个待嫁的姑娘做准备的时候。准备出嫁的女子是最迷人的。女人买一件衣服没什么，但准备买一件衣服的过程就迷人了。女人做爱没什么，但想做爱是迷人的。生活有意思的地方在哪儿呢？在我看来，就在这个做准备的过程中。年轻的姑娘总是盼着她的婚礼，用心地做着准备。男人就没有这方面的想法。他有什么可准备的呢，无非是算计花多少钱、请哪些人。这算哪门子准备？准备往往不是清晰的，它含混，欲罢不能，没有绝对的把握。它等待、犹豫，还纠结。

人生最美好的滋味都在这个纠结里头。

"男大当婚，女大当嫁"，已是多少年来不变的老规矩。但是结婚之际男家往往欢天喜地，女家则或多或少有些踌躇和悲伤。这种数千年来即存在的制度和现象，用学术点的话讲，实际上就是历史上曾经存在过的男权与女权长期激烈斗争的结果。说得直白点，就是女家要失去一个劳动力，十几年的女儿好不容易养大成人，到头来却是嫁作他人妇，能不伤心吗？怎么消解这悲伤的气氛呢？怎么能让出嫁的女儿记得娘家人的惦念和不舍呢？

在这待嫁的徘徊中，相关婚俗也纷至沓来。

比如嫁妆。

无意中看到一曲鼓词《姑娘要嫁妆》：

桂姐开口叫声娘，女儿今日要嫁妆。

他母闻听面带笑，要甚么说短长。

与你爹爹好商量，姑娘要大了脸皮强。

桂姐闻听叫声娘，女儿有话听心上。

陪送嫁妆要体面，也不是无财产。

统共一个老姑娘，为何不闹一个大风光。

零碎东西不用商量，红绸裤子大摔裆。

零碎东西就不用说了，姑娘一直要的东西有洋缎马褂，有火红裤子，有单绵袄纱，有皮箱、扣碗茶托带茶缸，有画着月亮的梳头匣子，有象牙木梳，有脸盆，有穿衣镜、胰子盒，有翡翠戒指金箱，可谓宗宗件件全指要，姑娘嫁妆要妥当。

这嫁妆单子真是具体，大至箱柜，小至"胰子盒"，也就是肥皂盒，都是夫妇生活所需的日用品，与衣物首饰一起，组成了全部嫁妆。

这么齐备，图的是什么？还是娘家人怕女儿去了婆家不适应，所以才会如此无微不至。

嫁妆是女子出嫁时从娘家带到丈夫家的衣被、家具和其他用品，又被看做是娘家为出嫁姑娘所陪送的物品。生活用品是嫁妆中最基本的组成部分。我在贾家庄民俗博物馆时看到，很多柜子做得很结实，历时多年，仍然保存完好。以前置办这些日用品不像现在这么方便，一般一套嫁妆基本上就是要供夫妇俩使用终生。

嫁妆在古代也有个别称，叫"妆奁"。本来指的是女子梳妆用的镜匣，后来泛指女家陪送出嫁女儿的一应兼备实用性和礼仪性的物品，所以又称"陪奁"或陪嫁。

父系社会的基本特征之一是，家庭财产由儿子继承。那为什么女儿结婚时可以带走一部分呢？对此，民间也有不少解释性的传说，有

第十章 备办嫁妆

一即认为嫁女办陪奁是从文成公主出嫁时兴起的。

相传唐贞观年间,吐蕃王派使臣带上黄金珍宝作为聘礼来到长安,请求娶公主为妻。公主听到皇上要把自己嫁到几千里远的地方,眼睛都哭肿了,茶饭不思。唐太宗急坏了,便找大臣魏征商量。魏征教皇帝把公主平时使唤的丫鬟、奶娘一齐陪嫁,再把她喜爱的家具用品、珠宝玉玩都送给她,保管她会答应。果真如此。

后,唐太宗嫁女陪嫁物品的礼俗就传到了民间。

现代人换张床,可能都一时半会儿睡不着,何况还是一个弱女子离开朝思暮想的家到完全陌生的环境里重新生活?这么一来,女儿能怎么办?只好尽量多带些娘家熟悉的东西,以缓解孤独之苦。

传说归传说,从文献记载来看,嫁女办陪奁礼俗,在春秋时代即有。帮助秦穆公建立霸业的秦国政治家百里奚,最初就是作为晋国公主的陪嫁之奴进入秦国的。

不过真正大肆操办陪嫁的风气,似开始于南北朝时期。当时士族自矜高贵,不屑与庶族通婚,有钱的庶族为了把女儿嫁给士族子弟以抬高社会身份,宁可陪送许多财物以弥补自家门第不足,故时人称陪嫁为"陪门"。

此后,即使是无须弥补社会地位落差的"门当户对"的婚姻,女家父母或出于骨肉亲情,或因为顾忌家族体面,或为确保女儿嫁到男家后的地位等考虑,大都会在力所能及前提下,为女儿置办一份丰厚齐全的嫁妆。

俗谓女儿为"赔钱货","赔不尽的闺女,办不尽的年","娶媳妇满堂红,嫁女儿一家空",都可以看出旧时婚礼耗费对女家的沉重经济负担。

可以说,发展到后来,就有些过分了,嫁妆的丰俭厚薄,事实上已成为衡量嫁女之家门第贵贱、社交高低的一个标志，所以与"体面"有直接或间接关系的亲朋好友们，都会在嫁妆的备办上赞助一下。所以呢，嫁妆的来源可分为两个部分，一部分出自自家的积蓄与采办，俗称"攒妆"；另外一部分来自亲朋好友的赠送，俗谓"添箱"或"添妆"、"添房"。清人俞樾在《茶香室丛钞·添房》中说："按今人送嫁女家曰添箱，即古人所谓添房也。"宋人周密在《癸辛杂识·续集》中有"公主添房"一条，介绍五代时南汉国公主出嫁，"诸阉及权贵各献添房之物，如珠领宝花、金银器之类"，可见权贵阶层添妆的气派。

在孝义一带，一般平民小户，也有礼节性的捧场"随喜"。讲究礼仪的人家，照例是在收到男家大定聘礼或请期议定之后，便把聘礼中的茶食点心、干鲜水果等物分为多份，附上告知嫁女日期并敬请参加喜宴的请帖，分别给亲朋好友送去。这些人收到请帖后，自然会抢先把礼金或礼物送来。在笔者老家湖北恩施，又称"整插花酒"，嫁女前一天，女家亲友都带来礼物祝贺，当地人开玩笑，说这不是整酒，是整姥爷姥姥，是在整舅舅娘，是在整姑父姑姑。说的也是每逢此时，女家长辈都要出一点血，出一分力。

填箱礼品不拘一格，轻重程度，亲疏有别。一般情况下，多为女子婚后日常用品，如衣服、被褥、布料等。也有送钱的。送给出嫁女子贺喜的钱，又称"压箱钱"。

虽然女家为新娘准备的妆奁家什种类繁多，唯独不得将床作为嫁妆。在历史上，床也曾是陪嫁物之一，但遭到了人们的反对。明人吕坤《四礼疑》中记载："……然尤毡褥帐幔应用之物。近世则用床矣，似抱衾裯以从人，于礼未宜。"

人们似乎也认为把床作为妆奁显得女家太下贱，嫁女还要贴床，怎么说也不妥当。

第十章 备办嫁妆

先说嫁妆中的衣物首饰。

衣物首饰做嫁妆，可以从最直接的层面体现出新娘之"新"。怎么想象在婚礼这一女性生平最重大的仪式中，她们衣着破旧的情景？并且这种"新"，不仅要体现在婚礼上，还将一直延续到她结束"新娘"状态为止。衣物首饰由女家陪送，可在裁剪和品位上更贴近女子的要求，让她们穿着时得体大方。

重点提一下嫁衣。嫁衣是嫁妆中最为重要的组成部分，怎么将新娘打扮得高贵漂亮，又寓意吉祥美满？全在嫁衣上了。因而，嫁衣又称做吉服、喜服、婚礼服等。女人对于衣服是最为注意和讲究的，新娘对出嫁时的嫁衣则更为苛求。

可以说，出嫁是一个女人一生中最为光彩的时刻。

我国古代，女红是女人必会的生存技能，而做嫁衣又最能看出一个女人是不是心灵手巧。俗话说："忙嫁妆，忙嫁妆，忙就忙在嫁衣上。""婆婆脸色好看不好看，就看媳妇的针线。""人是衣服马是鞍，新媳妇衣服似天仙。"结婚这么重大的事，即将出嫁的女子为把自己打扮得漂漂亮亮，自然对嫁衣做得格外上心。为忙嫁衣，女子一个人忙不过来，往往请些针线活做得较好的姑娘或嫂姊帮忙，俗话就来了："为他人做嫁衣裳。"

在孝义一带，旧时新娘的传统服饰是头戴凤冠，顶盖头，上身内穿红绢衫，外套绣花红袍，颈戴项圈和天官锁，胸挂照妖镜，肩披霞帔，挎子孙袋，腕戴手镯，指戴戒指，下身着红裙、红裤，脚穿绣花鞋，一身红色，喜气洋洋，千姿百态，靓丽耀人。

直到20世纪50年代初，农村姑娘成亲时还是这身打扮。

在旧时出嫁女子的着装上，最引人注意的则是象征吉祥的凤冠。

据《清稗类钞》云：

凤冠为古时妇人至尊贵之首服，饰以凤凰。其后代有沿革，或九龙四凤，或九翚四凤，皆后妃之服。明时，皇妃常服，花钗凤冠。其平民嫁女，亦有假用凤冠者。

据说，南宋第一个皇帝为报答村姑的救命之恩，特降旨新娘出嫁可以头戴凤冠。人们认为，出嫁戴凤冠一是吉利，二是与再嫁和做小老婆的女人出嫁相区别——后者是不能戴凤冠的。

辛亥革命之后，帝制推翻，新娘戴凤冠的习俗才渐渐消失。

在孝义白壁关，纳彩后，男家准备完婚时，要"赁凤冠霞帔和宫花"（见王正杰主编《娶媳妇儿·嫁女》）送到女家，可见普通人家对细节的注重。类似于现在人们为了结婚，会去租婚纱。

在汉族新娘的嫁衣中，鞋是最能体现出嫁女子女红技艺高低的嫁妆之一。在孝义一带，新娘出嫁前所做的鞋被称为"看鞋"。这些看鞋与其他各种嫁妆一起于结婚前一天被送往男家，婆婆、妯娌及邻居女眷可以评论这些看鞋。

出嫁女子所做的绣花鞋，最为精致的当是结婚之日所穿的那双。这双鞋禁忌用缎子做鞋面，以避"断子"之讳。鞋面所绣图案一般为凤戏牡丹等。

郝近侠先生在孝义李家庄考察婚俗时发现，当地出嫁女子所做的鞋并不全是自己用，大部分是为男家人做的。订婚之后，女家就请媒人到男家讨来鞋样，量下尺寸，为男家每人做一双鞋。

除了鞋，女家还会给男家做新婚绣花鞋垫，一来显示自己做针线活的技巧，二来表达对男家的爱慕之心。所绣鞋垫喜花各色各样，五彩缤纷，含有丰富的喜庆之意，如"万事如意百锭宝，生下的小孩满街跑""兔含灵芝草，夫妻二人不争吵""鱼扑莲花虎踩艾，婆又亲来公又爱,女婿亲得赛宝贝"。

洞房花烛夜少不了大红被子,日常生活中被子更是不可缺少,总不能临时购置,所以被子也是出嫁女子必须准备的嫁妆之一。在李家庄,做结婚行李时,要择吉日,请四名福世人,就是父母健在、儿女双全的妇人来做。做时不能在炕上,怕生下絮女,一般在门厅里。行李中要放糜子瓜子,寓意为结婚后生根发芽,开花结果,子孙满堂,后代精明能干,不是痴呆傻瓜。还要红纸喜画:褥子里放莲花,被子里放牡丹,意思是,铺莲花,盖牡丹,一代更比一代强。褥子里放红纸娃,被子里放如意,意思是,铺银娃,盖如意,生下的男孩长鸡鸡。被褥里放凤凰戏牡丹,意思是老婆爱老汉。

总之,以前出嫁女子的被褥都是由福世人亲手缝织,做时,要将栗子、枣、花生等缝在被角中,以讨"早生贵子"、"闺女小子花搭着生"的口彩。

这和前文提到的男家群忙备婚就一致了。

再说妆奁。

嫁妆有两大类,一为嫁衣,二为妆奁。"奁",原意是盛放梳妆用品的器具,后来作为嫁女所备各种衣物的总称。

这里,且说说在贾家庄婚俗中除嫁衣外的各种物品。

虽然崇尚俭朴是我们中华民族的美德,但在妆奁上却日趋铺张。东汉时代,妆奁尚不事奢华。但自魏晋以后,妆奁数目越来越大,种类也名目繁多。所以,司马光在《书仪》中说:

婚娶而论财,夷虏之道也。夫婚姻者,所以合二姓之好,上以事宗庙,下以继后世也。今世俗之贪鄙者,将娶妇先问资妆之厚薄,将嫁女先问聘财之多少。至于立契约云,某物若干,某物若干,亦有既嫁而复欺绐负者，是乃驵侩髯奴之法，岂得谓之士大夫婚姻哉！

近人徐珂在《仲可随笔》中记录了他看到的两家送嫁妆情景：

方就静安寺散步，闻有鼓乐声自远至，迎妇之彩舆也。前导者，灯二、炬二、乐人四；后从者舁夫四。所舁之物，为红色木质之大小衣箱各一，为被五、枕二、毡一。询之村人，则黄氏女嫔于周，两家皆农也。黄氏遣嫁之物，亦靡百六十金，乃始得措办云。

不炊许，又有彩舆至。则前导者如黄氏舆，后仅一箱、三被、二枕，以二人舁之而已。此当为租界近村遣嫁之至俭者。吾辈心目中，辄谓奁物必多，必先期发送。而不知贫女所得乃仅此。戴良嫁女之疏裳、布、被、竹笥、木屐，不得专美于前矣。予故著之于此。

徐珂所见前后两家嫁妆种类大体相当，都包括衣箱、枕、被等生活用品，区别在于数量的多少。另外，器具的材质也反映出嫁妆的档次。据《苏州风俗》记载，就是上等嫁妆，等级也极为分明，最简者曰"四只只头"，仅有衣箱四口；其次为"赤脚两裙箱"，系无榻木，无圆火炉，仅有裙箱两口而已；稍好的为"两裙箱"，有榻床，有圆火炉，有显被；再好的为"裙箱"，床、炉之外有玻璃衣橱，但箱的材质为榉木；再好的为"红木两裙箱"，家具全用红木制成，显被也增加到八条至十六条，有银桌面；更好的为"红木四裙箱"，显被增至二十条，银桌面增至两桌，衣橱增加到四套等。

不同档次的嫁妆直接反映出家庭间的巨大差距。

生活用品嫁妆，一个可以体现出女家对出嫁女儿的关怀，希望女儿婚后能有好的生活；另一方面，如前文所述，传统婚姻的缔结，是以父母之命、媒妁之言为前提，男女当事人在婚前一般不曾谋面，女子只身进入一个陌生的家庭。在这种情况下，从娘家带来的日用品，可帮助新妇消除对新家庭的陌生感，体现出新妇的家庭地位，甚至起到身份认证的作用。《清稗类钞》有这么一个故事：康熙年间，崇仁有贾、谢两家同日娶妇，"新妇一姓王，名翠芳，婿为贾；一姓吴，婿为谢"，"两家香车遇于陌上，时大雪"，"同憩于野亭"，后"各拥香车分道去"。夜晚，翠芳"环视室中奁具非己物，疑不能忍，乃问婿曰：'吾紫檀镜台安在？可令婢将来，为我卸装也。'婿笑曰：'卿家未有此物，今从何处觅之？'翠芳曰：'谓郎姓贾耳。'婿曰：'某姓谢。'翠芳闻言，大骇，乃大呼贼徒卖我。婿亦惊，不知所措"。而"吴女谛视妆奁，略闻姓氏，亦颇知有误，而心艳其富，姑冒昧以从之"。

这个故事委实不可思议，两方抬嫁妆的怎么能把新娘都混了呢？尤其是贫富之家，花轿肯定也大不相同。此刻倒也不用强究故事的真伪，毕竟狸猫换太子的故事人们也爱听。反倒是故事成了事故，倒也能看出新妇没了嫁妆，一时生活不能适应的心态。

宋代话本《冯玉梅团圆》：

希祖有祖传宝镜，乃是两镜合扇的，清光照彻，可开可合，内铸成"鸳鸯"二字。名为鸳鸯宝镜，用为聘礼。玉梅道："鸳鸯宝镜乃是君家行聘之物，妾与君共分一面，牢藏在身。他日此镜重圆，夫妻再合。"冯公又问道："足下与先孺人相约时，有何为记？"承信道："有鸳鸯宝镜，合之为一，分之为二，夫妇各留一面。"冯公又道："此镜尚在否？"承信道："此镜朝夕随身，不忍少离。"冯公道："可借一观。"承信揭开衣服，镜在裹肚系带上，解下一个绣囊，囊中藏着宝镜。冯公取观，遂于袖中亦取一镜合之，俨如生成。承信见二镜符合，不觉悲泣失声。

由此可见，嫁妆对于新妇实在是太重要了，如果没有自己熟悉的嫁妆，就有可能连谁是自己的真正男人都搞不清，这王翠芳与吴氏都是通过辨别自己的嫁妆才知道进错了门。吴氏通过观察嫁妆的丰厚及周围的环境，得知贾氏为富户，因此将错就错；王翠芳则通过索要嫁妆中的紫檀镜台来证实自己的疑虑。两女家"吴贫而王富"，这一细节可从王翠芳嫁妆中的紫檀镜台得到反映。紫檀镜台虽然名贵，亦属于生活用品的范畴，王翠芳要求使用自己的嫁妆合情合理，理直气壮，使镜台成为暴露误娶事实的突破口。

嫁妆的多少最终还是赖女家丰俭程度而定。

说到底，最隆重的当然是皇室婚礼，花费银两都是以百万计。但直接以银钱为嫁妆的情况并不多见，关于嫁妆的具体数目只能通过大致估算得出。清人李光庭在《乡言解颐》中记载了这样一件事：

尝有夫妻以打烧饼为业者，门前看过嫁妆，夫曰：这副嫁妆值五百两。妇曰：不值，至多三百两。彼此坚执反目，夫捉妇头发乱殴。妇曰：再添上五十两。夫犹不依。妇负痛呼曰：算他四百两罢了。旁观者劝曰：只管打闹，炉上烧饼都焦了。夫曰：坏一炉烧饭有什么要紧？埋没了人家一百两银子，情理难容。

听起来是个笑话，但也可以看出一点世态人情。

那就是人们非常关心嫁妆到底值多少银两。当然，也只有嫁妆达到一定规模时，才会引起人们的关注。

曾国藩一向治家节俭，在寄给儿子的数封家书中提到："吾仕宦之家，凡办喜事，财物不可太丰，礼仪不可太简。"大女儿出嫁时，他"寄银百五十两，合前寄之百金，均为大女儿于归之用。以二百金办奁具，以五十金为程仪"。为防止家人讲排场，还再三叮嘱："家中切不可另筹钱，过于奢侈。"从曾国藩给女儿准备的嫁妆估算，二百两银子的嫁妆应是既体面又不奢侈。二百两银子的花费，对官僚缙绅、富商大贾根本不算负担，前文所述徐珂在静安寺看到的两家陪送嫁妆情形，有一家就花了"百六十金"。

总之，人们对陪嫁的具体物品并无定例，陪送的嫁妆也是五花八门，种类繁多，大致包括以下两大类：一是簪耳衣裙和"镜台箱箧被褥"等婚后生活用品；二是土地、店铺、宅院等不动产。贫富家庭的嫁妆差异很大，贫家"寥寥数件"，富家穷极奢侈，无有止境。

袁采在《世范》卷中说：

嫁女须随家力，不可勉强。然或财力宽余，亦不可视为他人，不以分给。今世固有生男不得力，而依托女家，及身后葬祭，皆由女子者，岂可谓生女之如男也。大抵女子之心，最为可怜，母家富而夫家贫，则欲得母家之财以与夫家；夫家富而母家贫，则欲得夫家之财以与母家。为父母及夫者，宜怜而稍从之。及其有男女嫁娶之后，男家贫而女家富，则欲得男之财以与女家；女家富而男家贫，则欲得女家之财以与男家，为男女者，亦宜怜怜而稍从之。若或割贫益富，此为非宜，不从可也。

时人的劝诫只能说明人们嫁女不"随家力"，轮到自己给女儿置办嫁妆时，都会尽量办得风风光光，这不，从前文提到的《女儿要嫁妆》中也能看出来，聪明的女儿也会积极为自己争取。人们总以为，嫁妆的多少不仅能够表达父母对女儿出嫁的心意，也代表着新娘的身价，会影响到新娘日后在男家的地位高低。

因此，无论贫困之家还是富有之室，都尽自己财力为女儿置办嫁妆。

可以说，新娘送往新郎家的嫁妆和家具队列的长度，是衡量新娘家财富的标准，就像新娘的父母也会根据新郎家的财产来估算他们的女儿是否幸福。

在贾家庄婚俗中，妆奁种类异常繁多，几乎无所不有。一般人家为女儿准备的妆奁通常是些盛衣服用的樟木箱子、放小物件用的子孙箱以及八仙桌、梳妆台之类的家具。有钱人家准备的妆奁务求齐全，比如有以花梨、柴檀等硬木螺钿镶嵌的家具，有顶箱、立柜、几案、方桌、圆桌、炕桌、太师椅、靠椅等。在贾家庄民俗博物馆还能看到这样一些老家具，最初应该都是女主人的陪嫁之物。其余的妆奁就是资产，比如房产、地产，甚至是商号店铺。

这里重点说一说女家嫁妆中的各种图案。

跟男家新房建筑家具雕刻上各种纹图寓意类似，女家嫁妆中的细软刺绣、什物图案上，也包含着丰富多彩的新婚祝吉的文化含义。

比如龙凤呈祥。这种图案普遍用于漆屏、挂屏等摆设上。相传虞帝即位后，广开视听，求贤辅政，教民稼穑，倡导礼仪，又命夔为乐官，谱曲制乐，三年后，天下大治，夔谱成《九招之曲》。虞舜大喜，会集群僚，亲自演奏。一招未毕，群星灿烂；二招方起，云霞迭兴；三招而百鸟齐鸣；四招而百兽率舞……弹至九招时，只见金龙彩凤腾云驾雾而来，翻飞彩翼，回环逶迤。老臣说："龙至风调雨顺，五谷丰登；凤来则国安家宁，万民有福。"从此龙凤呈祥便成为意境最高的吉祥之兆。民间又认为龙能象征男性阳刚之气，凤能象征女性柔淑之美，便借其兴飞起舞的形象来预祝新婚夫妻幸福美满。在贾家庄婚俗中，无论是婚书龙凤帖还是嫁妆,常见龙凤呈祥图案。

又如鸳鸯双栖。鸳鸯是偶鸟的合称,据说这种鸟"雄鸣曰鸳,雌鸣曰鸯",一旦交尾相配后,便终生偶居,飞栖相匹,因而被看作是男女生死相依相恋的象征。鸳鸯双栖表达了人们对夫妻相爱至死不渝的歌颂,在婚嫁活动中广泛应用。相似题材的图案,还有鸳鸯并游荷花的"荷花鸳鸯",以荷谐和,祝福夫妇和睦。鸳鸯图案多用于嫁妆中被衾枕套、肚兜手巾等织品绣饰。

另外,还有"齐眉祝寿"、"榴开百子"等吉祥图案,不再一一详述。

除此之外,在孝义一带,门帘是出嫁新娘必备妆奁之一。新婚所挂门帘,一般为红色或粉红色,上面绣鸳鸯戏水、鲤鱼荷花、奇峰秀水等图案,艳丽多姿,简直就是工艺品。

据说,这种挂门帘的风俗是因为昭君出塞时要求皇帝把宫中门帘送给她做妆奁,皇帝答应了王昭君的要求,并派专使护送门帘,在婚礼举行后为王昭君挂在洞房门上。现在孝义一带仍把门帘作为妆奁,但大多已成了一种装饰品。而将核桃和枣撒在床上的做法,和前文在《东京梦华录》"娶妇"中提到的"撒帐"风俗近似,由此可见孝义婚嫁古风何其悠久。

门帘做了嫁妆,自然还要派上用场,在后文"嬉闹洞房"一章中还会详述。

此外,男女两家还要邀请伴娘与伴郎。

伴娘与伴朗是婚礼举行过程中的重要人物。女子出嫁时至少要请一位伴娘相伴,因而名曰"伴娘"。伴娘,俗称"喜娘"、"喜婆"、"陪妈"、"喜傧"、"跳路"、"女傧相"等。伴郎,俗称"陪郎"、"喜郎",因为他要陪伴新郎前去女家迎亲,故有此称。

伴娘的选择最受重视。女家选择伴娘的标准较多:一是选出嫁女儿平日要好的伙伴，以防出嫁女儿寂寞、不适应；二是选较为熟悉婚嫁礼仪的女子，以便在婚礼进行的过程中能够教导和指点新娘准确地履行各种礼节；三要选善于辞令的姑娘，以便在男家亲友闹洞房时能够从中斡旋，免除和减轻新娘被戏谑之苦。

在孝义一带，甚至还讲究忌讳三种属相。当然，伴娘也要打扮漂亮，以衬托新娘。清人徐珂在《清稗类钞·婚姻类》中说："伴娘果美丽者，闹房之人视线所集，不于新嫁娘而于伴娘矣。"

在婚礼进行过程中，不仅新娘是男方青年小伙戏谑的对象，而且伴娘也会成为男方小伙挑逗的目标。

实际上，伴郎如同伴娘一样，作用呢也是照顾新郎，保护新郎，甚至是在婚姻礼仪上指导新郎。这两个角色在正式的婚礼中都有自己的明确分工。也是因为有了伴娘、伴郎，新娘、新郎的婚礼才显得更加热闹。而这两个角色的选定，既可以视作新娘新郎为了抵御戏谑之苦找来的遮幌对象，也可以认为是遮面习俗的另一种遗存。这在贾家庄婚俗迎娶礼仪中可以看到，伴郎、伴娘总是如影随形，紧随新郎、新娘身后。

准备好了洞房，备办好嫁妆，一对新人就要净身等婚了。

净身，自然也是为了让新人更新。

时间是在结婚日的头天午后，一对新人在各自家里沐浴净身。男家举行敲门鼓仪式。敲门鼓是放在男家院门外左侧的一面大门鼓，新郎母亲身穿红袄、头罩红绸帕前行，新郎身背喜炮袋紧随其后，炮袋内装勺子、擀面杖、十八颗核桃、十八颗红枣，母子二人来到门鼓前，把核桃、红枣掏出来放到鼓面上，母亲一手持勺子，一手持擀面杖，先捣鼓两下，边捣边念："咚咚，捣鼓哩，俺儿明天恭喜哩！"再用勺子捣七下，擀面杖捣八下，边捣边念："七勺子八擀杖，孙儿孙女都跟上。"如果鼓上的核桃、枣没有全部震荡到地上,就在鼓的下面再敲再唱:"咚咚又两下,跟上奶奶回家吧。"这时,新郎将掉在地上的核桃、枣全部捡好,将来再放在新人被角、尿盆内。之后,新郎回到家中净身,由内到外洗干净,从头到脚穿戴一新,婚前再不从事家务劳作,以防碰伤、烧伤、跌伤,俗谓"等婚"。

在孝义高阳,则是由新郎和父亲到三姑庙请鼓,仪式大致相同。

在孝义白壁关,仪式要热闹些,新郎母亲被同辈姐妹玩耍打扮,拿一面鼓到街门口,然后从喜炮郎用的炮袋子里倒出五颗核桃、两颗枣,边敲边唱,唱词与贾家庄同。

这是再次强化的求子栽根立后仪式。

刘怀祯先生在考察孝义东许婚俗时提到:迎娶日,新娘净身后,里里外外都要换上新衣服,只等新郎带着娶亲队伍上门来了。

这边为新郎举行着各种仪式,新娘这头呢,也没闲着,都是在热热闹闹地往喜庆和祝福的方向走。

第十一章 催妆送奁

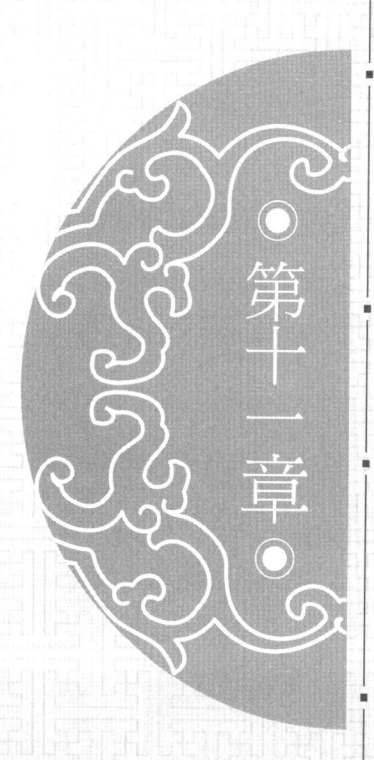

男女两家的嫁娶事宜准备停当,"吉日良辰"进入了倒计时。

这个过程中的第一道节目,便是男家向女家"催妆"。

姑娘出嫁俗称"出阁"、"嫁人"、"做媳妇"等。出嫁是一位女子人生旅途的重要转折点,从此结束天真烂漫的少女时代,为人媳,为人妻,为人母。为人媳,要孝敬公婆;为人妻,要相夫;为人母,要教子。这一副副家庭和社会重担,以结婚为界一股脑儿地压到了一个弱女子的身上,出嫁在女人人生中就显得至关重要了。

也因此,就衍生出了众多出嫁习俗。

出嫁习俗也作为婚俗的一个重要方面,显得多姿多彩。

作为汉民族婚俗的重要组成部分,贾家庄婚俗也不例外。

先说催妆。

关于催妆,在孝义一带有一句俗语恰好说明了这点:

打发新媳妇上轿儿——贵贱起不了身。

催妆习俗产生于唐代。唐人段成式在《酉阳杂俎》中有"鲜卑风气所染,而有催妆"之说。宋代孟元老在《东京梦华录》中有"凡娶妇,先一日,下催妆冠帔花粉"之说。唐代,新娘出门前,要梳妆打扮,迟迟不出。于是男方前往催妆,并吟诵催妆诗,或由傧相代劳,或由新郎亲为。唐顺宗之女云安公主下嫁给刘士泾,群臣推举陆畅为傧相,于是陆畅奉献宗诏作《催妆诗》两首:

云安公主贵，出嫁王侯家。
天母亲调粉，日兄怜赐花。
催铺百子帐，待障七香车。
借问妆成未？东方欲晓霞。

韦骧也有《孙太守席赋催妆》：

萝蔓新懽可重夸，葭莩旧契转增华。
闺门素守先生训，牢荅来归御史家。
直户三星乘节候，迎车百两减浮奢。
鹊桥深夜飞霜冷，早对菱花整鬓花。

卢储亦有《催妆》诗：

昔年将去玉京游，第一仙人许状头。
今日幸为秦晋会，早教鹰凤下妆楼。

唐人段成式在《酉阳杂俎》中记载：

北方婚礼，必用青布幔为崖，谓之青庐。于此交拜。迎新妇，夫家百余人挟车，俱呼曰："新妇子，催出来！"其声不绝，登车乃止。今之催妆，是也。

可见催妆是对北朝习俗的继承。
到了宋代，更有催妆词出现。比如，宋人赵师侠有《好事近·癸巳催妆》云：

云度鹊成桥，青翼已传消息。
彩仗蕊宫初下，应人问佳夕。
龙烟缥缈散妆楼，香雾拥瑶席。
准拟洞房披扇，看仙家春色。

又比如王昂《好事近·催妆词》：

喜气拥朱门，光动绮罗香陌。
行到紫薇花下，悟身非凡客。
不需脂粉涴天真，嫌怕太红白。
留取黛眉浅处。画章台春色。

这情景与孟元老在《东京梦华录·娶妇》中的记述恰恰相印证。

但是无论男家如何催，出嫁女子本人和女方父母这个时候都不会太着急，他们之所以这样做，是想磨一磨男家的性子，毕竟在整个完婚过程中是女家处于核心支配地位，女子若执意不想出嫁，男女两家都会有不少麻烦。同时，女家真的不想让女儿出阁，男家就无法娶妻，婚事也有告吹的危险。

也是因为此，为了保证婚事的成功，才产生了催妆习俗。

所谓催妆，应该是由"六礼"中的"请期"演变而来。由于婚期将近，男家通知女家，以便尽早为出嫁女子准备嫁妆，带有确保成亲的意思。明人吕坤在《四礼疑》中也有类似说法：

> 催妆，告亲迎也……此可代请期之礼。近世用果酒二席、大红衣裳一套、脂粉一包、巾栉二面，先亲迎一日早，女宾二人以车往，先回，薄暮婿往。

行催妆礼的时间，一般在正式迎娶前三天或前一天早晨，内容是男家派人或雇人抬送礼物到女家，借此传递希望女家赶快发送嫁妆的讯息。宋人吴自牧在《梦粱录》中记载当时催妆礼俗：

> 先三日，男家送催妆花髻、销金盖头、五男二女花扇、花粉盝、洗项、画彩钱果之类。

晚清民国时的催妆礼物更加讲究，除了这些给新娘子上妆用的物品外，还有成套的食盒，内置干面切面、年糕点心、水果干果、猪肉羊肉等，阔绰点的还有活鸡、鲜血、鲜肉。一般人家送得少一些，但亦求糕点果品各有四色配全。还有很多地方的风俗是，催妆礼中必有公鹅一只，谓"催妆鹅"。女家收下后再配母鹅一只，于出嫁时携往男家。这对鹅要一直喂养到老死，不得宰杀。因鹅一身洁白，意兆新婚夫妇白头偕老。这，或许是古代奠雁礼遗风。

在孝义白壁关，有专门的催妆帖。在迎娶前一天，礼房备好各类帖套：喜到门帖；羊仪帖，现在又称同仪帖，净面之套；催妆帖。同时准备好官诰食盒、凤冠霞帔、宫花、绣鞋及新婚部分衣物。食盒内盛净面用品如脸盆、油粉等项，芝苏饼一碟，滚脸鸡蛋四个，一丈二尺长命绳一根，净面线套、披绸、胸花、茶镜各一，一对如意，铜铁顶针各一个。披绸的色泽，按双方年岁定，双岁全红，单岁一红一绿，男左女右。因为男女双方都想在今后过日子中做主，所以披绸时左压右、右压左都有说法，后文在迎娶一节说到父母为女婿披绸时还会详述。除此而外，还有带骨头肉一刀，并用红纸包好喜钱。净面套内装净面线、长命绳、喜钱。

在完婚吉日当天，抬官诰食盒和果盒的人比迎亲队伍早走。仪式也颇为隆重，前有男家亲戚率领，敲锣打鼓，队伍少则数十人，多则上百，一路上鞭炮阵阵，鸣锣奏乐，浩浩荡荡前往女家。到了女家后，将礼品一一陈列开来。

女家礼房安排人用抬来的衣物给新娘化妆，让新娘穿戴齐备。这时炕中放一张炕桌子，桌下点灯供馍插花，桌前放一只桶，新娘穿戴好后，坐在桌上，双脚踩在桶上，专等出嫁起身。

迎亲队伍到了女家后，喜炮郎去新娘化妆室催妆三次。

第一次新人未开始化妆时，一进门对着新人说："新人道好。"

第二次是饭后进去说："回回进宝。"

第三次是准备起程时进去说："办了就跑。"

临起程时，还要偷两个酒盅和一双筷子，意思是快快生了孙孙。

在孝义高阳、下堡、相王村，也是在娶亲时由喜炮郎去化妆室催妆三次。

在孝义南阳，迎亲队伍到了女家门口，女家不是开门迎接，而是将院门关上。娶亲人就喊："开门，开门，别误了吉时良辰。"迎亲队伍起身前，喜炮郎要三请新人。

可见在孝义一带，催妆其实是催促新娘化妆，尽快起身的意思。

孝义一带与北方少数民族常有接触，唐朝又是从并州发源，诸多风俗肯定影响了当地人。亲迎仪式中的三次催妆，毋庸置疑，当是直承古风。

女家接到男家的催妆帖后回敬一张谢帖。这也符合古风。催嫁风俗的最大特征，就是男家一再催促女子梳妆出嫁。

贾家庄婚俗中催嫁的第二个特征，是出嫁女子一再拖延时间，几经男家催促之后，新娘在母亲红手帕的遮盖下，被扶进雕刻华丽、覆盖着红字丝绸窗帘的喜轿。轿门关上后用红纸封住。于是，新娘在八名手挑大红灯笼、颇有气派的扈从的护送下，前往新郎家。

这种带有刁难色彩的习俗，在宋代就已经存在了。前文引用过孟元老的《东京梦华录》"娶妇"一节，其中说：

至迎娶日，儿家以车子或花檐子发迎客，引至女家门，女家管待迎客，与之彩段。作乐催妆上车，檐从人未肯起，炒咬利市，谓之"起檐子"。与了然后行。迎客先回至儿家门，从人及儿家人乞觅利市钱物花红等，谓之"拦门"。

宋代话本《快嘴李翠莲》：

只听得门前鼓乐喧天，笙歌聒耳，娶亲车马，来到门首。张宅先生念诗曰："高卷珠帘挂玉钩，香车宝马到门头。花红利市多多赏，富贵荣华过百秋。"李员外便叫妈妈将钞来，赏赐先生和媒妈妈，并车马一干人。只见妈妈拿出钞来，翠莲接过手，便道："等我分！爹不惯，娘不惯，哥哥嫂嫂也不惯。众人都来面前，合多合少等我散。抬轿车的合五贯，先生媒人两贯半。收好些，休嚷乱，弗休了时休埋怨！这里多得一贯文，与你这个媒人婆买个烧饼，到家哄你呆老汉。"

这种催嫁虽与男家无关，皆是仆从所为，但也能看出出嫁女子不愿离开娘家门的风俗早已存在。

贾家庄婚俗中催嫁的第三个特征，是催嫁礼品的置办。在迎娶前几天或头一天，也有的在迎娶当天早上，男家就打发人给女家送去钗钏首饰、衣装、酒肉等礼物。这一仪式就叫"催妆"，意思催促女家做好出嫁准备。

其中送去的带肉肋排就很有意思，男家送去，女家割下肉，把骨头再回赠男家。太形象了！男家知道女家要忍痛割肉，母女至情，都体现在这简单的礼节中了。在雁北，甚至把男家这时送去的肉叫"离娘肉"。与孝义相邻的太谷等地，又把催妆称为"饷飧"。

无论是带肉肋排还是离娘肉，还是饷飧，反正这个仪式一过，离最为喜庆的结婚庆典又近了一步。

发嫁妆

收到催妆礼的当天下午，女家就开始发嫁妆了。

俗谓"早聘礼，晚嫁妆"，这是婚礼正日前的第二道节目。

发嫁妆，在孝义一带，俗称"搬嫁妆"、"娶嫁妆"，就是将陪送给新娘的用品送到男家去的一个程序。因俗话常说："送上门的货不值钱。"故民间忌讳说"送嫁妆"，而称"发嫁妆"。发嫁妆的日期多为结婚前一天，也有与新娘出嫁同时的。

发嫁妆是展示女家关心出嫁女儿的最好时机，因而各地发嫁妆时多事张扬。旧时贾家庄婚俗，在嫁妆发往男家之前，女家便将嫁妆在场院中摆了出来，以示女家的富有和对出嫁女儿的关爱和照顾。

这种风俗又称"亮嫁妆"，或叫"摆架子"。各种嫁妆皆用红绳包扎，一抬抬排成一长队，燃放鞭炮，吸引远亲近邻前来围观评论。在出嫁前一天，女家把妆奁发往男家。嫁妆一般为桌椅箱柜、衣服被褥及梳妆用具，上面都贴着大红喜字或扎上红布，以示喜庆。凡是能够盛放物品的嫁妆都要装点东西，忌空着抬到男家；箱柜之中要装上被褥，盆桶器皿一类的盛具，里面逐项放一些红枣、花生、栗子等喜果，寓早生贵子之意。同时，还要放些钱，俗称"压柜钱"、"压箱钱"。按照习俗，娘家放上多少"压箱钱"，婆家也应添上多少，俗谓"婆家将儿媳妇当闺女看"。

在孝义高阳，讲究喜盆（尿盆）中放五颗核桃、两颗红枣、喜钱四十八元，用红纸糊好。还有的在枕头里面装上筷子与核桃，被子四角缝枣和花生。这些物品都表示希望新婚夫妇早生贵子，儿女双全及夫妻感情和美，有福有缘。

这里着重提一下五颗核桃、两颗红枣。为什么偏偏是七颗，有什么寓意呢？其实还是古风遗留的变种。前文提到，宋代话本《花灯轿莲女成佛记》说："生五男二女，七子永相随。"核桃和枣也是表示子孙昌盛的意思。孝义一带，核桃和枣都是本地特产，所以孝义人因地制宜，巧妙地把古风与现实合情合理地嫁接到了一起。五颗核桃，自然是寓意生五个儿子，两颗红枣是希望生两个女儿。

如此，就儿女双全，子孙满堂了。

韩秋生、李庆富二先生在《楼东婚俗》中提到，在孝义楼东，嫁妆实物多为双方提前置办，但迎娶之日，仍有陪嫁物品。男家前往女家抬嫁妆，来时将女家上妆时所用的各种物品一并用礼盒抬来，回去时将嫁妆抬走。女家送客来到男家后，男家不仅要以酒肉招待来客，而且在回去时还要送些红包和食品等。酒席后，女家来人将柜箱打开，将嫁妆一一交代给男家总管，无疑也向街坊邻居展示了嫁妆多少，又一次"亮嫁妆"。男家清单验收后，还要给总折价15%的回扣。男家支付开箱人、司机等喜钱喜烟。

这有点类似于前文提到的《东京梦华录》"娶妇"一节中的"赏贺"礼节。所谓的"赏贺"，就是女家赠男家之礼由新妇开箱，将箱中礼物分赠给公婆、伯婶长亲及兄弟、子侄晚辈。孝义一带婚嫁习俗，内容虽然稍有变化，但形式却大同小异，足见其古风遗存。

张英贤、刘正武、任海波等人在考察孝义高阳、下堡婚俗情况时提到：迎娶之日，由女家的舅爷或者是叔父、伯父等亲近之人、总管出门外迎接新郎及陪同娶亲人，迎入本府后先设茶席，将果盒内男家送交之物收回。

关于果盒这里多说两句。果盒当然是俗称，本名是为官盒。过去孝义一带新娘出嫁要戴凤冠，穿霞帔。凤冠只有皇帝赐封的诰命夫人才能佩戴，但由于结婚是小登科，新娘便按夫人的身份戴凤冠。果盒最初就是用来放凤冠的，又叫官盒。现在果盒主要是用来盛放结婚用的物品。里边放的物品有：两根猪肉肋排；一瓶喜酒；一串鞭炮，供新娘上轿时用；四个滚脸鸡蛋，煮熟去皮，红、白色各两个；喜水饼四个；小米少许，绿豆少许；新娘胸花；为新娘绞脸用的扣线两支，大红、桂红各一支；铜铁顶针各一枚，表示铜帮铁底；梳妆喜钱、剔骨喜钱各十八元；披绸一副；茶镜，坐轿、骑马必备之物；长命头绳，红毛钱三尺六寸，与绞脸扣线放在一起。其中，小米、绿豆、鸡蛋、喜水饼四样用四个木碟儿盛装。鸡蛋和饼上插芙蓉花、柏叶，扣线、喜钱用红纸包好，上书吉语。果盒用两个红包袱各自包好，用别针别牢，不得打死结，以防结下不解之事。

如前文所述，女家把男家送的带骨肉上的肉剔去一些，回放盒内，回男家后，把骨上余肉剔尽，肋骨返回男家留存，意为男家骨头女家肉，也称离娘肉，夫妻包饺子吃，骨头挂在洞房中。同时，还要调换米，女家将小米留下，回软米，留下绿豆，回豇豆；回放铜铁顶针各一枚，以示女嫁男家铜帮铁底；回放一把艾、一盅蜂蜜，以示恩爱甜蜜；把蒸好的花糕、兔抱莲花馍、核桃虫抱供馍备送男家带回。另外，还要把备好的陪嫁礼单放入陪嫁品箱内上锁。

在孝义白壁关，嫁妆抬到男家后，院内总管会把妆奁安放在插屏两侧，让街坊观看。

在孝义相王村，女家送嫁妆还有专门的帖子，妆奁应成双，嫁妆物多，可用红纸钉成簿，封面写"奁章"二字，簿内直抄物件，不写"谨具、奉申"。首书"华盖擎天，彩红耀日"，尾书"宝镜团圆，玉尺天长"。男家在果盒内盛放之物与女家回赠之物，与高阳、下堡一带大同小异。

在发嫁妆时，礼仪隆重，尤其是古时大户人家，嫁妆都放在从喜轿铺租来的嫁妆托子上。这是一种特制的长方形金漆雕花桌子，四周围有栏杆，放在桌上的箱柜匣盒、古董摆设、各类器皿及其他一应杂物用具，都有红线绳与栏杆拴系牢固。桌面以下，照例都用红布围住，两侧穿上栏杆，由抬夫用双肩

◎清代发嫁妆图

或双手抬行，就像抬小轿一般。为渲染送妆的喜庆气氛，各件嫁妆上都贴有红色剪纸的喜字。

在发嫁妆时，要请一班响器班子吹奏，气派更大的还有专人举着上书吉语的牌子作为前导。前面有鼓乐引导，一路吹吹打打，充斥街巷田野，引来路人注目围观。来到男家后，男家照例出来众多人迎接，派头大的人家，还有鼓乐出门迎接。大宅府第收下嫁妆后，要立即派媒人和新婿前往女家履行谢妆礼节。新婿来到女家后，到上房向上三叩首。富商大贾的发嫁妆就更讲究、体面和排场了，运送嫁妆要向仪仗店雇佣多人，将嫁妆逐一用红绳捆牢，或抬或担，前有鼓乐开道，

鼓乐之后有大红灯笼书明"×府发奁"或"×府双喜"。

在孝义一带,因明清直至民国初年,孝义商帮鼎盛一时,婚嫁之时,也是展示个人财力的时候,也经常见到发送嫁妆的热闹时刻。

催完妆,送了妆奁,男家还有一道重要仪式,那就是坐糕祭儿。

侯庆云先生在考察孝义下栅婚俗时发现,结婚前一晚,男家也要举行坐糕祭儿。同时,在炕上或床上放一炕桌,桌上铺新褥子,新郎坐在上面换新衣服,脱下的旧衣服放在柜顶或其他高处,三天过后才能拿下。然后,喝一口糖水,吃一口点心,象征今后的日子会更甜;看一看镜子,梳一梳头发,象征今后的道路越走越明,顺顺当当。窗台上、床头上点起红蜡烛。新郎坐在桌上一段时间后才能下来。坐得高,铺得厚,穿得暖,预示今后的生活会越来越富裕。

就等着吉时一到,大张旗鼓地去娶亲了。

第十二章

娶亲仪式

哭哭唱唱、吹吹打打中，好日子终于到了。

首先开场的重头戏，是贾家庄婚俗中婚前礼俗里最重要也是仪式最为烦琐的"亲迎"。

亲迎，也叫"迎亲"或"接新娘"，是古代婚姻"六礼"中的最后一项，其基本定义就是新郎前往女家迎接新娘。而出阁则是新娘离开娘家。

之所以要由新郎亲自前去女家迎接新娘，按照古人的解释，主要理由有二，其一是表示男家对婚姻大事的重视。《礼记·哀公问》记载，鲁哀公问孔子："冕冠而亲迎，不已重乎？"孔子答："合二姓之好，以继续先圣之后，以为天地宗庙社稷之主，君何谓已重乎？"

其二是表示新郎对新娘的爱慕与喜欢。《礼记·郊特性》曰："男子亲迎……亲之也。"《白虎通·嫁娶篇》曰："必亲迎授绥者何，以阳下阴也，欲得其欢心，示亲之心也。"春秋时，鲁宣公的女儿伯姬嫁为宋恭公妻，恭公没有亲自去鲁国迎娶新娘，伯姬迫于父母之命，随迎亲车驾到了宋国，但因恭公没有亲迎，坚决不肯同房。此事在汉人刘向的《列女传》中还被提及，足见恭公的做法为人诟病之久。既然身为国君，更得依礼行事，要不然礼法不容，怎么合两姓之好？

在孝义一带，亲迎俗称"娶媳妇子"。

娶亲仪式中包含四项礼仪：新郎娶亲前行祭祖礼；新郎上轿前行祭路礼；娶亲携带礼品；上轿起身后新郎回门礼。

先说祭祖礼。

在贾家庄，娶亲这日，新郎不论从事何种职业，一律穿长袍礼服，头戴礼帽，脚穿新鞋。在孝义下堡，还要给新郎佩戴长命头绳，以三尺六寸红布顺折两次成条形，再以二尺四寸处横折，另一头为一尺二寸，把银万字缀到红布上方，戴于新郎左腋下。早饭吃饺子，名曰"子孙饺子"。吃过饺子后，新郎就被认为是当天最高贵的人了，一不准做这干那，二不准随意走动，专等时辰到来，一心和新娘拜堂成亲。

在迎娶动身前，要请神子、祭祖位。所谓人在做，神在看，这个时候就全面体现出来了人对神灵的敬畏。祭礼活动时，乐队奏乐，火炮演奏《拜鼓》。跟班的走在前面，手拿祭品，新郎随后，来到祖先神位前，供上祭品，点灯上香化纸后，行拜四叩头大礼，以示对祖宗和神灵的敬重。

祭祖活动表示今日后代成婚，新立门庭，传宗接代，不忘祖先有德，光泽后人，特来告慰祖先。这里面暗含为祖宗负责的寓意。婚姻大事，人们总是慎之又慎。《孟子》说"不孝有三，无后为大"，不识字的农民可能没有读过这部作品，但祖辈相传，都深知保存血脉的重要性，知道如何更有利地娶一个好媳妇、找一个好女婿。

让－克洛德·布洛涅在《西方婚姻史》一书中说：

婚姻史，特别是在一个所受影响彼此矛盾对立的社会里，就是一部企图控制婚姻这项根本制度的各种力量不断冲突的历史。要保留对婚姻控制权的，首先是家庭。因为婚姻既关系到遗产的传承和纯正的血统传承，也关系到贵族家庭的荣耀，以及与昔日祖先崇拜相联系的家庭崇拜。

让-克洛德·布洛涅还谈到了国家权力、教权对婚姻的制约。这是在西方。在中国，影响婚姻的也是家庭、国家权力、儒家礼法。但这所有的一切，最终都扎根在神圣的婚俗仪式之中。

无论是中国还是外国，婚姻都被看作一项神圣的责任，只不过国外的婚姻常是遵循严苛的教规，而中国呢，好像更多由神道命定，就是人们挂在口头边的"天作之合"。但这种天作之合，其实有个门当户对的前提。这从诸多婚俗习惯中就能看出来。同样有着古老而神圣的仪式，只不过中国的婚俗不如基督教规里那般庄严。事实上，中国的婚姻仪式更多时候被当成共同嬉戏的节目，带有几分游戏、几分点缀的性质，现在婚礼中常出现的一些节目就可以说明，比如娶新妇时新郎进门前的待遇，比如闹洞房中对新人的欺负。

但这并不等于中国的婚俗就不讲究，就不认真。恰恰相反，这种狂欢化的背后，更接近男女终身大事的本质，造人的前奏需要的就是这种几近狂欢的庆典。

在孝义一带，选媳妇通常比选女婿要简单一些。前文已述，对男孩而言，只要没有特别的生理或智力缺陷，家庭经济条件比他的个人情况更为重要。但对于女孩，她的家庭情况相对不太重要。这里说的是相对于城市或者大户人家而言。选媳妇的主要条件是身体健康，能够生育，能胜任家务劳动，名声好，没有风流韵事，也没有不顺人父母的表现，最后是没有生理或智力缺陷。女孩并不需要特别的魅力，女孩家庭的经济或社会地位不是不重要，相对来讲，人们更在乎的是必须要有好名声。

在为女儿挑选婆家时，情况正好相反。父母首先考虑男家的经济条件：拥有多少土地、多少房屋。女孩母亲要弄清这家里有几个儿子，计算每个兄弟在最后分家时可分得多少财产，因为有20亩地而只有一个儿子的家庭与有 30 亩地但有三个儿子的家庭有很大的差别。在经济条件满意的情况下，女孩母亲再考虑男孩的个人条件，但在这方面不会过分讲究。身强力壮比相貌英俊更加重要。细心的母亲也关心男孩的品行。男人的道德准则与女人不同，不像妇女那样受性道德、传统礼节和家规的严格约束。不过，如果知道男方脾气暴躁，或有诸如喝酒、抽烟、赌博之类的坏习惯，婚姻成功的机会就会大大减少。

所以，在经过精心准备的选择之后，即便不是门当户对、天作之合的婚姻，人们也要以此祝愿，在各环节中都要一再强调对祖宗的尊敬。

王正杰编著的《娶媳妇子·嫁女》中谈到孝义尤其是贾家庄婚俗习惯时，多有明确记载。比如王俊斌、燕福金在《贾家庄及周边十村当今"婚俗"》中就提到新郎娶亲前要行祭祖礼，请神子族谱，祭祖位：婚事当日清早，先请"神子"（大多由布料制成，上画本族列祖牌位）。由本族前辈带领，新郎相随，乐队吹奏，将"神子"由前次本族办喜事家院请到本院，挂于本院右上方。一般由新郎父母亲拿祭品，祭品有四碟小圆馍，每碟四个，上点红点，上四炷香，化一道黄表，鞠四躬。

祭祖有祝文：

物本乎天，人本乎祖。瓜瓞绵绵，天长地久。忠厚开基，立德不朽。箕裘永报，肯堂肯构。小儿完婚，敬荐俎豆。祖如不昧，来格左右。
伏维。尚飨。

×年×月×日

祭祖活动意味着什么呢，表示今日后代成婚，新立门庭，传宗接代，不忘先祖有德，光泽后人，特来告慰祖先。这也是中国人自古以来的传统，"慎终追远"，不光过年过节要拜祭祖宗，在"礼之本"的婚礼上更是讲究。值得一提的是，新郎娶亲前拜祭了祖先，上轿前还要举行祭路礼。所谓祭路，即祭"路神"，祝愿娶亲队伍出入通顺，一路平安。祭路时由二人抬祭品桌，祭品是三碟小圆馍，每碟四个，上有红点，三炷香，一壶酒，三道黄表，乐队开道，由新郎的长辈先行，新郎随后，来到娶亲队伍要走的十字或丁字路口，喜炮郎鸣炮，长辈烧香、化纸、敬酒。长辈先，新郎后，叩三头或行三鞠躬礼。

祭路也有祝文：

维

×年×月×日弟子某人等，谨以香楮庶馐之仪，致祭于五路尊神之前。曰：昱昱天人路，唯神司一方，日诹良辰，吉星卜天月方，肩与随境处，逢凶化吉祥。前赖吉神护，后凭福神光，出入通顺，托神扶航，迎婚大吉。赖神以安，登山坡，过平川，滚滚吉气福周圆。往迎佳人兮，寿而康代允媒兮，福而绵轿马人齐。铜锣鼓响，适付过路，视履老祥。神其佑之，永护其倡。神如不昧，铿此微尝。

伏维。尚飨。

韩秋生、李庆富二先生在《楼东婚俗》中也写到，在娶亲前，要"敲锣打鼓请神子，由长辈引领……新郎向祖先牌位鞠躬致谢，向亲朋好友致谢后上车"。

任海波先生在《高阳风俗在城区的变异》中回忆道：

新郎本族长辈、喜炮郎、介绍人、经理、乐队等，需拿小圆馍馍二十七个（祭祖需十二个小圆馍，祭路需十五个小圆馍），表六道，香一把，小红烛两支，酒一壶，炕桌一张，鞭炮两挂。

闫兴汕、闫耀录二先生在《白壁关陆壁头婚俗》中对祭祖、祭路描绘得更为形象：由两名同宗办事人抬一张六人桌，桌上围红桌裙，摆香炉供器一套，香桶插香，蜡桶插蜡。捧饭盒一个，内盛小圆馍四碟，每碟四个，表一道，奠酒一壶，火柴一盒；排好队伍，喜炮郎前面鸣炮起身，抬供桌的跟上，后是东家长辈领着儿孙，穿戴长袍马褂，戴着红顶瓜壳帽，新郎戴礼帽插银花、戴胸花，跟班的拿着垫子和马尾衣刷，乐队跟后。祖坟近的，到地头祭拜；祖坟远的，则找个空地，对着祖坟方向行礼叩拜。拜祭时，由长辈焚香、敬表，跟班铺好垫子，叩拜四头。随即祭路队伍向西进发，走到村西十字道口，还是四碟馍馍，由长辈焚香敬表，行跪拜礼毕返回家中。

楼东、高阳、白壁关，都是孝义的几个大乡，每个地方，祭祖、祭路礼，还有后文将要重点叙述的拜花堂礼，无一例外都显示了对祖宗的尊重，而这个传统与几千年前的《仪礼》、《礼记》一脉相承。

这种祖宗祭拜，其实就是神道命定的一种。

所谓神道命定，简单而言，有三个方面。

泛泛的说法是婚姻和天命有关，即所谓的"天作之合"。婚姻是命中注定，有缘千里来相会，无缘对面不相识，就是现在，人们相亲还是讲究个眼缘。这一点可以从一些戏曲中看出来。明代有戏曲名《天福缘》，演癞子张福遇奔女彭素芳，复发藏金，于是得了富贵，于是彰显姻缘福泽都是因为冥冥之中有老天帮忙。李渔的《奈何天》也是认为婚姻子禄，都是前生注定，就是巧媳妇儿随了赖丈夫，也是天数，人力无可奈何。这些曲目，多化用民间故事，民间故事靠着众口相传，在古代本就起着某种教化的作用，天长日久，这些信仰自然化在人们的脑海里。

第二种神道命定的说法和"月下老人"一类的神话有关。前文有提，媒人为什么称作月老，说到底还是因为有了神灵的帮助，姻缘才会命中注定。

更有趣的是，所谓露水姻缘也有神道掌管。清代袁枚著有《续子不语》，其中有个故事叫《露水姻缘之神》，故事是这样讲的：

贾正经，黔中人，娶妻陶氏颇佳。清明上坟，同行至半途，忽有旋风当道，疑是鬼神求食者，乃列祭品沥酒祝曰：仓卒无以为献，一尊浊酒，毋嫌不洁。祭毕，然后登墓拜扫而归。次春，贾别妻远出，一日将暮，旅舍尚远，深怯荒野，无可栖止；忽有青衣伺于道旁问曰：来者贾相公耶？奉主命相候久矣。问为谁。曰：到彼自知。遥指有灯光处是其村落。私心窃喜，遂随之去。约行里许，主人已在门迓客，道服儒巾，风雅士也；楼阁云横，皆饰金碧。贾叙寒暄问曰：暮夜途途，忽逢宠召，而遽忘耶？贾益不解。主人曰：去年清明日，贤夫妇上墓祭扫，旋风当道者即我也。贾曰：然则君为神欤？曰：非也，地仙也。问所职司。曰：言之惭愧，掌人间露水姻缘事。贾戏云：仆颇多情，敢烦一查，今生可有遇合否？仙取簿翻阅，笑曰：奇哉，君今生无分，目下尊夫人大有良缘！贾不觉汗上，自思妻正少艾，若或有此，将为终身之耻，乃求为消除。仙曰：是注定之大数，岂予所得更改？贾复哀求，仙仰天而思，良久，曰：善哉善哉，幸而尊夫人所遇，庸奴也，贪财之心，胜于好色，汝速还家，可免闺房之丑，不过损财耳。贾屈指计程，业出门四日矣，恐归无及；又思蝇头微利，而使妻失节，断乎不可。乃辞仙而归，尽夜赶行；离家仅四十里，忽大雨如注，遂不得前；明午入门，则见卧房墙已淋坍，邻有单身少年相逼而居，回忆仙言，不觉叹恨。妻问何故。曰：墙坍壁倒，两室相通，彼此少年独宿，其事尚可言而来问我乎？妻曰：君为此耶？事诚有之，幸失十金而免。贾询其故。曰：墙倒后少年果来相调，逃往邻家，不料枕间藏金，遂被窃去；今渠怕汝归，业已远飏。问金何来，则某家清偿物也。贾鸣官擒少年笞之，而金卒难追。此事程惺峰为予言。

这种神话，显然多是人为编造，即使有些事实根据，恐怕也当不得真。唯一可以采信的是，民间对婚姻之事有许多美好想象。传说久远，化在伶人演唱的戏曲中，写在文人的笔下，故事便有了某种更动人的力量。

在这两种神话之间，还有一种神话经常出现在民间传说里。清代王士祯在《池北偶谈》中收录了一则《鸳鸯镜》：

楚人王兰士者，尝游江西，一日遇风雨，投宿古祠，遂假寐，门忽洞开，见翁媪二人，入祠，据上坐，仆从十许人，旁列；复有二翁妪，扶服入，跪其前；坐者怒数其罪，顾从都是鞭之数百，跪者哀号乞怜，且曰：业生此不孝子，不敢辞罪，祈见释，当碎其鸳鸯镜，事犹可及也。坐者沉吟，释之。王嗽，发者，遂无所睹。晨起，雨霁将行，复有少年，持一镜，入拜祠下。王怪而问之。曰：此鸳鸯镜，汉物也。视之，背作鸳鸯二头。益异之。谓少年曰：肯见售乎？少年不可。展转间，镜急坠地而碎。少年方惊惋，王告之曰：汝必有失德，坏人闺门事，不实相告，且有险谴。少年惧，吐实。

乃与里中谢氏约私奔，期会祠中，镜即女所遗也。因语以夜来所见。少年大悔恨，再拜而去。王视其额，乃谢氏宗祠也。

这看似神话，其实已经说到了祖宗祠堂对有伤风化事的约束。

还有一种神道之说和祖先崇拜有密切的关系。基督教义下的婚姻是对上帝负责，祖宗崇拜下的中国婚姻是对祖宗负责，以至于对祖宗的代表父母姑舅负责。这可以从列入中国正史的一些典籍中找到相关资料。比如，《春秋·左氏传隐公八年》说：

四月甲辰，郑公子忽如陈迎妇妫。……陈鍼子送女。先配而后祖。鍼子曰："是不为夫妇。诬其祖矣，非礼也，何以能育？"

又比如《仪礼·士昏礼》在"亲近"一则下说的也是要承继祖宗的事：

父醮子，命之曰："往迎尔相，承我宗事，勖帅以敬先妣之嗣，若则有常。"

再如《礼记·曾子问》中说：

三月而庙见，称来妇也，择日而祭于祢，成妇之义也。

曾子问曰："女未庙见而死，则如之何？"孔子曰："不迁于祖，不祔于皇姑，婿不杖，不菲，不次，归葬于女氏之党，示未成妇也。"

这些都是婚姻对祖宗负责的理论与事实。

贾家庄的婚俗礼仪也遵循了旧制，比如男方在迎亲前、女方在上轿前，都要祭拜一次祖宗，相当于陈鍼子说的"先祖""后配"。

三种神道主义的婚姻观，前两种和事先的命定有关，第三种则与事后的裁决紧密相连。第一、二种，人们常抱有类似心理，不过是心怀的某种美好期盼，谈不上有多重要。"天作之合"的"天"和"靠天吃饭"的"天"是一个"天"，都是"天高皇帝远"的"天"，在现实生活中没有多大的约束力。不过是因为有了这么一等说法，再有相关的神道风行，可以让在婚姻生活上不适应的人有个自我安慰的去处，甚至是在无可奈何之中力图适应，少安毋躁，不做他等有损夫妻和谐的想法罢了。

但第三种，就是仍存于贾家庄婚俗中的祖宗崇拜仪式，却带有更多的约束力，是在亲朋好友面前许下了承诺，更是在列祖列宗牌位跟前表了决心。这种决心，不单单是冠冕堂皇的一个形式，事实上还说明了一种孝道文化。现存于孝义的中阳楼，有这样的对联：

孝为人之本，义乃君之宗。

再联系到《孟子·离娄上》说的话："不孝有三，无后为大。"有了婚姻，有了继承人，血脉得以延续，文化得以传播，这应该也是"孝义文化"的一种。也因为此，所以在孝义贾家庄婚俗中，才有这么特殊的一道祭祖礼仪式。

天作之合、天赐良缘，看起来似乎是把婚姻大事寄托给了老天，其实不过是表达了汉民族对天地的敬畏之心。或者说，正是因为对婚姻有了美好的期盼，所以才有了这样一份感恩之心。在结婚仪式上的敬天地、祭祀祖先，更是表达了对喜结良缘的尊重。

换个角度讲,"祖宗崇拜"一直就存在于我们当中,因为在古人看来,只有在祖考与祖妣的"天作之合"里,我们才能真正体悟到一种难以言说的原发性神秘,我们也才能为自己被死神紧紧追逐而无一息停留的生命里寻找到其终极性的归宿。人和自然、社会就这样连为一体,并因而克服了生死的契阔、人间和天界的间隔,和谐相依。

同时,也正是在这种对天地的叩拜、对祖宗的崇拜里,经过仪式的潜移默化,我们的传统才有厚德载物的精神,"天作之合"的幸福良缘,才更加隆重地显示出婚姻大事的味道来。

祭完祖,祭完路,母亲端盘内放一百二十块喜糕站在新房门里,新郎站在门外抓喜糕,用手在四个角和中间各抓一把。抓下的,是留下给自家的,剩下的放在果盒里给女家。礼房先生备齐娶亲礼品,一一交付给经理和媒人。所有礼品装在一对捧盒中,表示一男一女,双喜临门。捧盒用"喜"字包袱包着,用别针别住,忌打死结。捧盒内礼品名目和数量,前文"发嫁妆"一节已说,此处不再赘述。

◎果盒

娶亲礼品齐备,总管打发抬食盒的和抬果盒的起程去女方家。

总管开始排列迎亲队伍。最前面是喜炮郎,紧跟开道锣一对,前班响器,銮驾成双成对排后,大体有金瓜、钺斧、朝天镫、绣花伞、红油棍、日罩、蓝围轿子一顶、红围轿子一顶、龙凤团扇一对,然后是后班响器,最后是两辆轿车子。去和回,新郎坐蓝围子轿,媒人去时坐红围子轿,回来时新娘坐红围子轿,媒人坐轿车子。媒人、跟班人等走在新郎轿子左侧。

可以说娶亲队伍庞大，各种仪仗一应俱全，完全是科举考中了报喜的阵势，小登科嘛。

等到了"吉日良辰"，根据男家到女家的距离，安排起程时间，通常在正午前后。娶亲队伍起程时，在新郎家门口依次排列，礼炮三声，新郎来到院中，向神位行上轿礼后，出门上轿。这时两班响器开始吹打，前一班火炮奏《将军令》，后一班灯影调奏《逛野鬼》、《懒棒槌》，起程前进院内逆时针方向绕院心天地爷供奉香台一圈。

在鼓乐声中，娶亲队伍行进，但还不是正式起身，娶亲队伍还得履行一次回门俗。队伍回门时，新郎的轿子停在家门前，由新郎家人捧出糕点、糖水、锁子、钥匙、镜子等物品，请新郎坐在轿上吃几口糕点，喝一碗糖水，表示父母对儿子关爱，一路上充饥解渴；再让新郎用钥匙开锁，以示今日成婚，心要开窍；最后让新郎照一下镜子，看看面容衣冠是否整洁。

事毕，娶亲队伍正式上路。

迎亲队伍走后，厨师捧四菜一壶酒孝敬礼房先生压饥，实际是赚点喜钱。这时礼房安排切草、糊喜盆、安座斗、贴窗花、糊窗角，准备发面、烤厚饼。最特别的一项是，礼房先生指挥贴喜课，样式为：

乾（男）喜课

红叶题诗翰墨香，蓝轿佳会喜非常。

迎接新人生我命，下轿宜向□□方。

妨忌□□□三相，孝服孕妇远躲藏。

院中神堂及碾磨，红毡盖之大吉昌。
今日贤郎配淑女，子孙聪慧显名扬。

天地氤氲，咸恒庆会。
金玉满堂，长命富贵。

新郎兄嫂切谷草、糊尿盆、贴窗角、安座斗几项，有的地方比如高阳、阳泉曲等地在布置新房时就做了，不再赘述。最重要的是打扮公公和婆婆，婆婆要坐洞房内坐厚承，也叫坐钱。

礼房与新郎父母排行礼单。总管安排接待女方家送亲人员：迎媳妇两人，一般为嫂嫂、妹妹；迎望亲一人，一般为舅父或伯父、叔父；迎送亲一人，一般为哥哥。

所有的事情办妥，祖宗也告慰了，洞房也收拾妥帖了，就等着新郎骑上高头大马，领着迎亲队伍去丈母娘家抱得美人归了。

第十三章 迎婿礼俗

这头男家兴师动众准备迎亲事宜，女家也没有闲着。

待男方抬官诰食盒的人和担果盒的人到来后，礼房安排人用抬来的衣物，比如凤冠霞帔、滚脸鸡蛋、净面线、芝酥饼、如意吊关、铜铁顶针、油粉等项，给新娘化妆，让新娘穿戴齐备。此时，炕上放一张炕桌，桌下点灯、供馍、插花，桌前放一只水桶，新娘穿戴好后，坐在桌上，双脚踩在桶上，专等出嫁起身。

这时，迎亲的总管出面了，是时候请新娘出阁了。

在欢快的催妆乐曲中，新娘开始梳妆打扮，第一道程序便是更改做姑娘的头饰，表示从此不再是闺女了，俗称上头。上头由新娘的女性亲戚如伯母、婶娘等动手帮忙，通常是把头发挽成盘形发髻，外用网络套上，再簪一银笄，插上金花玉珠之类。

五代宋初之际，"上头"一词就出现了。但在当时，还仅指少女梳妆，或者是女子开笄。花蕊夫人宫词有咏少女梳妆诗句："年初十五最风流，新赐云鬟使上头。"及至后来，上头才作为女子出阁时的梳妆礼节。

上头仪式既然源于成年礼，因而即将完婚的男女都必须履行，有的甚至与入洞房后的结发仪式合在一起。

新娘上头的最特别之处，在于发型的改变。清代及民国年间，姑娘的发型多为扎一条或两条长的辫子，且人们认为辫子越长越美。结婚时，将辫子解开梳成发髻盘在脑后。这种习俗在20世纪50年代的孝义农村仍然流行。就是到了现在，无论城乡，新娘出嫁前都要做头发，要么请人到家里来，要么去理发店，俗称"盘头"。

在孝义一带，有的地方，上头时还要唱歌：

前拢七，后拢八，婆家娘家一起发。
婆家发了两顷半，娘家发了二顷八。
走到哪里哪里发，走到半路发庄稼。

除此而外，贾家庄婚俗中用坐糕祭儿的仪式来比照上头，更是独具特色。

女家在闺女出阁前一晚举行坐糕祭仪式。女家在蒸糕坐笼前，新娘母亲头罩红绸帕、身穿红袄、手捧供品在院中敬神，而后坐在院中一把椅子上，鞭炮齐鸣。炮声毕，新娘母亲口里念：

一笼蒸，坐底稳，俺女明日进高门；二笼蒸，热腾腾，满院飘香喜气生；三笼蒸，关了门，女儿洗洁身穿红。

在新娘母亲念歌的同时，新娘关门洗浴。厨师端出头笼糕面坐在锅上，新娘母亲走到蒸笼前，把头上的红帕取下盖在笼顶上。少顷，厨师把红帕揭走。

这个仪式很生动，简直就是新娘盘头形象的雕塑化。

外面蒸糕笼上顶红帕，洞房内，新娘子穿新衣服，坐红被。有的人家甚至将红被放在炕桌上，新娘坐在上面，要镜子、梳子。意思是盘高头，往明路上走。窗台点一对红蜡烛，帮忙的人贴窗花。这一过程俗谓"坐糕祭"、"盘高头"。

这和前文提到的男家坐糕祭儿礼如出一辙。

在孝义梧桐岭北，嫁娶前一天，男女两家都要举行坐糕祭仪式。

男女双方举糕祭方向，是按拣日子规定的方向，在炕上或床上摆一四方小桌，点着长明灯，摆好镜子和妆奁盒，准备红糖水和糕点一类的食物。坐着被子表示坐厚承。新郎沐浴净身，换上新衣服、新袜子、新鞋；新娘要绞脸，换上红衣服、红鞋。

如此将上头礼纳入完婚礼的现象，充分表明了风俗是礼节的基础和源头，礼节则是风俗的提炼和概括，礼与俗自古以来就密不可分。

上头后的第二道程序是开脸。

所谓开脸，就是对新娘做面部修饰，包括用男家在催妆时送来的净面线绞去新娘脸上的汗毛，把眉毛修整得弯弯细细，形如柳叶，梳理鬓角，涂脂抹粉。做女人的一生开脸一次，往后倘有离婚改嫁等变故就不开脸了。开脸风俗是为了使新娘有一个漂亮动人的形象，同时也意味着新娘已经成人了。

未开脸的姑娘又称为"毛脸人"，表明还是未成年的黄毛丫头。

所以说，开脸实际上也是一种成年礼仪式。

单从程序上来讲，在孝义一带，开脸要先于上头。一般是请个公婆和丈夫俱在、儿女双全的年长妇女，用净面线绞去姑娘脸上的汗毛，修细眉毛，剪齐鬓角，又称"绞脸"。

绞脸之后，拿来男家催妆送来的两对滚脸鸡蛋，鸡蛋已经去皮，在新娘的脸上滚一遍，细皮嫩脸，白里透红，形同美容。

上头许嫁是古礼，开脸却是民间习俗。

古老相传，当年隋炀帝以巡幸为名，三卜江南，专门拦截民间娶亲喜车，谁家新娘长得漂亮，就强行夺走，占为己有，吓得老百姓不敢再行亲迎之礼。正巧，有个聪明人要娶媳妇，女家坚持要明媒正娶，要大肆操办。怎么办呢？新郎教媒婆先用毛巾把新娘脸上汗毛绞净，再把眉毛扯成两钩弯月，又匀施脂粉，使之艳若桃李，美如天仙。接着让新娘坐在朱红描金的台阁上，请一班闹社火的吹吹打打，左右护卫。官兵迎头拦住盘问，新郎说："我们在办庙会，没看见抬着城隍娘娘吗？"官兵仔细端详，这娘娘脸盘光洁得连根汗毛都看不见，大异凡人，不敢亵渎，拱手放行。此后，初嫁开脸便风行开来。

开脸、上头后，女家要宴请本族尊长、乡邻和即将出嫁的女儿。人们认为，女子一上头就是男家的人了，娘家也应以客相待，所以筵席丰盛，女儿也被安顿在筵席首位。尊长、邻里除对即将出嫁的女子表示祝贺外，还要嘱咐一些尊敬公婆、侍候丈夫以及处理好妯娌、姑嫂关系的道理。

头面修饰好了，还要换装。

嫁女人家不分贫富，对出嫁时服饰都十分讲究，俗谓"好女不穿嫁时衣"，就是说一辈子就穿这一回。如同欧美国家的新娘多披白色婚纱一样，汉族新娘的传统礼服是内穿红袄，足登绣履，腰系流苏飘带，下着一条绣花彩裙，然后头戴用绒球、明珠、玉石丝坠等装饰物连缀编织成的"凤冠"，再往肩上披一条绣有各种吉祥图纹的锦缎"霞帔"，看上去就像舞台上的皇后、公主一样，雍容华贵。

新娘梳妆穿戴停当，还有一道"障面"手续。

障面，又称盖头、蒙首、盖头红，就是用一块男家送来的大红巾把新娘的头脸盖住，届时出现在众人面前的新娘子，其实是个蒙面人。《红楼梦》里王熙凤的"调包计"，所以能瞒过一心要娶林妹妹的贾宝玉，正是利用了这一习俗。

新娘为什么要蒙面，历来说法不一。本文开始引用的唐人李冗《独异志》，提到女娲与兄长伏羲交媾时，"兄乃结草为扇，以障其面"。于是衍生出后人给新娘遮面实为遮羞这一习俗。此说的依据之一是，在唐代以前，新娘就常用扇子遮面，如南朝梁何逊《看伏郎新婚诗》

云:"何如花烛夜,轻扇掩红妆。"南朝陈周弘正《看新婚诗》云:"暂却轻纨扇,倾城判不赊。"由此推断,蒙面似是"却扇"的流变。

清人赵翼《陔余丛考》卷三十一"初婚看新妇"中认为,女子出嫁以头巾遮面的风俗源于东汉,当时兵荒马乱,嫁娶之家无暇择吉按时操办喜事,往往以纱縠蒙女,面然后载到婆家就算成礼了。连魏晋南北朝的太子纳妃,都取消了亲迎仪式。本来,按照礼制,新娘在共牢合卺的第二天拜见公婆,然后才算是与新郎完婚,成为夫妇。现在"岁遇良吉,急于嫁娶",只得"六礼悉舍"。

追根求源,这种风俗的兴起或与女子的娇羞心理有关。也可能跟男权社会有关,未出阁的女子不能让新郎之外的生人看见。当然,也可能跟民间趋吉避凶的善良愿望有关,新娘子戴花冠、蒙红布都有避邪的民俗象征在里面。

新娘遮盖脸面的物品有多种。南北朝时新娘用"蔽膝"遮面。段成式在《酉阳杂俎》中记载:"女将上车,以蔽膝覆面。"唐代新娘的遮面用具不一,有的用幞巾,有的用轻纱头巾,有的用类似斗笠四周有垂穗的帏帽,有的甚至还用将全身遮盖起来的装饰。

直到现在,在孝义一带,仍有新娘以传统的嫣红色红纱为盖头,既显得妩媚动人,又喜庆吉祥。

用红布给新娘蒙上头面后,就坐等新郎的迎亲队伍了。

在王正杰先生主编的《娶媳妇子·嫁女》中可以看到几张老照片,新郎官的穿戴如同状元郎,又似戏曲中的宰相,头戴插有花翎的一品官员帽,身穿绣有龙图案的一品大员袍,威风凛凛,俨然如上朝一般。前文已述,按照惯例,完婚吉日这天,新郎即使是在男家亲友及宾朋心目中也是最高贵的人,因此,这天新郎不能忙里忙外,不能一气走百步,只在穿戴整齐后等着坐花轿前去女家迎娶新娘就行了,一副达官贵人的派头。

吉时一到，就要发轿。新郎乘上花轿，随从带上过礼，娶亲的队伍也是举着"肃静"、"回避"的牌子在前边吆喝开道，俨然县太爷出巡一般威风。兴许说风光更确切，毕竟还有吹鼓手吹奏着欢快的乐曲。如此，在众人前呼后拥之下，新郎前往女家接亲。

所以宋人廖行之在《点绛唇·贺四十五舅授室》一词中会如此描述新郎的得意：

此去何之，骈阗车马朝来起。扬鞭四指。意气眉间是。
闾里儿童，竞瞩秦萧史。归时几。快瞻行李。还看如云喜。

娶亲队伍现在来到了新娘家门前，喜炮郎点炮，鞭炮连天，告知女方：娶亲队伍到了。

当地人俗称开门炮。门开不开另说，反正这几炮是要先放的。

婚礼重在礼字，礼既是仪式、规矩、秩序，也是政治和道德。鞭炮就是宣言书。几乎从定亲开始，鞭炮就一直如影随形。娶亲时，喜炮自然响得更加热烈。在娶亲队伍经过的村口、十字路口、桥梁等处都要放炮。

新郎的这副样子实在盛气凌人，气焰也太嚣张了，过于大丈夫了。

怎么办呢？聪明的娘家人自有对付的办法。

当地有这样的说法："新郎娶亲，贵婿临门，兄长轿前，行礼迎亲。"新郎上门，懂礼的总管总得给年轻人一个台阶下，于是安排帮忙的人出来迎接。但新娘的家人就不会了，嫁女儿还要亲自去迎接，是不是有些丢份儿？当然，这纯粹是一种猜测。事实上，女家是在这个刁难的空间，还在为嫁女赢取时间。

这就和前文提到的宋朝古俗"拦门"礼接上了。

在迎婿仪式中包含五项礼俗：新郎下轿迎接礼，亲朋拦门闹喜礼，岳父岳母披彩礼，炮童偷盅盗筷俗，女婿动身行拜礼。

不过，进行这几项礼仪前，女家也要坐油锅，炸油糕，和面，尤其是新娘要吃两块油糕、两碗拉面。礼房先生也在写坤（女）喜课，格式和乾（男）喜课一样，有个别字句差异，比如会把第三句换成"梳妆新人生我命"，把第七、八句换成"路逢井庙红绫盖，盖之藏之大吉昌"。喜课写好，贴于院中，提醒参加婚礼的人属相若与新郎新娘相忌，最好避让。

先说新郎下轿迎接礼。

经理和媒人进到女家礼房，奉送娶亲帖及娶亲礼品。总管即刻安排迎客的人出去迎接新郎和男家亲人。新郎下轿，响器火炮一班在门外等候，跟班人用衣刷掸去新郎身上尘土。相互作揖后，迎客退侧，让女婿先行，迎客随后进门。俗称："女婿来娶亲，不迎不进门。"

这个时候新娘的一帮亲朋好友出场了，她们把门给闩住了，这就是所谓的拦门闹喜习俗。民谚说："大喜大喜，不闹不喜。"

俗话说，婚姻嫁娶，不闹不喜。孝义当地，闹喜为婚俗之一，有"三天以内没大小"的说法，亲朋老少都可闹喜。当女婿来到大门、二门、堂门时，向女婿要进门喜钱，以讨吉利，俗称拦门。

这是风行多地的"开门礼"，指的是迎亲者如何使女家开门迎娶的礼俗。新郎前往女家迎亲，意味着女家姑娘将离开娘家而成为男家一员，因而在男娶女嫁兴起之初，女家对迎亲队伍并不采取欢迎态度。当迎亲队伍来到女家时，女家大门紧闭。新郎若扣不开女家大门，就接不走新娘。这种开门礼，当是抢婚风俗遗留。

新郎叫门，女家顶门的人不可能那么听话，还唱拦门喜歌：

今天拦门第一重，王门金锁不开封。
新郎要入桃花洞，莫昔绳头利市金。
牛郎今日会天孙，吉日良辰好合婚。
劝郎慷慨付喜钱，大家方可开绣门。

又比如这样喊：

新郎来娶亲，不惜放偿金。
给了我喜钱，才准你进门。

一副此门是我闩，要想进门得留下买门钱的蛮横架势。

好在新郎事先就有准备，将红包从门缝里塞进去，一个不行塞两个，两个不行塞三个，一般要塞七八个甚至十几个红包，直到屋里的人满意，才打开门，或者是男家来顶门的人趁乱将门顶开。未婚男男女女又是一阵哄笑与打闹，新郎才得以与坐在床上的新娘见面。

不管怎么说，在孝义一带，新郎迎亲礼俗是非常隆重的，只不过依照习俗，娶亲到了丈母娘家，总得受些刁难。尤其是新郎官一来，大门紧锁，百般阻挠。据说，这一种习俗一方面在于显示女家的尊严，另一方面是故意捉弄迎亲者。迎亲者怕误了时辰，自然是低三下四，忍气吞声，百般求情。进到了正厅，孩子们也会拿新郎的胸花、眼镜等物开玩笑，要喜钱、喜糖。

民间对于闭门拒纳迎亲客习俗的解释，大都说是为了消磨一下新郎的火暴性子，防止日后新娘受欺负。这似乎更能说明开门礼与抢婚风俗有联系。

宋代以前，娶亲用车子，这种拦门风俗，又称"障车"，就是由

第十三章 迎婿礼俗

253

女家亲友和邻居街坊拥门塞巷，拦住喜车不让通行，本意是对新娘出嫁的惜别，后来逐渐演变为向新郎索取酒食钱财的借口。花轿取代喜车后，障车习俗又演变成拦门。被拦在门外的新郎不能急、不能恼，要赔着笑脸向围观群众散发喜果花红，同时由媒人作为代表，先将凤冠霞帔、花粉画彩等新娘用以装扮的行头用品送进门去，进行送嫁妆以来的第二次催妆。而在贾家庄婚俗中，前文已经提到，在娶亲队伍起程前，已派专人将这些东西送往女家了。

对女家而言，障车拦门礼俗除表示惜别以及"杀杀新郎性子"外，还有两个实际作用：一是给新娘留一些开脸上头时间，二是等候阴阳先生事先选择好的上轿吉时。这段时间里，男女双方便隔着大门逗乐子，随同花轿前来的响器班子则应围观者要求，不停地吹奏各种喜庆曲目，把气氛搞得热热闹闹。

如果说拦门要开门礼还带点"礼"的性质，那么，虐郎行为则完全没了"礼"的伪装，剩下的尽是对新郎的戏弄和难为了。虐郎，是女家家眷对新郎戏弄取笑的一种婚俗。从婚姻是男女结合、繁衍后代的大道理出发，女家应该对前来迎亲的新郎给予最高的礼遇和美好的祝福。但从新郎将姑娘娶走，女家遭受丧失劳动力和亲人离别之痛方面考虑，自男娶女嫁婚风俗兴起之时，新郎即应是女家严密防范和打击的主要对象，因而兴起了无数戏弄和虐待新郎的风俗。这称风俗，学者称之为"虐郎"，民间俗称为"难新郎官"、"烤姑爷"。

当然，烤姑爷是假，盛情接待新郎官才是真。

段成式在《酉阳杂俎》中记载：

北朝婚礼，青布幔为屋，在门内外，谓之青庐，于此交拜。迎妇，夫家领百余人或十数人，随其奢俭挟车，俱呼新妇子催出来，至新妇登车乃止。婿拜阁日，妇家亲宾妇女毕集，各以杖婿为戏乐，至有大委顿者。

这里所说的虽是北朝婚礼中存在的虐郎风俗，实际上自一夫一妻制确立时起，这种风俗即已存在，当是母系制反抗男娶女嫁婚制的一种遗存。有的是象征性打闹一通，有的是真打，甚至因此结下深仇大恨的也大有人在。《北史·后妃传》中记载，北齐文宣帝迎娶段昭仪时，昭仪的嫂子元氏按照民间习俗打文宣帝，文宣帝记恨在心，后又打昭仪的哥哥段韶说："我要杀死你的妻子。"吓得元氏躲在娄太后宫中，直到文宣帝去世，才敢抛头露面。

一国之君娶妃子尚且要挨打，没有开化的民间普通百姓之家，虐郎风俗更甚。

虐郎行为不仅表现在新郎前去女家迎亲时，婚宴时、闹洞房时新郎也是百般受虐。2013年3月27日，《山西晚报》有一篇报道《乡村里的一场致命婚礼》，说的就是离孝义不过百里之遥的清徐，一场"办得好"的婚礼闹出了人命案。清徐民间婚俗就有闹（哄）婚一说，背媳妇的姿势不对，要哄；说话不对，要哄。所谓哄，就是新郎朋友打新郎。婚礼或洞房之所以要"闹"，一是为了烘托结婚喜庆气氛；二是跟汉族世俗信仰有关，传统习俗认为新房里有邪气，人多势众闹一闹将邪气压住，驱赶鬼魔；三是以前新婚男女并不熟悉，很多都是洞房之夜才见面，闹洞房，亲朋好友一起哄，是为了新娘和新郎以及大家加深了解；四是为了传播性知识，通过闹洞房使新郎新娘子了解性，了解男女之事。

但由"哄新郎"闹出人命案，也算极端一例。这样的虐郎方式似乎也能接得上古风。东汉仲长统在《昌言》中说：

今嫁娶之会，捶杖以督之戏谑，酒醴以趣这情欲，宣淫泆于广众之中，置阴私于族亲之间。污风诡俗，生淫长奸，莫此之甚。

又，《全后汉文》中提到一则故事：

汝南张妙会杜士，士家娶妇，酒后相戏。张妙缚杜士，捶二十下，又悬足指，士遂至死。

可见，结婚虐郎打死人，闹出各种事端者自古皆有。凡夫俗子，长久受礼教压抑，通过婚礼中的各种放肆行为减压，而受过教育的士子文人，对这些有悖礼教之事，总是大加挞伐。

此外，丑化新郎，给新郎戴上锥筒形状绿帽，满脸油彩，身穿女性内衣；出一些与性相关的谜语让新郎猜，当众说出来，都是虐郎行为的一种。

各地风俗不一，可以说，虐郎性质发生了变化，成为寓意新婚美满，增加婚礼喜庆氛围的礼节。所以，这种习俗的核心已不再表现为女性对于男性压迫的抗争，而成为婚礼上男女双方相互戏谑的一种礼俗。

比如在孝义白壁关，在认亲行礼时，平辈、亲朋可以耍笑新郎戴枷。枷，用谷草秆做成三角形，外用红纸裹好，套到新郎头上。意思是，从今以后你头上戴了枷锁，有了压力，不能自由啦。

在贾家庄，就有耍笑女婿一说。女婿下车后，取笑的人伺机偷取女婿身上的小物件，比如帽子、手绢等。待接上新娘起轿，女婿再象征性地出点喜钱收回，意在增加节日喜庆气氛。取笑之人不分辈分，俗谓"三天之内无大小"。女婿行拜礼期间，更是耍笑女婿的专门环节。

在孝义高阳，甚至还要耍笑婆母。婆母在众女人们的帮助下，头罩红帕，身穿红袄，脸上由耍笑人涂上白面和红油彩，扮成一个十足的老太婆，在各神龛前烧香、供奉、焚表、磕头，把祖先的神图卷起来。这应该是把远古的巫术演祭与后来的戏台上的丑角结合到了一起，仪式的神圣性与民间娱乐狂欢不可思议地合二为一。

对于这种带有戏谑性的虐郎风俗，在孝义一带，新郎一边也会有一些戏剧性行为予以报复。比如，女婿进门付了喜钱后，即坐席待娶，女方招待女婿，普行清茶一盅，糕点糖果八盘，由迎客陪伴闲谈吃饮。

你看，进门再怎么闹，也没有杀掉新郎官的威风，进了门俨然又是作威作福的老太爷架势了。

又是拦门，又是各种茶叙认亲，等的就是上轿吉时。

吉时一到，女家则开启院门，让娶亲队伍把花轿抬进院中，好让新娘子上轿。

俗话说：大姑娘上轿——头一回。既然是头一回，讲究也就特别多。

新娘离开娘家前往夫家，传统观念认为担负的是"合二姓之好，上以事宗庙，下以继后世"的使命，生儿育女便成为新娘结婚的首要任务，不能生育的女人在夫家没有任何地位。所以，祝愿新娘早生贵子和多生贵子不仅成为男家的主要心愿，也成为女家父母的一大祝福。于是，又产生了众多相关风俗。

新娘出嫁离开娘家门，俗称"离门"、"上轿"、"发亲"、"出阁"等。出阁是一个女人生活重心发生巨大改变的开始，从此，她将结束天真烂漫的姑娘岁月，担负起为夫家传宗接代的责任，而且将从依附于父母变成依附于丈夫，从父母膝下的娇气女变成翁婆和丈夫的侍候者。这一系列变化来得如此突然，对一个弱女子来说，怎么能够承受？因此，无论是女家的依依不舍还是男家的迫不及待，或是男女两家所给予出嫁女子的最高礼遇，都无法安慰和消除新娘因出嫁带来的凄凉，从而在贾家庄婚俗中，产生了一系列新娘出阁习俗。

宋人赵德麟在《侯鲭录》中说"世之嫁女，三日送食，俗谓之暖女"，可见暖女是女家父母及其亲朋好友安慰出嫁女子的一种风俗。孟元老在《东京梦华录·娶妇》中记述得尤为详尽：

三日，女家送彩段油蜜蒸饼，谓之"蜜和油蒸饼"。其女家来作会。谓之"煖女"。七日则取女归。盛送彩缎头面与之，谓之"洗头"。一月则大会相庆，谓之"满月"。

可见，宋代暖女风俗不仅要送食物，还要送彩缎，并有聚会庆祝等内容。

自清末民国之后，民间皆称暖女为"送饭"。在孝义一带，民间认为，暖女除表达娘家对出嫁女子的一片深情、无限呵护外，还有表示女家经济宽裕、衣食不缺的意思。女子出嫁时，娘家会为新娘准备一对核桃虫馍、一对如意馍、一对狮子馍、一对老虎馍、一个大花糕馍以及一些干果、白面、盐、蜂蜜、香油，放在男家送来的骨盒里。

前文"发嫁妆"一节，提及男方要在捧盒内准备一刀带骨肉，女家把男家送的带骨肉上的肉剔去一些，回放盒内，回男家后，把骨上余肉剔尽，肋骨返回男家留存，意为男家骨头女家肉，也称离娘肉，夫妻包饺子吃。这也是"送饭"习俗的变种。

有的地方，新娘离开娘家之前再吃一碗母亲做的饭，不仅表示母女之间情深似海，而且带有教诲出嫁女子永远不忘娘家的含义，所以民间又称为"上轿饭"、"离娘饭"等。在孝义贾家庄，在嫁女这天早上，母亲要做拉面给女儿，按女儿的年龄，多煮两根，然后母女同吃，互相夹拉对方碗内拉面，表示就是嫁出去了，仍要和娘家多走动、多联系，拉拉扯扯。吃面条时，将要出嫁的女子说些感谢父母养育之恩、感谢叔婶与哥嫂帮助之情之类的话，长辈们自然也要情真意切地嘱咐一番出嫁姑娘，比如到了男家如何搞好婆媳妇关系、怎么侍候丈夫之类，总之，吃这顿饭是仪式，重在表达母女间依依惜别的感情。

再怎么依依惜别，总有到头的时候。

在新郎娶新娘将要动身前，必须由岳父岳母亲自给女婿身上披彩。女婿坐在堂中椅上，面朝南，岳父站在东边，岳母站在西边，岳父拿绿披绸，岳母拿红披绸，绿的披在新郎左肩，红的披在右肩。前面是绿压红，后面是红压绿，一定要十字交叉，表示着阴阳交会、和谐相融，这也是在传承着始祖文化中太极八卦、乾坤合一的信仰。腰中用六尺红缎梅绉别起来，头别一对喜花。名曰"披彩"，寓意披红挂绿，荣耀不止。

比如，赵改翠女士在考察孝义克俄婚俗时提到：岳父、岳母给女婿披披彩时还要说："手把金腰一圈，你和我女儿白头到老；拐杖相敲，头发相绕。"

然后，新郎由介绍人引领，到新娘房门前行三鞠躬礼迎亲，而且新郎给新娘穿鞋时要叫姐姐。此时，灯影调一班演奏《小开门》、《火中莲》、《驻马厅》。

而伴郎在披彩的热闹声中，偷取桌上的一个茶盅、一双筷子，然后带回男家。寓意："偷双筷子，养个孩子；偷个盅子，养个孙子。"这种"偷"女家东西的行为，已然演变成特定的仪式，盅子和筷子都是女家特意备好，等着男家去偷的。

披彩毕，女婿来到院中，面向女家神位行三跪九叩首大礼，意即一跪三头，谢天地保佑成亲之恩；二跪三头，谢岳父岳母养育新娘成人之恩；三跪三头，谢众邻友帮忙婚事之恩，俗称"大礼迎亲"。

礼毕，女婿随迎客出门，随着司仪一声喝令，鼓乐齐奏，鞭炮炸响，新娘登轿的吉时到了，这叫"升轿"。

新娘不能自己走入轿子，得由娘家人舅舅或姨夫抱甥女上轿。俗话说："舅抱甥，不沾尘。"一说是怕引尘入邪，所谓新人不踏贱地。又说是避免出嫁女儿带走娘家泥土，俗信"土能生万物，地可产黄金"，怕带走了娘家种庄稼的好运气。所以姑娘走了，母亲还要在姑娘坐过的被子上坐一会儿，以防姑娘带走财运。

在孝义白壁关，是由哥哥抱着上轿。

在孝义下栅，新娘上轿由哥哥或舅舅抱出，上轿方向要按选日子的先生安排。上车后喝一口红糖水，看一看镜子，吃一口点心，梳一梳头发。喝红糖水、吃点心也有娘家宽慰出嫁女儿的意思。

在孝义一带，新娘上轿也有讲究。在贾家庄，上轿前，新娘要在闺房中向父母行辞别礼。这时，在守亲婆的护理下，新娘跪在闺房炕上向父母叩头。守亲婆在旁边念道：

谁家养女要嫁人，难忘父母养育恩。
还没上轿先行礼，女儿今日配高门。
高高兴兴上花轿，过三隔五要回门。

而此时，父母要赶快跑出闺房回避，以免父母与女儿难舍离别之情冲淡节日喜庆气氛。

但在孝义南阳，新娘上轿时，会哭哭啼啼，但这也不犯忌讳，人们反而认为是大吉大利。据说，新娘哭得响，婆家越有钱。

这应该是哭嫁风俗遗留。关于哭嫁习俗产生原因，民间解释颇多，一是认为姑娘出嫁不哭，日后会多灾多难日子苦；二是认为哭与福谐音，认为"哭福，哭福，不哭不福"；三是新娘为表达对父母及亲人的留恋。笔者老家，土家族姑娘出嫁，就有哭嫁习俗，为对比看贾家庄婚俗特色，此处且多说两句。在出嫁前几天，土家族姑娘就哭开了。不光姑娘自己哭，姑娘的母亲、婶、姨、舅娘等女性亲属，还要陪哭。哭嫁名为哭，更多带有唱的意思。哭嫁内容多是诉说离别之情，骂媒人、骂男家等。哭嫁歌词不尽一致，大都随兴而发，顺口编就，诉说离别之情，情真意切，催人泪下；骂起媒人来，淋漓尽致，入木三分。比如出嫁女子会唱：

在娘三年怀中滚，头发白了多少根。
青布裙来白围腰，背儿过了多少山坳坳。
布裙从长背到短，这山背到那山转。
风也吹来雨也打，爹娘把我拉扯大。
爹背晒成糊锅巴，我娘瘦得像个风筝架。
只道父母团圆坐，谁知今日两离分。
哭声爹来刀割胆，哭声娘来箭穿心。

出嫁女儿时母亲会唱：

我的女儿我的心，你到婆家要小心。
只能墙上加得土，不能雪上再加霜。
婆家人可大声讲，你的话却要轻声。
金盆打水清又清，你的脾气娘知情。
铜盆打水黄又黄，你的脾气要改光。
亲生爹娘不要紧，公婆面前要小心。
十月一满临盆降，我娘分身在一旁。

牙齿咬得铁打断，双脚踩得地皮穿。

醒来一看儿的身，是女是男娘伤心。

我没有亲耳听过孝义克俄人的哭嫁，但大致情形应该差不了多少。女子哭嫁，也不全是伤心，她其实是在犹豫，只是在为自己铺排，为自己做心理准备。一如前文所述，这个犹豫纠结的过程，其实有人生最美好的滋味在里头。

可以说，哭嫁是贾家庄婚俗中向父母行辞别礼的延伸，母亲告诫女儿要遵行妇道，女儿安慰母亲，都是父母和女儿临别诉说衷肠。

行辞别礼后，喜炮郎开始催嫁，与前文提到的催妆习俗也有相近处。第一次喊："新人道好。"第二次喊："回回进宝。"第三次喊："办了就跑。"有的还要新郎请，有的新郎给新娘闺房鞠躬行礼，还有的如前所述，还要找新娘藏在房间里的新鞋，并给新娘穿上。

起轿时，整个队伍依次掉转头来，排列顺序像原先一样。这时候，女家会有许多祝福性的礼仪，比如撒筷子、燃放鞭炮之类。

新娘上轿后，女家送客坐轿，望客坐车。如果轿少，送客、望客都坐车，但送客和望客不能坐同一辆车，因为辈分有别。送客一般是新娘亲哥或表哥，有"哥哥送妹妹，好活一辈辈"的说法；而望客一般是新娘舅舅或姨夫。如果送客、望客坐一辆车，就会让人笑话："送客望一车坐，礼房先生闹下错。"

在孝义下栅，新娘上轿后，父亲送到村口，出嫁时送闺女一程，表示父亲抚养成人，已完成任务，今后的路该自己去走。闺女走后，点着人口灯，也叫九连灯，放在柜顶上。母亲不送，而是坐在闺女打扮时坐过的床上，身披大红袄，寓意走红运。估计闺女出村后方可下床。

在孝义白壁关，新娘上轿后，新娘的母亲要坐在新娘打扮的房内，俗称"坐厚承",怕新娘带走厚承。直到听不见乐队演奏声才可下来。其实是不让母亲亲自送女,怕有难舍之事发生,哭闹冲喜。

在贾家庄及周边十村,娶亲路线也有讲究:西去东回,意为紫气东来。不走回头路,意为婚姻大事不可重复。一般讲究走大回环,即回时不走来时路,要绕一个大圈子回到男家,以此寓意婚事圆满。守亲婆一路遇井、大石用红绫盖住,十字路口倒麻钱,怕新娘冲了白虎,十字路口倒钱买路。

有的地方,还要依据村落位置,讲究迎亲从"玄武入,朱雀出",或者"白虎入,青龙出"。前去女家迎亲者要随身携带红布,这些红布除供新娘上下花轿时踩踏外,在遇到寺庙、井台或碾台、磨屋时,还要用来遮掩花轿,意在防止白虎星等妖魔鬼怪。路遇别家嫁娶队伍时,双方要互换针线活,即以新娘所做女红相互交换,据说这能够消灾避难。现在,当两支迎亲队伍相遇时,仍会互赠手帕。若遇出殡的,娶送人员都要说:"今天吉祥,遇上财宝啦!"民间认为,娶亲遇上死人,是大吉。

途中还有戏谑新娘的行为,比如"颠轿",就是抬轿者故意将轿子上下颠簸,搞得新娘头晕眼花,直至呕吐。张艺谋的电影《红高粱》中即有此情节。一般认为颠轿行为是对新娘迟迟不上轿的惩罚,也有人认为颠轿习俗和请人压床一样,是在对新娘的生殖力进行感染,新娘的呕吐便是感染的结果,象征妊娠反应。前文已述,说到山区娶亲,用的是驴或者马,本身就够颠的了。也是一趣。

不过,民间多数人对此并无深究,祖辈相传,闹的就是个红火。

和新郎先前在女家受到的待遇相似,当新娘快到男家时,也会碰上种种刁难行为。

比如,在孝义高阳,有添炮仪式。娶亲队伍回到村口以后,要停下来,

第十三章 迎婿礼俗

有的由喜炮郎回家添炮，也有的由家里打发人送炮。一来是防止炮不够用，二来是通知家里做好迎接新娘的准备。

在孝义杜村西房庄，炮响娶完亲回来，到了街门口附近，新郎先下车，新娘不能马上进门，只能原地等候，由迎亲客给她送两口红糖水。新娘等候有两个意思：一个是让新娘缓缓气，压压新娘的性子，跟新郎去女家娶亲，女家不开门一样，都是为了压压新人的性格，俗谓"憋性"；二是新郎和母亲此时有许多礼仪要准备。新郎进院内把新房窗外四角红纸扒开，将里边的核桃和枣装在身上。然后新郎随父母在内务总管引领下供奉神子、天地堂、土地爷诸神，每神位供一盘馍，每盘四个。新郎端酒，母亲上香，父亲点蜡，每神磕三个头。因为未拜天地的媳妇不能见神子（神宗牌位），内务总管把神子摘下收好，再把黑煞神馍、花糕放在洞房内窗台。然后，新郎回到洞房上炕坐厚承，父母在院内由他人耍笑。一切办妥后，响器班子奏乐，鞭炮齐鸣，新娘由嫂嫂或姐姐出门相迎。

另外要提一句的是，在娶亲回来的路上，现在民间乐队的八音会吹打着走马灯影、多种乐器，和谐悦耳。再瞧瞧，抬轿子的这些劳动人民，抬着花轿伴乐起舞的热烈景象，它既是群民歌舞表演的娱乐活动，同时也在展示着始祖文化中整合社会、协调人与人之间社会关系的功能。

听见的是一台音乐会，看见的是小登科的热闹景象。

接下来的事情，就水到渠成，顺理成章了。

第十四章

拜花堂礼

先看两句民国时期结婚证上的话：

两姓联姻，一堂缔约，良缘永结，匹配同称。看此日桃花灼灼，宜室宜家，卜他年瓜瓞绵绵，尔昌尔炽。谨以白头之约，书向鸿笺，好将红叶之盟，载明鸳谱。此证。

多么美好的祝福。

经过了那么多操心，经过了那么多挑选，经过了那么多准备，终于要把新娘娶进门了。

新娘虽被迎娶到男家，但只有在履行若干仪式之后，才意味着成为男家的正式成员。其中，进门和拜花堂，尤其是拜花堂最为隆重。

在过去，拜花堂虽未被列入"六礼"之中，却是传统婚姻必须履行的大礼。

所以，人们会用"他们已拜了天地"的说法来代替"他们结婚了"。

尽管拜花堂仪式与前文提到的贾家庄婚俗中"请神子"一样带有神秘色彩，是结婚者祈求神灵准允其婚姻的一种风俗，但由于民间信仰中的自然崇拜，从而导致了此类仪式成为贾家庄婚俗最引人重视的部分。

先说进门。

所谓进门，是出嫁女子进入男家大门的一系列风俗总称。在贾家庄婚俗中，进门常被作为女人成为男人妻子的一种代名词。什么叫过门媳妇儿？就是从这道仪式中衍化而来。这样，进门就有了旧时合法婚姻的特征，自然也产生了众多习俗。其中既有母系氏族制度与父系氏族制度斗争的残余部分，也包含着对新人和即将组建的小家庭的祝福。

在孝义老营坪，娶亲队伍锣鼓喧天地抬着花轿回村时，要在村口暂时留步，喜炮郎连放喜炮三声，俗谓：

喜炮一响惊天地，引媳妇的有准备。提上凳凳紧跑腿，手里端的红糖水。

这时引新娘的喜娘，是事先挑好、与新娘属相不犯冲的嫂嫂和姐姐两人出门相迎。一如吉语所讲：

至亲引媳妇，赛如蛇盘兔。

喜娘手端红糖水来到轿前，给新娘喝，俗谓"暖心水"。又说：

牛郎织女天河配，新人头逢喝头水。下轿先喝暖心水，热情饱满常和美。

在贾家庄，花轿抬到男家大门前，新娘下轿不能直接双脚触地。两个童子来到新娘轿前，一前一后铺黄绢、扔黄绢。男家两位与新娘属相相合的女迎客上前，一个拿一张方凳给新娘下轿坐，一个端一碗红糖水给新郎喝几口，再给新娘喝。新娘脚踏黄卷布缓缓前行，一直走到天地桌前。

之所以如此，是因为在民间观念中，天有天神，地有地煞，结婚是人生大事，如果新娘的脚与地接触，难免会冒犯地下诸神，最好的办法是在新娘经过的地面上铺上黄绢，以保护新娘不被地煞侵犯。

在孝义克俄，新娘落轿后要踩着红绸走到新房。因此，在某种意义上说，黄绢或红绸之类物品当是保护新娘的法物。

这和从前的传席传袋就有点像了。

所谓传席，也是因为一般人家没有那么多席毡，要人前后传递、转移铺接，俗称"传席"。

据说，新娘进门时从铺有黄绢之类物品的路面上经过的习俗在唐代就已产生。白居易在《春深娶妇诗》中说："春衣传毡褥，锦绣一条斜。"正是青衣奴婢传递转接毡垫好让新娘行走的生动写照。因毡毯较贵重，一般人家难以操办，后来就用苇席代替。前文引用宋人孟元老《东京梦华录·娶妇》一节即提到：

新人下车檐，踏青布条或毡席，不得踏地，一人捧镜倒行，引新人跨鞍蓦草及秤上过。

宋代话本《花灯轿莲女成佛记》中说：

当时轿子到门前，众人妆果得锦上添花，请莲女上轿，抬到李宅门前歇了。司公茶酒传会，排列香案。时辰到了，司公念拦门诗赋，口中道："脚下慢行！脚下慢行！请新人下轿！"遂念诗曰："喜气盈门，欢声透户，珠帘绣幕低。拦门接次，只好念新诗。红光射银台画烛，氤氲香喷金猊。料此此，前生姻眷，今日会佳期。喜得过门后，夫荣妇贵，永效于飞。生五男二女，七子永相随。衣紫腰金，加官转职。门户光辉，从今喜气。后成双尽老，福禄永齐眉。"念毕："请新人脚下慢行。"时辰将傍，不见下轿，司公又念诗曰："瑞气氤氲，祥云缭绕，笙歌一派声齐。门阑喜庆，仿佛坠云儿。画烛花随影，沈檀满热金猊。香风度，迎仙客唱：迎仙客，乐遏云低。喜得过门后，夫荣妻显，永效于飞。男才过子建，女貌赛西施。寿比南山，福如东海，佳期从今后，儿孙昌盛，个个赴丹墀。"司公念诗赋，再请新人下轿。三回五次，不见莲女下轿。司公怕坐到时辰，便叫张待诏妈妈，自向前请新人下轿。

元人陶宗仪在《辍耕录》中说：

传席以人，则以草席为之。事同而所用之物，则因时地有不同耳。

清人王棠在《知新录》中说：

今人娶新妇，入门不令足履地，谓之"传代"。"代"、"袋"同音也……今世则不用毡褥而用袋者，重其名也。

究其原意，还是同土地崇拜的民俗有关：唯恐冲犯土地神，所以宋清时人介绍此俗，都突出了"不得踏地"、"弗令踏地"。后来，因"袋"与"代"谐音，就用布袋来代替毡毯和苇席，为新娘铺路进入男家大门。传袋风俗因具有传宗接代的美好寓意，成为流行较为广泛的婚俗。到清代，传毡、传席风俗即被传袋代替。

到了现在，在孝义一带，用黄绢或红绸铺地，即是从古风演化而来。

在孝义白壁关，新娘进门时，门前铺黄绢，院内铺红毡。

新娘顺着毡道来到大门前,不能像平时一样跨过门槛而进。门槛上放一个马鞍,新娘怀抱百宝瓶,小心翼翼地跨鞍而过,取平(瓶)安(鞍)吉祥之意。唐人段成式在《酉阳杂俎》中说"今士大夫家婚礼,新妇乘马鞍,悉北朝之风也",可见当时胡人娶亲多骑马,进入中原后,改为汉俗,用车辇迎亲,但仍用马鞍做了个道具,图个吉祥。孝义地区是汉胡两族文化碰撞缓冲区,受此影响自然更深。

传席传袋,新娘跨过马鞍走进男家庭院后,马上有一名闹喜人,为男家亲友,用麦秸、谷草,唱着喜歌向新人头上、身上撒喜草。这道仪式就是"撒谷草"。前文提过,在群忙备婚时,新郎兄嫂即已切好谷草。谷草撒向新娘,撒喜草歌手同时唱着喜歌,俗称"撒笑喜娘"。比如李秀贞、李玉贞、李盘耀先生总结的《李昱奇先生撒草歌》:

喜轿到门,高秉吉星,凶神退位,福神来临。
西方紫云开,东方紫云来,两朵红云映车开,新人躬身下车来。
新人下车喜冲冲,大吉大利百事通。前有金童引路,后有玉女随身。
新人下车放喜炮,大街小巷都知道。红灯彩旗,亲朋好友看看美气。
引新人的撒草的,迎回的新人是傻好的。阴阳百花地长久,良时吉日配成双。
一撒东方甲乙木,新人到了添福禄;
二撒南方丙丁火,新人美貌如花朵;
三撒西方庚辛金,新娘找了个美男人;
四撒北方壬癸水,四季平安永泰和;
五撒中央戊己土,留得贤名传千古;
六撒东家大发财,新人进门福自来;
七撒新人入洞房,早开心窍早开怀;

八撒新人见喜早，明年生出贵子来。

九撒九逢朝阳来，金钟玉鼓已排街；

十撒十样美字画，白头偕老享荣华。

刘海本是上八仙，足登祥云撒平安。平安撒到咱院内，荣华富贵万万年。

享荣华，受富贵，忠男孝女养一对。男如玉，女如花，荣华富贵第一家。

撒草歌各地不一，即兴而起，内容多是吉利祝福语。比如在阳泉曲的撒草歌，前半部分意思与上面提到的大同小异，到了"第七撒"后就与当下的政治形势结合起来了：

七撒七子团圆全，北斗奎星点文章；"三个代表"学习好，儿女进城去赶考；有志者，事竟成，专家教授研究生；先进文化新一代，都是国家栋梁才。

八撒八仙来祝寿，八洞神仙下凡游；铁拐李先生道德高，汉钟离磐石把扇摇；吕洞宾背剑清风克，张果老骑驴过赵桥；蓝采和手执阴阳板，曹国舅瑶池品玉箫。

九撒九子朝阳开，九天仙女下凡来；计划生育要执行，先生贵子开门红；缝起被子絮上花，做过满月住娘家；外公一见笑哈哈，外婆更亲外甥甥。

十撒十见十枝花，新人一世享荣华；金菊花、银菊花，荣华富贵第一家；新媳妇子进了院，好比皇上大登殿；烧的香、铺的灯，桌上摆的核桃虫；喜神贵神福禄神，麒麟送子送贵人；家有梧桐招凤凰，夫妻二人拜花堂。

"三个代表"、"计划生育"等改革开放后才有的名词都出现在祝福语中了。

文化的与时俱进、兼容并蓄，由此可见一斑。

可以说，撒草歌的长短，完全取决于新娘从下轿走到天地桌前的时间，也取决于念撒草歌者的口才。撒谷草本义是解除各种妖魔邪气，但内容里也有了更多祝福早生贵子、阖家幸福的含义。

这虽是一种闹喜俗，但也是在传承始祖教育新人辛勤劳动的农耕文化的一种形式。

传袋、走红绸的寓意主要在于祝福新婚后早得贵子，是一种祝福性风俗；而撒喜草之类风俗则旨在辟邪禳煞。据宋人高承《事物纪原》记载，撒草料习俗源于汉代，时有阴阳学家京房，善于预测灾变。同仁翼奉儿子与京房之女结婚，翼奉自择迎娶吉日后，京房认为日子不吉，有青羊、乌鸡、青牛之神"三煞"在门。有此三煞，新娘不得入内，否则要危害尊长，而且婚后无子。翼奉说，我有办法破除，等你女儿进我家门时，"但以豆谷与粮草禳之，则三煞自避，新人可入也"。

此俗流行后，撒谷草便成了婚礼中一道旨在维护男家利益的仪式。贾家庄婚俗亦不例外。

在西方，亦有类似风俗。人们将香草和鲜花铺撒在新娘和新郎经过的路上。在教堂门外还要投掷五彩纸屑，或者抛撒碎蛋糕和夹心糖。新娘新郎离开教堂时，人们还向他们投掷小麦、大麦和稻米，作为多子多孙的象征。可见在婚礼中祈求多子多福，无论中外，皆是如此。而且在入洞房之前，西方亦有一群青年男女在新房外唱喜歌。比如，有名的诗人萨福就写过许多婚礼喜歌：

新娘，心中充满玫瑰色的爱欲；

新娘，派弗斯的阿佛洛狄特最美丽的装饰，
走向你的婚床，在那里与你新郎调情多么缠绵甜蜜；
愿夜晚的星辰指引你们到那个地方，
在那里你们将惊讶地看到银色御座上的赫拉。

与萨福同时代的凯特留斯也写过《婚礼玫瑰歌》：

尽情享受吧，而后
生儿育女；这是耻辱
如若你们古老的名字没有后裔；
不，不断地生吧，为了古老家族。

姑娘们，关上门户吧；
我们的欢乐已经尽兴。
幸福的一对儿，愿生活如意，
在爱之中尝试你们的青春活力。

人类的情感都有相通之处，孝义一带的人们在唱着撒草歌呼唤儿孙满堂时，在远古的西方，也有诗人写下为了古老家族尽情享受生儿育女的祝福。

如同前文所述，孝义杜村西房庄娶亲，在新娘进门前，新郎要先回家一样，在孝义克俄，仪式也类同。此时新郎下轿后，要到窗户四角挖核桃、枣，寓意将来新娘生下子女，奶奶会帮忙照看。然后新郎陪母亲在天地爷面前烧三炷香，点十二支小蜡烛、两支大蜡烛，供十二个核桃虫馍，敬三份表，倒三盅酒。点十二支蜡烛是寓意十二个月每月都明亮，放十二个核桃虫馍是供邻家不生养的媳妇抢，民间传说"抢住单的生女孩，抢住双的生男孩"。

由此可见，在贾家庄婚俗中，结婚不单单是为了自己，也考虑到了要把自己的喜气、福气带给那些无法生育的女人。

供完天地爷后，还有一道禳灾仪式，拉开弓弩，对准房内空射四箭。

桃弓柳箭、插织面筛、斗和斗中所盛放的高粱等，其实是保护新娘的法物，和撒谷草一样，也带有祛邪禳煞的意思。民间认为，新娘离开女家前往男家，将有许多凶神恶煞与之相随，进男家前，必须有护身法物在洞房内镇守，才能确保一对新人的安全。

现在撒谷草在孝义城区一带多被撒彩纸屑、撒花瓣习俗代替。此源起西方，但和乡村一带撒谷草性质不同，仅为庆贺新婚，没有了禳三煞的象征意义。

经过走红毡、跨马鞍、撒谷草、射四箭等一系列祈吉祛邪仪式，在媒人引导、伴娘的搀扶下，新娘总算来到了喜堂。多么不容易，终于要举行夫妻结合的大礼了。

这就是最为热闹的拜堂。

拜花堂成亲，只有拜了堂，传统婚姻才正式具有合法夫妻的性质。

拜花堂，因在喜堂中拜天地诸神、拜祖宗、拜父母和夫妻对拜而得名，又称拜天地、拜花堂。这是传统合法婚姻中最重要的仪式，被视为婚姻大礼。

在传统观念中，婚姻为世界的开端，所以要拜天神地祇；从结婚之后，新娘即成为男家的家族成员，所以要拜男方列祖列宗及父母；从结婚开始，新郎新娘即合为一体，所以要夫妻对拜。拜花堂所具有的这些仪式，既表明传统合法婚姻必定要得到天地诸神的"批准"，要得到男方列祖列宗和父母的认可，还表明传统婚姻受到各种不同信仰的支配与制约。这从另一个侧面充分反映和体现了贾家庄符合传统汉族婚俗的特点，反映出各种宗教信仰和人文环境对婚俗的影响和规范。

拜花堂所指仅为拜的地点，而拜天地所指则是新郎新娘要叩拜天公与地母这对国人心中最高主宰者。前文已述，古老相传，此俗源起伏羲女娲兄妹成婚的故事。当时并无媒人撮合，而是天地为证，这才有了婚姻与人类的繁衍，所以后人结婚都要拜天拜地，具有表示这门婚事是天作之合，并有天地为证，因而也将得到天地护佑的多重意义。

另外，在传统观念中，"天"是支配人事的最高主宰，天公与地母的结合才繁育了世间万物，而男女结合则是按照上天的安排去繁育后代的。

这有点类似于西方婚姻中的为上帝负责，只不过在这里，上帝被天公地母所替代，而且国人也没有西方那么强烈的宗教愿望。

拜天地是从古代人们祭天祭地的仪式发展演变而来的，也是人类进入父系社会和文明社会后才产生的。我国古代思想家把世界上的事物概括为天、地、人三类。因为人生存在天地之间，依靠天地化生的万物而生存，由于得到大自然的很多恩赐，才能干事创业，生儿育女，所以必须先拜天地。而父母和夫妻皆包含在"人"的因素中。而父母有养育之恩，夫妻又是建立新家庭的基本要素，因此拜父母和夫妻对拜也就自然成为结婚礼仪中的重要部分了。

拜堂之礼始于何时呢？清人赵翼以为始于唐代以前。他在《陔余丛考》卷一三十一中说：

新婚之三日，妇见舅姑，俗名拜堂。按《封氏闻见记》：近代婚嫁有障车、下婿、却扇之拜堂之仪。今上召有司酌古礼今仪，太子少师颜真卿、中书舍人于邵等奏障车、下婿、却扇，并请依一占礼，见舅姑于堂上，荐枣栗情，无拜堂之仪。今上谓德宗也。是拜堂之名，由来已久。但真卿等所定枣栗暇情见舅姑，即今俗所谓拜堂也，乃又云无拜堂之仪，岂唐时所谓拜堂者，别是一礼也？

拜天地是贾家庄婚俗中的高潮，集中体现了婚礼的神圣性，所以不光成了婚礼举行与否的代名词，而且成为婚配过程中各种风俗装饰装扮的主要环节。

拜天地仪式一般是在新娘进门之后随即举行。在孝义一带，都是先拜天地而后开喜宴。

拜堂的仪式是，在喜堂正面放一张供奉天地诸神的"天地桌"，桌上除置有天地牌位、祖先神座、龙凤花烛之外，还有盛放粮食的米斗，斗中插有弓、箭、尺、秤等物，俗称"三媒六证"，表示这门婚姻男女相配，合礼合法。所谓三媒，具体是指男方聘请的媒人、女方聘请的媒人，以及给双方牵线搭桥的中间人。六证，一说是六聘，即前文提到的六礼，一说是举行婚礼时在天地桌上摆放的一个斗、一把尺、一杆秤、一把剪子、一面镜子、一个算盘。

除了这些，天地桌上还摆着小公鸡、各种干果、筷子和其他物品。婚礼仪式中有许多象征物，每一样都自有其实特殊含义。

天地桌后面和喜堂两边，都挂着亲友送贺的喜幛贺联和各种吉祥画儿。

又有太师椅两把，准备给新郎父母接受拜礼时坐。

吉时一到，燃香点烛，奏乐鸣爆竹，乐止，司仪喝令，新郎、新娘分男左女右站定在院内喜堂神位前，由礼房司礼生引唱一段，行一次叩头礼，叩头数以神三、鬼四、人二为数。

一拜天地，司礼生唱：

德上香火在堂中，天地尊神福降临；
来年生个麟凤子，管教随步玉堂中。

二拜祖宗，司礼生唱：

婚合今朝拜祖宗，炉中香火示虔诚。
鱼得水兮凤得凰，上下内外保安平。

◎喜神

三拜双亲，司礼生唱：

家家养子望成龙，四海九州父母心；
深明今朝花烛喜，当看养老送终情。

夫妻同拜，男先下膝，女略抬裙，以示相敬如宾。司礼生唱：

男才女貌拜花堂，银烛高高照微光；
夫妻面对相互拜，白头到老度残年。

三拜九叩礼毕，司礼生唱：

拜完天地入洞房，福如东海寿命长。
满天喜地皆和好，荣华富贵万万年。
新娘进门，福禄财神，

新娘上炕，把孩子生下半炕。

花堂拜毕，新郎把供桌上的斗抱起跨步到炕上，炕的四个角都要跨一遍，然后把斗放在炕的旮旯里。然后用红令纸糊住斗里的高粱、插织面筛、桃弓柳箭、七个针、五色绸、五色线、钩子秤等物。在天窗下放一盏长命灯，在窗台上放一盏长命灯。长命灯不能熄，一直燃到收九。有的地方点的是龙凤蜡烛。关于龙凤蜡烛的讲究，后文还会提到。

这个过程中马上又出现了一道习俗：秤挑盖头。

在孝义贾家庄，女迎客将新娘扶入洞房后，让新娘坐在炕上。这时，众亲拥推新郎来到洞房内，观看揭盖头。揭盖头时，新娘新郎每人先说四句喜歌，由守亲婆导引。

新娘喜歌常这么唱：

来到洞房黑洞洞，东西南北难分清；
盼你早把盖头揭，奴业点燃长命灯。

新郎喜歌常这么唱：

长命灯，灯红红，窗前还有花麦根；
我把你的盖头揭，看看你的好人景。

揭盖头是贾家庄婚俗中较富情趣的环节。新郎用秤杆将盖头挑去，寓意夫妻双方称心如意。

至此，本来是"蒙面人"的新娘才向悬着心念的新郎及亲友展示出"庐山真面目"。反过来，自从娘家盖上红巾以来一直忐忑不安的新娘，也只有到这时才看清自己的丈夫是什么模样。古话讲："夫妻相识在洞房。"正是指挑去红盖头的那一瞬间。男女双方满意与否，是喜是怨、是乐是悲，往往在各自的神情中表露出来。

但，茶已喝过，"天地"已拜过，所谓木已成舟，覆水难收，一切都无可改变了。

好在"一日夫妻百日恩"，人们相信，良宵一过，夫妻之间自然会日久生情。

至于为何用秤挑红盖头，在孝义一带有这样的说法：秤杆上的秤星乃是天象，即北斗七星、南斗六星加福、禄、寿三星，用来挑盖头大吉大利。这也可以同前文提到的"媒人是个戥儿秤"说法相印证。民间解释说："因为旧时的秤一斤为十六两，十六个星。按南斗六星，北斗七星，再加上福、禄、寿三星，共应十六之数，有吉星合大吉大利的意思。"

另外，秤本来在民间还代表着买卖公平，秤代表着公证，是三媒六证中的一种，从这个细节似乎能追寻到某些买卖婚的远古遗留。

当然，这个环节也会表现出男尊女卑的一些细节。比如新郎用秤杆挑去新娘盖头后，就退出洞房。此时，新郎嫂嫂脱去新娘脚上的鞋，为她另换一双，寓意"换新鞋，就新范"，意在告诉新娘日后行事要按男家规矩，要受婆家约束。

新郎一揭盖头，围观亲友嬉笑一团，纷纷窃评，道尽新娘容颜长短。

揭去红盖头，新娘与一家人也算是打了个照面了。不是一家人，不进一家门，进了洞房的门，为了表示是一家人，还有几道仪式需要接着举行。

新娘揭去红盖头以后，在守亲婆的指引下，跑到灶台前翻一翻焙在鏊子上的煊饼，而后拿火钳捅捅火，以示从今日起开始操持家务。

这就是所谓的翻饼捅火俗。

新娘捅火后，不脱花鞋上炕坐在早已铺好的棉褥子上，名曰"坐厚承"。此时，婆婆拿着一件布料，上放剪刀、尺子、针线等四色礼，对新娘说："进门给你四色礼，看你懂理不懂理。"新娘接过来说："知理了。"寓意新娘来到婆家不仅要烧火做饭，还要做裁衣等家务活计。

而陪送新娘的舅舅等望客在娶亲跟班的陪同下，先来到新郎家院中四处察看，而后进入新房内小坐，细看屋内家具摆设、房大房小，最后嘱托外甥女："嫁一夫，着一主，随乡入乡，进家入规。"

而后，入席赴宴。

这个时候，折腾了半天的新郎新娘还有事要做——夫妻同桌吃合婚宴，夫妻喝交杯酒，始称已婚。只不过在古代，夫妻喝交杯酒不在婚宴上，而是在洞房里。后文详述。

合婚宴毕， 至此，夫妻相随正式进入洞房。

孝义一带婚俗虽然类似，但也有不同。

娶回新娘后，要拜花堂礼，这回是新人共祭祖先，侯兆勋先生在《贾家庄民间传统婚俗解读》中写道：

新郎新娘齐站在神位前，由礼房司礼生引唱一段行一次叩头礼，叩的头数以神三、鬼四、人二为数。一拜天地，司礼生一唱：德上香火在堂中，天地尊神福降临；来年生个麟凤子，管教随步玉堂中。

二拜天地，司礼生唱：婚合今朝拜祖宗，炉中香火示虔诚；鱼得水兮凤得凰，上下内外保安平。

三拜双亲，司礼生唱：家家养子望成龙，四海九州父母心；深明今朝花烛喜，当看养老送终情。

夫妻同拜，拜式是：男先下膝，女略抬裙，以示相敬如宾。司礼生唱：男才女貌拜花堂，银烛高高照微光。夫妻面对相互拜，白头到老度残年。

又比如离贾家庄不到十里的白壁关，拜花堂仪式就稍有不同。拜花堂开始时，由跟班人、守亲婆护在新郎、新娘左右侧，负责下跪提袍、耍笑时保护一对新人。先进祖先堂，跪拜四头，再到天地爷前，先给媒人叩三头。司礼生吆喝：××村老舅父，新郎、新娘跪，一叩首，两叩首，三叩首，行新娘谢拜礼，一鞠躬。再唱第二位：××村老舅父，新郎、新娘跪，一叩首，两叩首，三叩首，行新娘谢拜礼，一鞠躬。依此类推，先长后次，先男后女，先外宾后内亲，最后给厨房、面房、礼房行四鞠躬礼。所有办事人行四礼，给左邻右舍观众行四礼。单独受礼亲戚都给新娘红包。

而后亲朋入席开饭，总管吆喝：舅舅家、姥舅舅家来客头排先坐，随后亲朋好友，最后乐人在街门外安桌开席。

现在的人图简省，没有空间搭什么喜棚，许多婚礼仪式都搬到酒店举行了。当然，这也是为了让更多人见证方便。

见证完毕，闹腾了这么久的亲戚终于可以举杯为这对新人表达祝福了。

这个时候再来说说贺喜与婚宴。

宋人廖行之在《点绛唇·贺四十五舅授室》一词中如此描述新郎家大摆宴席的情形：

玳席华筵，嘉宾环集三千履。兰膏芬芷。一簇红莲里。
花覆玉郎，苒苒青衫微。咸倾企。小登科第。有底新桃李。

贾家庄婚俗中，多数婚宴虽无此等规模，但从提亲到完婚的每项活动也是大小酒宴不断，一路相随，有提亲酒、订婚酒、下聘酒、认亲酒、婚宴、回门酒等，几乎整个婚俗都沉浸在美酒的芬芳之中，其中最为讲究的则是婚宴。

婚宴，既是亲友团聚，共同向新人祝福的一次聚会，又是邻里欢聚一堂，共同欢迎新人到来的大聚餐，因而显得既隆重又热烈，是婚礼过程中最为重要的宴请活动。

在贾家庄婚俗中，婚宴俗称"喜宴"、"喜酒"。中国人素以面子为重，乡邻与亲朋好友子女结婚，喝喜酒虽是常理，但必须先贺喜、送喜礼。向男家送喜礼，俗称"讨喜酒"、"凑份子"。实质上带有亲朋邻里互相帮衬，确保男家及时完婚的性质。前文提到贾家庄婚俗中有群忙备婚一俗，此举似也可归入其中。

按照风俗，无论前来贺喜的亲友和邻里送喜礼多少，都要一笔不落地记在礼簿上。这种礼簿，俗称"喜簿"、"人情簿"，不仅能从中看出送喜礼者与主家的亲疏关系，也可以作为宴请宾客和日后还喜礼时的依据。

比如在孝义相王村，婚嫁邀请宾客时，都要请"先生"书写请帖，而且请柬内容和款式都十分讲究，若有差错，亲戚可能会不满意而不来贺喜。

旧时婚宴多在喜棚举行。婚宴不仅要丰盛，要让贺喜的客人吃饱喝足，而且要带有喜庆气氛。宴席又分新人席、望客席几种。

在孝义地区，摆酒席时，古来多用八仙桌，凡是有木纹的桌子，桌面顺纹不能对着上座。筷子与桌边一齐，靠里靠外均不妥。新郎席八仙桌只安七位，新郎上席为独坐，陪客坐新郎下席。此外，还有专人接待新郎，第一杯倒红茶水，第二杯开始倒茶。倒糖水、茶酒时，掌握酒满、茶八分、糖水多半盅。饭后给新郎准备漱口温水和吐漱口水的器具。

在孝义高阳，新郎、新娘坐在新人席正面，每上一道菜，要在长者的指导下，由新郎、新娘共同用筷子翻搅一下，然后共同举筷。

俗话说："娘舅为大。"在婚宴坐席上，前来送亲的女方舅舅和男方舅舅都有着特殊的位置，他们坐在望客席上，新郎父母双方舅父家和新娘的舅父来陪新客，桌上放有八样物品，一为茶水，二是压茶的瓜子，三是花生，四是水果糖，五是苹果，六是香蕉，七是梨，八是橘子。这些水果应该也是近俗。行完礼后，撤去茶食水果，开始入席用餐。入席开饭他们要坐头排席，随后才是亲朋入席。

望客席开饭时，响器班不分班打坐场，演奏《见皇姑》、《满床笏》等大戏。过去，为望客席服务的厨师和捧盘的，还会向望客要赏钱。即在上菜过程中，用空盘扣一张方红纸放在桌中央，一般给四十八元即可。

另外，上菜讲究拉盘子。客人落座后，先上四盘味鲜色美的凉菜，四盘干果，一盘瓜子，以示四时春色，瓜果丰登。俗称开席。开席之后即是正席。上菜顺序一般为：一为花摆，龙凤呈祥雕花菜，以表明宴席性质；二为四双拼，烤肉卤肚、炙骨白鸡、蚕皮彩蛋、胗山海虾；三为四点心，意在让宾客来点小吃，甜甜蜜蜜；四为四彩炒，四道带彩的热炒，以激发宾客的酒兴；五为六大菜，最丰盛的六道大菜，把婚宴推向高潮，此时主家父母前来敬酒，感谢宾客光临；六为两道汤，甜味汤寓意新婚夫妇甜甜美美，咸味汤寓意合众人口味，皆大欢喜；八为鱼，寓意喜庆有余。之后新郎新娘前来敬酒。主食讲究吃饽饽、水饺和面条。饽饽和水饺皆被称为"子孙饽饽"，寓意早生贵子；面条则寓意情意绵长。

婚宴不仅以上菜的多少来显示规格高低，还特别讲究菜谱的编排和菜名的寓意。俗谓"双喜、四全、婚扣八"，就是讲究菜肴要成双成对，逢四扣八，所谓"待要发，不离八"。

婚宴送客也有一定规范。婚宴结束前，主家向各位前来贺喜的宾客分送喜果喜糖。这些喜果喜糖由前来贺喜的宾客带回家，让宾客的家人共同分享主家完婚的快乐。参加婚宴的宾客，一般是亲缘关系较远的先离席，亲属关系较近的宾客不仅要在较晚的时间离席，而且离席时还要拜别主家长者。贺喜宾客离席，主家父母皆在门口送客，并再一次感谢客人的光临。

婚宴之后，主家要以红包送厨师，此谓"谢厨"。在农村，结婚为大喜事，一般人家难以做出有名堂的菜来招待宾客，因而大都会请几个能炒会炸的厨子来帮忙。这样，吃惯了农家饭菜的宾客不仅吃得高兴，喝得痛快，而且还会赞赏主家大方气派。因此，对那些在当地稍有名气的厨师，除了要给付一定酬金外，主家还要送上大红包，以示感谢。

不但谢厨，还要谢邻。在孝义一带，旧时农村一般人家结婚，自家茶具、餐具皆不够招待客人，多从邻家借得。所以婚宴结束后，在归还茶具和餐具时，要带上一刀肉、两瓶酒，以表谢忱。

婚宴毕，男家要送女家望客，媒人吆喝一声："请东家，新客给谢礼啦。"女家望客在院中喜堂前，行四鞠躬礼，由迎回的人送至车、马前，以作揖礼道别。响器班子吹奏《将军令》，送女家客。

在孝义一带，拜花堂仪式程序众多，各地顺序不一，但总体礼节类似。

这些仪式在王正杰先生编著的《娶媳妇子·嫁女》一书中随处可见，真可谓人多礼不怪。事在人为，礼数尽到，参与婚礼的各方宾客心底自然是熨帖又舒服。气氛合乎心意,自然婚姻也会得到大家的齐心祝福。

现在新式婚姻,拜花堂仪式已经淡化甚至是没有了拜天地的内容,尤其是"文化大革命"之后,拜天地仪式被当作"四旧"革除,但婚姻大礼仍然称为"拜花堂"、"拜天地"。只不过,农村拜天地的喜桌上挂的是毛泽东主席像,具体程序如下:先全体合唱革命歌曲;新郎新娘向毛泽东主席三鞠躬;证婚人宣读结婚证书;新郎新娘介绍恋爱经过;主婚人讲话;祝幸福,勉先进,提希望;新郎新娘表决心,致答词;新郎新娘向父母三鞠躬;向亲朋好友、街坊邻居致谢意。也算是旧瓶装新酒。

20世纪80年代后,程序更加简化,但拜花堂仪式仍在。即便在孝义城区,婚礼上仍有一拜天地、二拜父母、夫妻对拜的环节。

这里且附一段现代的拜花堂主持词,以便与孝义贾家庄婚俗中的拜花堂礼进行比对:

各位来宾、各位领导:

从简约精练到永恒经典,精彩演绎出人生中最浪漫的一刻!今天是公元20××年×月×日,现在是北京时间×点×分。据擅观天象的权威人士说,今天是成婚的黄道吉日,是个非常吉祥的日子,那么刚才哪,我们的×××先生和×××小姐怀着两颗彼此相爱的心,终于走上了这庄严神圣的婚礼圣堂。这正是,才子配佳人,织女配牛郎,花好月圆,地久天长!

新郎新娘拜天地——

一拜天地之灵气,三生石上有姻缘。一鞠躬!

二拜日月之精华,万物生长全靠她。二鞠躬!

再拜春夏和秋冬,风调雨顺五谷丰。三鞠躬!

第十四章 拜花堂礼

水有源，树有根，儿女不忘养育恩。今朝结婚成家业，尊老敬贤白发双亲，接下来是二拜高堂，父母双亲，一鞠躬，感谢养育之恩；再鞠躬，感谢抚养成人；三鞠躬，永远孝敬老人！

一拜父母养我身。一鞠躬！

再拜爹娘教我心。二鞠躬！

尊老爱幼当铭记，和睦黄土变成金！三鞠躬！

接下来是夫妻对拜，二位新人向左向右转，在咱们这里有这么一个风俗，夫妻对拜的时候啊谁鞠躬鞠得越深说明谁爱对方爱得越深。

一拜有福同享，有难同当，白头偕老，风雨同舟。一鞠躬，谢谢你选择了我。

二拜夫妻恩爱，相敬如宾，早生贵子，光耀门庭。再鞠躬，白头偕老。

三拜勤俭持家，同工同酬，志同道合，尊老爱幼。三鞠躬，永结同心！

话都是吉祥话，仪式也不可谓不讲究。现在又盛行什么汉式婚礼、唐式婚礼，总之都是在往传统复古的路上走。虽然仪式准确与否、衣服佩戴有无问题难以考证，但就从一对新人对婚姻的期盼来说，也是一样的虔诚。或者说，这些仪式与贾家庄婚俗虽然稍有区别，但还是可以看到一些共同点，或者说基本的结构相同，都是千变万化，不离"六礼"之宗。

第十五章

嬉闹洞房

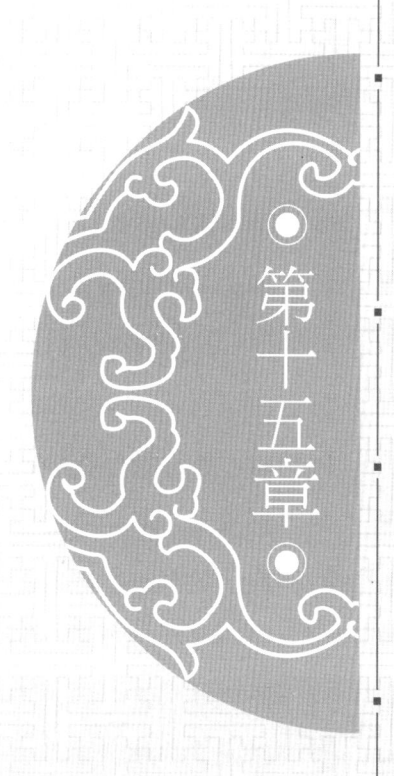

洞房是一对新人度过人生最美好时刻的天地，也是孕育众多婚俗的温床。

无论在新郎新娘进入洞房时，还是一对新人在洞房中度过花烛夜的那段销魂时光，在贾家庄婚俗中，都有众多习俗与之相伴，是谓"嬉闹洞房"。

在贾家庄婚俗中，门楣挂红绸前文已提到，讲究的是红气压邪。

事实上，闹喜与压邪的寓意贯穿婚礼始终。譬如前文提到的，进入洞房后，新郎要放桃弓柳箭等法器，就是避邪的一种。完全可以说，洞房内虽喜庆热闹，却也对妖魔鬼怪布下了万重机关，目的就是为了保护新郎新娘洞房花烛夜平平安安。

在孝义一带，拜完花堂，有的地方是新郎抱着新娘进入洞房，有的却是一对新人争抢进入洞房，目的呢也是为了逃避耍笑。

比如在孝义克俄，新娘子还是踩着红绸走到新房门前，但这个时候新郎也不会礼让，两是争着走进新房，一步跨到炕上。民间传说，新郎新娘谁先进入洞房，说明谁勤快，婚后就由谁来当家。而在孝义贾家庄呢，新郎先上炕，站在中央，向新房四角持弓射箭四次，嘴里念道："吉日住新房，夫妻保平安。桃弓射柳箭，妖魔齐跑光。"这里新郎先上炕，既有男人守护家园的寓意，也有此后是由男人当家做主的意思。此项风俗，在贾家庄婚俗中称为"新郎洞房持弓射箭俗"。有的是在新娘娶进门后就进行了此项仪式，此处不一一赘述。

这里插述一下结发夫妻的由来，因为这也和新婚夫妻头一回入洞房程序有所关联。

"结发"一词在古代有多种含义。一是表示将头发束结起来，免得头发披散妨碍视线，《史记·李将军列传》中所说李广将军"结发与匈奴战"即为此义。二是指发型上的改变，以表示进入成年，所以古代"男子二十而冠，女子十五而笄"。三是指男女结婚时的一种礼节和风俗。

结发作为结婚礼节，自周代就已经存在。唐代女诗人晁采《子夜歌》云"侬既剪云鬟，郎亦分丝发。觅问无人处，绾作同心结"，正是这一做法的描述。世人常用结发夫妻特指原配夫妇，可见其意义重大。

从前文引述的孟元老《东京梦华录·娶妇》中可以看到，新人进入洞房时，讲究在新房门楣或挂彩缎，或绾同心结：

新人门额，用彩一段，碎裂其下，横抹挂之，婿入房，即众争扯小片而去，谓之"利市缴门红"。婿于床前请新妇出，二家各出彩段绾一同心，谓之"牵巾"，男挂于笏，女搭于手，男倒行出，面皆相向，至家庙前参拜毕，女复倒行扶入房讲拜。

贾家庄婚俗中门楣挂红绸当是从用彩缎绾同心结仪式中演化而来，都是结发的象征。

但直到宋朝，这种礼俗还不称"结发"，而称"合髻"。《五代史·刘岳传》有"其婚礼亲迎，有女坐婿鞍、合髻之说，尤为不经"之说。到了宋代，合髻礼仪仍在新郎新娘饮交杯酒之后举行。前文引用孟元老《东京梦华录》中"娶妇"一节就有这种说法：

对拜毕就床，女向左，男向右坐……男左女右，留少头发，二家出疋段钗子、木梳、头须之类，谓之"合髻"。

司马光在《梦粱录》中也提到：

行卺礼毕，以盏一仰一覆，安于床下，取大吉利义。次男左女右结发，名曰"合髻"。

因此司马光认为结发为完婚礼节显得庸俗：

古诗云：结发为夫妻，言自稚齿始结发以来即为夫妻，犹李广云结发为匈奴战也。今世俗有结发之义，此尤可笑。

伊永文笺注的《东京梦华录》中也提到：庄季裕认为，将婚礼中合髻礼仪称为结发有歪曲之嫌：

礼文亡阙，无若近时，而婚丧尤为乖舛，如亲王纳夫人亦用拜先灵、合髻等俗礼。李广结发与匈奴战，谓始胜冠年少时也，故杜甫《新婚别》云"结发为君妇"。而后世初婚嫁者以男女之发合梳为髻，谓之结发，甚可笑也，其不经不可以概举。

虽然司马光、庄季裕在结发的含义上有不同理解，但至少表明"结发"习俗在宋代就已经较为流行了。

"结发"一词出现之初，本是对古代曾流行过的"男子二十而冠，女子十五开笄"成年礼的一种俗称。后来，冠礼和笄礼逐渐废弛，但改变发型以示步入成年人生旅途的习俗仍然存在，时移世易，结发习俗与周代就已经存在的合髻婚俗结合在一起,成为婚俗中的一个环节。

虽然结发与上头都曾作为男女进入成年的一种象征仪式,也都在后世被作为一种婚俗仪式,进而成为男女举行结婚典礼的一种代名词,但在婚俗中,结发与上头的含义并不一致。

作为婚俗中的一种仪式,"结发"指的是新郎新娘进入洞房之后,新婚男女各自剪下一绺头发,绾在一起,充作信物,寓意夫妇生死与共的愿望。而且这种仪式仅仅用于原配夫妻的结合,绝不能用于纳妾或续娶婚配仪式,所以原配婚姻又称为"结发夫妻"。而上头主要是指男女结婚前的一种梳妆仪式,是男女成年仪式拖后到完婚时举行的表现,从而使男女的上头成为婚俗中必不可少的重要组成部分。上头风俗或于结婚前一二日举行,或于婚嫁当天举行,表示完婚男女已经成人;而结发仪式则于拜花堂之后举行,象征着夫妇结合,两者无论在时间上还是含义上,都截然不同。

再说贾家庄婚俗中的新娘坐床俗。

坐床习俗是新人进入洞房之后的第一个仪式。

在孝义一带,民间认为,新娘进入洞房之后,要按照一定的方向坐在床上,不能随意走动,俗称"坐富贵"。宋代孟元老在《东京梦华录·娶妇》一节中就介绍过这种风俗。相传此俗起自西汉:汉武帝时,乐人李延年向皇帝推荐自己容貌出众的妹妹,武帝召见后即封为夫人。成亲之夜,李延年请皇上与他妹妹对坐在合欢床彩云帐内,随后在欢快的乐曲声中,手挟一个装满红枣、栗子、花生、桂圆等物的大果盘,一边跳舞唱歌,一边手抓杂果对着他们抛撒,两旁宫女高喊:"枣栗子,早立子!"借此祝愿他们早生贵子。

新娘坐床,要面向喜神方向。

喜神,又称"吉神",是保佑人们幸福和好运的吉利之神,因为人们的愿望都是趋吉避凶，追求喜乐高兴，因此就臆造出了一个喜神。民间传说喜神原本是拜北斗星神的一个虔诚女子，修道成仙时，北斗星君询问其所求，女子以手掩口，笑而不答，北斗星君误以为她祈要胡须，就赐了她长须，又因为她笑时呈喜像而封为喜神。因有长须，为让凡人不再看到她的形象，从此喜神专司喜庆，却不显神形。

所以，喜神最大的特点是没有具体的形象，也没有专门的庙宇，高度抽象，但后世也有将祖先画像或商纣王视为喜神进行奉祀。对喜神的敬奉在各种礼俗活动中均很常见，尤其在婚礼中。在孝义一带，喜神祭祀是抽象的，通常用红纸写上"吉利之神"等字样予以替代。有时没有任何祭祀对象，仅是一种意念。虽然没有具体神名，但有具体方位。有些人认为，正月初一那天，天刚亮的时候公鸡鸣叫之处就是喜神降临的方向，就可以遇隐喜神。遇见了喜神能否迎回来还不一定，因为喜神认识你，而你不一定认识喜神。

不过，在婚礼举行中，是这样辨别喜神的：一是花轿放置的方向，二是新娘坐床时的方向。贾家庄婚俗认为，花轿的轿门要朝向喜神所在方向，新娘坐床时也要面向喜神所在方位，只有这样，一对新婚夫妇才能一生平安，喜事不断。

喜神方位不定，随着时间变化而变化。所以，喜神的方向只能由阴阳先生指点。阴阳先生多在确定结婚吉日的同时，选定喜神方向，并将喜神的方位写在择婚吉日的龙凤帖上。前文提到，在孝义高阳，送吉日时，要请先生在开列的帖子上写明："×月×日迎亲大吉，×月×日纳彩大利，上车宜向喜神方，下车宜向贵神方。"

坐床之时，新郎捅破窗户四角，拿出用红纸包住的核桃、枣，寓意早生贵子。这也是很明显的性事寓意，象征新婚夫妇，入了洞房，捅破隔阂，阴阳交合，就能生儿育女了。

在孝义贾家庄，新娘坐在床上，由新郎的姐姐或妹妹提回喜盆（尿盆），捅开红纸封口，将里面的核桃、枣倒在炕上，嘴里说："姑姑提盆盆，儿女一群群。"姑姑还要给新房扫炕，边扫边念："火火头扫，儿子跑；炕头起扫，女儿跑；当炕扫，儿子满炕跑。"

在孝义驿马，新郎将新娘抱入洞房后，人们让新娘吃掉七颗生花生，并大声问新娘生不生，新娘要如实高声回答"生"。数字七，即寓意五子二女齐团圆，多子多福。

新娘进入洞房内，送亲客也就是女家望客，使命基本完成，婚宴结束后，即打道回府，但在回去之前，主送客要向男家告别，尤其是女家望客要到洞房看一回，俗称"看房"。当然，这是指现代婚俗，古礼是三天办事，望客第二天才上门。而且，各地有别，有的是在婚宴前就看了，目的也是女家望客害怕新娘孤单，临别前再说点贴心的话，显示下舅权。

在孝义高阳，看房时，洞房内亲友、大小都要回避，留新郎新娘迎候，备上茶水香烟。送亲客，一般是哥哥，在总管陪同下，到洞房看望，一来是看一下家里的陈设格局，以示对出嫁女子的关心；二是嘱咐新娘要守礼数，安排一对新人次日回门事宜。

又比如在孝义下堡，喜宴结束，送亲客在总管引领下去公堂拜见亲家公、亲家母。递烟倒茶，分宾主坐下，送亲望客说："小女年纪还小，不会做多少家务活，不懂多少规矩，请亲家公婆多担待。"公婆则应答道："穷家薄口的，令爱日后要受不少委屈，还是请亲家多多包涵。"同时，送亲望客要将嫁妆上的钥匙全部交给亲家母，让其验箱，俗称"开皮箱"。当男方礼房先生清点陪嫁物品时，女方弟弟或妹妹打开皮箱取出清单，交给男方母亲验收。而后，按陪嫁物品总价提取一定比例，取个吉利数，将回底钱通过开箱人交给女方父母。

另外，付给开箱人、唤亲人一二百元喜钱。

在孝义白壁关，喜宴后，要给送亲客上茶，茶罢看房。送亲客去洞房探看，再上茶，闲叙。退出洞房准备起身时，媒婆吆喝："请东家，新客给谢礼啦。"行四鞠躬礼，由迎亲客送至轿前，以作揖礼道别。

送亲客探新房时，响器班子演奏《将军令》，直到送亲客离开。送亲客走后，乐人结算工钱。

送亲客都走了，该把目光转向洞房了。

先说龙凤花烛。

点花烛，又称点长明灯，指新婚之夕，新人须一起动手将新娘陪嫁带来的一对制成龙凤形状的彩绘蜡烛点燃，置于洞房之中。

至于新婚时为什么要点燃洞房花烛，在孝义一带也有种种传说。说是商纣王自焚摘星楼后，姜太公怜其才兼文武，封了他一个天喜星，专司襄办民间嫁娶。谁知道他好色喜淫，本性不改，常冒充新郎糟蹋新娘子。由此悲剧频出，百姓怨声载道。姜太公无奈，向周公求助，周公遂定规矩：凡新郎娶妇，须在洞房内点燃花烛，过夜方熄，以免新娘认错丈夫。这传说源自《封神榜》，后来却成为一种喜庆习俗。这也是前文提到的喜神来源。这可不是敬喜神，而是因为畏惧和害怕。

专家多认为花烛之礼源于古人黄昏后娶妇习惯。

但在孝义民间自有其解释，因为蜡烛只有一根芯，能代表夫妇一心一意，同甘共苦，所以多将花烛作为新婚夫妇白头偕老的象征。

前章所写"秤挑盖头"一节时即有提到长命灯。

按照贾家庄婚俗，新婚之夜，洞房中的花烛和喜灯也长明不熄，通宵达旦。所谓洞房花烛夜，即指此。唐人杨师道在《初宵看婚诗》中写道：

洛阳花烛动，戚里画新娥。
隐扇羞应惯，含情愁已多。
轻啼湿红粉，微睇转红波。
更笑巫山曲，空传暮雨过。

正是新婚之夜借灼灼烛光初识新娘容貌旖旎景象的恰切描绘。

另外，在孝义一带还能从一对蜡烛燃烧的快慢当中推测出吉凶，长明灯象征着婚姻的美满与否。如果不彻夜长明，将预示夫妻半路离异；还有一种说法，长明灯象征着新婚夫妇未来的生命，如果其中的一只红烛先灭，则预示夫妻不能白头偕老，左边先灭主男人先死，右边先灭兆女人早逝。因此，其中一支红烛灭掉，马上就将另一支红灯吹灭，再同时点起来。

再说合欢交杯。

合卺，俗称交杯酒，现孝义一带，多在喜宴上举行，以示夫妻自此结为永好。

在古俗中，新人同饮交杯酒是在洞房内进行的。对于合卺，东汉郑玄解释说："合卺破匏为之，以线连柄端，其制一同匏爵。"由此可知，合卺并非交杯，而是指破匏为二，合之则一，故名"合卺"。据宋人郑玄在《三礼图》中介绍，最早的合卺，就是将一个葫芦一分为二，变成一个葫芦瓢，夫妇各取一瓢饮酒成礼。这可以追溯到葫芦生人的神话。据说，远古时代，一场洪水淹没了大地，只有一对兄妹因事先躲进一个大葫芦中方得逃生。此后兄妹成婚，人类始得繁衍。所以说夫妇都是从葫芦里出来的。这个葫芦不光是人类最后的方舟，更是孕育了爱情和婚姻。当然，从中也可以看出血缘婚的痕迹遗留，人祖伏羲和女娲婚配时也是兄妹啊。

由此可见，其原意在于象征夫妇原为互不相关个体，是因为婚姻，才将一对新人联结在一起。所以《礼记·昏义》才会说："共牢而食，合卺而饮，同尊卑以亲之也。"可见共牢与合卺是两种仪式，后世演变成团圆饭与交杯酒两种礼俗。宋人廖行之在《点绛唇·贺四十五舅授室》一词中如此描述新郎新娘喝交杯酒的情形：

玉树芝兰，冰清况有闺房秀。画堂如昼。相对倾醇酎。
合卺同牢，二姓欢佳偶。凭谁手。鬓丝同纽。共祝齐眉寿。

可见，在宋代，合卺已被交杯酒替代。孟元老在《东京梦华录·娶妇》中所说亦可说明：

用两盏以彩结连之，互饮一盏，谓之"交杯酒"。饮讫掷盏并花冠子于床下，盏一仰一合，俗云"大吉"。则众喜贺，然后掩帐讫。

◎洞房花烛夜

用彩线连接两个酒杯，且一仰一合，明显带有夫妇合体的寓意，表达了人们新婚夫妇的祝福。

在孝义一带，交杯酒，又称"交欢酒"、"交心酒"。

在结婚当日晚上，一对新人由嫂子、表兄弟等人陪着吃一顿饭。席面上有酒有菜、有汤有馍。开席时，一对新人端起各自酒杯，饮一半相互交换，而后将酒喝尽。新郎新娘喝交杯酒时，作陪者在一旁喊一些祝福性的话：

喝口交杯酒，一辈不翻脸。

喝口交杯酒，偕老到白首。

喝交杯酒时所吃的饭俗称团圆饭。

在孝义高阳，新人席上，每上一道菜，新郎新娘都要用筷子翻搅一番，然后大家开吃。

在孝义兑镇，新人席上，要用红毛线将新郎和新娘的筷子拴住，然后，新娘用拴住的筷子搅饭，边搅边说："东搅西搅，儿多女少；南搅北搅，白头到老。"

这应当也是合卺礼仪的变种。团圆饭寓意新婚夫妇和睦相处、幸福美满，在多数地区，一对新人在喝交杯酒时，围观的人们就可以尽情取笑新郎新娘了。如果一对新人不按照要求去做，虐郎风气甚至是虐新娘的风气就开始了。显然，当交杯酒仪式举行时，嬉闹洞房的序幕就已经拉开了。

这就是贾家庄婚俗中的戏妇闹房。

洞房诸礼行毕，贺婚喜宴开筵，俗谓"吃喜酒"。

旧时贾家庄婚俗，新娘是不出席喜宴的，这会儿正由娘家来的女傧相们陪着，在洞房里说悄悄话。为此，真正将新婚的喜庆气氛推向高潮的不是狼吞牛饮的喜宴，而是洞房婚俗的压轴戏——夜幕降临，亲友齐集，大闹洞房。

闹洞房在汉代就已经很流行了，时称"戏妇"、"暖房"、"开新妇"。现在孝义一带，人们又称之为"闹新媳妇"、"闹新娘"，既是以玩笑的形式来戏谑和捉弄一对新人，也是对新郎新娘幸福结合的一种庆祝仪式。

闹房习俗，汉人仲长统在《昌言》中就提到了：

今嫁娶之会，捶杖以督之戏谑，酒醴以趋之情欲，宣淫逸于广众之中，显隐私于族亲之间，污风诡俗，生淫长奸，莫此之甚，不可不断者也。

这应该是当时盛行闹房的文字记载，而且可见其具有直露性的性意向特征。甚至还有的闹得更过分，居然把新娘劫持了。《太平广记·小说》中就记述过曹操与袁绍年少闹洞房劫持新妇的事：

魏武少时，曾与袁绍好为游侠。观人新婚，因潜入主人园中，夜呼叫云："有偷儿至！"庐中人皆出观，帝乃抽刃劫新妇。与绍还出，失道，坠枳棘中。绍不能动。帝复大叫："偷儿在此！"绍惶迫自掷出，俱免。

自此之后，闹房风俗更甚，花样翻新。

段成式在《酉阳杂俎》中就有"近世娶妇之家，弄新妇"之说。葛洪在《抱朴子·疾谬篇》中说：

世俗有戏妇之法，于稠众之中，亲属之前，问以丑言，责以慢对，其为鄙黩，不可忍论……今此俗尚多有之。娶妇之家，亲婿避匿，群男子竞作戏调，以弄新妇，谓之"谑亲"。或褰裳而针其肤，或脱履而规其足，以庙见之妇，同于倚门之倡，诚所谓弊俗也。

可见，闹洞房风俗在文人眼中向有非议，主要是因为其直露的性暗示，与儒家礼教的"男女授受不亲"之类礼仪相悖。宋代司马光定《书仪》，朱熹制《家礼》，都摒弃新婚闹房之俗，但在民间，闹洞房却又有其天然的生命力，似乎可以理解为饱受压抑的人们对礼教的一种不自然反拨。

在孝义一带，闹洞房的时间一般在结婚当日晚上，所闹对象为新娘。闹的内容大都是变着法儿使一对新人尤其是使新娘处于尴尬难堪的境地。虽然有三天不分大小的说法，但参加闹房的人大都是新郎的平辈或者辈分更低的小伙。韩秋生、李庆富写的孝义十三项《楼东婚俗》中最后一项即为："年轻人大闹洞房。"张殿印在孝义《驿马婚俗礼仪简述》中也说："至于晚上闹洞房之事，那就是年轻人的事了。男方父母要给准备好吃的喝的，甚至还要注意有过激行为，以防不测。"

实际上，在一个村庄之内，经常参加闹洞房的也不过那么几个年轻人，其中擅长闹房者更是寥寥无几。因此闹房时，那些擅长闹房者往往是自然的带头人，闹房时的歪点子大都出自这几个人。

一般而言，闹房者多以男宾客为首，但王俊斌、燕福金在《贾家庄及周边十村当今婚俗》中提到，是"大人小孩齐闹，有的向新娘要喜糖，有的要新娘讲故事，有的让新郎新娘唱歌，有的让新婚夫妇做耍笑动作"。

在孝义，闹洞房，有"文闹"、"武闹"之分。

文闹讲究文明，新人亲戚在新房里和人一起热闹，以言辞为主，不伴随或很少使用道具，比如对诗、绕口令、开玩笑、猜谜语、让新娘讲故事和表演节目等。比如在孝义相王村闹洞房，就以文闹为主。旁人说一句："墙上面挂着一朵美翠花，奴家心里实在喜爱它。喜爱它，够不着摘，奴家心里多着急，劳驾丈夫哥哥抱一抱，抱上奴家亲手摘下那枝爱煞人的美翠花。抱一抱，不白抱，养下孩儿了叫你爸来唤我妈。"新娘、新郎跟着重复，手上还得有动作表演。也有只说不动的，比如让新郎新娘跟着念："赵家庄有位赵伯伯，白家庄有位白伯伯，赵家庄的赵伯伯要和白家庄的白伯伯比脖子,赵家庄的赵伯伯说白家庄的白伯伯的脖子比赵家庄的赵伯伯的脖子白。"

在孝义白壁关,平辈们闹洞房时多以绕口令为主。比如"东门外面一通碑,弟兄二人都姓崔。老大名叫崔腿粗,老二叫个腿粗崔。也不知是崔粗腿抱住腿粗崔的腿,还是腿粗崔抱住崔粗腿的腿";又如"墙头一枝玫瑰花,奴家心中喜爱它。劳驾新郎哥哥抱一抱,抱一抱。不白抱,生下娃娃叫我妈,叫你爸。咱大公子长大是云南布政,二公子梅阁学士,三公子三元总督,四公子兵部侍郎,五公子年龄虽小,代管理一十三省钱粮。大姑娘千金小姐,二姑娘正宫娘娘",暗合五男二女七子团员的寓意。旁人念白时,新郎新娘得跟着学,否则就会受到各种戏谑性的惩罚。

文明闹房,不过是让新人当众用亲昵的称呼说表达爱意的话,或让新人讲述些带有性暗示和生殖意象的歌谣、故事、谜语、笑话等。这类闹法,虽然常让新郎新娘陷入难堪境地,但一般容易做到,可以说既营造了说说笑笑欢快热闹的婚日氛围,又能迅速增加夫妻感情。武闹就非常直接了,新郎新娘在围观者提议下,亲嘴,握脚,揣奶奶,如果新郎新娘不配合,就会挨打。

不管是文闹还是武闹,都带有欢闹和性启蒙教育的特点。有时甚至将新郎新娘用被子卷在一起,直到人们闹累了,才一哄而散。

闹房闹得如此厉害,新人不仅不能生气,还必须尽量接受闹客的胡闹。在孝义克俄,闹洞房三天不分大小,主家得备好宵夜,真是为闹房人做了各种贴心的准备。

良莠杂陈的闹房习俗是怎样起源的,又有什么具体意义,可谓众说纷纭。在古老的《诗经》中,对看新妇、闹洞房已有所反映。《诗经·唐风·绸缪》中说:

绸缪束薪，三星在天。今夕何夕，见此良人。子兮子兮，如此良人何！
绸缪束刍，三星在隅。今夕何夕，见此邂逅。子兮子兮，如此邂逅何！
绸缪束楚，三星在户。今夕何夕，见此粲者。子兮子兮，如此粲者何！

陈子展在《诗经直解》中说：

《绸缪》，盖戏弄新夫妇通用之歌。此后世闹新房歌曲之祖，从来解诗者，不知其为戏弄新夫妇谐谑妮羡之辞。

又说闹房中带有不少调侃新人的成分，甚至有远古婚俗的遗留。

又谓，旧时传说，洞房中常有狐狸、鬼魅作祟，闹洞房可以驱逐邪妖阴气，增强人的阳气，俗语称之"人不闹鬼闹"。

又说闹洞房是一种戏谑性庆贺仪式，不闹不喜，所以会有这样的说法："结婚是大事喜事，不喜不闹不热闹。""越闹主家面子越有光，说明主家人缘好。"另外，闹洞房还能让亲友彼此熟识，显示家族的兴旺发达，增加亲友间的感情。

尽管说法众多，但有一点是共识，那就是闹房本质上大都带有祝福和吉祥之意。毕竟嬉闹新人，说到底也能增添热闹气氛，驱除冷清，有的地方还叫做"暖房"。这应该跟旧时男女成婚多为媒妁之言有关，没揭红盖头之前，男女双方可能还是看第一回打了个照面。受礼法约束长大的男女，头一回见面就是在床上，说不难为情都不可能，何况还有众目睽睽。兴许什么准备都没有呢，马上就要在床上赤裸相见。这真是羞煞人啊。所以众人耍笑打闹，一对新人也乐得送个顺水人情，别人起哄，两人也跟着半推半就，心性能否达成一致暂且不提，至少面红耳热，动手动脚也不别扭了。

第十五章　嬉闹洞房

借用《圣经》上的一句话说就是：事，就这样成了。

闹妇总有结束的时候，这个时候，贾家庄婚俗还没有完，又有扫炕、撒喜盆俗。

闹洞房结束后，由新娘的大姑子给新人房"扫炕"。这类似于古人的撒帐习俗。

撒帐，是一种祈求多生育子女的习俗。不过，在古代，撒帐习俗性质不同。翟颢在《通俗编》卷三中说：

撒帐始于汉武帝，李夫人初至，帝迎入帐中共坐，饮合卺酒。预戒宫人撒五色同心花果，帝与夫人以衣裙盛之，云得多得子多也。按佛家有珍珠撒帐之说。

这是将撒帐解释为多得子。《知新录》也认为撒帐习俗起源于汉代，但将其解释为禳邪辟煞：

（汉）京房长女，适翼奉之子。房以其三煞在门，犯之，损尊长，奉以麻豆谷米禳之，则三煞可避。后世撒帐俗起于此。

唐代撒帐不用花果，而是用特别铸造的六铢钱，上刻"长命富贵"等字样。可见此时撒帐习俗不在于祈求多子，更重在祝福新婚夫妇日后家庭兴旺发达。

在宋代话本《快嘴李翠莲记》中可以看到当时较为详细的撒帐习俗：

合家大小俱相见毕。先生念诗赋，请新人入房，坐床撒帐。新人挪步过高堂，神女仙郎入洞房。花红利市多多赏，五六撒帐盛阴阳。

张郎在前，翠莲在后，先生捧着五谷，随进房中。新人坐床，先生拿起五谷，念道：撒帐东，帘幕深围烛影红。佳气郁葱长不散，画堂日日是春风。撒帐西，锦带流苏四角垂。揭开便见姮娥面，输却仙郎捉带枝。撒帐南，好合情怀乐且耽。凉月好风庭户爽，双双绣带佩宜男。撒帐北，津津一点眉间色。芙蓉账暖度春宵，月娥苦邀蟾宫客。撒帐上，交颈鸳鸯成两两。从今好梦叶维熊，行见宾珠来入掌。撒帐中，一双月裹玉芙蓉。恍若今宵遇神女，红云簇拥下巫峰。撒帐下，见说黄金光照社。今宵吉梦便相随，来岁生男定声价。撒帐前，沈沈非雾亦非烟。香裹金虬相隐映，文箫今天遇彩鸾仙。撒帐后，夫妇和谐长保守。从来夫唱妇相随，莫作河东狮子吼。

这应是当时书香门第中的撒帐习俗，但性质和贾家庄婚俗中的"扫炕戳喜盆俗"有异曲同工之妙。

在孝义贾家庄，民谚说："姑子扫炕，侄儿侄女早见。"

所谓扫炕，就是姑子在炕上边扫边说："火火头扫，儿往家里跑，炕头起扫，女往家里跑。"然后姑子端来早就封好的喜盆，放在炕上，一拳头戳开红纸，说："我把喜盆戳开，侄儿侄女出来，我抢钱儿，你们抢孩儿。"姑子把喜盆里的喜钱拿走，新郎新娘争抢着，吃掉核桃和红枣。

在孝义相王村，扫炕戳喜盆风俗是这样的：小姑子从柜顶上拿下喜盆，戳破糊口纸，将核桃和枣倒到炕上，用笤帚前后扫三次，嘴里说："前一下，后一下，儿女生下一大片。左一下，右一下，嫂嫂今晚不要怕。上一下，下一下，白头偕老活着吧。"这些话也颇富意味，寓意夫妻生活顺遂，早得贵子。此外，还有新郎兄嫂在新人房前钉挂门帘习俗。新郎嫂拿门帘，新郎哥哥拿钉子和锤，边钉边念词："钉钉啪，

第十五章　嬉闹洞房

◎大哥钉门帘

钉钉啪,儿女养下一大片啊;啪啪钉,啪啪钉,儿女长成大生生。"可见也是祈求子女满堂的仪式。

在孝义杜村西房庄,钉门帘时,闹洞房的人还要新郎的哥哥说一些吉祥话,钉一下,说一句,往洞房里看一下。如果看的时候被闹洞房的发现,就会把新郎哥哥拖进洞房一块耍笑。如果这样就失礼了,因为在民俗中,对新娘来讲,大不过的大伯子,大伯子和弟媳妇是不能说笑的。

按照风俗,新娘所做门帘必须由新娘的弟弟或新郎的兄长在一对新人进入洞房后亲手挂上。郝桂香、刘兰梅先生在孝义兑镇一带考察婚俗时发现,洞房夜,大伯子给弟媳妇钉门帘,边钉边说:"钉钉啪,钉钉啪,养下儿女一大片。"

接着,姑姑把盆盆端到新房,一拳戳开红纸,把核桃、枣倒在炕上,边戳边说:"姑姑丢盆盆,儿女一群群;姑姑坐下,儿女大下;一拳头撞开,侄儿侄女跳出来。"然后拿走喜钱,将盆内的核桃、枣倒在床上。

在孝义阳泉曲,同样有戳喜盆俗,只是口诀稍有不同:"姑姑拿盆盆,儿女一群群。姑姑坐下,儿女大下。"挂门帘俗也有,口诀是:"一锤钉得牢,自老不动摇;二锤钉得稳,自老不生病;钉钉响啪啪,儿女都大下。"

在孝义克俄,姑姑戳喜盆时念:"姑姑端盆盆,儿女一群群;姑姑坐下,儿女大下;一拳砸开,儿女出来;倒下往后扫,小子跑;往前扫,姑娘跑;中间扫,小子、姑娘满炕跑。"

洞房闹毕，客人散去，新人入洞房，但他们还不能尽情地享受新婚生活。前文已述，折腾了一天的新郎新娘，虽然在洞房花烛夜极尽缠绵，但也不能过于忘情，他们还必须得保证新房中的那对高大蜡烛通宵燃烧。蜡烛上一支镌刻着金箔镶边的龙，另一支上刻着凤凰，有时也会刻一些吉祥的话。此时红烛即前文提到的龙凤蜡烛。倘若蜡烛意外熄灭，是凶兆；如果蜡烛没有燃完，顺干淌下来，便是悲伤和流泪的先兆。如果两支蜡烛同时燃尽，人们会认为新婚夫妇将来死在同一个时辰，是吉兆。相反，如果一支蜡烛比另一支燃的时间长的话，这意味着后燃完的蜡烛代表的一方要比对方多活多年。

洞房花烛夜一完，第二天醒来，还有一个认亲仪式。当然，为了缩短时间，简化程序，现在也有所变通，好像在把新娘娶进门时就把这道手续办了。办了这道认亲手续，才举行婚宴。

亲迎拜堂，合卺结发，标志着传统婚礼走向圆满。

而洞房花烛夜之前的嬉闹洞房则将新婚的喜庆气氛推向高潮。不过，按照贾家庄婚俗的全套程式，还有一些婚后礼仪需要完成。

比如拜见公婆，又叫"分大小"，古时称为"拜舅姑"。就是新娘在新郎的陪同下，拜见男方家长及叔伯兄弟等，一般安排在花烛之喜后的第二天。唐人朱庆馀在《闺意·近试上张水部》诗中写道："洞房昨夜停红烛，待晓堂前拜舅姑。"说的就是新人入洞房的第二天黎明，要梳妆打扮去堂前拜见公婆。

为什么都圆房了，还要专门拜见公婆呢？主要是因为，在传统的贾家庄婚俗中，虽然以父母之命为前提，但主要借助媒妁之言居间说合，在亲迎之前男方家长见过媳妇的并不多，特别是做公公的，囿于一地男女大防的礼教，即使有过相亲的安排，也无缘面识媳妇。到了拜堂时，虽有新人"二拜高堂"，但那是蒙着头面的仪式，而嬉闹洞房时，

第十五章　嬉闹洞房

公婆也不会参加，所以婚后的拜舅姑之礼，可谓儿媳妇与公公婆婆的第一次正式见面。

俗谓"丑媳妇总要见公婆"，指的正是这一刻。

这种仪式如同娶亲前后的祭祖一样，是贾家庄婚俗中新娘成为男家正式成员必须履行的一种婚俗。

比如在孝义高阳，婚后第二天回门，新郎新娘去娘家吃喜饭，饭后，新郎新娘要在太阳未落山前回到婆家，先拜见婆婆，新娘给婆婆四色礼，谓见婆礼，然后才能回洞房。俗话说："媳妇给婆四色礼，看婆要说理不说理。"婆婆也给媳妇四色礼，其中梳子是必备之物，意为婆媳互相理顺关系。

这也是古俗之一。

媳妇拜舅姑的礼仪，在《仪礼》、《礼记》等文献中都有较为详细的规定。在贾家庄婚俗中则较为简化，一般就是新娘向公婆行拜谒礼，又向男家其他成员依次行礼，并敬献娘家带来的礼物，而公婆及尊长亦须回赠礼物或钱币，俗谓"见面礼"。新娘在男家中的身份地位亦由此得到确认。杜甫在《新婚别》中写道：

结发为君妻，席不暖君席。
暮婚晨告别，无乃太匆忙。
君行虽不远，守边赴河阳。
妾身未分明，何以拜姑嫜？

什么意思呢？就是说你我虽然已经结为夫妻，但新婚后的第二天一早你就赴河阳服兵役了，走得那么匆忙，都没带我拜谒公婆，以至于我在你家里的身份都没有明确。

拜舅姑之重要性由此可见一斑。

在古礼中，新娘拜见舅姑之礼，分三个阶段进行。开始是敬拜舅姑，接着是新妇荐脯醢和盥洗，然后由舅姑飨妇一献之礼。《礼仪·士昏礼》记载：

> 夙兴，妇沐浴，纚笄、宵衣以俟见。质明，赞见妇于舅姑。席于阼，舅即席。席于房外，南面，姑即席。妇执□枣、栗，自门入，升自西阶，进拜，奠于席。舅坐抚之，兴，答拜。妇还，又拜。

在孝义一带，多数地方，一如古俗，媳妇拜见公婆时还要磕头请安，并说一些客套话，比如"媳妇不懂啥，请二老以后多管教"。这时，婆婆就会教新媳妇。具体内容也多，比如夫妻间如何相处啦，婆媳如何相安啦，如何生儿育妇女啦，如何遵守乡规民约啦，如何处理邻里关系啦，如何持家啦，聪明点的新媳妇嘴巴乖巧，多请示，多年旧媳熬过来的婆婆自然有一肚子经验和教训要给新媳妇吐槽。就这么在不厌其烦的请教与答复中，婆媳拉近了关系。

至于为什么选在婚后第二天晚上教新媳妇，民间的说法是："在那些教媳妇的内容中，有些难以在婚前说出口。过了洞房花烛夜，新娘已经成为过来人了，说什么也不碍嘴了。"生米都煮成了熟饭，丑话说出来似乎也无妨了。是以关于婆媳关系，当地又有这样的说法：

> 会亲的亲媳妇，不会亲的亲闺女。

拜过公婆后，甚至还要拜同族尊长，这在贾家庄婚俗中又称为"认亲"、"分大小"。结婚第一天，新婚夫妇齐到院中，向男方亲眷举

第十五章 嬉闹洞房

行认亲礼。新娘拜见族内长辈时，多由司礼生依叩头礼单喊礼，依次分别行拜。礼单名次排列除以辈数下推外，凡同辈人，先外后内，如祖父、外祖父同在，先给外祖父行拜，取意"尊外"。到给父母行拜礼时，新娘要当着众人面叫爹喊妈，民间又称之为"开口日"。凡受礼者，必给赏钱若干，名曰"受礼"。孝义阳泉曲亦同此礼。

在孝义南阳，此项仪式，又叫"认大小"。成婚后第二日，新娘由新郎陪同，给男家内外亲戚长辈、平辈行见面认亲礼。受礼的长辈们可以给新婚夫妇一些礼品，如钱、珠翠、首饰、衣料等。

在孝义克俄，合婚后第二天早上，总管主持认亲仪式。总管说："老将家、将家、厨房、食房、礼房先生、姨姨、姑姑、婶子、大娘、爷爷、奶奶、伯伯、叔叔、老朋亲、小朋亲，给你们行礼啦。"然后按长辈顺序逐一呐喊，行礼。受礼的长辈有的给袜子，有的给枕巾，或者给钱。最后，一对新人给左邻右舍、新房院周围上下围观亲朋磕头三下。

在孝义兑镇，婚后第二天，姐姐或嫂嫂给新娘打洗脸水，然后领上新娘给亲戚们倒水问安。吃完早饭后行礼认亲，乐队奏乐。行礼中，同辈耍笑新娘，在地上放一颗核桃，让新娘一只脚后跟踩上，另一只脚抬起来，转圈。但给大伯子或长辈行礼时，不得耍笑。

在孝义贾家庄，洞房后第二天，响器班子火炮吹奏《三道腔》，叩起家头礼，以示既合婚成家就得立业，夫妇通过这一活动进行相互教化。

具体仪式是这样的：在院中放块席子，上放椅垫一块，新郎站在一旁陪着，新娘一人叩拜。行拜时由司礼生引导，该新郎说新郎就说，该新娘说新娘就说，司礼生教一句，说一句，说完一段，新娘叩一次头。亲朋友邻在一旁观看。叩起家头歌诀为：

新娘：花烛辉煌满院红，吹箫能引凤凰鸣；奴是凤来郎是龙，奴与郎君把礼行。一拜春日桃花红，双膝跪在地流平；因为起家把头叩，丈夫有话奴愿听。

新郎：能听还要你能行，持家唯有俭和勤；一粥一饭非容易，克勤克俭过光阴。

新娘：二拜夏日莲花开，跪地露出绣花鞋；结发夫妻要和美，与你栽根立后来。

新郎：栽根立后理应当，生子容易教子难；当得孟母三迁事，三娘教子状元郎。

新娘：三拜秋风桂花香，跪在地下笑口言；如有过失郎担待，不要动手发怒言。

新郎：人非圣贤谁无过，过而能改不为嫌；只要你能听我劝，谁肯无故把妻伤。

新娘：四拜冬季梅花放，奴家今把丈夫劝；赌钱喝酒非正事，丈夫千万不可沾。

新郎：贤妻说的是正理，从今牢记我心里；不赌钱来不喝酒，非为正事咱不做。

在孝义相王村，又称为"起家头礼"。举行仪式之时，在院中铺上席子或地毯，请会说的人领说，新郎一句，新娘一句，男站女跪，说一句，叩一次头。比如王守中在《相王婚俗礼仪》中特别提到了王正兴说的"起家头"：

女：凤鸾添喜满院新，香炉结彩挂红灯。
奴是凤来郎是龙，奴与郎君把礼行。

一拜春景桃花红，双膝跪在地溜平。

为了起家把头叩，丈夫训教奴爱听。

男：能纺能织就能行，起家还在俭与勤。

一粥一饭非容易，克勤克俭过光阴。

女：二拜夏月莲花开，跪地露出绣花鞋。

百年夫妻多恩爱，奴给你栽根立后来。

男：栽根立后你应该，生子容易教子难。

曾记孟母三迁地，三娘教子状元郎。

女：三拜秋月桂花香，跪在地下笑口讲。

奴有过失郎担待，不可开口出粗言。

男：只要你能少作过，谁肯无故把妻谴。

人非圣贤谁无错，知过改过不为过。

女：四拜冬月雪花飘，开口奴把丈夫喊。

赌博抽烟非正事，奴劝郎君不可贪。

男：不耍钱，不吸烟，为非作歹我不沾。

为妻讲的是道理，我当谨慎记心间。

女：五拜五月榴花红，九天仙女下凡尘。

孩儿家爹抬起头，看奴风流不风流。

男：贤妻风流真爱人，众位亲朋你们听。

我今娶过天仙女，何愁家业不齐振。

女：起家头，叩完毕，我与郎君作个揖。

男：你作揖，我还礼，明日你去我跟你。

女：啊哟哟，奴家才来三天两后晌，你倒时时刻刻离不开个俺。

男：不是我时时刻刻离不得个你，家家户户都是一样的。

女：去就去，奴家把话告给你：

我家人给你戴个枷儿，你可不能恼生气。
　　喜饭钱要多带，去到我家好分配。
　　我爹娘出来叩两头，我兄嫂出来拜两拜。
　　拜几拜，不白拜，我家方有好席待。
　　早上饭，八盘菜，扁食捏下好几排。
　　午饭宴席多丰厚，汾州产的老白汾、竹叶青、玫瑰露。
　　蒸烧麦，甜点心，新蒜豆芽咯稔稔。
男：贤妻说的是真心，你在上面我谢恩。
　　先作揖，后叩头，你看这事行不行？
女：走上前，忙换起，你把奴家扶在太师椅。
　　太师椅，真好坐。三月三来四月四，老鼠爬在奴家绣鞋尖上要闹事；七月七来八月八，劳驾丈夫哥哥用口捉一捉鼠。（玩猫捉老鼠，棉花作鼠，线拴，吊在媳妇鞋尖上，丈夫跪着用口含捉，别人用扇子扇动老鼠，刁难新郎）
男：捉一捉，不白捉，搬倒桌子串四角。
　　串了四角还不算，拉上毛猴全院串。
　　拉毛猴，拽毛猴，亲戚朋友看毛猴。
　　南京收了往南走，北京收了往北走。
　　南北二京都不收，拉上毛猴往回走。
女：走进门，还不算，劳驾丈夫哥哥把奴抱上炕。

　　从这段《起家头》可以看出这么几点，一个是男尊女卑，男站女跪，女自称为奴；二个是夫妻俩在相互沟通，商量着怎么开始新生活；三个是新娘提到了回门之时的一些情形：会虐郎，比如给新郎戴枷，让新郎趴在新娘脚跟前用嘴捉老鼠，把新郎当毛猴耍，但也会热情接待

第十五章　嬉闹洞房

新郎。

能够形成歌谣，被人传唱，说明自有其普泛的认同。

这项仪式有的地方也不在婚后第二天举行，合在了拜天地之后，有拜公婆仪式与拜天地仪式合二为一的趋势。

和认大小、庙见诸礼相连的还有新娘翻饼捅火俗。在贾家庄婚俗中，新娘拜花堂之前就完成了这一礼俗。在侯兆勋先生整理的《贾家庄民间传统婚俗解读》中这样提到：

新娘揭去盖头以后，在守亲婆的指引下，新娘跑到灶台前翻一翻焙在鏊子上的煊饼，然后用火柱捅捅火，以示从今日起开始操劳家务。

这就是类似于古礼中的新娘"祭灶礼"，也叫馈公婆。

这就和《礼仪·士昏礼》中的记载接上了：见完舅，然后见姑。"降阶，受笲殿脩，升，进，北面拜，奠于席。姑坐举以兴，拜，授人。赞醴妇。"

拜见完舅姑后，新娘开始"荐脯醢"。脯醢是下酒菜，如鱼肉之类。这必须在室内西边设席，把酒坛放在房中。拜见时，新妇正立于席西，赞礼者用"牛匙取酒"，出房走到席前北面，新娘站在东面拜受，举行"荐脯醢"礼。

"荐脯醢"完毕，就开始"妇盥馈。"盥是洗手，馈是进食于尊长，表示新娘对舅姑的孝敬。

此礼完毕，二老"飨妇以一献之礼"。敬新妇两杯酒，礼就告成。再后，又分别享宴女家宾客"一献礼"，赠他们锦帛，以示酬谢。

古礼不能说不讲究。

贾家庄婚俗中的新娘翻饼捅火俗与之又何其神似。翻饼捅火，就是新娘子换下吉服，换上围裙之类的工作衣，去男家厨房做一席饭菜，请公婆和男家其他成员品尝。此举既体现媳妇孝敬公婆，又有从此成为主妇的象征意义。唐人王建《新妇》诗中"三日入厨下，洗手作羹汤。未谙姑食性，先遣小姑尝"，说的便是新娘婚后第一次进厨房的情形，因为还不知道婆婆的口味，所以先请小姑当参谋。

新娘进入厨房动手之前，照例要先焚香祭供灶君，因为这位灶王爷也是一家之主呀。

这也可以理解，洞房花烛夜完了，大小也认了，新娘是该拿起女主人的架子，为新的家庭操持了。

翻饼捅火，听起来粗糙了些，却也更近人间烟火气。毕竟，士大夫描述的婚俗多为大户人家，而贾家庄婚俗多从乡间总结而来，其中变化当与有识之士因地制宜的教化有关，可谓新瓶装陈酿，里面的各种象征和寓意仍有相近之处。

新妇拜完舅姑后，并未取得"妇"的身份。据《礼记·曾子问》载，新娘到夫家，三个月以后，才能庙见，庙见就是"选择吉日登祢，成妇之义"。什么叫"祢"？据《公羊传》说："生称父，死称考，入庙称祢。"可见，"登祢"就是入祖庙的意思。入了祖庙，祖宗认可了，才有了妇的资格。

夫妻于是成。

这个时候，我们再回想一下"夫"的古义。《白虎通义》释夫时说："夫者，服也，以道扶接；妇者，服也，以礼屈服。"古人用这样的两个字称谓男女的婚姻关系，这就把男女双方的地位固定了下来。

那么妻的意思呢？

《白虎通义》中者说："妻者，齐也，与夫齐礼，自天子至庶人，其义一也。"

都是好词。

有意思了。

说了这么多古礼，我们再在这个经度之下看孝义贾家庄婚俗，就会发现，这个地方真是个讲究礼仪的地方。

第十六章 婚后程序

有高潮当然也有尾声。

有贾家庄婚俗中，办了结婚庆典，还有一些仪式需要完成。

婚后程序包括五项仪式：娘家请三日礼（也即女婿行认亲礼），娘家请五日礼，娘家请十日礼，娘家请满月礼，男女双方酬谢媒人俗。

前文所述认大小、祭神子等礼仪，统称"成妇礼"，即新娘被正式接纳为男家成员的必备程序。同样，新郎被女家正式认可为"半子"，也得履行一定程序，即"成婿礼"，俗谓"回门"。简单点说，就是新娘和新郎于婚后择期双双去拜谒女方父母及其亲友，并献赠礼物。女家则设宴款待。新郎在女家中的"姑爷"身份由此得到确认。等夫妇回家时，岳父母照例送些礼物托女儿女婿献与亲家。

婚姻合两姓之好的意义就在这里体现出来了。

回门虽不见于"六礼"，但作为人之常情，自古亦然。在古代，回门风俗又被称为"反马"、"归宁"、"回红"等。先秦时，礼俗规定，天子、诸侯、大夫等人的女儿出家不坐男家车马，只坐自家车马。这种礼俗在于女家向男家表示，如果夫家不满意，让她骑着马回家，以此来表示自谦；如果满意，归宁时即将马送还，以示新婚夫妇感情和谐，故称"反马"。《诗经·周南·葛覃》中唱道："薄污我私，薄浣我衣。害浣害否？归宁父母。"就是说出嫁的女子初次回娘家向父母表达问候。

春秋时鲁哀公新婚之后偕齐姜入齐，即是回门之举。如前文所述，到宋代，孟元老在《东京梦华录·娶妇》中记述当时回门风俗，说：

婿往参妇家，谓之"拜门"。有力能趣办，次日即往，谓之"复面拜门"。不然三日、七日皆可，赏贺亦如女家之礼。酒散，女家具鼓吹从物，迎婿还家。

可见，回门习俗自古已成通则，长期在汉文化濡染下的贾家庄婚俗亦不例外。

行回门礼的日期，最初是婚后一个月，即蜜月之后。后来逐渐提前，有婚后第四天回门的，称"回四"；也有第九天回门的，称"回九"。也有恪守一个月后再回门的，称"住对月"。《红楼梦》第九十八回中，贾母与王夫人、凤姐等商议："我看宝玉魂不守舍，起动是不怕的。用两乘小轿，叫人抬着，从园里过去，应了回九的吉期。"说的就是让宝玉、宝钗在婚后第九日一起去拜谒薛姨妈，行回门礼。

在贾家庄婚俗中，回门的具体时间不一，俗称四请：婚后第三天回门的，叫做"请三"；婚后第五天回门的，叫做"请五"；婚后第十天回门的，叫做"请十"；婚后一个月回门的，叫做"会亲"、"会连襟"。合在一起，叫"请五、请十、请满月"。

各地名称、时间虽不同，意思却一样，都是新娘出嫁后，以人妇、人媳的身份带着新姑爷回娘家看望父母，确认新姑爷在娘家的身份。

所以在孝义一带会有这样的说法：

石榴儿开花满地红，再没啦丈母见了女婿子亲。

由此可见，丈母疼爱闺女，看到女婿也倍觉亲热。尤其是刚完婚的新女婿，更是备受看重，所以在当地，回门又叫"请姑爷"。

在孝义贾家庄，婚后第三天，是新婚夫妇到娘家行拜认亲典礼的一天，谓之"请三"。请三之日，为女家隆重庆典，内容主要有这么几项：

一是新娘向父母和家人介绍女婿的性格如何，女婿对自己的态度怎样，夫妇俩感情是否融洽。毕竟生米就这么煮成了熟饭，总得让娘家人看看，饭还夹生不夹生呀！

二是女婿拜见岳父母以及女家兄弟姐妹和族亲，算是女婿和老丈人家的认亲仪式。

因此，三朝回门，女婿不光在女家受到热情接待，之前还要由新娘的弟辈一人或乘轿车或坐车到男家面请。一如俗话所说："小舅子接新娘，一年更比一年强。"而后，新娘新郎带上烟、酒、肉、奶等四样礼品，一同来到女家。

第一仪式为行亲认礼，女家亲戚云集，与男家婚后第一日举行的认亲礼节类同。女家先上小三道茶，再后敬三大道茶，再设宴盛情款待前来省亲的姑爷，使会面显得既隆重又彬彬有礼。上一节提到的《起家头》中就说到了宴席的具体规格：

早上饭，八盘菜，扁食捏下好几排。午饭宴席多丰厚，汾州产的老白汾、竹叶青、玫瑰露。蒸烧麦，甜点心，新蒜豆芽咯稔稔。

用好酒好肉来款待，这个新姑爷的地位是越来越高了。

只不过，在女家行礼期间，还会"闹婿"。这和新娘初嫁时的"闹妇"就对应上了。

有热情招待，也有故意考验。回门之日，也是女家再次虐郎之时。宴席上酒过三巡、菜过五味之后，女家便端上一块大骨头。对此，新郎要把骨头上的肉全部啃完，若嫌肉难咽或啃不干净，女家亲戚会笑话女婿挑肥拣瘦。中午宴席上，丈母娘要给新郎端一盘饺子，经过一番推让，这盘饺子最终会落到新娘面前。新娘刚咬一口，便被辣得吸气，惹得人们哄堂大笑，原来是用辣椒面做的馅。这样，新娘又把这碗饺子推给了新郎，憨厚一点的新郎会忍着难以承受的疼辣全部吃完；聪明一点的，会只吃饺子皮而不吃馅。若是新郎不吃，丈母娘肯定会不高兴，因为这是女家考验新郎能否与新娘同甘共苦的一种习俗。

除此之外，还会给新郎脸上抹锅底灰。据说这是为了让新郎学学黑包公，日后为人正直，通情达理。发难者多为女家嫂子、小舅子、小姨子等人。

在相王村，会给新郎戴枷，前文已述，枷用麦秸秆制成，意在驯服新郎，让其懂规矩。

总之，闹婿形式多样，也是通过闹婿，女家亲眷观察女婿的各种言行举止，判断女婿脾气性格、人品，无形中也进一步拉近了女婿与女家亲眷的距离。

吃午宴时，女婿必发放赏钱，放赏钱名目繁多，如付饭钱、捏饺钱、跑腿钱等。俗语说："姑父钱，侄子花，越花家越发。"

按照习俗，三日回门，新娘新郎要于当日日落前返回男家。有个说法是：怕太阳落山后回，杵瞎婆婆的眼。回去之时，女家送些礼物给新娘带回去孝敬公婆。礼物各地不同，比如上一节提到，在孝义高阳，新娘回门后回到婆家，要给婆婆四色礼，梳子是必备之物，意为理顺婆媳关系。

在孝义相王村，新郎新娘请三后回来，众人还会将新娘堵在院门外耍笑，让新娘边踢一对核桃边往大门边走。这时，嫂嫂关大门，用小枕头装扮的孩子交给新娘抱上，对新娘说："叫奶奶，抱孩儿来。"新娘站在大门口抱着孩子喊："孩儿他奶奶快抱孩儿来。"婆婆边接孩子边喊："亲亲疙瘩望奶奶来！"然后跟着新娘一同回到洞房。晚上，新郎新娘吃拌汤、饺子、扯面。嫂子们耍笑，在一根扯面中拉一红棉线，煮熟后小两口各用红筷夹住一个扯面头吃，越吃越近，直到两嘴相吻。围观者哄笑，欢聚一堂。

这个仪式当是前文提到的合卺仪式变种。

在孝义克俄，其余仪式同，不过是新娘喊话不同："孩他爹快开门，冻得奴家不行行。"新郎在院里说："不开，不开，实不开，把你的名字说出来。"新娘说："孩他爹开门来，孩他奶奶抱孩儿来。"晚上，新婚夫妇喝拌汤，俗称子孙汤。

在孝义兑镇，婚后第三天回门，由小舅子亲自来请，有钱的人家雇轿，没钱的人家用驴。到了女家，由姐夫陪新郎，俗称会连襟。娘家人特意用黑豆、干草包几个饺子，耍笑女婿。第五天亲戚请，讲究媳妇不能吃婆家饭，不能喝婆家水，新娘晚上回家后还得带一壶水。第九天吃九糕。九糕，就是喜油糕里包着九样东西，如针、草、黑豆、辣椒、盐、豆子、艾草、红枣、核桃等。当天男家把办事人请回来吃九糕，再把女家拿来的大花糕蒸上让大伙吃。男家专门在个别糕里特意包上九根针让新娘吃。民间传说，第一口咬到针尖上，头胎生男孩，第一口咬到针眼上，头胎就生女孩。第十天回娘家，谓之请十。吃完九糕后，新娘可回娘家住。临走时，新娘问婆婆："我在娘家住几天？"婆婆："先七后八一，两家都发；先四后十三，生下的孩子中状元。"

在孝义南阳，合婚后，还有"收九"仪式。举行婚礼前，男家要安一个堂斗，内放高粱，插上织布用的天梯、顺刀、钩秤、剪刀、尺子、铜镜、桃弓柳箭等，放在神谱前。迎娶新娘进门时，将堂斗搬到新房炕角。等收九拿过，请结婚帮忙的人吃九糕。女方派新客安九，拿食品粽子，等第十天早上，再请女儿回门。

在孝义下栅，婚后第五天，娘家或其他亲戚要请女儿女婿吃一天饭，民俗认为这一天，新媳妇不能在婆家吃喝，回家后还要带上火烧夹饺子。俗话说："火烧夹饺子，来年生个胖小子。"

在孝义一带，把新娘从娘家嫁到婆家称为"进门"，所以才把新娘从婆家回娘家省亲称为"回门"。新婚夫妇一块回门，成双成对，又称为"双回门"。

这一习俗从女婿方面来说，有感谢岳父、岳母恩德，拜会、结识女方亲友等意义；从女儿方面来说，则表示出嫁成家后不忘父母养育之恩的心情。

不过，深受初离家门、乍别父母的新娘欢迎的这一习俗，对于新郎来说，却不是一件轻松的事。且不说在女方亲友面前新女婿要备受"评头论足"，单单是新娘的妹妹们，他就招架不住。这些放肆的女孩，把烟灰、黑漆往姐夫脸上抹，让姐夫吃包有辣椒、花椒的饺子，无所不用其极。新女婿在被嬉闹的过程中不能发怒，即使手足无措，备极尴尬，还得满脸堆笑，听凭发落。

除此而外，在贾家庄婚俗中还有专门的谢媒人俗。

聘媒说亲为婚事的开头，谢媒为双方婚事的圆满收尾。儿女成婚已满一月，男女双方家主对这一婚事有功之人要登门答谢。礼品多为肉、酒、媒人卷、布料等四色礼。

在孝义兑镇，谢媒是在请十之日，新郎新娘带上烟酒先去媒人家谢媒人，然后新郎送新娘回娘家。

有的地方，婚姻幸福，还会和媒人处得很好。

日子就这么继续往下过。接下来又是生儿育女。等到儿女长大成人，又得开始找这个媒人了。

在周而复始的岁月里，又一轮贾家庄婚俗庆典，即将登场。

第十七章 婚俗标本

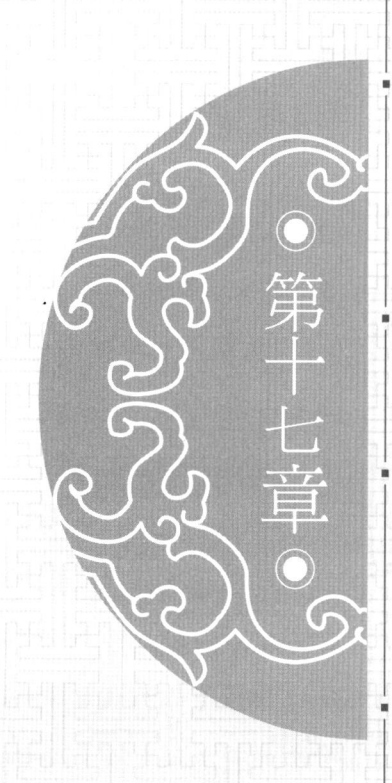

本书着重探讨的贾家庄婚俗并非固定不变的历史遗存。

一如前文所述，尽管时代在发展，尤其是经济在变化，不甘于困守于一地的孝义人，又有追新逐异的传统，婚俗变化自然在所难免。可以说，孝义贾家庄婚俗，如同历史长河中的一朵浪花，一旦社会环境变化，这朵浪花也会发生相应改变。不过，也因为所处的地理位置相对特殊，大量存在的村庄仍然没有完成从传统乡土到现代社会的转型，贾家庄婚俗在发生变异的同时，也保持了相当的稳定性。诸多具体仪式，受不同时期观念的影响，受外地风气震动，具体细节有所变化，但核心的"六礼"并无大的改观，尤其是某些核心观念上，变化缓慢，比如相亲时男女双方的合八字，人们仍会考虑诸多禁忌，无论是吉期的选择还是仪式的具体举行，寻求祝福的心理仍然一如既往。

尤其是经过了20世纪50年代到20世纪80年代对传统文化的破坏，传统婚俗稍有改观，但随着经济的发展，人们在追求自由的同时，寻根问祖的人也逐渐多起来，诸多传统正在慢慢恢复，贾家庄婚俗的出现，可以看到是现代孝义人在对传统文化的找寻中精心总结的一脉文化之根。

这就是贾家庄婚俗最为明显的特征，兼容并包，又不失传统。

在贾家庄人撰写的《国家级非物质文化遗产代表作申报书》中，专门总结了贾家庄婚俗的特征，可谓生动鲜明，处处渗透着传统的道德准则和人文理念。

走进贾家庄婚俗内部，也看到了，和多地汉族婚俗一样，一个明显特点就是,讲究红火热闹。这也是为什么人们把结婚称为"喜事"、"办喜事",把结婚的日子称为"大喜的日子"。无论是繁华城镇还是素野乡村,一旦到了迎娶的吉时良辰,无论是男家还是女家,都要将门户装饰一新,喜联贴满院门房门,大红双喜字贴满玻璃窗户,喜鹊登枝、鸳鸯戏水之类的吉祥剪纸更是随处可见。大门口的红布彩绸挂起来了,大红双喜贴上了。还有新郎、新娘身披的红绸,胸佩的红花。还有一应用品,大到车、轿,小到花烛,哪一样的装饰,颜色都是火烈般的大红色。等到喧天鼓乐敲起来,连声鞭炮炸响,亲友云集,邻里毕至,一派欢声笑语,最终把婚礼的喜庆气氛渲染得火爆热烈,无与伦比。

说句闲话,自婚姻缔结开始,直到婚礼结束,即使有些仪式本来并不存在什么笑料,但婚俗的制造者和执行者往往节外生枝,创造出一些诙谐的内容,使得整个婚礼都淹没在喜庆的海洋中。

这自然是表象。

如果深究其中缘由,恐怕还得归因于国人的性格。汉族婚俗从来就没有被纳入宗教规范。不像西方,婚姻从一开始就与宗教息息相关。虽然在贾家庄婚俗中也能看到拜天地、祭祖等仪式,但其中"天公地母"的宗教性含义异常模糊,仅是中国传统"天"的概念的某种反映。在国人的传统信仰中,"天"虽是支配人事的最高主宰,

◎皮影中的婚俗

但是，这个无处不在的"天"也仅仅只是一种原始信仰，还没有形成类似基督教的上帝。这种状况影响了国人的诸多观念，体现在贾家庄婚俗中，明显就有了泛神论的色彩了。

还有一个例证，就是保存完好的三皇庙，一庙供三皇，太昊伏羲、神农炎帝、轩辕黄帝。虽然前文已述，最初是元朝推行医学的学堂，但后世之人，尤其是百姓眼中，也不过是把他们当作普通神灵加以祭拜。这也是国人宗教意识形态淡薄的一种模糊化选择，或者说是投巧策略，一如俗话讲的那样，礼多人不怪，见神就拜，说不定哪一个就拜对了。

在这种模糊化的信仰之下，贾家庄婚俗就有了纯真有趣的一面，在婚俗礼节中也能看到人们对美好生活的质朴追求。这从其丰富多彩、无限欢乐的 40 余项环节中就能看出来。

当然，既然是汉族婚礼，自然会浸染儒家各种观念，可以说，贾家庄婚俗既是建立和增强人际关系的开始，也是一个人进入成人社会的标志。婚礼自然也是人际关系的大展示。新人结合之际，新亲家得以攀结，老亲家的感情更加巩固，家族之间、邻里之间的各种关系更是添了几分和睦。

传统文化中看重的人伦、倚重的协调、强调的实际，可谓各种观念都在尽情上演。

当然，作为汉民族婚俗的活标本，贾家庄婚俗还有一个特色就是，婚礼着重围绕繁衍子孙的祈福展开。

在古代婚姻中，结婚的目的主要是生儿育女，继承宗祠。所谓养儿为防老。传统中国，父母渐长，只能靠做父母的赡养，现在倒是有了国家体系的养老政策，但比起子女的亲自陪护，又有少了几许人情。在国人的概念里，没有子嗣，祭祀和香火就不能延续，所以才有了孟子那句话："不孝有三，无后为大。"也是因为有了这么多说法，贾家庄婚俗一反平素含蓄性格，在婚姻程序中将男女性爱突出，变得异常直露。尤其闹洞房中的一系列习俗，不仅敢于直接宣扬男欢女爱，简直就是在当面进行男女交媾的示范。在婚礼进行过程中，与生育相关的各种风俗被渲染到了极致，婚礼差不多成了一场"早生贵子，多生贵子"的性教育课堂。

作为汉民族娉娶婚俗的有机组成部分，贾家庄婚俗的特色远不止于此。它也体现了诸多传统文化，比如"天人合一"。这种观念最早应该来源于男女之间的结合，远古时代，人们思考世界起源，难免以自身为例进行哲学思辨。《易经·系辞》中说："天地之大德曰生。"这是母系制时代的最高哲学，女性、生育得到尊崇。男人跻身于生育领域，取得了一半生育权，自然要修正母系时代的最高生育哲学观。于是、男女、子女、天地、阴阳，万事万物都裹进了哲学的王国。

男女结合，生育后代，本是最基本的繁衍现象，但儒家却比附类推出天地结合而生育世界万事万物。又从人类的生殖行为在于阳物和阴物的交合，再比附类推到世界万事万物的发生同样是阴阳交合的结晶。就这样，得出阴阳之道为宇宙产生的普遍规律之后，又反过头来用阴阳关系去论证男女关系，最终得出了这些如同《春秋繁露·基义》中的结论：

天地氤氲，万物化醇。男女构精，万物化生。
父为阳，子为阴；夫为阳，妇为阴。
天这亲阳而疏阴。
阳倡阴和，男行女随。

再到后来，儒家又采用手段，"移孝为忠"、"男尊女卑"的意识与统治者的思想体系嫁接，由父子而比附类推到君臣，得出了"君为天，臣为地"、"君叫臣死，臣不得不死"各种结论。

所以成男女之别，而立夫妇之义也。男女有别而后夫妇有义，夫妇有义而后父子有亲，父子有亲而后君臣有正，故曰：昏礼者，礼之本也。

经过这样一番推理，婚俗成为中国传统文化的出发点和基础。

还有一个特征就是，花样繁多，各有特色。

前文已述，因为家境有差别，不单单孝义各地在婚俗仪式中有差别，就是一村之中，举行的婚礼也有简繁之别。六礼产生于西周，最初本来就是为贵族量身打造的，对平民并没有什么严格要求。翻各朝各代孝义一带地方志，婚俗大同小异，看起来好像不同的阶层所行的婚礼是完全相同的。这应该是时人编撰地方志时多抄录旧志，未描述当下现实。即便时代发展到今天，因为各家各户情况不同，婚礼的规模和隆重程度也各不相同，有豪华婚礼，也有草草成礼。但有一点仍是共通的：不管具体的仪式是繁复还是简单，所用物品是奢华还是朴素，具体的结婚程序都要走到。衣食足而知廉耻，在两千多年的儒家文化滋养下，再贫困的人家，也会在结婚这件人生大事中竭尽所能，务求礼仪周全。

孝义贾家庄婚俗又怎么可能例外？

在贾家庄婚俗中还可以看到，为求婚礼的热闹和礼仪的完备，还把当地独具特色的民乐、剪纸、皮影都融合进来了。一如前文所述，为了更好地展示孝义婚俗的特色，孝义贾家庄村还在其民俗博物馆内，劈出专馆现场演绎剪纸、皮影戏，并时常举行展览。

贾家庄人把一个非常态的民间艺术变成了舞台行为，从而让更多的观光者可以更为方便地了解这块土地上的人文风情。

站在这个角度来看，贾家庄婚俗就不是简单的婚俗，它在每一个环节的用心、它在每一个细节上的讲究，都体现出它是一门综合性的艺术。也难怪，在中国众多汉民族婚俗中，偏偏就它能申请非遗成功，成为其中的典型代表之一。

贾家庄简直是一个微型的民间艺术博物馆，而且还是活生生的。

还需要强调么？国人爱用"终身大事"来说明婚姻对于人生的重要性，在这种观念指导下，一夫一妻专偶制下的汉族聘娶婚俗与孝义的自然地理、人文环境相结合，最终形成了独特的婚俗文化。

其议婚、定亲、成礼等一整套结婚风俗，其程序之慎重、礼节仪式之丰富，以及由此衍生的风俗之多彩，简直就是一面晶莹的历史透镜，折射出了我国传统文化的丰厚深邃。

也正是有识之士看出了它的独特，所以，自1949年后被作为"四旧"扫荡一空的婚俗文化，才会重被贾家庄人挖掘整理出来。一如《礼记·昏义》中说的那样："昏礼者，将合二姓之好，上以事宗庙，而下以继后世也，故君子重之。"

君子重之。

这话真是好。《资治通鉴》中说："德胜才谓之君子。"贾家庄人在现代化的突飞猛进中，还能耐下心来重视整理当地婚俗礼仪，不正是君子所为吗？

至今保留并经贾家庄村挖掘整理的贾家庄婚俗，既体现了自成一格的地域特色，又展示了人类最为崇高最为完善的婚姻关系。

从这个角度来看，贾家庄婚俗堪称汉民族婚俗的活标本。

后　记

　　《孝义文化丛书》历经艰辛，终于集辑出版。掩卷长思，感慨良多；回想往事，萦绕于心。

　　2010年金秋，在孝义市委、市政府的高度重视和大力支持下，在省、吕梁市三晋文化研究会的亲切关怀与精心指导下，孝义在吕梁十三县市率先成立了三晋文化研究会。当时我内心深处既兴奋又忐忑，兴奋的是自己还在职未退，书记、市长就把这个不受年龄限制的研究会会长职务安排我担当，深感组织对我的信任与重托；忐忑的是自己参加工作40年，虽然曾历任过村党支部书记、人民公社主任、乡长、书记、农业局长、农工部长、人事局长、财政局长、统战部长、政协副主席等职，但从未在文化部门和涉文单位工作过，自己既不是文化圈内之人，更不是专家学者，担心难以胜任。在徘徊之时，是市委书记张旭光给了我信心和勇气。张书记在约我谈话时简约果断地说了两句话至今让我记忆犹新：一是"你在孝义的人气旺，你的《相王村志》也编得不错"；二是"放心做去吧，相信你能做好"。书记的过奖之语，既是鼓励，也是鞭策，不仅给了我动力，更使我感到了压力。

　　由于研究会属于社会文化团体组织，通常上级部门也没有具体的工作任务和目标要求，研究会究竟做些什么，怎么去做，心中无底。

于是，学习钻研业务，确立研究课题，组织文化人才，挖掘历史文化，精心组织策划，努力办好会刊，成为我新的工作内容。

三晋文化博大精深，孝义作为镶嵌在三晋大地上的一颗璀璨明珠，从春秋周定王十三年（公元前594年）置县，至今已有2600多年，是有记载的全国最早的九个县之一。在这方神奇的热土上，历史文化源远流长，丰富的历史遗存、深厚的文化积淀，令人遐想，引人钻研。而今孝义的经济腾飞，全国百强，荣耀处处可见，辉煌比比皆是，令人震撼，催人奋进。我与研究会的同仁们清醒地认识到，这是研究会开展工作的宝贵资源和坚实基础。

党的十七届六中全会吹响了文化强国的号角，省十次党代会提出了建设文化强省的宏伟目标，孝义也迈入了文化发展的全新时代和鼎盛时期。受此鼓舞，为了让广大干部群众更多地了解孝义，更深地认识孝义，更好地宣传孝义，我们在挖掘、搜集、整理优秀历史文化的基础上，又萌生了编纂、出版《孝义文化丛书》的念头，进而组织实施，今天已然成为我们研究会义不容辞的责任。

《孝义文化丛书》的主旨是：依托孝义丰富厚重的历史文化资源和千年文明成果；遵循弘扬民族优秀历史文化和保护历史文化遗产的国策；着力打造孝义的文化品牌与名片，提升百强孝义的文化实力和知名度；服务于孝义的政治、经济、文化和社会全面协调可持续发展，为推进资源型城市转型、建设区域性中心城市做出新的贡献。

《孝义文化丛书》编委会由市委、市政府主要领导担任总策划，分管领导担任顾问，由省、市有关部门的专家学者担任学术顾问，市三晋文化研究会牵头组织，邀请省、市一批知名的作者进行撰稿。

《孝义文化丛书》是孝义文化建设中的一项宏大的系统工程。丛书选题以孝义的历史、地理、政治、经济、军事以及文化艺术、教育科技、文物古迹、村落民情、风俗方言、工艺技艺为主要内容，结合当今孝义的实际，设立若干课题，充分展示孝义优秀的历史文化遗产和转型跨越发展的巨大成就。全书先拟定综合类、非物质文化遗产类、人物风采类、文学艺术类、民俗风情类、文物古迹以及晋商文化等七大类二十五卷，用五年的时间完成，每年一辑，每辑五卷，逐年出版。

《孝义文化丛书》在方案的制订、选题的论证、作者的编写、书稿的审核、丛书的设计、出版过程中得到了省作家协会副主席杨占平、原副主席周宗奇、省党史研究室副主任钟启元、省地方志办编审聂元龙等一批专家学者的精心指导和审定，得到了山西人民出版社、太原市典创图文设计有限公司、山西臣功印刷包装有限公司等有关部门的大力支持和帮助。特别是原省政协郭裕怀主席为丛书题写了书名，省政协主席薛延忠、吕梁市委常委、市委秘书长李良森分别为丛书作了序言，孝义市委书记、政府市长分别为丛书题词。在此，对各级领导、专家的关怀垂爱和所涉同仁、作者的辛劳付出，一并表示衷心的感谢！

《孝义文化丛书》的编辑出版是市委、市政府实施文化大发展、大繁荣战略的一项英明决策，诠释着市委、市政府主要领导的远见卓识，凝聚着众多人士的心血和汗水。对于这样一件全市文化生活中的盛事，我与各位同仁只能尽心竭力，不敢稍有懈怠。去年离职后曾有六位企业老总邀聘我，但为了专心研究会工作，我都婉言辞谢。我虽年届花甲，以尚能为孝义及父老乡亲做点小事，再尽点微薄之力，感到欣慰。但由于丛书编纂在孝义尚属首创，且点多、面广、线长，加之本人才疏学浅，水平有限，经验不足，难免会有瑕疵与疏漏，欣盼诸位领导、诸位专家和广大读者不吝赐教。

孝义市三晋文化研究会会长 王正树

2012年12月12日

图书在版编目（ＣＩＰ）数据

龙凤呈祥 / 陈克海著. —— 太原：山西人民出版社，2014.12
（孝义文化丛书 / 王正树主编. 第3辑）
ISBN 978-7-203-08836-3

Ⅰ. ①龙… Ⅱ. ①陈… Ⅲ. ①婚姻—风俗习惯—孝义市 Ⅳ. ① K892.22

中国版本图书馆CIP数据核字（2014）第265022号

龙凤呈祥

主　　编：	王正树
著　　者：	陈克海
责任编辑：	冯灵芝
装帧设计：	典创品牌设计
排版设计：	栗艳松　宋飞燕　马艳琳
出 版 者：	山西出版传媒集团·山西人民出版社
地　　址：	太原市建设南路21号
邮　　编：	030012
发行营销：	0351-4922220　4955996　4956039
	0351-4922127（传真）　4956038（邮购）
E-mail：	sxskcb@163.com　发行部
	sxskcb@126.com　总编室
网　　址：	www.sxskcb.com
经 销 者：	山西出版传媒集团·山西人民出版社
承 印 者：	山西臣功印刷包装有限公司
开　　本：	787mm×1092mm　1/16
印　　张：	104.25
字　　数：	1300千字
印　　数：	1-2000册
版　　次：	2014年12月　第1版
印　　次：	2014年12月　第1次印刷
书　　号：	ISBN 978-7-203-08836-3
定　　价：	298.00元（全5册）

如有印装质量问题请与本社联系调换